Hoffmann

Ramón Díaz Eterovic

Kater und Katzenjammer

Ein Fall für Heredia

Roman

Aus dem chilenischen Spanisch von Maralde Meyer-Minnemann

Diogenes

Titel der 2000 bei
LOM Ediciones, Santiago de Chile,
erschienenen Originalausgabe:
›Los siete hijos de Simenon‹

Umschlagfoto von
Maralde Meyer-Minnemann

Für Leonora Vicuña Navarro,
vom reinen Tropfen bis zum
stetigen Regen der Freundschaft

Für Cristián Cottet,
für die Freundschaft, die uns über die Jahre
und durch die Träume hindurch verbindet

www.diogenes.ch
150/01/8/1
ISBN 3 257 06285 0

ERSTER TEIL

I

Rot, viel Rot. Ein Sonnenstreif auf dem Sand und den trokkenen Brettern. Rot wie das Blut aus der Vergangenheit, in Nächten ohne Schlaf und mit vielen Zigaretten immer wieder neu durchlebt. Rot, greifbar und zuweilen leuchtend glitt es durch meine Finger und über die Bretter der Hütten, während die Unruhe in mir brodelte, der Wunsch, wieder in meinem Büro in der Nähe der Estación Mapocho mit seinem Metallschreibtisch zu sein und in den zwei weiteren Wohnräumen, in der Küche mit ihren von Töpfen bedeckten Wänden und bei meinen Büchern, die mittlerweile bestimmt feucht und staubig waren wie meine Erinnerungen.

Sechs Monate ging das nun schon so. Ungepflegt, von Montag bis Freitag unrasiert, arbeitete ich resigniert an diesen Hütten, die ich gegen ein paar Pesos und eine Unterkunft anzustreichen eingewilligt hatte. Das Meer spielte sein gewohntes Spiel, vom Unrat verfinstert, den die Menschen an der Küste hineinwarfen, wo sie zudem verwüstete Wälder hinterließen, Fische zu Mehl verarbeiteten, überall ihren Müll abluden und Luft und Wasser verschmutzten. Ein Meer, das mich ständig an die Stadt und dabei an Griseta denken ließ, die Frau, die gesagt hatte, sie liebe mich, aber mich verlassen hatte, um das Quentchen Härte zu erwerben, das sie brauchte, um es an meiner Seite auszuhalten und hinzunehmen, daß das Leben, zumindest meines, sich unvorhersehbar drehte wie eine Roulettescheibe.

Ich war am Strand von Las Cruces, und es fehlten noch zwei Monate, bis die erste Welle der Sommerfrischler kommen und ihn wie jeden Sommer in eine Hölle aus schwitzender Haut, Cremes, Sonnenschirmen und Verkäufern von Waffeln und Gebäck verwandeln würde. Die Hütten lagen einen halben Kilometer vom Haus des Dichters Parra entfernt, der mir in einer alkoholreichen, windigen Abenddämmerung eine Serviette schenkte, auf die er ein Zitat des Großen Häuptlings Seattle geschrieben hatte: »Nicht der Mensch hat das Netz des Lebens gewebt: Er ist nur ein Faden darin. Alles, was er dem Netz antut, tut er sich selber an. Was der Erde geschieht, geschieht den Kindern der Erde.«

Ich stand immer morgens um acht Uhr auf, kochte mir einen Kaffee und beobachtete, während ich ihn trank, die Felsen, auf denen sich Möwen und Kormorane niederließen. Ich wanderte den Strand entlang, hob Steine auf, kleine trockene Zweige, Holzkohlestückchen, und wenn die Sonne auf meiner Haut zu brennen begann, schwamm ich zwanzig oder dreißig Minuten, spürte, wie das Wasser sanft über meinen Körper strich. Ich liebte es, durch das Wasser zu gleiten, was mir kräftige Schwimmzüge abverlangte, und dann wieder einfach nur mit zum Himmel gewandtem Gesicht zu treiben, zu spüren, daß ich unendlich frei war und mich das Wasser liebkosend umfing wie eine unbefriedigte Geliebte. Anschließend kehrte ich an den Strand zurück, und wieder war alles rot: die Farbe der Arbeit und des Zornes. Das Kommen und Gehen des Farbpinsels, bis die Schatten der Nacht zur Inspektion kamen und ein Schmerz in den Schultern ansagte, daß es Zeit war, Schluß mit der Arbeit zu machen und am Strand Las Cadenas eine kleine Bar aufzusuchen, um dort ohne Eile einen Wein zu trinken und dabei in der Erinnerung ein Lied von Leo Dan wieder lebendig werden zu lassen, das ich in dem Kinderheim gesungen hatte, in dem ich bis zum Alter von vierzehn Jahren gelebt hatte.

Griseta, das Mädchen, das vor einiger Zeit in meinem Büro aufgetaucht war, gehörte nunmehr der Erinnerung an. Nachts stellte ich mir vor, sie liege in meinen Armen, bis der Schlaf mich übermannte und ich zufrieden sein konnte, einen weiteren Tag überlebt zu haben. Ihr Optimismus, ihr Lachen, die Frische ihrer Träume hatten mich überwältigt. Es hatte gutgetan, sich hinzugeben und zu glauben, aber ihr Aufbruch war zu schnell gekommen, an einem lustlosen frühen Morgen, nachdem wir uns geliebt, ein paar Zigaretten angesteckt hatten und ich sie bis zum Busbahnhof begleitet hatte. Der Rest war die bekannte Traurigkeit, meine ewiggleichen Selbstgespräche, der Entschluß, die Arbeit hier an den Nagel zu hängen und in mein Stadtviertel mit seinen alten Häusern zurückzukehren, die loyal waren wie mein Kater Simenon, der neben ein paar Dosen mit Farbe lag und mir an diesem Spätnachmittag bei der Arbeit zusah.

»Noch ein Brett, und dann ist Schluß«, hörte ich ihn sagen.

Ich betrachtete sein weißes Fell und seine grünen Augen, aus denen eine Träne zu rinnen schien.

»Nur noch diesen letzten Rest, dann den Lohn einstreichen und ab nach Santiago. Du auf deine Dächer und ich auf meine.«

2

Viel war nicht zu besprechen. Ich hatte Garrido Bescheid gesagt und wartete darauf, daß der Besitzer der Hütten kam, die Arbeit abnahm und mir mein Honorar bezahlte. Ich beobachtete ihn, während ich in meiner Jacke nach der vierten Derby in der letzten halben Stunde suchte. Garrido war nicht größer als ein Meter fünfzig. Er war glatzköpfig, hatte Schlitzaugen und diesen ausgreifenden Schritt von Kleinwüchsigen oder Leuten, die mehrere Jahre in einer Militärakademie zugebracht haben, von Sonnenaufgang bis zum Sonnenuntergang herumgetrabt waren und sich um den nutzlosen Glanz ihrer Schuhe gesorgt hatten. Er ging die Hütten ab, berührte zwei oder drei Wände, um festzustellen, ob die Farbe trocken war, blieb dann neben mir stehen, lächelte gequält und holte einen Briefumschlag aus seiner Aktentasche.

»Scheint in Ordnung zu sein«, sagte er. »Die Hütten und die Fenster. Das Schlimmste sind die Fenster. Die sind so kleinteilig und verlangen Geduld und eine ruhige Hand.«

»Und wenn Sie mich nun ein für allemal bezahlen würden«, sagte ich, denn ich hatte keine Lust, mich auf eine Meditation über die Arbeit eines Anstreichers einzulassen. Meine mit roter Farbe bedeckten Fingernägel waren mehr als genug, um sich noch mehrere Tage lang an den Ort zu erinnern, an dem ich die letzten sechs Monate verbracht hatte.

»Daß Sie gehen, gefällt mir nicht. Ich hatte die ganze Saison mit Ihnen gerechnet. Jetzt muß ich einen anderen Angestellten finden.«

»Der Job ist attraktiv: Hüttenmanager. Sie finden bestimmt leicht einen Grünschnabel, der ihn haben will.«

Garrido lächelte wieder gequält, schaute den Umschlag an, den er in der linken Hand hielt, und reichte ihn mir.

»Zweihunderttausend«, sagte er.

»Wir hatten das Doppelte vereinbart.«

»Ihre Kündigung hat Sie um einen guten Teil Ihrer Rechte gebracht. Das steht so im Vertrag.«

»Und ich habe niemanden, bei dem ich mich beschweren könnte, so ist es doch?«

»Nehmen Sie Ihre Sachen, und auf Wiedersehen«, meinte er, ohne auf meine Frage einzugehen.

Zu einer anderen Zeit hätte ich ihn an der Nase gepackt, aber ich war vor der Gewalt an diesen Strand geflüchtet. Ich hatte es satt, den Lauf der Dinge zu verändern, die Finsternis aufzumischen, damit letzten Endes diejenigen den Fisch an der Angel haben, die sowieso immer den Profit einstekken. Ich war müde, und ich wollte keine Enttäuschungen mehr erleben, weil ich auch im privatesten, zärtlichsten und süßesten Bereich – der Liebe – so viel verspielt hatte. Daher dachte ich, während ich Garrido hörte, an etwas, das ich vor Monaten gelesen hatte: »Ich will nicht die Welt verändern, ich sehe nur zu, daß die Welt nicht mich verändert.« Ich kam nicht auf die Herkunft dieses Zitats und verfluchte mein schlechtes Gedächtnis, meine völlige Unfähigkeit, drei Zahlen oder einen fremden Namen zu behalten. Gewiß war aber auch, daß mein Kampf gegen die Veränderungen, die die Welt einem aufzwang – so nannte ich es zumindest –, von mir verlangte, unbarmherzig mit dem zu verfahren, was mich umgab, aufzubegehren und diese alte Aufmüpfigkeit wiederzuerlangen, die einem letztlich erlaubt, einen Tag an den anderen zu reihen.

»Vergessen Sie die Katze nicht«, sagte Garrido und wies auf Simenon, der uns vom Eingang der Hütte aus, die uns bis zu diesem Nachmittag beherbergt hatte, beobachtete. Die Seeluft war ihm gut bekommen. Sein weißes Fell glänzte, und sein Körper hatte ein Gewicht erreicht, das seinen Gang schwerfällig machte.

Ich steckte das Geld ein, und Simenon schmiegte sich in meinen linken Arm, während ich mit der rechten Hand die Tasche aufhob, in der meine geringe Habe verstaut war: drei ausgeblichene Hemden, genauso viele Unterhosen und Paar Socken, zwei dicke Pullover, ein etwas zerlesenes Exemplar von *Piano Bar de Solitarios,* ein Notizbuch, die Zahnbürste und zwei Briefe von Griseta.

Ich verabschiedete mich von Garrido, der laut die Hacken zusammenschlug und froh darüber lächelte, mich aus seinem Reich verschwinden zu sehen. Ich atmete die salzige Luft ein und ging den Sandweg entlang, der nach Santiago führte.

Ich gelangte zur Straße, und anstatt zur Bushaltestelle weiterzugehen, hob ich die rechte Hand, um einem Lastwagen ein Zeichen zu machen, der, ohne anzuhalten, an mir vorbeifuhr.

Eine halbe Stunde später, nach einem Dutzend gescheiterter Versuche, hielt ein grüner Lieferwagen. Am Steuer saß eine Frau mit brauner Haut und großen Augen, die mich musterte, bevor sie die Scheibe in der Tür auf der Beifahrerseite runterdrehte.

»Ich bin auf dem Weg nach Santiago«, sagte ich.

»Steigen Sie ein, aber ich will Ihnen gleich sagen, daß ich erst noch nach Valparaíso muß. Ich soll da noch etwas abholen.«

»Ich habe es nicht eilig, und ein Blick auf die Berge von Valparaíso hebt immer die Stimmung.«

Die Frau nahm eine Tasche weg, die auf dem Sitz gelegen hatte, und hieß mich einsteigen.

»Sie sahen so lieb aus mit der Katze im Arm«, sagte sie, nachdem sie den Wagen wieder in Bewegung gesetzt hatte. »Lieb und harmlos.«

»Das bin ich«, sagte ich und lächelte. »Jeden Monat lieber und harmloser. Das muß das Alter sein.«

»Sie sehen nicht alt aus. Aber Sie sehen auch nicht aus wie einer dieser Rucksacktouristen mit schwarzer Kleidung, kurzgeschnittenem Haar, Wanderstiefeln und sichtbar zuwenig Körperpflege. Davon gibt es jede Menge, und man kann ihnen nicht trauen«, sagte die Frau. Und nachdem sie Gas gegeben hatte, fügte sie hinzu: »Ich heiße Verónica Jéldrez und arbeite in einem auf Umweltfragen spezialisierten Unternehmen. Umweltverschmutzung, Giftmüll, Schutz der Tierwelt. Wie Sie sich vorstellen können, mangelt es mir nicht an Arbeit.«

»Heredia«, stellte ich mich vor, ohne zu wissen, was ich sonst noch sagen sollte. Ich hatte keine Wohnung und hatte keine Lust, einer Fremden meine Vergangenheit zu enthüllen.

»Hat die Katze einen Namen?«

»Simenon.«

»Wie der Fußballspieler?«

»Ja, er war im Verbund mit Soriano und Onetti ein gefürchteter Stürmer.«

»Bin ich in ein Fettnäpfchen getreten?« fragte sie, bevor sie, schneller, als es ratsam war, in eine Kurve ging.

Die Frau war freundlich und redete gern. Sie war mit einem amerikanischen Forstfachmann verheiratet, den sie während ihres Studiums an der Universität von Waco in Texas kennengelernt hatte. Ihre Kinder waren schon größer, und sie schien ihre Arbeit zu genießen. Sie kam gerade aus Cartagena und Las Cruces, zwei Badeorten, an denen sie Untersuchungen zur Wasserverschmutzung und der Einleitung von Exkrementen ins Meer machte.

»Das ist ein wirtschaftliches Problem. Niemand möchte verzichten. Alle wollen schnellen Gewinn auf Kosten von Ressourcen, die sich nicht erneuern oder deren Erneuerung Jahre braucht. Im Süden verseuchen Lachsfarmen das Wasser, die Wälder werden zerstört, und in Santiago verschmutzt Industrie die Luft«, sagte Verónica. »In Cartagena könnte man die Umweltbedingungen verbessern, aber das würde zu einer Begrenzung der Zahl der Sommerfrischler führen, was die Besitzer von Pensionen und Restaurants wiederum nicht witzig finden.«

»Mein ökologischer Kampf hat an dem Tag ein Ende gefunden, als die letzte Pflanze in meiner Wohnung eingegangen ist. Ich hatte sie monatelang umhegt, aber der Smog hat gesiegt.«

»Niemand hat hier ein Umweltbewußtsein«, meinte Verónica und fing mit einem langen Vortrag an. Ich hatte schon immer eine Abneigung gegen Langweiler, sagte aber nichts. Ich wagte auch nicht, ihr zu widersprechen, als ich mich anschickte, eine Zigarette anzuzünden, und sie es mir mit einem dreifachen Nein verbot.

»In diesem Wagen wird nicht geraucht«, fügte sie noch hinzu. »Wenn Sie es nicht aushalten können, steigen Sie aus.«

»Ich habe meine Laster unter Kontrolle«, schickte ich mich resigniert drein.

Ich erinnerte mich an einen Freund, den ich zu seinem Geburtstag zu besuchen pflegte. Er hatte immer nette Feste gegeben, bis er eine Biologin heiratete, die bei ihnen zu Hause ein allgemeines Rauch- und Alkoholverbot erließ. Es gab Karottensaft, und man mußte im Garten rauchen. Ich habe meinen Freund nach zwei solcher Geburtstagsfeiern nicht wieder gesehen und nie erfahren, ob er weiter unglücklich oder inzwischen geschieden war.

»Was machen Sie?« fragte sie, während sie mich aus dem Augenwinkel ansah. »Sie sind wie ein Maurermeister angezogen, aber irgend etwas sagt mir, daß das nicht Ihr Beruf ist.«

»Zuletzt war ich Anstreicher.«

»Wenn Sie nicht wollen, brauchen Sie nicht zu antworten«, warf die junge Frau ein. »Das war nur eine Frage, um die Reise zu verkürzen.«

»Früher habe ich als Privatdetektiv gearbeitet«, sagte ich und beobachtete ein paar Sekunden lang das Gesicht der Frau.

Ihre Augen weiteten sich etwas, aber ich merkte, daß ihre

Neugier größer als ihre Angst war. »Und wie sind Sie zu dem Beruf gekommen?«

»Zufall oder Schicksal, genau weiß ich es auch nicht. Vor vielen Jahren habe ich Jura studiert. Zwei Semester, und das war's. Als ich die Universität verließ, lernte ich den Onkel einer Freundin kennen, der auf der Suche nach seiner ältesten Tochter war. Sie war mit einem Freund von zu Hause abgehauen. Der Onkel schickte mich mit ein paar Pesos auf die Suche nach ihr, und ich hatte Erfolg. Das Mädchen kehrte nach Hause zurück, und ich fand Gefallen an der Arbeit. Ich habe mir ein Büro gemietet und eine Anzeige in die Zeitung gesetzt. Lange dachte ich, dies sei ein Traumjob. Ohne Chef und mit viel Zeit zum Lesen und Musikhören.«

»Sie haben sicher viele interessante Aufträge gehabt?«

»Ausgerissene Mädchen, Leute, die dies oder das wiederhaben wollen, Verbrechen, die die Polizei nicht aufklären will. Da ich kein ehrgeiziger Mensch bin, ging es mir gut. Ich zahlte meine Miete, hatte zu essen, und es blieb immer noch etwas für Bücher und das eine oder andere Gläschen. Aber ich empfand Langeweile, hatte Angst, oder aber es war der Einfluß einer Frau. Vor einem halben Jahr habe ich eines schönen Tages alles aufgegeben.«

»Und Sie hat die Frau aufgegeben«, fiel Verónica mir wieder ins Wort. »Oder irre ich mich?«

»Gnädigste, was Frauen in meinem Leben betrifft, so ist es wie in einem Friseurladen. Die Frauen kommen herein, wetzen sich die Fingernägel und gehen wieder. Ich kümmere mich fast nicht um sie.«

»Fast nicht. Sie klingen nicht gerade überzeugend.«

»Ich habe irgendwo einmal gelesen, daß ein guter Detektiv niemals heiratet.«

»Sympathisch! Und was werden Sie jetzt machen?«

»Wir werden sehen«, rief ich aus und sah zum Horizont, der mit seinen Bäumen und Bergen zu dunkeln begann. »Santiago bietet immer etwas Neues. Vielleicht gelingt es mir mit ein wenig Glück, das Büro wieder aufzumachen. Ich brauche nicht viel. Einen Schreibtisch, ein Telefon, einen bequemen Sessel, in dem ich sitzen und auf Kundschaft warten kann.«

»Ich wünsche Ihnen viel Glück. Wenn Sie glauben, daß ich Ihnen irgendwie helfen kann, finden Sie meinen Namen im Telefonbuch«, sagte die Frau, und mir kam es so vor, als meinte sie es ernst mit ihrem Angebot.

Wir kamen bei Anbruch der Dunkelheit in Santiago an. Ungestüm ließ der Lieferwagen die Satellitenstadt hinter sich und kam vor der Posada del Ganso in einem Stau zum Stehen. Auf den Bürgersteigen sah man Leute auf dem Nachhauseweg, und in ihrem müden Gesichtsausdruck war etwas, das Sehnsucht nach der Ruhe des Strandes in mir aufkommen ließ, nach den Stunden, in denen ich mich ans Meer gesetzt und dem Flug der Möwen zugeschaut hatte, während sich am Horizont langsam, gerötet und dick wie ein betrunkener Vorarbeiter, die Sonne verzog.

Wir verabschiedeten uns vor dem Hauptbahnhof. Ich sah sie zwischen den Bussen davonfahren, und dann verlor sie sich im künstlichen, schwindlig machenden Farbrausch der Straße, die ein Humorist einst »Alameda de las Delicias«, die Esplanade der Wonnen, genannt hatte.

Ich bestaunte im Gehen die Lichter der Reklamen und das

halbe Dutzend noch offener Restaurants. Die Nacht war kühl, und aus den Kneipen in der Nähe des Bahnhofs drang ein tückischer Geruch nach gegrilltem Fleisch, Kaffee und Pommes frites. Ich blieb, da ich nicht recht wußte, was ich machen sollte, an mehreren Kiosken stehen, die Raubkopien von Musikkassetten, chinesische Socken, T-Shirts mit dem Bild von Che, Nagelknipser und unendlich vielen Krimskrams zu niedrigsten Preisen verkauften. Ich schaute in einen Imbiß und sah dort dreißig Kunden Bier trinken und bunte, mit Mayonnaise und amerikanischer Sauce überladene Schinken-Käse-Sandwiches essen.

Ich beschloß, in meinen Stadtteil zurückzukehren, stoppte ein Taxi und wies den Fahrer an, mich an der Ecke Bandera/Aillavillú abzusetzen. Der dünne, mit Brillantine frisierte Typ betrachtete mich im Rückspiegel und versuchte ein paar Sekunden lang, den Wagen in eine Richtung zu lenken, die uns einen unnötigen Umweg eingebracht hätte.

»Ich komme gerade vom Meer, habe eine Tasche bei mir, aber ich bin kein Provinzei. Ich weiß, wohin ich will und welches der kürzeste Weg dahin ist. Alameda bis Amunátegui. Von dort bis San Pablo/Ecke Bandera. Aillavillú liegt einen Block vor der Estación Mapocho«, sagte ich energisch zu ihm.

Der Fahrer schenkte mir ein Dobermannlächeln, gab Gas und überholte einen blauen Daewo.

»Ich war auch mal Taxifahrer und transportierte meine Fahrgäste auch am liebsten auf dem längsten Weg«, fügte ich leise hinzu. Simenon kuschelte sich in meine Arme und lächelte verständnisvoll. Er war müde und sehnte sich bestimmt nach einem ruhigen Eckchen, in dem er sich zu seinem Kreis, dem Symbol des Guten und Bösen, des Beginns und Endes des Lebens, zusammenrollen konnte, wie die Ägypter vor Urzeiten dachten, als sie die Katze zu einer Gottheit erhoben.

Doch für diese Nacht konnte ich ihm keinen Frieden versprechen.

3

»Und jetzt?« glaubte ich Simenon protestieren zu hören. »Nun fang mir bloß nicht mit diesem Unsinn vom trauten Heim, Glück allein an.«

Wir standen in der Calle Bandera vor dem Haus, in dem ich bis vor sechs Monaten gewohnt hatte. Die meisten Fenster waren erleuchtet, aber die, die zu meinem ehemaligen Apartment gehörten, waren dunkel. Ich ging bis zum Eingang, und einen Augenblick lang löschte ich die Gegenwart aus und suchte in meiner Jacke nach den Wohnungsschlüsseln. Sie waren in der rechten Tasche, ruhten zwischen einem weißen Taschentuch, zwei Programmen der Pferderennbahn und einem ungebrauchten Streichholzbriefchen. Ich trat auf den Eingang zu, doch noch bevor ich versuchte, den Schlüssel zu benutzen, holte mich eine fremde Stimme in die Gegenwart zurück.

»Suchen Sie was?« hörte ich einen großen Mann sagen, der massig wirkte wie ein Kartoffelsack. Er trug eine verwaschene Wächteruniform und eine drei oder vier Nummern zu große Mütze, die sich nur mühsam auf dem Kopf hielt.

»Apartment siebenhundertsiebenundsiebzig«, stotterte ich.

»In dem Büro ist niemand, und außerdem will ich keinen Ärger. Also kehren Sie um, und gehen Sie brav die Straße runter, sonst hole ich die Bullen.«

»Ich habe bis vor ein paar Monaten in diesem Gebäude gewohnt. Ich kenne jeden Winkel, oder zumindest bilde ich mir das ein.«

»Das kann ja sein, ich bin hier neu. Jedenfalls kommen Sie ohne Einwohnerausweis auf gar keinen Fall hier rein. Das sind meine Anweisungen, und ich werde dafür bezahlt, daß ich sie einhalte.«

»Einwohnerausweis?«

»Die neue Verwaltung hat einiges geregelt.«

Der Typ war ein harter Brocken, und ich sagte mir, daß zuviel Beharrlichkeit seinen Zorn auslösen könnte.

»Señora Arrate hat mir die Wohnung vermietet. Sie wohnt im fünften Stock.«

»Sie ist in eine Wohnung in La Reina umgezogen«, sagte der Wächter, während er über meine Schulter hinwegschaute.

»Und jetzt?« fragte Simenon wieder.

Von unserem augenblicklichen Standort aus konnte ich zur erleuchteten Tür der Touring Bar sehen und zum gegenüberliegenden Kiosk von Anselmo, meinem Freund, dem Zeitungsverkäufer, der mich, bevor ich an den Strand gereist war, immer über die Ereignisse im Stadtviertel auf dem laufenden gehalten hatte.

»Der Kiosk ist zu«, murmelte ich.

»Señor Peña schließt um acht«, sagte der Wächter.

»Señor?« fragte ich mich, verwundert über die wenig vertraute Anrede für meinen Freud.

»Señor Anselmo Peña«, bestätigte der dicke Mann.

»Genau der«, sagte ich, schaute wieder zur Bar hinüber, und dabei war mir klar, daß ich an diesem Abend keine guten Karten mehr hatte. »Sagen Sie ihm, daß Heredia ihn sucht und daß ich im Hotel Central sein werde.«

»Heredia? Ich habe viel über Sie gehört...«

»Ganz bestimmt nur Klatsch. Ohne Klatsch wäre das Leben eines Chilenen so fade wie das einer Nonne.«

»Das habe ich so noch nie gesehen. Sie sind echt witzig.«

»Das hat José Victorino Lastarria in seinem *Manifiesto del Diablo* gesagt.« – Wieder eines dieser Zitate, die ich mir merke. – »Aber vielleicht erinnern Sie sich ja nicht mehr an Lastarria, er ist seit Jahren schon nicht mehr in den Fernsehserien aufgetaucht.«

Der Wächter zuckte gleichgültig mit den Schultern. Ich ging zur Touring Bar hinüber, und als ich eintrat, drang mir saurer Weindunst beißend in die Nase. Die Kneipe hatte sich seit meinem letzten Besuch nicht verändert. Die Tische hatten immer noch ihre Plastikdecken, und alte Reklameplakate für Wein, Bier und Erfrischungsgetränke schmückten die Wände. Die drei oder vier Betrunkenen, die ihre Ellenbogen auf die Theke gestützt hatten, gehörten zur Grundausstattung der Pinte, in die ich nur ging, wenn der Lebensüberdruß oder die Notwendigkeit zu groß geworden waren.

Ich setzte mich an einen Tisch. Simenon stellte seine Vorderpfoten auf das gelbliche Plastik und schnupperte mißmutig am Schälchen mit scharfer Sauce auf dem Tisch, das neben einer Abalonemuschel, die als Aschenbecher diente, und einem Glas mit vier fast durchsichtigen Servietten stand, die bis zum heutigen Tage niemand zu benutzen gewagt hatte.

»Ich habe Hunger«, sagte er.

»Wer hat wohl keinen?« entgegnete ich. »Seit heute morgen haben wir nichts gegessen.«

Ein kleiner, irgendwie schläfriger Kellner näherte sich dem Tisch. Er trug eine weiße Jacke, die ihm zu eng war, und eine schwarze Hose, deren Hintern vom vielen Tragen glänzte. Er zog ein paar gelbliche Stücke Papier hervor, die gerade in seine Handfläche paßten, und schickte sich an, die Bestellung aufzunehmen.

»Kaffee, zwei gegrillte Steaks, einen Cognac und eine halbe Tasse Milch«, sagte ich.

»Milch?«

»Für meinen Freund«, fügte ich hinzu und wies auf Simenon.

4

»Gar nicht so übel«, sagte ich zu Simenon, während wir zum Hotel gingen. Meine Zähne hatten die Zähigkeit des Grillsteaks besiegt, und die Erinnerung an den Cognac wärmte meinen Magen. Simenon hatte das Fleisch verschlungen und begeistert die Milch getrunken und war dann am Fuß des Tisches eingeschlafen. Es war gerade zwei Uhr nachts geworden, und die Bar, die wir hinter uns ließen, war noch immer voll von übernächtigten Arbeitern, Prostituierten, die aus einem Stundenhotel zurückgekehrt waren, miesen Typen und Bullen, die paarweise vorbeikamen, um ein Bier auf Kosten des Hauses zu trinken.

Das Hotel Central war der übliche Zufluchtsort der Nutten dieses Viertels und des einen oder anderen verirrten Reisenden, der in einem der Restaurants der Calle San Pablo oder Bandera zuviel getrunken hatte. Die Tür stand immer halb offen, und nur ein mickriges Schild darüber deutete auf ein Hotel hin. Gefolgt von Simenon, stieg ich die enge, dunkle Treppe hinauf, die zum Empfangstresen führte. Dahinter traf ich auf eine gealterte, gelangweilt aussehende Frau, die bestimmt zu diesem Job gekommen war, als sie nicht mehr die Kraft noch den Körper hatte, weiter ihr Geld auf der Straße zu verdienen. Sie las in einem zerknitterten Exemplar der Zeitschrift *Cine Amor* und schien sich in ihrem schwarzen Kleid, das ihr das Fleisch zusammenpreßte, nicht ganz wohl zu fühlen. Auf dem Tresen lag das Gästeregister, und neben dem Telefon befand sich ein kleines Plakat, das angab, wieviel die Gespräche kosteten. Sonst war da noch der Anfang eines ebenfalls düsteren Flurs und das Summen eines Fernsehers in einem nahen Zimmer, der den faden Dialog irgendeines Nachtfilms von sich gab.

»Ich hätte gern ein Zimmer für mich und meinen Freund«, sagte ich, während ich Simenon in meine Arme nahm.

»Tiere sind im Hotel nicht gestattet«, krächzte die Alte.

»Haben Sie Ihre Kunden auch genau angeschaut?«

»Die Hausordnung ist diesbezüglich ganz deutlich.«

»Mein Kater und ich gehen überall zusammen hin. Er ist ein ruhiger Typ und hat sein Geschäft schon erledigt. Außerdem ist diese Klitsche hier nicht das Hyatt.«

»Ich muß es mir noch mal überlegen«, meinte die Dicke, während sie den Zuschlag ausrechnete, den sie nehmen würde.

»Ich versichere Ihnen, daß Sie kein Risiko eingehen, und bei rechtem Licht besehen, ist Katzenmaunzen vornehmer als das Kotzen der Betrunkenen. Ich bin bereit, zwanzig Prozent mehr zu zahlen, und habe meine Zweifel, daß man Ihnen in den nächsten fünfzehn Jahren noch einmal so ein Angebot macht.«

Die Frau tat so, als würde sie sich meine Argumente durch den Kopf gehen lassen, und zeigte schließlich auf das Gästeregister.

»Tragen Sie Ihren Namen und die anderen Angaben hier ein«, sagte sie freundlich. »Die Bullen kommen alle Dreiviertelstunde rein.«

»Geld versetzt Berge«, meinte ich, bevor ich mich in das Heft eintrug. »So ist nun mal die Welt. Früher diskutierte man über Ideologien, Glauben und Prinzipien, heute geht's nur um Dollars, Verkaufsindizes und schönen Schein. Moral wird für einen Apfel und ein Ei verschleudert.«

»Zimmer fünfzehn. Den Gang bis zum Ende und dann rechts. Sie müssen das Zimmer vor zwölf Uhr mittags freimachen, und passen Sie auf, daß das Tier es nicht schmutzig macht.«

»Den Teppich, die Seidenbettwäsche, die Daunendecke. Keine Angst, Schwester. Ich werde dieses Kloster verlassen, noch bevor der Hahn kräht.«

Meine Verfassung ähnelte dem Zustand der Zimmerwände. Grau, heruntergekommen, kurz davor, in die Knie zu gehen. Von der Straße her drangen die Stimmen der Gäste des Touring herein, vermischt mit den Dialogen der Pärchen auf dem Flur oder in den benachbarten Zimmern. Ich hörte ihr Lachen, dann das Geräusch einer sich schließenden Tür und später das gedämpfte Gemurmel derer, die sich auf Betten liebten, die wie meines bei der leichtesten Bewegung quietschten.

Ich war müde, aber anders als Simenon, der am Fuß des Bettes schnarchte, bekam ich kein Auge zu und konnte nicht aufhören, über mein Leben im letzten halben Jahr nachzudenken. Der Name Griseta hallte in meiner Erinnerung nach, während ich mir überlegte, wie ich das Beste aus meiner Rückkehr nach Santiago machen könnte. Eine Möglichkeit war, das Büro wiederzueröffnen, eine andere, das Angebot eines befreundeten Journalisten anzunehmen, der eine Zeitschrift mit Berichten aus dem Polizeialltag herausgab und darauf vertraute, daß ich fähig war, zwei Seiten lange, mehr oder weniger zusammenhängende Geschichten aus dem Milieu zu schreiben.

Dann machte ich eine Phantasiereise. Ich stellte mir vor, ich sei auf einer Insel und wanderte über die Pfade eines mit Myrten, Magnolien- und Feuerbüschen bedeckten Berges. Ich gelangte zu einer Lichtung, und von dort aus sah ich eine windstille Bucht, durch die drei kleine Boote fuhren. Ich hörte von fern das Geräusch der ins Wasser eintauchenden Ruder und die Stimmen der Insassen, die sich begrüßten, wenn die Boote aneinander vorbeikamen. Und wenn ich ganz scharf hinsah, dann erkannte ich die silbrigen Flecken der Stöckerschwärme oder den unvermittelten Sprung der Lachse, die den Strand auskundschafteten. Meine Sinne saugten diesen Frieden auf, und all das Wüten der Stadt wich zurück, war winzig angesichts dieser Natur mit ihrem Ehrfurcht einflößenden Zauber. Von dort, wo ich mich befand, sah ich auch ein paar Häuser mit Ziegeldächern, aus denen Rauch in Spiralen emporstieg und sich im durchsichtig blauen Himmel auflöste. In der Nähe hörte ich das Quaken der Frösche und das Bellen einiger Hunde, die eine Rinderherde umkreisten. Es war die Landschaft der Isla Tranqui in der Provinz Chiloé, die mich in dieser Nacht im schmutzigen Hotelzimmer langsam einhüllte, bis der Schlaf die Phantasie besiegte.

Das Erwachen kam abrupt und unerwartet. Ich hörte, wie jemand an die Zimmertür klopfte, und als ich die Augen öffnete, hatte ich zehn Zentimeter von meinem Kopf entfernt das kalte Lächeln von zwei Pistolen. Dahinter erkannte ich die aggressiven Blicke ihrer Besitzer und von noch jemandem, der sie von der Tür aus befehligte. Die drei Männer hatten das unverwechselbare Aussehen von Bullen. Die, die auf mich zielten, waren jung. Sie trugen Jeans und Lederjacken. Der sie befehligte, war älter. Er trug einen gestutzten Schnurrbart und verbarg seine Augen hinter einer dunklen Brille.

»Bäuchlings aufs Bett«, hörte ich einen der Jungen anordnen. Ich gehorchte unwillig, und sie winkelten sofort meine Arme ab und legten mir Handschellen an. Ich spürte die harte Berührung des Metalls und verbarg mein Gesicht im Kissen. Der, der die Befehle gab, nahm meine Tasche und kippte den Inhalt auf den Fußboden des Zimmers.

»Nichts«, sagte er enttäuscht.

Sie ordneten mir an aufzustehen, und als ich vor dem älteren Polizisten stand, schaute ich ihm fest in die Augen. »Was ist los?« fragte ich ihn.

»Wir stellen hier die Fragen«, entgegnete er. Er machte seinen Leuten ein Zeichen, und diese zwangen mich, zur Tür zu gehen. In einer Zimmerecke sah ich Simenon, der eher neugierig als verärgert zuschaute.

»Geh zu Anselmos Kiosk«, sagte ich zu ihm. Ich spürte einen Schlag im Rücken und ging zur Tür. Simenon schlüpfte zwischen meinen Beinen hindurch und verschwand im dunklen Hotelflur.

In der Straße hingen noch die letzten Schatten der Nacht. Die Luft war kühl, und man hörte nur die Busse durch die Calle Bandera fahren. Vor dem Hotel standen ein Polizeiwagen und ein Krankenwagen, in dessen Innerem ich etwas erkannte, das wie ein mit einem Segeltuch zugedeckter, liegender Körper aussah. Aber nur kurz, denn der Krankenwagen fuhr an, und mich schoben sie in den Polizeiwagen.

»Warum nehmen Sie mich fest?« wagte ich zu fragen.

»Federico Gordon. Wir wollen wissen, warum du ihn umgebracht hast.«

»Von wem reden Sie da?«

»Das sagen alle am Anfang.«

»Ich möchte einen Anruf machen«, sagte ich.

»Das hier ist keine Fernsehserie.«

Einer der jüngeren Polizisten durchsuchte meine Jacke und zog daraus eine Brieftasche hervor, in der mein Personalausweis, ein paar Visitenkarten und das Geld steckten, das man mir für meine Arbeit am Strand gezahlt hatte.

»Er heißt Heredia und hat ein paar Visitenkarten von

einem Privatdetektiv dabei«, informierte der Polizist, der mich durchsucht hatte, die anderen.

»Privatdetektiv?« fragte der zweite der jüngeren Polizisten. »Was ist das denn für eine Scheiße?«

»Heredia«, murmelte der Chef.

»Das sagt der Personalausweis.«

»Als ich in der Zentrale angefangen habe, wurde viel über Sie und Ihre Abenteuer hier im Viertel geredet. Dann hat irgendwer erzählt, daß Sie bei einer Schießerei im Franklin-Viertel getötet wurden«, fügte der Chef hinzu.

»Gerüchte. Man soll weder auf Gerüchte noch auf Lob etwas geben. Rufen Sie den Kriminalbeamten Bernales an, und Sie werden Genaueres hören.«

»El Muñeco Bernales.«

»Agustín Bernales.«

»Wie lange haben Sie ihn nicht mehr gesehen?«

»Ein halbes Jahr oder auch länger.«

»Ihr Freund hat sich inzwischen gemausert.«

»Ich habe nicht gesagt, daß er mein Freund ist.«

»Der Geck hat drei oder vier gute Ermittlungen gemacht und ist dann aufgestiegen«, meinte der Kriminalbeamte.

»Was ist im Hotel passiert?« fragte ich, denn ich spürte, daß die Behandlung durch die Polizisten sich ändern würde.

»Das hier ist kein Spaziergang. Halten Sie den Mund, bis wir Ihnen befehlen, ihn wieder aufzumachen.«

Ich verbrachte die nächsten zwei Stunden allein in einer Zelle. Meine einzige Begleitung waren die drei Derby, die ich in der oberen Jackentasche hatte, und eine unendliche Reihe vager Vermutungen darüber, was im Hotel vorgefallen sein mochte. Der Name Federico Gordon sagte mir überhaupt nichts, und ich wartete auf eine Gelegenheit, etwas sagen zu können und ihnen klarzumachen, daß meine Anwesenheit in jenem Hotel nichts mit dem Schicksal dieses Mannes zu tun hatte, der offenkundig vor seiner Zeit verstorben war.

Bernales erschien in Begleitung des Chefs der Truppe, die mich im Hotel festgenommen hatte. Ich betrachtete ihn eingehend. Er war nicht mehr der junge Mann, der seine ersten Schritte an der Seite von Dagoberto Solís, seinem Paten und meinem Freund aus anderen Zeiten, gemacht hatte. Er wirkte fest, sicher, und sein mit Brillantine gekämmtes Haar ließ ihn älter aussehen. Er zog eine Packung Belmont aus der Tasche und bot mir eine Zigarette an.

»Sie sehen dreckig und alt aus. Kommen Sie von der Insel?« fragte er. Seine Stimme klang neutral, als hätte er noch nicht entschieden, welche Haltung er in diesem Gespräch einnehmen sollte. Ich folgerte daraus, daß er sich in Anwesenheit des anderen Polizisten energisch zeigen, aber gleichzeitig durchblicken lassen wollte, daß er mich nicht vergessen hatte.

»Nirgendwo würde ich lieber sein!« antwortete ich. »Ich träume von fast nichts andrem als von einer Insel.«

»Gaete hat mich angerufen«, sagte Bernales, indem er auf den Polizisten wies, der ihn begleitete. »Ich hätte gern Ihre Version der Geschichte gehört.«

»Gestern abend bin ich nach Santiago zurückgekommen. Ich wußte nicht, wo ich unterkommen sollte, und habe mir ein Zimmer im Hotel Central genommen. Davor habe ich in einer Bar neben dem Hotel gegessen.«

»Kannten Sie Gordon?«

»Nein.«

»Sie lügen«, sagte Gaete. »Das Geld, das er in seinen Taschen hatte, sein Vorleben. Das ist doch ein klarer Fall. Gordon war in der Bar, sie haben sich unterhalten, und Heredia hat dabei erfahren, daß der Tote ein dickes Päckchen Scheine dabeihatte. Er ist ihm ins Hotel gefolgt, tat so, als wollte er ein Zimmer mieten, und hat ihm um Mitternacht eine Kugel in den Leib geschossen.«

»Und dann hat er wie Dornröschen geschlafen«, sagte Bernales.

Gaete spürte die Ironie und ging ein paar Schritte in der Zelle auf und ab.

»Ich übernehme den Fall«, sagte Bernales.

»Das ist ein Mordfall, kein Drogenfall«, entgegnete Gaete.

»Gordon könnte ein Dealer gewesen sein. Außerdem könnte ich Heredia durchsuchen und Drogen in seinen Kleidern finden«, fügte Bernales hinzu, indem er ein Koksbriefchen aus der Tasche zog.

»Wenn Sie meinen«, räumte Gaete mißmutig ein.

»Dann ist dem weiter nichts mehr hinzuzufügen.«

Gaete senkte den Kopf, ging ein paar Schritte zurück und öffnete die Tür.

»Alle wollen schnell Punkte machen«, meinte Bernales. »Ein Verdächtiger, so etwas wie ein Motiv, und fertig ist die Laube.«

Er nahm einen Zug aus seiner Zigarette und behielt den Rauch im Mund. »Haben Sie ihn umgebracht, Heredia?«

»Ich habe meine Geschichte bereits erzählt. Ich weiß nicht, wer dieser Gordon ist.«

»Wir haben im Zimmer den Personalausweis des Toten gefunden. Die Frau, die das Register führt, hat seine Ankunft eine Stunde vor Ihrer registriert. Gordon hat ihr gesagt, daß er eine Reise antreten und daher um sechs Uhr morgens am Flughafen sein müsse. Er hat darum gebeten, um vier Uhr geweckt zu werden. Als sie kam, um ihn zu wecken, war die Zimmertür angelehnt. Er lag nackt im Bett. Jemand hatte ihn mit aufgesetzter Waffe erschossen.«

»Ist das mit der Reise überprüft worden?«

»Wir haben die Reservierungen überprüft, und sein Name steht auf keiner Liste einer Fluggesellschaft.«

»Gut. Dazu fällt mir weiter nichts ein.«

»Ich werde Sie eine Erklärung ausfüllen lassen, und Sie können dann gehen, Heredia.«

»Und dann?«

»Sie sind aus dem Viertel, und vielleicht...«

»Bittest du mich um Hilfe?«

»Nein«, antwortete Bernales ausweichend. »Ich überlegte gerade, daß ich frühstücken wollte. Uns beiden könnte etwas Warmes guttun.«

5

»Was weißt du über die Hotelgäste?« fragte ich Bernales, nachdem ich den Kaffee probiert hatte, den ich bei einem der Kellner des Victoria bestellt hatte, des Restaurants, das sich unten im Haus befindet, in dem mein Büro gelegen hatte.

Bernales trank schon die zweite Tasse. »Acht Nutten und

ihre Freier. Sie kamen vor Mitternacht und haben ihre Zimmer nicht verlassen. Drei Durchreisende, die man nicht als Stammkunden betrachten kann. Sie, Gordon und ein Dritter, der sich als Javier Iturra eingetragen hat. Im Grunde paßt keiner zu dem Typ von Kunden, die das Hotel normalerweise frequentieren.«

»Gordon ist tot. Was ist mit Iturra?«

»Er hat sich zwei Stunden nach Gordon im Register eingetragen. Er ist in sein Zimmer hinaufgegangen und hat es um etwa drei Uhr morgens verlassen. Die Empfangsdame hat im Halbschlaf gehört, wie er ein Funktaxi bestellt hat.«

»Ich nehme an, das Telefongespräch ist verfolgt worden.«

»Er hat das Taxiunternehmen Galápagos angerufen. Er wurde vor dem Eingang der U-Bahn-Station Calicanto abgeholt und im Hotel Foresta abgesetzt, das an einem Hang des Cerro Santa Lucía liegt. Der Fahrer fand, daß er umnebelt wirkte, und sagte, daß er nach Massagesalons gefragt hat. Es schien so, als wollte er einen Zug durch die Gemeinde machen. Ich habe drei meiner Leute darauf angesetzt, die Lokale zu durchkämmen, ohne Ergebnis. Was die Angaben von Iturra betrifft, werden wir mehr wissen, wenn seine Karteikarte kommt.«

»Und die Angestellten vom Hotel Central?«

»Nachts sind nur die Geschäftsführerin und ein junger Mann da, der sich ums Reinemachen kümmert. Beide sagen das gleiche aus: Die meisten Gäste sind Nutten, und die wissen, daß es wichtig ist, für Ruhe zu sorgen. Es gibt immer weniger Hotels in der Gegend, und außerdem ist unsere Wache in der Nähe.«

»Ein echt schwieriger Fall.«

»Einer, wie mein Pate Dagoberto sie liebte«, sagte Bernales.

»Dagoberto Solís. Mein bester Freund, und der beste Polizist, den ich je gekannt habe. Ich werde ihm in den nächsten Tagen einen Besuch abstatten.«

»Denken Sie immer noch daran, Heredia? Ich meine, wie er gestorben ist und wer ihn umgebracht hat? Ich habe immer gedacht, daß Sie, als mein Pate gestorben ist, nicht genug Initiative hatten, um den Dingen auf den Grund zu gehen.«

»Nichts wird uns Dagoberto zurückbringen«, sagte ich, während ich in mir langsam, aber beharrlich die Schuld aufsteigen spürte. »Ich will nicht noch mehr Tote. Ein Racheakt führt zu noch mehr Rache, und schließlich endet man in einem Brunnen.«

»Ich bin nicht an Ratschlägen interessiert, Heredia. Was das Hotel betrifft, vergessen Sie es. Niemanden interessiert, was in einer miesen Absteige passiert.«

6

Ich ließ Bernales vor seiner dritten Tasse Kaffee mit zwei, drei Ideen allein zurück, wie der Fall des Mords im Hotel gelöst werden könnte. Sein schneller Aufstieg hatte ihn durcheinandergebracht, wie diese Hunde, die man in einen Karton steckt, um sie von zu Hause wegzubringen, und die man dann in einem Hof wieder freiläßt, den sie nicht kennen. Sie bellen und bellen, bis jemand ihnen einen Fußtritt versetzt. Diejenigen, die die Gesellschaft regieren, brauchen

Helden für einen kurzen Augenblick, um sie mit Lorbeer zu bekränzen, denen sie aber beim ersten Fehler die Rechnung präsentieren. Bernales würde hoch fliegen und später ins Leere stürzen, ohne daß jemand etwas tat, um das zu verhindern.

Auf der Straße wimmelte es von Menschen, die auf dem Weg zu ihren Einkäufen auf dem Markt waren. Anselmos Kiosk war geöffnet, steckte voller Zeitungen, Zeitschriften mit Fotos nackter Frauen und Sonderangeboten von CDs mit Themen, die von griechischer Geschichte bis hin zu Tarotkarten reichten. Ich kannte den Zeitungsverkäufer seit etwa zehn Jahren, und außer daß wir Nachbarn waren, verband uns die gemeinsame Liebe zum Pferderennsport. Anselmo war Jockey gewesen und hatte drei klassische und drei Spezialrennen gewonnen, bis sein linker Arm bei einem Sturz gelähmt wurde. Er erinnerte sich häufig in den Nächten bei Bier oder Schnaps an diese Rennen und zog zerknitterte, vergilbte Zeitungsausschnitte aus seiner Jacke, auf denen er vom Rücken eines Vollbluts hinablächelte.

Ich steckte meinen Kopf ins Fenster des Kiosks und überraschte den Zeitungsverkäufer dabei, wie er mit auf die Brust gesunkenem Kopf döste. Neben ihm schlief auf einer Zeitung Simenon, mit herabhängender Pfote, unbeeindruckt vom Lärm und allem, was nicht mit dem Traum von den hübschesten Kätzchen der Nachbarschaft zu tun hatte.

»Anselmo Peña«, rief ich. Der Zeitungsverkäufer fuhr auf, und einige Sekunden lang irrte sein Blick durch den Kiosk. Sein Aussehen überraschte mich. Er war wie ein Dandy der fünfziger Jahre gekleidet. Weißer Pullover mit schwarzen Streifen, Schuhe und Schirmmütze aus feinem

Segeltuch, graue Hosen mit feinen hellen Streifen und eine blaue Jacke mit Goldknöpfen.

»Verdammt noch mal, Don. Sie haben sich überhaupt nicht verändert«, sagte er, nachdem er mich umarmt hatte. »Als ich Simenon sah, wußte ich, daß Sie wieder da sind. Der Wächter vom Haus hat mir Ihre Nachricht übermittelt, und im Hotel habe ich dann erfahren, daß Sie festgenommen worden waren. Sie können sich gar nicht vorstellen, wie sehr ich mich freue, Sie wiederzusehen, Don.«

»Auch ich bin froh, wieder da zu sein, obwohl ich nicht weiß, wo ich unterkommen soll.«

Anselmo lächelte übers ganze Gesicht, als habe er gerade einen Witz gehört.

»Was finden Sie daran so komisch?«

»Das Glück, Don. Das Glück«, sagte er und fügte dem nichts hinzu. Er gebot mir mit einem Zeichen, ihm in Richtung Wohnung zu folgen. Wir fuhren mit dem Fahrstuhl hinauf, und als wir im siebten Stock ausstiegen, hatte ich das erste Mal das Gefühl, daß etwas Ungewöhnliches passierte. Anselmo lächelte wieder, zog ein Schlüsselbund aus seiner Hosentasche und öffnete die Tür zu dem, was einst mein Büro gewesen war.

Es sah dort noch genauso aus, wie ich es verlassen hatte. Der Metallschreibtisch war voller Papiere, und es standen noch immer die beiden Onyxaschenbecher darauf. Da waren mein Ledersessel und die drei Stühle, die den Schreibtisch in Erwartung von Kunden oder Freunden umstanden. An den Wänden erkannte ich die Regale mit meinen Büchern, die Reproduktion der Venus von Botticelli und das Foto von einem inzwischen fernen Heredia auf einem Fahrrad mit dicken Reifen. Der einzige neue Gegenstand war ein großes, weiches Kissen, auf das seitlich der Name Simenon aufgestickt war.

»Das Glück, Don. Das Glück«, sagte Anselmo wieder.

»Ich dachte, das hier würde alles in irgendeinem Lager stehen. Es fehlt nur noch...«, sagte ich, während ich mich auf das Schubfach des Schreibtisches stürzte, in dem ich die Flasche zu verwahren pflegte, die jenen Nachmittagen einen Sinn verlieh, an denen es nichts zu tun gab und mein Lebensmut sich langsam durch das große Fenster verflüchtigte.

»Wie Sie es lieben, Don«, meinte Anselmo, als er sah, wie ich verblüfft die Flasche Pisco anschaute, die ich aus dem Schreibtisch gezogen hatte.

»Erklär mir bitte, was hier passiert ist, Anselmo«, sagte ich dem Lachen nahe, während ich mich in den Sessel flüchtete, hinter dem man die Estación Mapocho sehen konnte.

»Erinnern Sie sich daran, daß ich Sie, bevor Sie gegangen sind, gebeten habe, mir ein paar Tausender zu leihen?«

»Nein.«

»Zehntausend, zwei hübsche, glänzende Gabrielas.«

»Nein.«

»Erinnern Sie sich daran, daß Sie gesagt haben, das sei nicht geliehen?«

»Nein.«

»Ich habe sie bei einer Fünferwette im Hipódromo Chile gesetzt. Wahnsinnsglückssträhne, Don. Fünf Rennen hintereinander, drei davon echte Siege. Ich habe soviel Geld gewonnen, daß ich eine Nachtclubsängerin davon hätte unterhalten können.«

»Ja und?«

»Ich hatte zuerst überlegt, ob ich Ihnen schreiben sollte, Don. Aber just damals meinte die Besitzerin der Wohnung, daß sie sie vermieten und Ihre Sachen einem Versteigerungshaus übergeben wollte. Üble Sache, Don. Ich habe mit ihr gesprochen, und wir haben ausgerechnet, wieviel sie haben wollte. Ich habe ihr die noch geschuldete Miete gezahlt und ein Jahr im voraus. Ich wußte, Sie würden wiederkommen und Ihre Bude brauchen, Don. Und ich hatte die richtige Nase. Wissen Sie, Don, der Fuchs mag sein Fell verlieren, aber nicht seine Schläue.«

Verwirrt stand ich auf, wußte nicht, wie ich dem Zeitungsverkäufer danken sollte, ging ein paar Schritte auf und ab, bis ich vor dem Kissen stand. »Auch einer deiner Einfälle?«

»Pitita, meine Nichte, hat einen Stickkurs gemacht und ihren Verwandten ihre ersten Werke verkauft. Ich dachte, das könnte dem alten Simenon gefallen. Immerhin ist der Arme bestimmt schon über zehn Jahr alt, und das macht um die sechzig Menschenjahre. Wer weiß, ob er nicht bald das Zeitliche segnet.«

»Was soll ich bloß sagen, Anselmo.«

»Nichts, sagen Sie gar nichts, Don. Unter ehrlichen Leuten ist das nun mal so. Aber, nur so aus Neugier, nippen Sie doch mal an der Flasche, die Sie gerade aus dem Schreibtisch geholt haben.«

Ich machte die Flasche auf und goß drei Finger Schnaps in zwei Gläser. Anselmo nahm seines und führte es langsam an die Lippen. Ich sah, wie er den Schnaps probierte und sich nur schwer bezähmen konnte, nicht wild loszuhusten.

Sein Gesicht lief rot an. Ohne ein Wort zu sagen, stellte er das Glas auf eine Ecke des Schreibtischs.

»Nun, wie schmeckt er?«

»Im Notfall könnte er als Lack oder Terpentin dienen. Ich weiß nicht, wie Sie den schlucken können. Ich stehe eher auf Rotwein.«

»Das ist eine Frage der Zeit und der Zuwendung.«

»Wer weiß«, fügte Anselmo hinzu. Dann meinte er, als er schon fast bei der Tür war: »Ich verlasse Sie nun, damit Sie es sich bequem machen können.«

»Warte. Ich habe noch etwas zu bereden, Anselmo.«

»Bitte, Don.«

»Was erzählt man sich über den Typ, der im Hotel umgebracht wurde?«

»Keiner kannte ihn. Ein eleganter Kerl, gut angezogen.«

»Kennst du die Leute vom Hotel?«

»Der Besitzer ist ein Türke, der zweimal im Monat erscheint. Die Empfangsdame heißt Dora und ist eine Dickmadame mit Vergangenheit. In ihrer Jugend hat sie in den Puffs in der Hurtado de Mendoza gearbeitet. Sie hat einen Jungen, der ihr zur Hand geht, El Panchote. Er ist etwas blöd. Sieht so aus, als hätten sie ihm als Kind wenig Milch und viel Marihuana gegeben.«

»Es heißt, ein zweiter Mann habe nach Mitternacht das Hotel gewechselt. Könntest du mal mit dem Jungen reden und hören, was er über das erzählt, was passiert ist? Du hast doch immer etwas für eine gute Geschichte übrig.«

7

Anselmo ging. Ich hob die Flasche an, betrachtete ihren durchsichtigen Inhalt und stellte sie an den gewohnten Platz. Während meines Aufenthaltes am Strand hatte ich gelernt, meine Reisen zur Flasche zu kontrollieren, und etwas, was mit dem Alter oder einer gewissen inneren Ruhe zu tun haben mochte, sagte mir, daß es möglich war, ohne sie zu überleben, sie der Vergessenheit anheimzugeben, bis Lebensüberdruß oder Enttäuschung verlangten, daß ich es mir anders überlegte. Ich setzte mich an den Schreibtisch und nahm mir den Packen Briefe vor, die während meiner Abwesenheit gekommen waren. Bei den meisten handelte es sich um Werbung, Angebote für Konsumkredite, Computeranlagen und Reisen nach Cancún. All das nützte mir wenig. Ein dicker Umschlag enthielt einen ausführlichen Brief einer Dame, die sagte, sie werde von ihren Wohnungsnachbarn mit dem Tod bedroht. Sie führte unendlich viele Daten an, die bis in die siebziger Jahre zurückgingen und auf eine angeblich vorsätzliche Beschädigung des Fahrstuhls hinwiesen. Viel Einsamkeit und Wahnsinn sprachen aus diesen Zeilen, und ich warf sie ohne Gewissensbisse in den Papierkorb. Ich dachte an Grisetas letzten Brief, den sie mir an den Strand geschickt hatte. Sie erwähnte darin das Ende unserer Romanze nicht, erzählte nur, daß sie angefangen habe, Soziologie an der Universität zu studieren, und am Wochenende in einem Laden im Einkaufszentrum Plaza Oeste in Maipú arbeitete. Sie lebte in der Wohnung einer Witwe, die ihr weniger um des Geldes als um der Gesellschaft willen ein Zimmer mit Frühstück und eigenem Bad vermietete. Sie gab an, es gehe ihr gut, obwohl es anstrengend sei, zugleich zu studieren und zu arbeiten. Ich wollte nicht zuviel an sie denken, konnte es jedoch nicht verhindern. Es war eine einfache Geschichte voll dieser typischen Gemeinplätze, die ein Paar vereinen. Sie war die kleine Schwester eines Freundes und eines Tages in meiner Wohnung erschienen, um mich um Hilfe zu bitten. Sie war aus Talca angereist und allein. Was folgte, war, die Sonne durchs Fenster scheinen zu sehen und zu glauben, daß Griseta meine endgültige Liebe sei.

Aber das gehörte zur Vergangenheit, und an diesem Nachmittag meiner Rückkehr war ich ein Kerl ohne Anhang, der allein in einer Wohnung lebte und nichts vorhatte. Manchmal schaute ich in der Zeit zurück und sah mich mit vagen, ermüdenden Unterfangen beschäftigt, an die sich nach ein paar Monaten niemand mehr erinnerte. Allein und mit der Macke, das Geschehene zu reparieren, dem nicht Existenten unterworfen wie ein Boot, das ewig gegen den Strom rudert. Vielleicht hatte ich wie meine Freunde von früher begriffen, daß diejenigen, die die Welt kontrollieren, keine Veränderungen zulassen, die ihre dicken Taschen voller Interessen und Elend betreffen. Und daß man, um gegen die Niederlage anzukämpfen, Hoffnungen und Ideen sammeln mußte. Viele dieser Freunde waren tot. Andere hatten ihren Rock gewechselt und neue Schritte eines Tanzes gelernt, der sie so verrückt machte, daß sie das, was in ihnen rein und einfach war, vergaßen.

Ich kehrte in mein Büro zurück, weil ich tun mußte, was mein Herz mir sagte. Es würde immer die eine oder andere kleine Aufgabe geben, für die ich mich engagieren könnte, auch wenn das Ergebnis nur ein vorüberhuschender Schatten von Gerechtigkeit sein würde. So war mein Leben gewesen und würde es in Zukunft sein. Ich konnte und wollte mich nicht ändern. Und Zweifel waren ein Teil dieses Spiels. Sie waren immer dagewesen, weil in der Welt nichts sicher ist, außer daß man lebt, von Tag zu Tag, an einfache, authentische Dinge geklammert, im Versuch, eine saubere, klare Spur zu hinterlassen, in der man sich wiedererkennen konnte. Ich mußte zulassen, daß mein Kopf sich mit neuen Zweifeln füllte, und am Vorübergehen der Tage den Zauber des Atmens genießen, und wenn es nur hieß, das Viertel zu durchstreifen, von seinen Farben und dem Hin und Her seiner Menschen fasziniert zu sein.

Trotz der Probleme der vorangegangenen Nacht und des Verhörs durch die Bullen war ich fröhlich. Ich befand mich in meinem Büro, und der Blick auf die Regale voller Bücher schenkte mir ein seltsames Gefühl der Sicherheit. In ihnen standen diese Sätze, die ich mir immer einprägte, um meine eigenen Gedanken oder Seelenzustände bestätigt zu sehen. Zwischen diesen Büchern mußte auch das blaue Heft mit den Gedichten stehen, die ich an der Uni geschrieben hatte und die ich in all diesen Jahren heimlich korrigiert hatte, als wären es nicht meine, sondern die von jemand Fremdem, jenem jungen Mann, der ich von seinem Alter und seinen Erfahrungen her nie wieder sein würde. Manchmal hatte ich sogar daran gedacht, sie zu einer Druckerei zu bringen, um daraus ein kleines Büchlein machen zu lassen. Doch am Ende obsiegte immer der Gedanke an die Nutzlosigkeit. Überall gab es Dichter, die ihre Arbeiten zeigten. Einiges war authentisch und lebendig. Anderes waren nur billige Gefühle von Typen, die mit zuviel Bier im Bauch schreiben.

Mir fiel ein Buch von Manuel Rojas ein, das ich früher einmal gelesen hatte. Ich nahm es aus einem der Regale und suchte den genauen Wortlaut heraus. Das Zitat war mit rotem Buntstift unterstrichen: »Gib mir Zeit, um den Himmel zu genießen, das Meer und den Wein, und verkaufe weiter deinen Käse oder deine Präservative; gib mir Zeit, um zu leben, und stirb, während du deine Waren zählst, die Dummen von der Güte deines Regierungsprogramms überzeugst, deine Zeitung liest oder deine Produkte verschacherst, die immer billiger sind, als was du für sie bezahlst und wofür du sie verkaufst. Wenn du mir außer Zeit auch noch Raum gibst oder ihn mir zumindest nicht nimmst, um so besser: Dann kann ich weiter sehen, weiter gehen, als ich dachte, die Gegenwart jener Bäume und jener Felsen spüren.«

Ich stellte das Buch wieder an seinen Platz zurück, nahm meine Jacke vom Stuhl und verließ das Büro. Eine niedrigstehende Sonne glitt über die Bürgersteige, erfüllte die Schritte der Menschen, die Farben ihrer Kleider und ihre Gesichter mit Licht. Ich steckte mir eine Zigarette an und blieb an der Ecke Bandera/Aillavillú stehen. Ich war in meinem Viertel und inmitten seiner Menschen. Links hinüber konnte man das Schild vom Hutgeschäft Olguín sehen, das Hotel Bandera und die schreiende Reklame vom Rey del Pescado Frito, dem Bratfischkönig. Rechts von mir die Calle Aillavillú. Das Restaurant Victoria, den Eingang zu einem Poolbillard-Salon, eine Vogelhandlung, die bunten Mauern von La Piojera, den Sportladen Scutti, die Touring Bar, das Restaurant Chicha y Chancho und gleich um die Ecke davon das Tú y Yo, ein Café, das ein Programm mit ein paar fettleibigen, müden Tänzerinnen anbot. Ja, ich war wieder in meinem Viertel und unter meinen Leuten.

Ich ging langsam an den Eingängen dieser Etablissements vorbei, redete mit einigen Nachbarn, die mich erkannten, und trat schließlich auf der Suche nach einem halben Liter jungem Wein und einem Sandwich mit Schweinesülze, den Spezialitäten des Hauses, ins La Piojera. Das Lokal sah wie immer aus. Holztische, an denen Stammgäste saßen, Traubenmostfässer in den langen Gängen, an den Lehmwänden Plakate von Getränken, ein paar chilenische Fähnchen und die lange Theke, auf die etwa zwei Dutzend Kunden ihre Gläser gestellt hatten, während sie aus dem Augenwinkel die Gläser mit hartgekochten Eiern, Pickles, gekochtem Eisbein und Schinken betrachteten. Ein ärmliches, aber fröhliches Bild. Kunden mit roten Gesichtern, die allein und schweigend tranken oder Runden bildeten, zu denen sich ständig Verkäufer von Taschenmessern und Dominospielen gesellten.

Ich setzte mich in eine Ecke, gab meine Bestellung auf, und noch bevor sie mir an den Tisch gebracht wurde, sah ich Anselmo mit einem Exemplar der Zeitung *La Segunda* in der Hand herankommen. Er blieb am Tresen stehen und betrachtete von dort aus prüfend die Kundschaft, bis er mich erkannte.

»Ihr Ruf verfolgt Sie, Don«, sagte er, während er die Zeitung grüßend schwenkte.

»Was bringt dich so eilig hierher?«

»Lesen Sie, Don«, meinte er und reichte mir die auf der Seite mit den Polizeiberichten geöffnete Zeitung.

»Beamte der Kriminalpolizei haben im Rahmen der Ermittlungen zum Mord im Hotel Central eine Razzia in der Nähe der Estación Mapocho durchgeführt. Die Polizei nahm verschiedene Verdächtige fest, darunter auch einen juristischen Berater namens Heredia.«

»Wer zum Teufel ist dieser juristische Berater?« fragte ich mich laut.

»Ein Rechtsverdreher ohne Titel oder so was. Lesen Sie weiter, kümmern Sie sich nicht ums Kleingeld. Interessant ist, was danach kommt.«

»Inoffiziellen Informationen zufolge«, las ich laut, »handelt es sich bei dem Opfer um Federico Gordon Iturriaga, Wirtschaftsprüfer und Anwalt, achtundfünfzig Jahre alt, der bis zu seinem Tode in der Prüfungsabteilung des Rechnungshofes der Republik gearbeitet hat. Gordon Iturriaga war Witwer und hatte keine Kinder.«

»Die Leute sind wirklich komisch, Don! Was mag ein Bürotyp in so einer Absteige gewollt haben? Vielleicht ein Perverser. Mir wurde schon mehr als einmal erzählt, daß dort alte Kerle mit jungen Mädchen zum Bumsen hingingen. Oder vielleicht war er ja auch hinter ein bißchen Glück in Bewegung her...«

»Hinter was?«

»Koks, Don.«

»Ich habe so das Gefühl, daß etwas anderes dahintersteckt. Aber ich bin kein Wahrsager.«

»Wenn es um Wahrsagen geht, fragen Sie Ihre neue Nachbarin. Sie heißt Madame Zara und hat das Apartment gemietet, in dem früher Stevens, der Gringo, gewohnt hat.«

»Was hat diese Nachbarin damit zu tun?«

»Gedankenleserin, Handleserin und Wahrsagerin. Sie

liest auch aus den Tarotkarten und in Zigarettenasche. Sie hat die Wohnung gemietet, als Sie in Las Cruces frische Luft geschnappt haben.«

»Warum erzählst du das nicht deinem Friseur?«

»Nun werden Sie doch nicht böse, Don. Ich habe es Ihnen einfach so gesagt, für alle Fälle. Manchmal ist man durcheinander und hat Angst, und dann tut es gut, zu wissen, was die Sterne für einen so in petto haben.«

Er wollte noch etwas sagen, als der Kellner mit der Bestellung kam. Anselmo riß begeistert die Augen auf, als er die überquellende, leckere Schweinesülze sah.

»Hättest du auch gern eins, Anselmo?« fragte ich ihn, während ich den Kellner mit einem Zeichen zu warten bat.

»Ich hätte schon Appetit darauf, aber vielen Dank. Mein Cholesterinspiegel ist hoch, und der Arzt hat mir Fett verboten.«

Ich bezahlte den Kellner und konzentrierte mich auf den Schinken.

»Wenn Sie damit fertig sind, sollten Sie in Ihr Büro reinschauen.«

»Was gibt es denn so Dringendes?«

»Ich habe mit El Panchote gesprochen, und der Junge hatte noch ein As im Ärmel. Oder besser gesagt, die Tasche, die dem zweiten Mann gehörte.«

»Und warum sagst du mir das erst jetzt?«

»Warum regen Sie sich auf, Don. Sie waren so begeistert von Ihrem Sandwich.«

Ich betrachtete wehmütig meinen Traum von einem Mittagessen und erhob mich.

»Gehen wir«, sagte ich zu Anselmo und machte mich auf den Weg.

Als ich an der Tür angelangt war, drehte ich mich um und sah, wie der Zeitungsverkäufer ein Glas jungen Wein vom Faß in einem Zug leerte.

8

»Ich habe das zufällig entdeckt, Don«, sagte Anselmo und zeigte auf die blaue Plastiktasche, die er auf den Schreibtisch gestellt hatte. »Dieser Panchote trug neue Turnschuhe, und das fiel mir auf, weil der arme Schlucker von dem, was er im Hotel verdient, gerade essen und sich hin und wieder mal einen Trip leisten kann. Mir fiel auf, daß das richtig teure Turnschuhe waren, und ich habe ihn darauf angesprochen. Kurz und gut, Don: Panchotes Zimmer liegt neben dem, das der Fremde gemietet hatte, und als dieser sich anschickte zu gehen, hörte der Junge den Lärm, spähte heimlich aus der Tür und sah ihn aufbrechen. Später stellte er fest, daß das Zimmer des Gastes offenstand, und nutzte die Gelegenheit, um sich hineinzuschleichen. Er macht das immer, wenn die Paare ihre Zimmer verlassen haben, sucht nach ein paar Münzen, einem Rest Schokolade oder Zigaretten. Aber dieses Mal fand er die Tasche und darin dreißigtausend Pesos, einen Haufen Papiere und ein Taschentuch. Als er am Morgen erfuhr, was mit Gordon passiert war, bekam er Angst und hat, bevor die Polizei kam, mit der Empfangsdame gesprochen. Die Dicke hat ihm geraten, den Mund zu halten.«

Ich zog die Tasche zu mir heran und öffnete sie. Sie enthielt jede Menge zerknülltes Zeitungspapier, um sie aufzuplustern. Ich zog alles heraus und entdeckte auf dem Boden ein braunes Taschentuch.

»Neu ist es nicht, aber es ist sauber«, meinte Anselmo. »Panchote schwört Stein und Bein, daß in der Tasche nur das Taschentuch und das Papier waren.«

»Und die dreißigtausend Pesos.«

»Das hat dem Jungen am meisten Angst eingejagt. Er war schon einmal im Bau, weil er in La Vega als Taschendieb gearbeitet hatte.«

»Sag ihm, er soll sich keine Sorgen machen. Ihn bei den Bullen anzuschwärzen bringt niemandem etwas, und für den Fall, daß der Fremde zurückkommt, ist es besser, den Jungen auf unserer Seite zu haben.«

»Der Mörder kommt immer an den Ort seiner Tat zurück!«

»Wenn das so wäre, brauchte man sich nur mit was zu trinken und ein paar guten Büchern hinzusetzen und zu warten.«

»Schimpfen Sie nicht mit mir, Don! Ich wiederhole ja nur, was ich gehört habe.«

»Wir werden sagen, daß die Tasche unter dem Bett lag, und ich werde sie Bernales geben, damit er sie auf Fingerabdrücke untersucht. Aller Wahrscheinlichkeit nach werden nur deine und Panchotes Abdrücke darauf sein.«

»Auf gar keinen Fall, Don. Ich möchte nicht, daß die Bullen mich in die Mangel nehmen. Ich bin für so was zu alt.«

»Also Stillschweigen! Letztlich sind wir aus der Sache raus. Ich bin für die Polizei kein Verdächtiger mehr, und außer Neugier...«

»So nicht, Don. Keine Zeit mit Arbeiten verlieren, die nichts bringen.«

»Was ist denn nun los? Ich lasse dich ein paar Monate allein, und schon hast du die Pille des Postmodernismus geschluckt. Du hast bestimmt jede Menge Kreditkarten und Handys.«

»Wenn Sie mich anmachen wollen, gehe ich lieber«, sagte Anselmo. »Sie sind unausstehlich, Don.«

»Wieso? Bin ich dir auf die Hühneraugen getreten?«

Ich sah ihn das Büro verlassen, und aus dem Fenster, das zur Calle Aillavillú hinausgeht, beobachtete ich Anselmo, wie er an seinem Kiosk ankam und ein paar Zeitschriften aufhängte. Ich kehrte zum Schreibtisch zurück und betrachtete mir einen Augenblick lang das Taschentuch genauer, das ich dort hatte liegenlassen. Es war aus feinem Material, trug die Initialen des Herstellers eingestickt und duftete nach einem dieser Parfüms aus Paris zum Dummegänseeinfangen.

Ich ging in die Küche, und nachdem ich Wasser aufgesetzt hatte, strich ich durch die Zimmer der Wohnung.

Im Schlafzimmer, links vom Bett, fand ich ein Buch von Prévert, das Griseta gehörte. Ich dachte daran, wie wir uns in diesem Zimmer oft geliebt hatten, und wähnte mich, wenn ich die Augen schloß, wieder in einem dieser Augenblicke, in denen uns nur der vollkommene Kreislauf der Liebkosungen wichtig und das Glück ein Sonnenstrahl war, der auf Grisetas nackte Brüste fiel.

Das Pfeifen des Wasserkessels riß mich aus meinen Erinnerungen. Ich rannte in die Küche, goß einen Kaffee auf und kehrte ins Büro zurück. Ich würde noch viele Tage des

Wartens vor mir haben, bevor wieder Kunden kamen. Ich stellte mir ihre ernsten Gesichter vor, diese Haltung, die Menschen einnehmen, wenn sie vor einem Arzt sitzen und eine Antwort auf ihr Leiden erwarten. Es würden die betrogenen Ehemänner kommen, die Ehefrauen mit den peinlich genauen Bilanzen ihrer alltäglichen Streitigkeiten. Die Väter, die ihre Kinder suchen und mit leiser Stimme sprechen, als wollten sie um Verzeihung bitten. Die Aussichten waren nicht gerade großartig, aber ich war bereit, jede Arbeit zu machen, um dadurch die Landschaft der Stadt wiederzuerobern, die mir nach diesen nur sechs Monaten verändert vorkam. Zumindest sah es so aus, denn ich wußte sehr wohl, daß sich hinter den neuen Gebäuden oder den kürzlich eingeweihten Geschäften die alten Gefühle verbargen, die alten Träume und Fragen. Die gleichen alltäglichen Tragödien, die nicht in den Schlagzeilen der Zeitungen standen, aber in die ich immer wieder vordrang, um eine empfindliche Sehnsucht nach Gerechtigkeit zu befriedigen.

Ich hörte das Telefon klingeln, und als ich abnahm, ertönte eine tiefe Frauenstimme, die hinter meinem Rücken zu sprechen schien.

»Heredia«, murmelte sie, »ich weiß viel über Sie und hätte großes Interesse daran, Sie kennenzulernen.«

Neugier zwackte mich in die Ohren, und während ich versuchte, diese Stimme zu erkennen, wagte ich nicht zu fragen.

»Ach, verzeihen Sie. Ich habe mich gar nicht vorgestellt«, fügte die Stimme hinzu. »Ich bin Armenia Pérez, Madame Zara, Ihre Nachbarin.«

Ein Schauder lief mir den Rücken hinunter. Früher einmal hatte ich Anrufe einer Frau erhalten, die behauptete, alles über mich zu wissen, und die mich einlud, sie kennenzulernen. Anfangs hielt ich es für einen Scherz, aber nachdem das drei Monate lang so gegangen war, wurde das Ganze zu einem Alptraum, der erst an dem Tag endete, an dem ich in einer zwielichtigen dreckigen Wohnung in der Calle San Diego eine Neurotikerin vorfand, die auf gut Glück Männer anrief, die ihr das Telefonbuch per Zufall eingab.

»Ich weiß, was Sie denken, Heredia. Mein Anruf ist kein Scherz, und ich habe auch nicht die Absicht, Ihnen zu schaden.«

»Was?« stotterte ich überrascht.

»Ich bin Wahrsagerin«, ließ die Frau nicht locker, und dann hörte ich ihr atemloses Lachen. »Ich erwarte Sie. Ich weiß, daß Sie verwirrt sind und mich kennenlernen wollen.«

Zwei Minuten später klopfte ich an die Tür, an der ein Schild hing, auf dem stand: »Madame Zara, international bekanntes Medium.«

Mir öffnete eine junge Frau, die eine rosa Schürze trug.

»Warten Sie im Sprechzimmer«, sagte sie, indem sie mir ein Stück Papier in die Hand drückte, das ich überflog.

»Achtung Santiago und Umgebung, Madame Zara hilft bei persönlichen Problemen: Liebe, Geschäfte, Reisen, Ehen, Scheitern oder unbekannte Krankheit. Wenn Sie Sorgen haben, kommen Sie zu mir. Dies ist keine Werbung, Fakten sprechen für mich. Verwechseln Sie mich nicht mit anderen. Suchen Sie mich auf, ganz vertraulich. Medizinische Kräuter für Arthritis, Diabetes, Gicht, Rheumatismus, Impotenz, vaginale Probleme. Ich biete Talismane und Ausräucherungen an. Es werden Reinigungsrituale durchgeführt. Kommen Sie noch heute. Erschwingliche Preise.«

Wunder zu erschwinglichen Preisen, dachte ich, während ich in ein kleines Zimmer trat, das im Halbdunkel lag und weihrauchgeschwängert war. Dicke Vorhänge verdeckten die Fenster, und mitten im Raum stand ein runder Tisch, auf dem ich ein Tarotkartenspiel sah und ein steinernes Gefäß, auf dessen Boden ich Aschereste erkannte. Ich setzte mich auf einen Sessel neben den Tisch, und noch bevor ich es mir bequem gemacht hatte, hörte ich Schritte. Ich versuchte mich zu erheben, aber die Stimme vom Telefon hielt mich zurück. »Bemühen Sie sich nicht, Heredia.«

Vor mir tauchte eine kleine, braunhäutige Frau mit großen Augen und einem schwarzen Haarschopf auf, der ihr bis über die Schultern reichte und einen Teil ihrer blauen Tunika bedeckte. Ich schätzte sie auf guterhaltene Sechzig. Als hätte sie meinen Gedanken erraten, lächelte sie und schob dann einen Becher mit einem grünlichen Getränk zu mir herüber.

»Melissentee. Er ist gut, um schlechten Einfluß zu verscheuchen.«

Madame Zara setzte sich in den anderen Sessel und begann mich, nachdem sie ihre Mähne zurückgeworfen hatte, eingehend zu betrachten. »Stark, mißtrauisch, sentimental und letztlich verwirrt. Irre ich mich?«

Ich zuckte, ohne etwas zu sagen, mit den Schultern.

»Die Stärke sieht man sofort. Das Mißtrauen an deiner Art, dich zu setzen. Die Verwirrung im Blick.«

»Und das Sentimentale?« fragte ich, indem ich auf das Spiel einging.

»An deinen Händen. Lange Finger, die gewohnt sind zu liebkosen.«

»Noch was?«

»In welchem Monat bist du geboren, Heredia?«

»Juli. 21. Juli, wie Hemingway.«

»Ein kompliziertes Sternzeichen. Das eines Jungen, der davon träumt zu fliegen, aber zugleich den Ort liebt, an dem er geboren wurde, und das Viertel, in dem er lebt. Das von jemandem, für den der schönste Ort der ist, den er noch kennenlernen wird, und der sich immer denen anschließt, die den Krieg verlieren. Ein glückloser Idealist.«

»Ich glaube, ich bin hier im Nachteil. Sie scheinen alles über mich zu wissen, während ich…«

»Ich wohne seit fünf Monaten hier. Vorher habe ich in Iquique gearbeitet, war immer für die Leute da, die mehr über sich selbst wissen wollen. Seit ich hier eingezogen bin, habe ich eine Menge über dich gehört, und da wir eine Zeitlang Nachbarn sein werden, wollte ich dich kennenlernen.«

»Eine Zeitlang?«

»Das sagt die Asche«, meinte Madame Zara, indem sie auf das steinerne Gefäß wies.

Ich probierte den Tee, und sein Geschmack gefiel mir. Die Frau schien sich zu entspannen und erzählte mir in der folgenden halben Stunde etwas über ihre Wahrsagefähigkeiten. Ich beschloß, ihr zu glauben. In ihren Augen war etwas Ehrliches, das mein natürliches Mißtrauen gegenüber Scharlatanen besiegte. Ich erzählte ihr von meinem Aufenthalt am Strand und davon, daß ich meine Nachforschungstätigkeiten wiederaufnehmen wollte.

»Ein Tod umgibt dich«, unterbrach sie mich plötzlich.

Ich erzählte ihr vom Toten im Hotel Central, und fast ohne es zu bemerken, gab ich ihr viele Einzelheiten preis, darunter auch die vom fremden Gast, der um Mitternacht verschwunden war.

»Ich spüre Schwingungen«, sagte sie, und dann fragte sie: »Hast du das Taschentuch bei dir?«

Ich zog das Taschentuch aus meiner Jacke und gab es ihr.

Sie schloß die Augen und schien irgend etwas in der Dunkelheit des Zimmers zu suchen. »Ein Geheimnis und eine Frau. Der Besitzer dieses Taschentuchs wollte sich wegen etwas rächen, das in der Vergangenheit geschehen ist«, sagte sie nach ein paar Minuten.

Ich hatte das Gefühl, als habe Madame Zara hinter einen Vorhang geblickt, den ich bisher gar nicht wahrgenommen hatte. Ich wollte etwas fragen, aber die Frau hieß mich schweigen, indem sie eine Hand hob.

»Ich kann nichts weiter sehen. Wahrscheinlich ist das Taschentuch durch viele Hände gegangen.«

»Ich weiß nicht, was ich dazu sagen soll.«

»Das sind Angaben, die du im Hinterkopf behalten kannst.«

Der Blick der Frau maß mich von Kopf bis Fuß, und ohne recht zu wissen, weshalb, spürte ich Angst, erhob mich und schob eine Verabredung vor, um den Besuch zu beenden.

»Du wirst dich schon noch daran gewöhnen. Wie viele andere Männer glaubst du, daß nur das gilt, was man beweisen kann. Aber der Mensch ist komplexer, in seinem Gehirn gibt es Möglichkeiten, von denen die Leute für gewöhnlich nichts ahnen. Träume nehmen diese Kräfte voraus, und wenn jemand eine bestimmte, spezielle Wahrnehmungsgabe besitzt, kann er die Aura sehen, die die Menschen umgibt. Ihre Farben sagen mehr als jeder Fingerabdruck.«

Ich verließ Madame Zaras Sprechstunde mit dem Gefühl vollkommener Nacktheit. Meine Zweifel überschlugen sich. Das vom Fremden konnte wahr oder nur Scharlatanerie sein, und dennoch konnte ich, als ich zurück in meinem Büro war, an nichts anderes denken, bis Simenon kam und an der Tasche des unbekannten Gastes kratzte. Er zog sie mitten ins Büro, steckte seinen Kopf hinein und begann, die zusammengeknüllten Zeitungsseiten herauszuziehen.

Ich beobachtete ihn, wie er mit den Papierbällen spielte. Er war zugleich amüsiert und besorgt. Plötzlich hielt er inne und betrachtete aufmerksam ein Stück Papier, das er aus der Tasche zog.

»Hast du einen Wechsel gefunden, den du gegen drei Labormäuse einlösen kannst?«

»Du solltest lieber genau hinsehen.«

»Was hast du gefunden?« fragte ich noch einmal, während ich zu Simenon ging und sah, daß er zwischen seinen Vorderpfoten einen Beleg für einen Kauf mit Kreditkarte hielt. Er war vom Restaurant Los Acacios für *Mastercard* ausgestellt. Der Inhaber der Karte hieß Domingo Hidalgo Matus.

»Wenn du lesen könntest, wüßtest du, daß du dir eine Riesenportion gegrillten Lachs verdient hast«, sagte ich zu Simenon, während ich ihn in meine Arme nahm und seinen weißen Kopf streichelte. Er sah mich verständnislos an und versuchte mit seiner Pfote, das Stück Papier wiederzubekommen.

»Du scheinst begeistert zu sein«, meinte Simenon.

»Ich glaube, es ist Zeit, ein paar Ratschläge einzuholen.«

9

»Nichts hat sich geändert, wie andere tue ich, was ich kann: gerade genug, um mich über Wasser zu halten, und nicht zuviel, um keinen auf den Deckel zu bekommen, weil ich mehr will, als mir zukommt. Wie du siehst, bin ich zurückgekommen. Die Stadt hat mir gefehlt, die alten Häuser, das Viertel mit seinen Gerüchen und seinen Menschen. Gestern habe ich versucht, wieder in die City Bar zu gehen, aber die Erinnerungen haben mir, ungelegen wie immer, den Zutritt versperrt. Dann habe ich mir gedacht, ich besuche dich einfach. Du bist hier nicht schlecht untergebracht. Viele Leute hätten tagsüber gern so viel Sonne. Sicher, sie leben, oder zumindest glauben sie es. Sie reißen ihre Arbeitsstunden ab, und Samstag nachmittags gehen sie zum Fußball oder in ein Einkaufszentrum. Gießen sich mit Bier und Saucen zu und sind so klug, nicht übers Leben nachzudenken. Das war unser Fehler, Dagoberto. Wir haben viel nachgedacht, haben jedes einzelne Problem der Welt zu unserem gemacht, und, um das Maß vollzumachen, haben wir die Sünde begangen, die Gesellschaft ändern zu wollen. Nein, ich bereue das nicht. Wenn ich die Gelegenheit bekäme, würde ich es noch einmal tun, allerdings besser, ich denke, man sollte diese Chance ergreifen und die Dinge gut machen, ohne darüber nachzudenken, daß man Knüppelschläge einstecken oder statt dessen, indem man mathematische Formeln befolgt, zum Glück gelangen könnte. Du siehst, ich ändere mich nicht. Du fragst dich sicher, was ich gestern nacht getrunken habe. Das hast du immer gemacht, wenn ich auf diese Themen zu sprechen kam. Aber ich sage noch einmal, der

Ort ist eigentlich nicht schlecht. Natürlich kam er mir letztes Mal nicht so angenehm vor. Ich war voller Schmerz. Die Erinnerung an den Hinterhalt im Markt, die Killer, die dich zerfleischt haben. Ich konnte das nicht vergessen. Aber ich konnte auch die Zeit nicht vergessen, als wir jung waren, weniger Kilos drauf hatten und weniger weißes Haar und vor allem weniger Überdruß. Pech, mein Freund. Wir haben zu Unzeiten gekämpft, haben verloren, aber unsere Würde bewahrt. Du brauchst nichts zu sagen. Ich bin nicht hergekommen, um mir Predigten anzuhören, auch wenn ich zugeben muß, daß mir deine Ratschläge fehlen. Was los ist? Ein Kerl ist in einem Hotel gestorben, ein anderer hat denselben Ort gegen drei Uhr eilig verlassen. Das sieht einfach aus. Vor allem, weil er eine frische, leicht zu verfolgende Spur hinterlassen hat. Na ja, ganz so leicht ist es nun auch wieder nicht. Ich habe den ganzen Vormittag damit verbracht, die den Fremden betreffenden Daten bei einer Bank herauszubekommen. Er heißt mit Nachnamen Hidalgo. Er hat einen Beleg für einen Kauf mit Kreditkarte hinterlassen. Ich dachte, es würde einfach sein, aber ich bin von einem Geschäftszimmer ins andere, von einer Ablehnung zur anderen gewandert. Und es ist nicht nur die verlorene Zeit, sondern auch die Tatsache, feststellen zu müssen, daß der Zauber nicht mehr der von einst ist. Sie siezen mich und bieten mir einen Stuhl an. Ich schaue die Mädchen eindringlich an, aber sie gehen nicht mehr darauf ein. Werde ich etwa alt? Alles scheint in diesen verdammten Stellen vertraulich zu sein. Jeder Sekretärin habe ich die Geschichte vom Vetter erzählt, der aus der Provinz kommt und seinen Verwandten finden will. Die einzige Angabe, die ich habe, ist die Nummer seiner Kreditkarte, Fräulein. Ein-, zehn-, dreißigmal. Nichts. Ich hatte nicht einmal mehr den Ausweis von der Kripo, den ich vor Jahren auf dem Flohmarkt Bío Bío gekauft hatte. Ich weiß, daß du immer erbost über ihn warst, aber er hat mir mehr als einmal aus der Patsche geholfen. Bei den meisten Menschen reicht es, ihnen einen Ausweis oder einen Stempel zu zeigen, und schon machen sie sich in die Hosen. Das wußtest du auch genau. Schließlich mußte ich mich an einen Bankangestellten wenden, den ich von der Rennbahn kannte. Einer von diesen Dummköpfen, die sich für die Herren all dessen halten, was sie umgibt, aber letztlich am Ende des Monats das gleiche miese Gehalt bekommen wie die meisten. Beim Strahlen von ein paar Scheinen riß er begeistert die Augen auf. Dieser Hidalgo, stellte sich heraus, ist Besitzer eines Supermarktes in San Bernardo. Er ist fünfundsechzig Jahre alt. Er ist verheiratet und hat einen bereits erwachsenen Sohn. Mehr weiß ich nicht. Diese Daten standen auf einem Antrag für einen Kredit, den er vor vier Jahren aufnehmen wollte, um sein Geschäft zu erweitern. Glaubst du das? Was könnte dieser Kerl im Hotel Central gemacht haben? Ich werde ihn mir ansehen und ihm Daumenschrauben anlegen müssen. Das werde ich heute nachmittag oder morgen tun. Der Tote? Er war nicht viel jünger. Merkwürdig, nicht? Keiner von beiden paßt zur gewöhnlichen Klientel des Hotels. Ich weiß nicht, ob sie sich kannten. Das Schlimmste ist, daß es höllisch weit nach San Bernardo ist. Und keiner zahlt mir auch nur einen Centavo. Warum? Vielleicht, weil ich das als Möglichkeit sehe, mich wieder in die Arbeit einzugliedern. Es fällt mir jeden Tag schwerer, Fragen zu stellen, mich an unbekannte Orte zu begeben, meine Haut für irgend etwas hinzuhalten. Ich weiß, daß ich mich schon aus Gewohnheit beklage. Dich kann ich nicht betrügen. Ich werde zwei oder drei Tage an der Sache arbeiten und dann, ab in den Papierkorb. Inzwischen erscheint vielleicht ein Kunde. Ich bin mit wenig zufrieden. Nein, hier ist es wirklich nicht schlecht. Ruhig, man kann gut nachdenken. Verdammt, wir haben die Arschkarte gezogen! Dir ist es am allerschlimmsten ergangen. Obwohl, wer weiß: Ich habe immer sagen hören, daß diese bösen Mädchen, die dir so gut gefallen haben, in der Hölle landen. Na klar. Denn du bist sicher in der Hölle. Daran habe ich keinen Zweifel, alter Mistkerl.«

10

Ich legte sechs rote Nelken auf Solís' Grab, verließ den Friedhof durch das Tor, das zur Calle Recoleta führt, und ließ die Unwirklichkeit eines Dialoges hinter mir zurück, den ich so schnell nicht wiederholen wollte. Es war ein kühler Morgen, und ein rötlicher Hof am smogbedeckten Himmel sagte die Ankunft jener heißen Tage voraus, an denen man am liebsten aus Santiago, seinen Straßen voller Autos und Menschen floh. Ich hielt ein Taxi an und bat den Fahrer, mich vor der Academia Diplomática Andrés Bello abzusetzen. Am Ziel angelangt, wartete ich, bis sich der Wagen entfernt hatte, und ging zur Inés de Suárez. Am Eingang der Bar hing ein Schild, daß sie zu verkaufen sei, aber drinnen standen noch ihre Holztische in einem Salon, der von Kunden aufgesucht wurde, die ebenso betagt waren wie die Spiegel, die an den Wänden hingen. Ich verwarf die Absicht, zu Mittag zu essen, und trank ein Glas Wein. Nur eins, und ganz langsam. Ich wollte, daß meine Sinne wach blieben, um die Fäden zusammenzuführen, die offenbar den Tod von Gordon mit einem Fremden namens Hidalgo verbanden. Annahmen, vage Vorstellungen, die Teil ein und desselben Rätsels waren. Ich beobachtete die Dominospieler und dachte an den Zufall der Zahlen, die sich, einen Stein nach dem anderen, mit unerschütterlicher Logik aneinanderreihten. Der Schlüssel lag darin, den richtigen Stein zu setzen. So würde ich es auch machen, wenn ich Hidalgo befragte. Dennoch hatte ich das Gefühl, bevor ich mich nach San Bernardo aufmachte, daß ich kurz davor stand, in einem Spiel mitzumachen, das nicht meines war. Ich zweifelte einen Augenblick lang und ließ zu, daß mich eine alte, enttäuschte Müdigkeit übermannte, als der Wein zur Neige ging und ich entscheiden mußte, ob ich ein weiteres Glas bestellen oder die Bar verlassen sollte.

Griseta half mir, mich zu entscheiden, und ohne zweimal darüber nachzudenken, ging ich zur Plaza Brasil, die mitten in einem Viertel liegt, das meiner Erinnerung nach aus lauter Häusern bestand, denen die Zeit übel mitgespielt hatte und welche die Verordnungen der Stadtverwaltung am Ende zugunsten von Liliputanerapartments aus der Landschaft tilgen würden.

Ich blieb vor dem alten Kino Alcázar stehen, in dem jetzt ein chinesisches Restaurant untergebracht war, und fand das Haus von Griseta, ein altes, blau angestrichenes Gebäude mit hohen Fenstern, über denen im oberen Teil vier vom Regen zerfressene Engel thronten. Ich drückte auf den Klingelknopf, und nachdem ich zwei Minuten gewartet hatte, kam eine alte Frau, die ihr Haar mit einem geblümten Seitentuch bedeckt trug, an die Tür. In ihren hellen Augen lag ein Ausdruck von Ruhe, als könnte sie in ihrem Alter nichts mehr überraschen. Ich fragte nach Griseta, und sie sagte, sie würde gegen sechs Uhr abends nach Hause kommen. Auf meiner Uhr war es vier. Ich dankte der alten Dame und sagte, ich werde zur angegebenen Zeit wiederkommen. Die Frau nickte und schloß ohne weitere Fragen die Tür.

Ich kaufte in einem Krämerladen an der Plaza Brasil eine Packung Derby und setzte mich dann auf eine Bank, von der aus man das Haus sehen konnte. Es war ein ruhiger Nachmittag. Vier Kinder stiegen nimmermüde auf Rutschen und Schaukeln, während sich im Schatten eines Baumes ein alter Landstreicher mit nacktem Oberkörper, unbeeindruckt von den Blicken der Vorübergehenden, nach Flöhen absuchte.

Griseta erschien fünf Minuten vor sechs. Ihr schwarzes Haar war bis auf die Schultern gewachsen, und die engen Jeans betonten ihren hübschen Hintern. Ich sah, wie sie aus dem Bus stieg, und ging sofort auf sie zu. Ich hätte sie gern in meine Arme genommen, aber sie gewährte mir nur einen flüchtigen Kuß, der mir gerade eben Zeit gab, ihre Lippen auf einer meiner Wangen zu spüren.

»Ich wußte, daß du kommen würdest. Daß ich nicht anzurufen brauchen würde, wie wir es vereinbart hatten«, sagte sie.

»Wolltest du mich sehen?«

»Manchmal schon, manchmal nicht.«

»Deine Begeisterung ist nicht besonders groß.«

»Soll ich alles noch einmal anführen? Meine Gründe, unsere Vereinbarungen?«

»Nein«, entgegnete ich und wußte nicht weiter.

»Laß uns einen Spaziergang machen«, fügte Griseta hinzu.

»Einen Spaziergang?«

»Das hast du immer gesagt, wenn du über etwas Wichtiges reden wolltest. Du bist der Mann in meinem Leben, mit dem ich am meisten spazierengegangen bin.«

»Du siehst gut aus«, sagte ich zu ihr.

»Du nicht. Wenn es nach mir ginge, würde ich dir die Haare schneiden und dir ein paar Extrarationen zu essen geben. Du siehst ausgezehrt und alt aus. Aber sei darüber nicht deprimiert. Dein Aussehen ist nicht gerade das, was ich an dir am meisten mag.«

Ihre harten Worte täuschten mich nicht, und am Glanz in ihren Augen sah ich, daß sie sich in meine Arme kuscheln wollte.

»Laß uns etwas gehen«, ließ sie nicht locker.

Wir gelangten nicht sehr weit, weil wir, bevor wir uns auf einen ungewissen Weg machten, das nächste Hotel aufsuchten, wo wir das Feuer entzündeten und unsere Körper einander ohne Eile wiedereroberten. Ich küßte, der zufälligen Linie ihrer Sommersprossen folgend, ihren Rücken, liebkoste ihre festen Hinterbacken, ihren glatten Bauch und ihre glatten Brüste und ließ sie mich rittlings besteigen, sie in mich und ich mich in sie einsinken, bis das Hotelzimmer dunkel war wie andere Nächte.

»Danach habe ich mich am meisten gesehnt«, sagte sie,

indem sie mit sanften Fingern über meine Brust strich. »In einigen Nächten war die Erinnerung unerträglich.«

»Seit du vom Strand weggegangen bist, habe ich mit niemandem geschlafen.«

»Wen willst du betrügen, Heredia?«

»Ich war allein, ausgetrocknet, müde.«

»Und du hast bestimmt viel getrunken.«

»In einigen Nächten mehr als in anderen.«

»Ich glaube, das hat mich am meisten gestört.«

»Ich habe gedacht, du hast es schließlich verstanden.«

»Das heißt ja nicht, es zu akzeptieren«, entgegnete Griseta. Dann nahm sie ihre Hand von meiner Brust und fragte: »Warum bist du zurückgekommen?«

»Brauchst du eine Antwort?«

»Es war nicht meinetwegen, Heredia. Versuch nicht, diesen Augenblick zu rechtfertigen. Du hast mich begehrt, und ich habe dich begehrt, das ist alles. Nichts ändert sich.«

»Nichts?«

»Es gab Zeiten, da dachte ich, zwischen uns beiden sei etwas. Dann begriff ich, daß ich störte. Manchmal brauchtest du mich, und dann bist du wieder in deiner Finsternis verschwunden. Ich begriff, daß ich nicht bereit war, die Aufgabe auf mich zu nehmen, dich aus deiner Welt zu holen. Du bist an eine Vergangenheit gefesselt, die nicht meine ist, und ich will mein Leben leben, ohne fremde Schatten mitschleppen zu müssen. So ist das, Heredia. Ganz einfach, ohne viel Gerede, ohne Groll.«

»Dein Alter und mein Alter?«

»Es ist deine Geschichte, deine Macke, am Rande zu bleiben. Nichts für dich selbst tun zu wollen.«

»Du bist härter geworden, Griseta.«

»Ich bin erwachsener geworden, Heredia.«

»Und an diesem Nachmittag?«

»Ein Raum, ein Augenblick, der wirklich und gewünscht war, aber ein Ende hat.«

Grisetas einstige Aggressivität war zu Sicherheit geworden. Ich sah sie das Bett verlassen und ins Bad gehen. Ein paar Minuten lang hörte ich das Rauschen der Dusche, und kurz darauf kam sie bekleidet wieder zurück.

»Bleibst du in Santiago?« fragte sie.

»Ja.«

»Wenn du willst, kannst du mich bis zur Ecke begleiten, Heredia, und dort trennen wir uns. Vielleicht habe ich morgen oder in einem Monat Lust, dich anzurufen. Vielleicht führt uns der Zufall in irgendeiner Straße zusammen. Ich liebe dich, aber das reicht nicht. Ich habe es dir, als ich das erstemal in deine Wohnung gekommen bin, gesagt: Ich will mein eigenes Leben führen.«

»Und worin schränke ich dich ein?«

»An deiner Seite ist es schwieriger.«

»Warum?«

»Ich will nicht damit leben, daß ich auf deine Rückkehr warte oder daß dich irgendwelche Fremden abholen. Ich will nicht in Angst leben, Heredia.«

Ich steckte mir eine Zigarette an und beobachtete sie, während sie sich fertig anzog.

»Soll ich auf dich warten, oder bleibst du?« fragte sie, während sie ihre Hefte nahm und zur Zimmertür ging.

»Es gibt nichts –«

»Deine Zitate helfen nicht weiter«, fiel sie mir ins Wort.

Sie öffnete die Tür, und ein paar Sekunden lang hörte ich noch ihre Schritte sich entfernen.

»Es gibt nichts, was mich zwingt, auf Wiedersehen zu sagen«, murmelte ich, einen Satz wiederholend, den ich in einem Buch gelesen hatte, an das ich mich nicht erinnern konnte. Ich dachte an ein Solo von Charlie Parker. Um mich herum war nichts, nur der Duft eines Mädchens, das ich zu lieben glaubte und das ich gehen ließ. Ich drückte die Zigarette aus und schloß die Augen, während die Erinnerungen ins Zimmer kamen.

II

Ich floh aus dem Hotel wie ein Vampir, der sich vor dem Licht der Morgendämmerung fürchtet, und blieb allein auf einer Straße stehen, in der sich der Alltag der Schüler und eiligen Passanten breitmachte. Ich wünschte mir einen Kaffee, zwei oder drei Brötchen mit Butter und eine Riesenration Begeisterung für die nächsten Stunden meiner Reise nach San Bernardo. Und obwohl ich wußte, daß »die Arbeit eine Tugend ist, die das Leben ruiniert«, beschloß ich, das Frühstück ausfallen zu lassen und meine Aufgabe in dem grauen Seelenzustand eines Beamten am Montagmorgen zu erledigen.

Ich hielt ein Kollektivtaxi auf Höhe des Sendeturms der Telefongesellschaft an und kam zwischen einer Krankenschwester, die zum Hospital El Pino fuhr, und einem Versicherungsverkäufer zu sitzen, der, wie er selber erzählte, verschiedene Händler besuchen wollte, deren Policen für

Diebstahl- und Feuerversicherungen abgelaufen waren. Der Chauffeur fuhr seinen Wagen über die Panamericana Sur, und ich fühlte mich eine halbe Stunde lang von rechts nach links geschleudert wie in einer Achterbahn.

Als ich an der Plaza de San Bernardo ausstieg, wandte ich mich an den Versicherungsverkäufer und fragte ihn, ob er Domingo Hidalgo kenne. Der Mann schaute mich mißtrauisch an, und nachdem er den Gedanken verworfen hatte, ich könnte ihm seine Geschäfte vermiesen, wies er auf eine Ecke des Platzes.

»Supermercado Temuco, dreißig Jahre zu Ihren Diensten mit Qualität und guten Preisen«, sagte er, offensichtlich einen Radioslogan wiederholend. »Gehen Sie die Calle Prat bis zur Bahnlinie. Von dort einen halben Block in Richtung Hospital San José, und da finden Sie den Laden. Und falls Sie daran denken, sagen Sie Hidalgo, daß Gastón Fierro ihn nächste Woche aufsuchen wird.«

Ich bedankte mich und machte mich, bereit, seinen Anweisungen zu folgen, auf den Weg. San Bernardo besaß noch diese Ruhe mit alten Bäumen und Lehmziegelhäusern von vor ein paar Jahren, als ich einen Freund zum Hospital San José begleitet hatte, um den Leichnam seiner Mutter abzuholen, die in der vorangegangenen Nacht gestorben war. Mein Freund ging schweigend, hielt ein Bild von Santa Teresa de Los Andes fest in der Hand, das er in den Sarg der Verstorbenen legen wollte. Ich erinnerte mich daran, wie ich versucht hatte, seinen Schmerz zu verstehen; aber ich, der in einem Waisenhaus aufgewachsen war, wußte nicht, was eine Mutter war, und was meinen Vater betraf, so erinnerte ich mich nur vage an seinen letzten Besuch an meinem fünften

Geburtstag. Ich hatte den Freund bis zum Leichenschauhaus begleitet, und als er eine Stunde später wieder herauskam, fiel mir nur ein, ihm eine Zigarette anzubieten, die er mit Tränen in den Augen ablehnte. Seither war ich nicht wieder nach San Bernardo zurückgekehrt.

Der Supermercado Temuco war eine Baracke, in deren Innerem sich die Waren dort stapelten, wo der Zufall oder der gute Wille der Lieferanten sie hinbefördert hatten. Innerhalb seiner Mauern vermischten sich die Aromen von Obst mit denen der Räucherwurstwaren, die wie Fledermäuse von der Decke hingen. Ein Mädchen saß hinter der Registrierkasse, und nahebei versuchte ein dunkelhäutiger, magerer Mann, einen Sack Süßkartoffeln herumzuschleifen.

Ich begrüßte das Mädchen, und sie sah mich schweigend an, während sie die Schublade der Registrierkasse zuschob.

»Ich suche Señor Hidalgo«, sagte ich.

»Der Chef ist vor zwei Tagen nach Santiago gefahren«, antwortete sie eilig.

»Merkwürdig! Wir hatten uns für heute verabredet.«

»Das hat er wohl vergessen«, meinte das Mädchen. »Der Chef hat viel um die Ohren.«

»Der ist überhaupt nicht in Santiago, Señorita Luzmira«, hörte ich den Mann sagen. »Heute habe ich ihn gesehen, als ich die Briefe von der Post abgeholt habe.«

»Sie waren wohl betrunken, Manolo«, sagte das Mädchen. »Der Chef hätte doch in seinem Geschäft vorbeigeschaut.«

»Vielleicht hatte er keine Lust und ist zum Landhaus gefahren.«

»Was für ein Landhaus?« fragte ich.

»Das vom Chef«, antwortete die Verkäuferin.

»Wie komme ich dahin?«

»Das Grundstück liegt drei Kilometer weit entfernt«, meinte der Mann. »Wenn Sie keinen eigenen Wagen haben, nehmen Sie einfach ein Taxi. Jeder Fahrer weiß, wo das Landhaus ist.«

»Danke«, sagte ich und verließ den Krämerladen.

»Sie haben wohl Visionen, Manolo«, hörte ich noch das Mädchen zum Mann sagen. »Vergessen Sie nicht, daß der Chef Sie gemahnt hat, Ihren Weinkonsum zu drosseln.«

Das Landhaus von Hidalgo lag in einem von fahlen Hängen und Kiefernwäldern umgebenen Tal. In einer Ecke des Grundstücks war ein Haus im Kolonialstil zu sehen und daneben, mitten in einer Rasenfläche, ein rundes Schwimmbad.

Als ich aus dem Taxi stieg, verließ ein roter Toyota mit hoher Geschwindigkeit das Grundstück. Die Fahrerin war eine blonde Frau, und auf dem Rücksitz des Wagens konnte ich einen Koffer erkennen. Ich beobachtete den Wagen, bis er sich in eine Staubwolke verwandelte, und dann gelangte ich zum Haus, indem ich den spielerischen Sprüngen eines Huskys auswich, der herauskam, um mich zu empfangen. Das Haus erschien plötzlich verlassen. Die Haustür stand halb offen, und von drinnen hörte man das Murmeln eines Radios. Ich klopfte dreimal, und als mir niemand antwortete, trat ich in einen Salon, in dem ein riesiges Holzpferd aus dem Fenster schaute.

Ich sagte Hidalgos Namen laut, doch die einzige Antwort war das Gebell des Hundes, der an der Tür stehengeblieben war. Ich machte ein paar Schritte bis zum Fenster, und dann sah ich ihn. Da stand, auf ein Eisengitter gelehnt, ein dicker, glatzköpfiger Mann. Er schien so sehr in Gedanken versunken, daß er selbst, wenn alles um ihn herum in die Luft fliegen sollte, so stehen bleiben und sich nicht von der Stelle rühren würde. Ich ging aus dem Haus zu dem Fremden hinüber, und als ich hinter seinem Rücken angekommen war, sah ich, daß hinter dem Gitter ein Dutzend kleiner Kampfhähne herumwuselten. Der Mann war niedergeschlagen, als hätte eine Tragödie unvermittelt seine Tage zerstört und als läge die Lösung seiner Probleme irgendwo in den Bergen, die seinen Besitz umringten.

»Señor Hidalgo«, sagte ich zweimal.

Der Mann drehte seinen Körper nach hinten. Er hatte tiefe Ringe unter den braunen Augen. Seine Krawatte war nicht richtig gebunden, ein weißer Hemdzipfel hing über die Hose.

»Wer sind Sie?« fragte er mit müder Stimme.

»Ich bringe Ihnen etwas, das Ihnen gehört«, meinte ich und zeigte ihm den Kreditkartenbeleg auf seinen Namen.

»Was soll das heißen?« fragte er, während er das Stück Papier betrachtete.

»Sie haben ihn im Hotel Central vergessen.«

Die Erwähnung des Hotels brachte ihn aus der Fassung. Er schaute um sich, als suchte er einen Fluchtweg, und dann betrachtete er resigniert sein Haus und bedeutete mir mit einer Handbewegung, daß wir dorthinein gehen sollten.

»Es stimmt schon, wenn behauptet wird, daß die Polizei von allem Wind bekommt.«

»Ich bin kein Polizist, Señor Hidalgo.«

»Nein? Wenn Sie gekommen sind, um mich zu erpressen, verlieren Sie Ihre Zeit. Ich habe in der Presse von den Ereignissen in dem Hotel gelesen und wollte bald zur Polizei gehen und eine Erklärung abgeben.«

»Ich möchte wissen, was dort passiert ist«, sagte ich und erzählte ihm dann die Einzelheiten über meinen Aufenthalt in dem Hotel.

»Was bringt es Ihnen, das zu wissen?« fragte er.

»Ich bin einfach nur neugierig. Ich möchte die Wahrheit in Erfahrung bringen. Was Sie später tun, ist mir gleichgültig.«

Hidalgo trat in sein Haus, ging ins Wohnzimmer und holte aus einem Holzschrank eine Flasche Whisky. Er nahm zwei Gläser und füllte sie beide bis über die Hälfte.

»Ich habe kein Eis«, sagte er, während er mir eines der Gläser reichte.

Er nahm einen großen Schluck und ließ sich in einen der Sessel fallen.

»Wer war Gordon?« fragte ich.

»Ein Mann, der vor dreißig Jahren mein Leben durchkreuzt hat und den ich bis vor einer Woche verschwunden wähnte«, sagte er, und ich spürte, daß ihn die Erinnerungen schmerzten.

»Könnten Sie das näher erklären?«

»Vor dreißig Jahren lebte ich in Temuco. Ich war jung, eben verheiratet und hatte den Laden von meinem Vater geerbt. Ich reiste häufig nach Santiago, um Lebensmittel zu kaufen oder um Kredite zu verhandeln. Meine Frau langweilte sich, und ihr gefielen weder meine Tätigkeiten noch das Leben in Temuco. Gordon war gerade in diese Stadt versetzt worden. Er begann seine Arbeit beim Rechnungshof, und wir lernten ihn bei einem Familienfest kennen. Die heiratsfähigen Mädchen waren hingerissen von ihm. Auch Elba, meine Frau. Ich erfuhr davon, als ich von einer meiner Reisen zurückkam. Zufällig, wie das immer bei solchen Sachen ist, fand ich einen Brief auf Elbas Nachttisch. Er hatte genug von der Beziehung und um seine Versetzung nach Iquique gebeten. Ich sprach mit beiden. Gordon entschuldigte sich und sagte, er werde Temuco verlassen. Sie täuschte mich weiter. Sie sagte, es tue ihr leid, und um dies zu beweisen, werde sie das Kind bekommen, um das ich sie bis dahin so häufig gebeten hatte. Ich freute mich und glaubte ihr so sehr, daß ich den Laden verkaufte und zuerst nach Santiago und später nach San Bernardo gezogen bin. Doch das Kind, das kam, war nicht von mir. Gordon war der Vater. Das erfuhr ich vor sechs Monaten.« Hidalgo machte eine Pause und leerte das Whiskyglas. »Ich weiß nicht, warum ich Ihnen das alles erzähle«, meinte er.

Mir kam er wie ein müder, schwacher Mann vor. Seine Wut hatte sich im Laufe vieler Jahre verbraucht, nichts, was ihn umgab, bedeutete ihm viel.

»Das Problem ist nicht der Junge, sondern die Lüge. Julián, meinen Sohn, liebe ich. Wenn Elba die Wahrheit gesagt hätte, wäre alles anders gewesen. Aber sie hat immer wieder gelogen. Wir haben kein weiteres Kind bekommen. Sie behauptete, es gebe Probleme, aber auch das stimmte nicht. In ihrem verdrehten Kopf stellte sie sich vor, daß kein weiteres Kind zu bekommen die beste Art war, Gordon treu zu bleiben.«

»Ihre Frau ist gerade gegangen«, sagte ich.

»Ich habe ihr erzählt, daß Gordon tot ist. Sie ist durchgedreht, hat ein paar ihrer Sachen zusammengerafft und erklärt, daß sie nie in dieses Haus zurückkehren werde. Möglicherweise ist es sogar am besten so.«

Ich stand auf, holte die Flasche und schenkte ihm noch einen doppelten Whisky ein. »Sie wollten Gordon töten.«

»Vor sechs Monaten, als ich die Wahrheit erfuhr, habe ich eine Agentur von Privatdetektiven beauftragt. Ich dachte, und da habe ich mich auch nicht geirrt, daß Gordon weiterhin beim Rechnungshof arbeitete. Die Nachforscher haben schnell gearbeitet. Innerhalb einer Woche gaben sie mir eine Aufstellung seiner Aktivitäten. Ich dachte viel darüber nach, wie ich es tun sollte. Und vor drei Tagen schob ich eine Geschäftsreise vor und machte mich daran, ihn zu verfolgen. In dieser Nacht war Gordon allein. Ich folgte ihm in ein Restaurant, dann ins Hotel.«

»Sie haben an seine Tür geklopft, ihm die Meinung gesagt und ihn umgebracht«, unterbrach ich ihn. Ich wollte Hidalgo in die Enge treiben, damit das, was er dann sagen würde, genügend ehrliche Empörung enthielt, um zu beweisen, daß er nicht log, wenn er sich für unschuldig erklärte.

»Das hatte ich vor, aber so war es nicht. Die Tür zu seinem Zimmer stand offen, und als ich wagte hineinzugehen, fand ich ihn tot vor. Mein einziger Gedanke war, zu fliehen.«

Hidalgos Gesicht hatte einen Purpurton angenommen, und das Whiskyglas in seinen Händen zitterte nervös. Ich hatte keinen Grund, ihm nicht zu glauben. Ich trank mein Glas leer und näherte mich ein zweites Mal der kleinen Bar. Ich hatte vor, mir und Hidalgo noch einmal einzuschenken, doch ich tat es nur mit seinem Glas und ging, nachdem ich es ihm gegeben hatte, zur Tür. Der Husky wartete noch auf eine Liebkosung. Ich zeigte auf seinen Herrn, und das Tier kam hereingesprungen.

»Trinken Sie das Glas und noch ein paar mehr«, sagte ich von der Tür aus zu ihm. »Wenn Sie am Grund der Flasche angelangt sind, sehen Sie vielleicht klarer.«

Hidalgo sagte nichts. Ich verließ das Haus und wartete eine halbe Stunde, bis ein klappriger, lauter Bus am Horizont auftauchte. Währenddessen passierte im Haus nichts. Vielleicht hatte ich erwartet, das Knallen einer Waffe, einen Schrei oder irgend etwas zu hören, das die Stille unterbrach. Aber nichts geschah. Hidalgo hatte in dreißig Jahren keinen Entschluß gefaßt, und jetzt war es dafür zu spät.

12

Ich war am späten Nachmittag im Büro zurück. Ich wollte Mahler hören und an Griseta denken. Aber beides war nicht möglich, weil Anselmo mich in Begleitung dreier ärmlich wirkender alter Damen erwartete.

»Doña Rosa, Doña Berta und Doña Cristina«, stellte mir Anselmo die hutzligen Alten vor, die Wolljacken und ausgeblichene Röcke trugen. »Ihre ersten Kundinnen nach der Rückkehr.«

»Ja«, sagte ich und fragte mich, ob sie wohl genügend Pesos besaßen, um meine Dienste zu bezahlen. »Bist du sicher, daß sie wissen, wo sie sich befinden?«

»Wir sind zwar alt, aber nicht blöd«, hub die an, die Berta

hieß und die Entschiedenste der Gruppe zu sein schien. »Anselmito hat uns von Ihnen erzählt, und wir vom Club haben beschlossen, Kontakt mit Ihnen aufzunehmen.«

»Es sieht nicht so aus, als ob es ihm gutgeht«, warf Rosa ein, die die Brauen runzelte.

»Aber er ist ein anständiger Kerl«, meinte die Dritte, Cristina.

»Seid still, ihr verrückten Alten«, befahl ihnen Berta. »Mir tun die Knochen vom vielen Warten weh, also laßt uns die Sache schnell abschließen.«

»Ich bin ganz Ohr«, sagte ich, während ich meine Ellenbogen auf den Schreibtisch stützte.

»Hören Sie, junger Mann«, sagte Berta. »Wir Mädchen vom Club haben jedesmal Probleme, wenn wir was bei Tía Rica verpfänden.«

»Was für Probleme?« fragte ich in der Absicht, die drohende Schauergeschichte abzukürzen.

»Kaum eines der Mitglieder ist bislang nicht beraubt worden. Wir haben über das Thema gesprochen, und so wie es scheint, war es immer derselbe Kerl. Wie er aussieht? Keine Ahnung. Die Alten sind eine blinder als die andere, und daher sind die Beschreibungen des Übeltäters nur vage. Einige sagen, er sei dunkelhäutig und groß, andere, er sei klein und blond.«

»Am besten wenden Sie sich an die Carabineros«, sagte ich.

»Das haben wir dreimal getan, aber sie nehmen uns nicht ernst«, erklärte Rosa. »Das letzte Mal hat ein Sergeant die Anzeige in einem Heft aufgenommen, aber Tatsache ist, daß der Kerl gerade eben mal seinen Namen schreiben konnte.«

»Wenn Sie wollen, rauchen Sie nur Ihre Pfeife«, meinte Cristina unvermittelt.

»Meine Pfeife?«

»Detektive rauchen doch Pfeife?« ließ sie nicht locker.

»Manche vielleicht...«

»Nun hör schon mit deinem Quatsch auf, Alte«, schalt Berta sie. »Wir wollen, daß er den Dieb fängt.«

»Das würde ich gern tun, aber...«

»Kein Wenn und Aber, junger Mann. Anselmito hat uns gesagt, Sie seien erfolgreich.«

Ich schaute meinen Zeitungsverkäufer an, und der zuckte, den Unschuldigen spielend, mit den Schultern.

»Wir erwarten Sie am nächsten Montag. Und dann sagen Sie uns, was das macht«, schloß Berta, während sie sich erhob und ihre Freundinnen anwies, es ihr gleichzutun.

Rosa und Cristina gingen zur Tür und lächelten, bevor sie den Raum verließen.

Berta blieb eine Sekunde lang stehen und schaute Simenon an, der neben dem Schreibtisch schlief. »Verschaffen Sie dieser Katze Bewegung. Sie ist zu dick«, sagte sie und verschwand.

»Seit wann bist du mein Manager?« fragte ich den Kioskbesitzer.

»Die Großmütterchen waren derart verzweifelt, daß ich sofort an Sie gedacht habe.«

»Taschendiebe, die alte Frauen bestehlen. Das hat gerade noch gefehlt.«

»Was macht es Ihnen denn schon aus, Don. Sie machen einen Spaziergang, stellen ein paar Fragen, und fertig ist die Laube.«

Alte Frauen, ein Toter, Hidalgo und ein unbekannter Mörder. Ein feines Bild, dachte ich, nachdem Anselmo gegangen war und mir zum Trost ein Exemplar von *La Tercera* zurückgelassen hatte. Ich blätterte die Zeitung durch und fand keine Nachricht, die meine Aufmerksamkeit geweckt hätte. Die Interviews waren alle mit erfolgreichen Unternehmern, und in den Sportnachrichten wurden die letzten Triumphe des Magallanes nicht erwähnt. Ich legte die Zeitung zur Seite, und während ich mir überlegte, wie ich etwas Geld verdienen könnte, nahm ich das Telefon und rief Marcos Cambell an, meinen Freund, den Journalisten.

»Cambell am Apparat«, hörte ich jemanden am anderen Ende der Leitung sagen.

»Heredia. Ich rufe dich wegen des Angebots an, das du mir gemacht hast.«

»Ich weiß schon gar nicht mehr, worum es ging.«

»Du hast gesagt, ich könnte ein paar Artikel für deine Zeitschrift schreiben.«

»Woran hast du da gedacht?«

»An den merkwürdigen Tod eines Beamten«, sagte ich und gab ihm eine Zusammenfassung dessen, was im Hotel geschehen war.

»Das könnte ein paar Seiten füllen. Wann bringst du ihn?«

»In ein oder zwei Tagen. Ich muß erst noch sehen, wie die Sache ausgeht.«

»Wann immer du willst«, hörte ich Cambell desinteressiert sagen. Dann brummelte er einen Abschied und ließ mich mit der Unendlichkeit verbunden zurück.

»Denk bloß nicht daran, mit dieser Geschichte weiterzumachen«, glaubte ich Simenon sagen zu hören.

»Ich muß sehen, wie sie ausgeht«, wiederholte ich. »Die Neugier zerfrißt mir den Magen.«

ZWEITER TEIL

I

Es war die Stunde, die Poeten mit einem Gedicht von García Lorca in Verbindung zu bringen pflegen, als Bernales das Café Santos betrat. *A las cinco de la tarde,* um fünf Uhr nachmittags. Eine Stunde, die in meiner Erinnerung mit dem Nachmittagsimbiß aus lauwarmer Milch und Brot mit Quittenmarmelade zusammenfiel, den sie uns im Waisenhaus servierten, während wir Insassen, die Nasen knapp über dem Rand des Tisches, schwiegen und Pater Jacinto Kapitel aus dem Leben von Domingo Savio oder die rührseligsten Kapitel aus *Corazón,* dem Roman von Edmundo De Amicis, vorlas. Seither konnte ich jede dieser Geschichten aufsagen und brachte graue Nachmittage mit dem klebrigen Geschmack von Quittenpaste in Verbindung.

Bernales warf einen Blick auf die Kundschaft und kam zu mir. Er sah aus wie ein zerrupfter Gymnasiast: Der Hemdkragen stand offen, und eine rote Krawatte mit gelben Streifen hing unordentlich auf seiner Brust.

»Ich habe wenig Zeit, Heredia. Ich habe heute nacht kein Auge zugetan und muß schlafen.«

»Viel Arbeit?«

»Das Übliche«, sagte er und fügte dann, nachdem er einen Kellner herangerufen und Kaffee und drei Milchbrötchen bestellt hatte, hinzu: »Ich habe Sie gebeten, den Tod von Gordon zu vergessen, und Sie haben sich nicht daran gehalten.«

»Der Zufall hat mich gezwungen, den Fall wiederaufzunehmen«, antwortete ich und wollte keine Gründe angeben, um nicht den Ärger des Polizisten zu erregen, dem ich zu vertrauen beschlossen hatte, trotz einiger seine Arbeit in den letzten Monaten betreffender Gerüchte.

»Nehmen wir einmal an, daß dem so ist. Ich höre, Heredia. Kommen Sie schnell zur Sache. Ich werde nicht wie mein Pate sein, der sich von Ihrem Gerede einwickeln ließ und am Ende in Schwierigkeiten steckte, die ihm Probleme mit seinen Vorgesetzten einbrachten. Ich habe mit ein paar alten Kollegen gesprochen, und sie sagen, daß Solís bei Ihnen, häufiger als es ratsam war, beide Augen zugedrückt hat.«

»Dagoberto und ich hatten eine gemeinsame Sicht der Dinge. Und er war kein kleiner Junge, den man mit Bonbons locken konnte. Er wußte, was er tat, und er war ein guter Polizist.«

»Er hat den Fehler begangen, sich zuviel herauszunehmen. Er hat vergessen, daß unsere Gemeinschaft zu bestimmten Verhaltensformen verpflichtet und dazu, sich nicht um Personen zu scheren, die nicht zu unseren Mitarbeitern gehören. Ich bin nicht bereit, den gleichen Fehler zu begehen.«

»Dennoch warst du bereit, mit mir zu reden.«

»Informanten gehören zum System«, sagte der Kriminalbeamte.

»Wenn du unser Verhältnis so definierst, weißt du sicher,

daß Informanten ihren Preis haben«, entgegnete ich, indem ich auf sein Harter-Junge-Spiel einging.

»Geld und Schutz. Worum bitten Sie, Heredia?«

»Information.«

»Als Gegenleistung wofür?«

»Ich habe den Fremden gefunden, der das Hotel gegen drei Uhr verlassen hat. Du erfährst seinen Namen gegen Informationen über Gordon.«

Bernales nippte an seinem Kaffee und blickte mir mit der Sicherheit eines Spielers in die Augen, der die besseren Karten in der Hand hat. »Ich könnte Sie wegen Behinderung der Justiz festnehmen.«

»Ich kann Geheimnisse wahren und Schläge einstecken. Mich erschrickt nur wenig: eine Leiter, die im Weg steht, und ein paar Seiten von Stephen King. Aber ich hatte nicht vor, mit dir zu streiten, Bernales. Ich akzeptiere, daß du nicht mein Freund sein willst, aber das hindert uns nicht daran, Informationen auszutauschen.«

»Gordon war Beamter und hatte eine vorzügliche Personalakte. Er unterhielt keine engen Beziehungen mit seinen Kollegen, aber diese hielten viel von ihm.«

»Wie wurde er getötet?«

»Das war die Arbeit eines Profis«, sagte Bernales, und ich dachte, daß diese Information günstig war, um Hidalgos Unschuld zu beweisen. »Es wurde eine Waffe mit Schalldämpfer benutzt. Zwei Schüsse. Der erste in den Bauch, und der zweite in den Mund. Keine Spur, kein Lärm. Wir arbeiten mit der Hypothese einer Auftragsarbeit. Das kommt nicht häufig vor, aber in letzter Zeit hat es drei oder vier ähnliche Fälle gegeben. Der letzte Auftrag kam von einer

Ehefrau und ihrem Liebhaber. Einem bestimmten Kleinkriminellen aus dem Viertel wurde ein Betrag bezahlt, und der hat dann den Ehemann bei einer getürkten Kneipenschlägerei umgelegt. Es wäre ein Erfolg gewesen, wenn der Killer nicht groß gefeiert und während des Saufgelages seine Heldentat erzählt hätte. Darauf war es leicht, die Ehefrau in die Mangel zu nehmen und zu einem Geständnis zu zwingen.«

»Wer hätte Gordon töten wollen? Irgendein unbekannter Typ?«

»Wer weiß. Meine Männer haben Gordons Aktivitäten in den letzten drei Wochen rekonstruiert. Arbeit, Versammlungen, zu Hause. Bislang haben die Ermittlungen wenig gebracht. Neben seiner Arbeit im Rechnungshof hat er in der Universidad Diego Portales unterrichtet. Er war ledig, und soweit wir wissen, hatte er keine Geliebte oder etwas Ähnliches. Je mehr ich über Gordon weiß, desto weniger verstehe ich seinen Tod. Es ist einer dieser Fälle, die ich kreisförmig nenne, bei denen alle Spuren zu einer anfänglichen Unbekannten zurückkehren.«

»Irgend etwas paßt da nicht, Bernales. Was machte Gordon in dem Hotel? Warum sollte sich ein ruhiger Beamter mit sauberer Vergangenheit in eine Absteige für dreitausend Pesos pro Nacht begeben? War er schwul? Hat er heimlich gespritzt?«

»Seine Obduktion hat keinen Hinweis auf Drogenkonsum gebracht. Nur ein bißchen Alkohol und Überreste eines Diuretikums, das Menschen mit Bluthochdruck verschrieben wird.«

»Zwischen Langeweile und Wodka kann man sich nicht verlieren«, sagte ich.

»Denken Sie an sich selber?« fragte Bernales, während er herausfordernd meinen Blick suchte.

»Versuch mir nicht über Dinge eine Lektion zu erteilen, von denen du nichts verstehst, Bernales. Ich habe seit langem aufgehört, mich um die Meinungen der Menschen zu scheren«, antwortete ich, während ich einen der Kellner des Cafés beobachtete, der sich, alt und unansehnlich, nur schwer zwischen den Tischen vorwärts schleppte.

»Sie sind nicht wie gewöhnliche Leute, Heredia.«

»Was macht das schon? Er, du, ich? Für die meisten Menschen wiederholt sich das Leben Tag für Tag, immer gleich, wie das Rieseln in einer Sanduhr. Der Rest ist nur ein Auffüllen der Leere zwischen dem ersten und letzten Weinen. Das einzige Rätsel bleibt, wann das Glas zerbricht.«

»Worte! Sie sind zu sehr in Worte verliebt. Aber versuchen Sie nicht, damit Zeit herauszuschinden. Jetzt sind Sie dran, konkrete Dinge zu berichten, Heredia. Wer ist der Fremde aus dem Hotel?«

Ich dachte an Hidalgos Einsamkeit. Wie er vor seinem Haus stand und einen Horizont aus stummen Bergen betrachtete. Ich konnte nicht viel für ihn tun, außer die Wahrheit zu erzählen und Bernales von seiner Unschuld zu überzeugen versuchen. Hidalgo würde die Kriminalbeamten ertragen müssen, sein Geist wäre mindestens eine Woche lang damit beschäftigt, in den Verhören der Bullen Antworten zu geben.

»Er heißt Hidalgo«, begann ich.

2

Ich verabschiedete mich an der Plaza de Armas von Bernales. Während ich zu meinem Büro ging, bemerkte ich die Veränderungen der letzten Monate im Viertel. Einige Läden in der Calle Puente waren verschwunden, an ihrer Stelle erhob sich ein Einkaufszentrum, in dem die finanzschwachen Bürger von Santiago sich mit der Hingabe von Pfarrkindern verschulden würden. Leute eilten an mir vorbei, und ein paar Minuten lang sehnte ich mich inmitten des Autogewimmels nach der Stille am Strand und dem geheimnisvollen Kommen und Gehen der Wellen.

Im Büro wartete Simenon auf mich, und als ich spürte, wie er sich an meine Beine schmiegte, dachte ich an einen Tango: »Als Gesellschaft habe ich nur eine Katze, die mir lustvoll mein Schuhband zerstört.«

»Solange ich dich kenne, hast du nur Mokassins getragen«, sagte Simenon. »Trägst du Mokassins und rezitierst deine verdammten Zitate.«

»Wen kümmern diese Details? ›Zu meinen Einsamkeiten gehe ich, von meinen Einsamkeiten kehre ich zurück.‹«

»Daß du dich an Lope de Vega erinnerst, ist kein gutes Zeichen. Steht es so schlecht um dich?«

»Die Tage vergehen und lassen nichts Greifbares zurück. Es ist nicht leicht, bald fünfzig zu werden und ins Nichts zurückzuschauen.«

»Was hat dich in diese Stimmung versetzt?«

»Die Stadt, das Viertel, ein Mann, der seine Vergangenheit verändern wollte. Was weiß ich. Die Liste könnte noch länger sein. Und dann dieser Tote und der Wunsch, herauszufinden, was dahintersteckt. Aber niemand zahlt etwas dafür.«

»Es wäre nicht das erste Mal, daß du deine Schuhsohlen für nichts und wieder nichts abnutzt.«

»Außerdem ist da noch dieser Artikel, den ich Cambell angeboten habe.«

»Willst du den Literaten spielen? Wie diese Blödmänner, die ihr Leben mit Nabelschau verbringen, gegen Kritiker wettern und in Buchläden gehen, um zu sehen, ob sie dort ihre Romanergüsse finden?«

»Es hilft, die Kasse zu füllen«, sagte ich und schob Simenon zur Seite, um die alte Smith Corona zu holen, die eine Frau namens Fernanda in der Wohnung vergessen hatte. Ich fand sie in einem Schrank unter meiner Sammlung Fußball-Zeitschriften und einem halben Dutzend Exemplaren aus der Krimisammlung *La linterna de Zig-Zag*.

»Hast du die von Gutenberg geklaut?« fragte Simenon, während er zuschaute, wie ich die Schreibmaschine entstaubte. »Hast du noch nie was von Computern und vom Internet gehört?«

»Wenn Balzac eine Feder reichte, sollte ich mit dieser Maschine auch zurechtkommen. Es heißt, das größte Problem sei, den ersten Satz zu finden. Alles Weitere...«

»Den ersten, den zweiten und den letzten. Verflucht, Heredia! Du hast seit deinem letzten Brief an den Weihnachtsmann nichts mehr geschrieben. Und seitdem sind, falls du es nicht bemerkt hast, mindestens vierzig Jahre vergangen.«

3

Cambells Büro lag am Anfang der Calle Diez de Julio im zweiten Stock eines Hauses mit hohen Fenstern, dessen unteres Stockwerk von einem Autoersatzteilhandel belegt war. Ich stieg aus dem Taxi, das ich bei der Kathedrale angehalten hatte, und stand vor dem Hotel Valdivia. Von dort ging ich, den Verkäufern von Scheibenwischern und Ersatzteilen ausweichend, die die Aufmerksamkeit der Autofahrer zu erhaschen versuchten, zur Calle Diez de Julio.

Ich kletterte eine ächzende Treppe hinauf und kam in einen großen Salon, in dem drei Billardtische, eine Jukebox und ein hölzerner, großer neuer Schreibtisch standen, auf dem zwei Computer zu sehen waren. Ich machte Cambell hinter einem der Bildschirme ausfindig, und der Journalist winkte mich zu sich heran. Er hatte sich seit unserem letzten Treffen im City nicht verändert, wo wir uns immer am ersten Montag im Monat trafen, um eine Freundschaft aufrechtzuerhalten, die mir zu ein paar Stunden mit guten Gesprächen verhalf und ihm dazu, mir ein paar Geschichten aus dem Viertel aus der Nase zu ziehen, die er später verunstaltete und in seiner Zeitschrift unter dem Pseudonym *El Inspector Rojo* zu Kolumnen verarbeitete. Wir hatten uns Ende der siebziger Jahre in einer Nacht kennengelernt, in der die Ausgangssperre der damaligen Zeit uns zwang, im Imbiß Carrera Zuflucht zu suchen und Biere und Witze zu teilen, die er mit unerschöpflichem Humor zu erzählen wußte.

Cambell war klein, schlank und sein Haar lang und ungepflegt. Ein mit weißen Haaren durchsetzter Bart bedeckte sein braunes Gesicht und ließ seine schwarzen kleinen Augen noch intensiver wirken. Er trug ein schwarzes Hemd mit roter Krawatte wie die Gangster aus anderen Zeiten, vor dem Handy und den Gurus des freien Wettbewerbs.

»Kaffee oder Bier?« fragte er, bevor ich mich an seinen Schreibtisch setzte.

»Kaffee. Bier macht mich depressiv, ich weiß nicht, ob wegen dem, was drin ist, oder deswegen, weil es mich an die Zeit erinnert, als ich fünfzehn war«, sagte ich.

Cambell lächelte und griff zu einem elektrischen Wasserkocher, der zwischen den Computern Dampfwolken ausstieß.

»Ohne Arbeit geht's nicht«, sagte er und zeigte auf die Mappen, die sich unordentlich auf dem Schreibtisch stapelten. »Außer für die Zeitschrift verfasse ich noch Flugblätter für die Geflügelkette *Pollo-Ferni* von Lo Miranda, für den Immobilienhändler Bergson und fünf oder sechs andere Dinge, mit denen ich ständig zu spät dran bin. Ich beklage mich nicht. Ohne diese Arbeit wäre es schlimmer. Schuld muß bezahlt werden, und zwei Ehen und fünf Kinder verdienen eine drakonische Strafe. Mein Vater hat schon immer gesagt: Der Mensch und der Esel sind die einzigen Tiere, die zweimal über denselben Stein stolpern. Schulen, Arzt, Kleidung: Seit zehn Jahren lebe ich nur, um Rechnungen zu bezahlen. Und dann heißt es immer, die Frauen seien schutzlos. Ich muß meinen Ehefrauen jeden Monat Unterhalt bezahlen, als hätte ich etwas davon, sie mal geheiratet zu haben.«

»Ich kenne einen Psychologen, der nimmt nicht viel«, sagte ich, weil ich keine Lust hatte, tiefer in die Tragikomödie von Cambell einzusteigen.

»Wenn man sich nicht mal bei seinen Freunden ausweinen kann, bei wem denn dann?«

Ich zog eine Zigarette heraus, und während ich sie anzündete, schaute ich mir das Zimmer an.

»Warst du noch nie hier? Die Billardtische gehörten dem Vormieter«, sagte Cambell. »Er sollte sie vor sechs Monaten abholen, aber wie es scheint, hat sich der Typ wegen Finanzgeschichten nach Buenos Aires abgesetzt. Sie sind nicht übel. Manchmal spiele ich ein paar Partien, und außerdem verhindern sie, daß man zu oft in die Kneipe geht.«

Während mir Cambell Kaffee aufbrühte, stand ich auf und schaute mir den Inhalt der Jukebox an. Da waren Lieder von Cecilia, Buddy Richard, Carlos González, Luz Eliana und Danny Chilean. Ich drückte auf eine Taste, und als Cecilia begann, *El Tango de las Rosas* zu singen, kehrte ich zum Schreibtisch zurück.

Cambell stellte mir einen Porzellanbecher hin, und ich probierte den Kaffee.

»Ich beklage mich nicht. In guten und schlechten Zeiten hat die Zeitschrift durchgehalten und erscheint demnächst vier Jahre«, sagte er. »Auch wenn es nicht immer leicht ist, neues Material zu finden. Die Leute lechzen nach starken, nach Sensationsnachrichten, nach Themen, die ihre verschlafenen Leben etwas angenehmer machen. Darüber schreibe ich im letzten Leitartikel.«

»Ich habe ein paar Artikel mitgebracht, die dich interessieren könnten«, sagte ich und legte fünf getippte Seiten vor Cambell hin.

»Wie lange sage ich dir schon, daß du schreiben solltest? Du hast mehr als genug Geschichten, und das ist das Wichtigste. Die Akzente kann man später setzen und die Adjektive hinterher in Ordnung bringen.«

»Ich möchte ein paar Pesos verdienen, bis ich wieder Arbeit habe. Das wird nicht einfach sein. Die Detektivbranche ist jetzt voller hocheleganter Büros, die ihren Kunden elektronische Wunder anbieten.«

»Und du möchtest lieber auf die alte Tour weiterarbeiten, mit ein paar Drähten und einer Zange«, meinte Cambell. Dann nippte er an seinem Kaffee und wandte sich den Seiten zu. »Mal sehen, was du geschrieben hast.«

Ich sah, wie er las und dabei den Kopf schüttelte.

»So geht das nicht, so wie es jetzt ist, geht das nicht«, urteilte er am Ende. »Die Themen sind interessant, aber die Durchführung ist schwach. Die Geschichte mit den alten Frauen könnte für eine gefühlvolle Kolumne gut sein, und die andere ist vielversprechend. Du müßtest nur noch zwei oder drei weitere Dinge herausfinden. Noch mehr über die Vergangenheit des Toten, Einzelheiten über sein Familienleben, seine Arbeit.«

»Das wird noch einige Tage in Anspruch nehmen, und außerdem gibt es nur wenig Spuren. Er war Beamter im Rechnungshof, und dort, fürchte ich, werde ich nichts herausbekommen, außer ich lerne jemanden kennen, der bereit ist zu reden. Wenn ich wie irgendein Nachbarssohn ans Fenster klopfe, kann ein Jahr vergehen, bis mich jemand anhört.«

»Ich kann dir unter die Arme greifen, Heredia. Ich kenne einen Anwalt, der dort arbeitet. Er heißt Alberto Mujica. Er wird etwas über Gordon wissen. Kleine Dinge, die den Kuchen schmackhafter machen. Der Person, um die es geht, mehr Innenleben geben, damit sie ihren Lesern näher ist. Ich werde dir eine Visitenkarte von mir geben.«

»So, wie du es darstellst, sieht es einfach aus.«

»Jeder Mensch ist eine Geschichte, die darauf wartet, erzählt zu werden«, erklärte Cambell. Und mit einer Handbewegung zu dem Wasserkocher, der weiterhin Dampfwolken ausstieß, fragte er: »Noch mehr Kaffee, Heredia?«

»Jetzt nehme ich gern das Bierangebot an. Ich bin so deprimiert, daß man die Wirkung vom Bier nicht merken wird.«

»Wenn es wegen der Artikel ist…«

»Journalismus deprimiert mich nur, wenn ich die Zeitungen lese. Es ist die Rückkehr in die Stadt, die mich fertigmacht. Und das ist es eigentlich auch nicht. Es ist das Mädchen, das nichts mehr von mir wissen will… die Notwendigkeit, Arbeit zu finden…«

»Du wirst alt und schwierig, Heredia. Du brauchst jetzt Ablenkung. Investier einen Vormittag, und füll deine Artikel auf.«

»Das werde ich machen«, stimmte ich mißmutig zu.

»Außerdem fehlt dir ein ordentlicher Schluck und ein Mädchen.«

»In meinem Leben hatte ich Mädchen, aber nie eine Frau.«

»Du bist wirklich schlecht drauf, Heredia. Wenn ich nicht soviel zu tun hätte, würde ich dich mit auf einen antidepressiven Zug durch die Gemeinde nehmen.«

»Mein Leben besteht nur noch aus Sätzen und Erinnerungen.«

4

Es schlug neun Uhr morgens, als ich einen der Fahrstühle in dem grabmalähnlichen Gebäude des Rechnungshofes betrat. Ich fuhr mit einem schläfrigen Typ und einer hochgewachsenen Frau hinauf, die um ihren Nagellack besorgt zu sein schien. Der Fahrstuhlspiegel warf mein Bild zurück: Ich hatte mich rasiert, und mein Haar glänzte. Ich trug ein blaues Hemd, eine rote Krawatte und eine schwarze Jacke aus dickem Wollstoff, die an den Ellenbogen abgeschabt war. Das war zwar nicht das Outfit eines Prinzen von Wales, aber das Beste, was ich bei meinem Besuch im Laden mit Kleidung aus zweiter Hand in meinem Viertel hatte finden können.

Ich stieg im sechsten Stock aus und fand mich vor einem breiten, menschenleeren Flur wieder. Ich dachte, daß man hier, ohne jemanden zu stören, Tennis spielen oder Rollschuh laufen könnte. Die Wände schienen sich hinter mir zu schließen. Ich suchte nach der Nummer des Büros von Alberto Mujica, irrte ein paar Minuten lang durch die Gänge und hatte nicht übel Lust, wieder auf die Straße zurückzukehren.

Schließlich fand ich das Büro des Anwalts. Es war ein Raum mit einem Schreibtisch, einem halben Dutzend Stühlen und Regalen voller juristischer Mitteilungen, Stapeln von Staatsanzeigern und Gesetzestexten. Mujica saß am Schreibtisch, und an der Wand hinter ihm hing ein Foto des Präsidenten und eines, auf dem ein jüngerer Mujica ein Diplom zu bekommen schien. Er las *La Tercera* und drückte in dem Augenblick, als ich ins Zimmer trat, eine Zigarette aus, die, den Kippen zufolge, die im bronzenen Aschenbecher auf dem Schreibtisch gestrandet waren, die vierte an diesem Morgen sein mußte. Er war blond, dick und hatte den Beginn einer Glatze, trug eine Metallbrille und einen grauen Anzug, ein weißes Hemd und eine blaue Krawatte mit Krawattennadel. Sein Gesicht war mit rosigen Flecken übersät und seine ruhig auf der Zeitung liegenden Hand mit langen, weißen Härchen.

»Kein Publikumsverkehr«, sagte er, ohne von der Zeitung aufzuschauen. Seine Stimme klang respektvoll, aber autoritär. Ich folgerte daraus, daß er nicht gewohnt war, in seinem Büro gestört zu werden, machte aber, ohne mich um seine Reaktion zu kümmern, ein paar Schritte, bis ich vor dem Schreibtisch stand.

»Ich komme auf Empfehlung von Marcos Cambell zu Ihnen.«

Der Mann unterbrach seine Lektüre, rückte seine Brille zurecht und sah mich, bevor er etwas sagte, prüfend an.

»Marcos Cambell«, ließ ich nicht locker.

»Das habe ich bereits gehört«, sagte der Anwalt und wies auf einen Stuhl, der vor dem Schreibtisch stand. »Wie war noch Ihr Name?«

»Heredia.«

»Gehören Sie zu den Heredias von der Ladenkette *Tiendas Ambos Mundos*?«

»Nein.«

»Und zu Ladislao Heredia, dem Notar?«

»Heredia, einfach nur so, ohne Familienanhang und Geschäftsgarantien.«

Der Anwalt machte eine enttäuschte Geste, nahm eine

Kent, die er in Reichweite hatte, und richtete eine oder drei Sekunden lang seine ganze Konzentration auf den roten Punkt der Zigarette.

»Woher kennen Sie Marcos Cambell?« fragte ich, um zu dem Thema zu gelangen, das mich interessierte.

»Ich war mit Luciano, Marcos Vater, befreundet. Er erkrankte an Krebs und bat mich, bevor er starb, seinem Sohn zu helfen. Ich habe einige Versuche unternommen, eine gute Arbeit für ihn zu finden, aber Marcos ist, wie soll ich sagen, kein Freund von Kragen und Krawatte. Er ist ein unruhiger, in seinen Vorstellungen etwas radikaler Junge. Dennoch versuche ich, wenn ich kann, das Versprechen zu halten, das ich seinem Vater gegeben habe«, sagte der Anwalt, nachdem er das Zigarettenritual beendet hatte. Dann wedelte er den Rauch weg, der sein Gesicht umgab, sah mir direkt in die Augen und fragte mich: »Sagen Sie, Heredia, was brauchen Sie?«

»Ich arbeite an einem Bericht über den Tod von Anwalt Gordon. Sie wissen doch, was ich meine?«

»Der arme Gordon! In den Büros hier wird von nichts anderem gesprochen. Aber ich wüßte nicht, was Sie an seinem Tod interessieren könnte. Es sieht so aus, als funktioniere Marcos' guter Riecher nicht mehr.«

»Er starb in einer Absteige, in die er nach Mitternacht kam.«

»Eigentlich überrascht mich das nicht«, sagte Mujica, während er sich in seinem Sessel zurücklehnte und nun mehr Interesse an einem Gespräch zu haben schien. »Gordon hatte gewisse Bohèmeanwandlungen. Er trank nicht, aber besuchte Nachtlokale zweifelhafter Qualität. Er mochte die

Frauen dieser Szene. Ich erinnere mich an Zeiten, in denen über seine Romanze mit einer Tänzerin vom Tap Room viel geredet wurde. Aber es waren nicht nur die Frauen. Irgendwann hat er mir einmal einen Text gezeigt, den er in seiner Freizeit geschrieben hatte. Eine Art Geschichte des Nachtlebens in Santiago. Das war vor zehn Jahren. Die Tatsache, daß ich unverheiratet bin, hat mir einen gewissen Ruf verliehen, über den ich nicht weiter reden möchte. Gordon war interessiert daran, sich mit mir zu unterhalten. Ich nannte ihm ein paar Namen von nicht mehr existierenden Lokalen. Los Buenos Aires, ein Ballsaal an der Ecke San Diego/Pedro Lagos; den Salón Olimpia, das Tabaris Ecke Alameda/Estado, das Zepelín. Echos einer Bohème, die es nicht mehr gibt und die ich noch kennengelernt habe, als ich in den fünfziger Jahren aus Talca kam.«

»Anders gesagt, Sie kannten Gordon gut. Sie waren Freunde.«

»Wir haben nur das Allernotwendigste miteinander gesprochen. Manchmal haben wir, wie das letzte Mal, als wir uns sahen, im Haiti zusammen einen Kaffee getrunken.«

»Worüber haben Sie da gesprochen?«

»Wir haben über ein paar Neuerungen bei unserer Arbeit gesprochen, und er bat mich um Angaben dazu, wo er Exemplare der alten Zeitschrift *Ecran* kaufen könnte.«

»Der Tod eines einsamen Bohémiens«, dachte ich laut.

»Das klingt wie eine dieser Sensationsschlagzeilen, die Cambell in seiner Zeitschrift benutzt. Allerdings hat er diesmal das Thema schlecht ausgewählt.«

»Wie war Gordon bei der Arbeit?«

»Er galt als vorbildlicher Beamter. Er liebte es, den Themen auf den Grund zu gehen. Er sammelte viele Informationen, studierte Gesetzestexte, seine Berichte waren gut geschrieben. Ich weiß, daß die Jüngeren deswegen über ihn lachten. Die nannten ihn ›Don Profundo‹, weil er immer sagte, die Ermittlungen müßten profund sein. Das sagte er immer wieder. Wurde ihm eine neue Arbeit aufgetragen, war das erste, was er sagte: Das verlangt eine profunde Analyse.«

»Was für Ermittlungen machte er?«

»Er untersuchte die Geschäftsführung von Stadtverwaltungen, Offerten öffentlicher Unternehmen, die Ausgaben von Ministerien, Veruntreuung öffentlicher Gelder. Das Übliche hier im Hause.«

»Eine Arbeit, bei der man möglicherweise gekauft wurde...«

»Meinen Sie Schmiergelder?«

»Berichte entschärfen, Schuld vermindern.«

»Gordon war nicht der Typ, der auf irgendwelche Erpressungen eingegangen wäre.«

»Seine Liebe zum Nachtleben wird ein paar Mehrausgaben bedeutet haben.«

»Gewiß«, sagte Mujica, während er das Gewicht seiner Worte abwägte. »Aber wenn Sie und Cambell etwas Dunkles in Gordons Leben herausfinden wollen, dann sind Sie auf dem Holzweg. Er war ein korrekter Mann. Und wenn ich etwas wüßte, was sein Bild beflecken könnte, würde ich nichts darüber sagen.«

Mujica nahm seine Brille und putzte die Gläser mit einem Taschentuch, das er aus der Jacke zog.

Ich spürte, daß meine Zeit gleich abgelaufen und der Moment gekommen war, das Netz zuzuziehen, das ich um den Anwalt gelegt hatte. »Woran hat Gordon gearbeitet, bevor er starb?«

Mujica zögerte einen Augenblick und zog dann ein paar maschinebeschriebene Blätter aus einer der Schreibtischschubladen. »Das ist der monatliche Bericht über die von jedem Prüfer durchgeführten Arbeiten«, sagte er und machte sich daran, das Dokument zu lesen.

Ich zündete eine Zigarette an und betrachtete das Büro genauer. Gelbliches Licht fiel durch ein Fenster und schien die Luft in etwas Festes zu verwandeln. Ich stellte mir vor, wie ich jeden Tag in dieses Büro kam, und ein Schauder lief mir über den Rücken.

»Hier ist es«, sagte Mujica. »Er hatte drei Fälle in Arbeit: Stadtverwaltung von Ñuñoa, Wohlfahrtsdienste des Schatzamtes und Ausschreibung der internationalen Gasleitung. Den angegebenen Daten zufolge, müßte er die entsprechenden Berichte abgeliefert haben.«

»Sie haben keinen Zugang dazu?«

»Nein. Vielleicht seine Sekretärin oder sein unmittelbarer Vorgesetzter. Fragen Sie ein Stockwerk tiefer«, beeilte sich Mujica zu antworten, der keine Lust hatte, das Gespräch fortzusetzen.

Ich erhob mich und trat an Mujicas Schreibtisch. »Ich danke Ihnen für die Zeit, die Sie mir geschenkt haben«, sagte ich und streckte eine Hand aus, die der Anwalt nicht ergriff.

»Sagen Sie Cambell, daß er sich in der Person geirrt hat. Und sagen Sie ihm auch, er soll es nicht übertreiben. Meine Zeit und meine Geduld haben Grenzen.«

Ich ging zur Tür und sah daneben einen Papierkorb, in den jemand etwa zwei Dutzend Pferdewettscheine geworfen hatte. Ich nahm wahllos ein paar heraus und sah zu Mujica hinüber. Der wich meinem Blick aus und tat so, als wendete er sich wieder seiner Zeitungslektüre zu.

»Wissen Sie, welche Nachtlokale Gordon frequentierte?« fragte ich.

»Zuletzt ging er immer ins Lucifer.«

Ich las die Zahlen auf den Scheinen des Club Hípico und stellte fest, daß es sich um hohe Wetten handelte. Im Rücken spürte ich Mujicas Blick und warf die Scheine wieder in den Papierkorb.

»Jeder Mensch ist eine Geschichte, die darauf wartet, erzählt zu werden«, sagte ich und öffnete die Tür, die die Langeweile von Mujica bis zu dem Tag verwahren würde, an dem er beschloß, in Pension zu gehen.

5

Der Flur war noch immer menschenleer, nur in der Ferne waren ein paar Schreibmaschinen zu hören. Ein ständiges Klappern, das mal lauter und mal leiser wurde, von einem anonymen Taktstock befehligt, der die Bewegungen der Schreibkräfte leitete, die täglich die ihr Gehalt rechtfertigenden Tonnen Abschriften und Abschriften von Abschriften herstellten.

Mujicas Information hatte mein Unwissen nur noch vermehrt, und aus irgendeinem Grund, den ich nicht genau festmachen konnte, ließ er mich an ein Maskenspiel denken.

Ich stellte mir Gordon hinter einem Schreibtisch vor, der ähnlich war wie der von Mujica, Tag für Tag seine Gesetzestexte studierend, bis er einen feinen Riß in den Angaben der öffentlichen Betriebe oder Behörden fand, die er überprüfte. Ernst, hochkonzentriert würde er durch die Gänge gehen und kaum eine Spur, nur das verschwommene Echo seines Grußes für die Kollegen, die ihm auf dem Weg begegneten, hinterlassen. Er würde in sich gekehrt seine Berichte verfassen, auf die richtige Plazierung der Kommata, die Genauigkeit der juristischen Zitate, das harmonische Ineinandergreifen der Sätze achten. Und dann fern von seinem Büro und seinen Papieren einen Nachtclub betreten, ein von den Bürostunden verbrauchtes Lächeln wiederfinden, die Begleitung einer Frau annehmen, die seinen Klagen über die Arbeit und die Lebenshaltungskosten lauschen würde. Aber war es wirklich so gewesen? Spielte Gordon das Spiel wechselnder Masken, oder hatte ihn etwas anderes getrieben, sich im Hotel Central einzutragen? Wenn man die Möglichkeit ausschloß, daß er Drogen kaufen wollte oder einen Zufluchtsort suchte, um seine Geliebte zu empfangen, blieb als Alternative nur noch die Angst.

Angst oder jemand, der ihn gezwungen hatte, seine Routine aufzugeben und in einem Viertel Schutz zu suchen, von dem er wußte, daß es gefährlich war, es aber vielleicht gerade aus diesem Grunde jemandem Untersschlupf bieten konnte. Andererseits: Wer wollte ihm schaden und warum? Zweifel. Nichts als Zweifel oder das kurze Aufblitzen einer Geschichte, die ich mir selber erzählte, während ich durch einen düstren Flur ging und nach Erklärungen für den Tod eines Fremden suchte.

Ich beschloß, Gordons Büro kennenzulernen, und stieg eine gelbgeflieste Treppe hinunter zu einem andern Flur, der genauso ruhig und still war wie der, den ich gerade verlassen hatte. Ich hielt einen Augenblick inne und ging dann auf die Tür eines Büros zu, hinter der man das Klappern einer Schreibmaschine hörte. Ich klopfte an und trat in ein mit Teppichboden ausgelegtes Büro, in dem drei Schreibtische standen, an denen ebenso viele Sekretärinnen saßen. Die Frauen schauten mich alle gleichzeitig an, und mich überfiel das unangenehme Gefühl, das einer hat, wenn er aus Versehen in die Damentoilette geht.

»Was können wir für Sie tun?« hörte ich die Sekretärin sagen, die mir am nächsten saß. Sie war eine dicke Frau mit gefärbtem Haar. Aber ihre sanfte, beinahe verführerische Stimme stand weder in Beziehung zur Masse ihres Körpers noch zum formellen Anlaß. Ich dachte an die Stimmen der Personen in den Hörspielen, die ich als Kind immer heimlich allein oder mit anderen Gefährten aus dem Waisenhaus gehört hatte. Ich verliebte mich in diese Stimmen und stellte mir schöne, zerbrechliche Frauen vor, die bereit waren, für einen Kuß oder den Blick des jeweiligen Galans in Ohnmacht zu fallen.

»Ich suche die Sekretärin von Anwalt Gordon«, sagte ich mit leisem Stimmchen.

»Julia Bustos«, sagte die Frau. »Sie arbeitet im Büro auf der anderen Seite, aber Sie werden sie heute nicht antreffen. Sie hat einen Tag frei genommen und kommt morgen wieder. Geht es um etwas Persönliches oder um Dienstliches?«

Die Stimme der Frau streichelte mich. Ich stellte mir dieselbe Stimme an einem Sextelefon vor, wie sie Liebkosungen beschrieb, bis sie damit eine unkontrollierbare Erektion verursachte.

»Persönliches«, sagte ich.

»Kommen Sie morgen um neun Uhr wieder.«

»Um neun«, wiederholte ich und lächelte wie ein Geistesgestörter.

Dann sah ich die Frau ein letztes Mal an und verließ das Büro mit einem Gefühl von Verlassenheit, das in mir, bevor ich noch in den Fahrstuhl gestiegen war, ein dringendes Bedürfnis nach einem Bier anwachsen ließ, das so kühl und ewig war wie die Sehnsucht. Ich verließ das Gebäude, ging den Palacio de la Moneda und dann die Calle Nueva York entlang, bis ich am Eingang der Bar La Unión Chica angelangt war. Drinnen suchte ich Halt am Tresen und versuchte eine Minute lang erfolglos, einige der Gäste zu erkennen.

»Was hätten Sie gern?« hörte ich einen jungen, dunkelhäutigen Mann mit den Zügen eines Mapuche fragen.

»Ein Bier. Kalt. Eiskalt«, antwortete ich, und als mir der junge Mann die Bestellung brachte, fragte ich ihn nach Juanito, den dünnen, grauhaarigen Barmann, der früher immer bedient hatte.

»Der ist vor drei Jahren in Rente gegangen«, sagte der junge Mann und zuckte mit den Schultern, als zweifelte er an seinen eigenen Worten.

»Prima Kerl. Er kannte viele Namen und die alkoholischen Präferenzen von jedem seiner Kunden.«

»Ich bin neu in der Bar und habe nur von ihm gehört«, entgegnete der Kellner, den das Gespräch verwirrte.

»Es wird erzählt, daß er jedesmal, wenn einer seiner Kunden starb, eine Kerbe in den Tresen schnitt.«

Der Junge erblaßte und warf einen schnellen Blick auf den langen Tresen, der eine ganze Wand der Bar ausfüllte.

»Es sind auch nicht mehr die Dichter da, die ich früher immer gesehen habe«, sagte ich und betrachtete noch einmal das halbe Dutzend Tische, die vor dem Tresen standen. »Iván und Jorge Teillier, Roberto Araya Gallegos, El Chico Molina, Rolando Cárdenas, Germán Arestizábal, El Mono Olivárez, Juan Cameron, Ramón Carmona und Guzmán Paredes, ein Philosoph, der die Spielaufstellungen des Fußballclubs Unión Española der letzten dreißig Jahre kannte. Manchmal erschienen auch Coloane und ein paar jüngere Leute. Ein gewisser Díaz, Alvaro Ruiz und ein dicklicher Dichter mit griechischem Namen, Arquímedes oder Agamemnón. Ruhige Leute, die in einer traurigen Stadt zu überleben versuchten, während draußen die Geier ihre Schnäbel wetzten. Sie redeten über Poesie, Fußball und Politik, und manchmal ließen sie Fremde wie mich sich mit an ihren Tisch setzen. Aber natürlich sehe ich, daß an den Wänden jetzt Spiegel angebracht wurden, und die Dichter wie auch die Schriftsteller, die Kriminalromane schreiben, sind wie Vampire. Sie meiden Spiegel und sind nur an den schlanken, weißen Hälsen von Jungfrauen interessiert.«

Der Kellner gähnte und sah mit Erleichterung, daß ein neuer Gast sich auf den Tresen stützte und ihn aus dem Gespräch mit mir befreite. Ich trank von meinem Bier, und der eiskalte Schluck schläferte meine Erinnerungen ein. Ich dachte ein letztes Mal an die Stimme der Sekretärin und sagte mir, daß ich tags darauf in ihr Büro gehen würde, auch wenn es nur war, um zu hören, wie sie mir einen guten Tag wünschte.

6

Nichts liebe ich mehr, als ziellos durch die Stadt zu schlendern. Ich schaue mir die Leute an und bleibe vor den Schaufenstern der Läden oder Buchhandlungen stehen. Wenn ich genug habe, suche ich eine kleine Bar auf, in der ich einen Wein trinke, während sich der Aschenbecher mit Kippen füllt und um mich herum Gruppen von Arbeitern oder Rentnern ihre Zeitungen lesen und ein Bockbier trinken.

Frühjahrssonne beschien die Bürgersteige und die trügerischen Versprechen der Schaufenster. Aus den Cafés drang das Gemurmel der Kunden, und auf dem Paseo Ahumada riefen die Verkäufer von *Kino y Loto* ihre Waren mit ganz besonderer Begeisterung aus.

»Ich bin um neun bei Ihnen gewesen, und Sie waren nicht da«, sagte Anselmo, als ich an seinem Kiosk stehenblieb. Der Zeitungsverkäufer trug eine Latzhose aus Jeansstoff, ein blaues Sweatshirt und einen Panamahut, der ihm bis über die Ohren gerutscht war.

»Ich habe ein paar Dinge erledigt«, entgegnete ich, weil ich keine Lust hatte, Anselmos Neugier Nahrung zu geben.

»Sie werden auf Sie warten.«

»Wer? Wo?«

»Die Alten. Sie erinnern sich doch noch daran, daß Sie zugesagt haben, zum Leihhaus zu kommen.«

»Habe ich das zugesagt?«

»Ich habe es in Ihrem Namen getan, Don Heredia.«

»Und seit wann verfügst du über meine Zeit?«

»Nun werden Sie nicht gleich böse, Don. Ich war mir sicher, daß Sie gehen würden, und habe deshalb für Sie zugesagt«, meinte Anselmo, während er zusah, wie ich mir eine Packung Derby aus dem Kiosk nahm.

»Außerdem habe ich in Ihrem Namen etwas erworben. Da Sie den Lada verkauft haben, als Sie mit Ihrer Süßen an den Strand gefahren sind, habe ich beschlossen, es ist an der Zeit, daß Sie wieder eine ordentliche Karre haben. Ein Freund, der an Geldmangel leidet, hat mir einen Chevy Nova aus dem Jahr 1967 verkauft.«

»Soll ich ein Museum aufmachen?«

»Der ist wie neu. Groß, festes Blech und wenig gebraucht.«

»Dieses Auto herumzufahren wird teurer kommen, als einen Esel mit Pralinen zu ernähren.«

»Nun haben Sie sich doch nicht so, Don. Was macht dem Fisch denn schon das Wasser? Ich komme mit. Wir holen den Wagen ab und fahren dann zu den Alten.«

Ich stritt nicht weiter mit Anselmo. Ich ließ mich einfach zu einem Schuppen in der Calle Miguel León Prado bringen, den ich am Lenkrad eines grünen Chevy Nova verließ, der zwar schon etwas gealtert war, aber beim Gasgeben begeistert mitmachte.

»Na, wie sieht's aus, Don?« fragte Anselmo, von einem Ohr zum anderen grinsend.

»Bislang gut.«

»Gib nicht auf, Catalina, jetzt geht's im Galopp«, rief Anselmo mit der Fröhlichkeit eines Schuljungen, der in die Ferien fährt.

Ich ließ den Chevy in der Obhut eines heruntergekommenen Alten zurück, und wir gingen zu Fuß zu dem Ort, von dem die Greisinnen gesprochen hatten. Der Bürgersteig war von Händlern belegt, die neben anderem billigem Kram Kräuterbündel, Hosen, Wollsocken und Plastikgeschirr verkauften. Am Eingang zum Gebäude maß eine Krankenschwester den Blutdruck eines alten Mannes, der winzig in einer Jacke steckte, die genauso zerknittert war wie sein Gesicht. Etwa fünfzig alte Menschen standen in vier gewundenen, in langsamem Rhythmus sich vorwärts bewegenden Schlangen an. Sie wirkten wie aus einem Film des italienischen Neorealismus, resigniert und schweigend wie Schafe, die spüren, wie der Regen ihnen den Pelz durchnäßt, aber nicht wissen, wo sie unterkriechen können. Ich war kurz davor, wieder hinaus und zu meinem Auto zurückzugehen, als ich hörte, wie Señora Rosa nach Anselmo rief.

»Anselmito, mein Sohn, endlich. Ich hatte schon gedacht, daß Sie und Ihr Freund uns sitzenlassen würden«, sagte sie und klammerte sich an den linken Arm des Zeitungsverkäufers.

»Was Sie sich immer denken, Doña Rosa. Wir haben erst einmal das Terrain sondiert.«

Die Frau lächelte und schaute uns wie in Erwartung eines Zaubertricks an, der sie und alle anderen verblüffen würde.

»Laßt uns irgendwo Platz nehmen«, sagte ich zu Anselmo, während ich auf eine Holzbank am anderen Ende des Saales wies. »Man sieht meilenweit, daß wir hier nicht hingehören.«

»Ich werde mich in die Nähe des Eingangs stellen, für den Fall, daß der Spitzbube auftaucht«, meinte die Frau. »Ich muß es allein tun, weil meine Mitbewohnerinnen mit einer Erkältung zu Bett liegen.«

Ich sah ihr nach und zündete mir eine Zigarette an, während sich die Schlange aus alten Menschen zu den Schaltern wand, an denen die Schätzer die Gegenstände der Alten ungerührt wie Totengräber entgegennahmen.

»Ein Stündchen, und wir gehen wieder, Don«, sagte Anselmo.

»Eine Stunde«, stimmte ich zu und fügte, nachdem ich mir hinten an den Hosenbund gefaßt hatte, hinzu: »Ich habe die Pistole nicht mit, Anselmo. Wenn der Dieb auftaucht, muß ich mich ihm mit Kugelschreiberhieben stellen.«

»Sagen Sie das nicht, auch nicht im Scherz.«

In den folgenden zwei Stunden rauchte ich sechs Zigaretten.

Als ich die zweite anzündete, stand Anselmo auf und mischte sich unter die Leute in dem Schuppen, die darauf warteten, daß sie an der Reihe waren. Als ich die dritte ansteckte, setzte sich ein kleiner alter Mann neben mich, der so dünn war, daß er fast durchsichtig wirkte, und der das Rezept eines Arztes in der Hand hielt. Seine grauen Augen hatten einen wäßrigen Glanz, als hätte er gerade geweint. Er sah mich von der Seite an und schüttelte in stummer Wut den Kopf. Ich schloß daraus, daß er sich allein fühlte und mit jemandem reden mußte, um nicht zu schreien oder wegzurennen.

»Reicht es nicht?« fragte ich.

»Ich bekomme vierzigtausend Pesos im Monat. Gebe zehntausend für das Zimmer aus, das ich mit meiner Alten bewohne, bleiben noch dreißigtausend, um durch den Monat zu kommen. Lebensmittel kaufe ich auf Pump im Laden im Viertel. Und glauben Sie nicht, daß ich viel kaufe. Brot, Tee, Reis, ein Liter Öl, um das Brot damit zu bestreichen.

Manchmal ein Kilo Äpfel, und das war's. Außerdem ist meine Frau krank«, sagte er und zeigte mir das Rezept. »Das Medikament kostet sechstausend Pesos. Was soll ich machen? Soll ich im Laden weniger zahlen? Soll ich die Alte ohne Medikament lassen? Wie soll man so leben? Seit ich fünfzehn bin, habe ich wie ein Tier in einer Druckerei gearbeitet. Laufbursche, Setzer, Papierschneider, Drucker. Und plötzlich war ich alt und wurde auf die Straße gesetzt, fast nur mit dem, was ich anhatte. Finden Sie, daß das gerecht ist, Señor?«

»Was gedenken Sie zu tun?«

»So lange weitermachen, wie es geht. Ich habe ein dickes Fell. Andere geben früher auf. Es gab da einen Alten, mit dem traf ich mich immer am Rentenzahltag. Wir rauchten eine Zigarette, redeten etwas miteinander. Gerade hat man mir erzählt, daß er und seine Frau sich mit dem Gas in der Küche das Leben genommen haben.«

»Ich meinte mit Ihren Zahlungen und dem Medikament, das Sie brauchen.«

»Ich werde mit dem Ladenbesitzer reden, vielleicht hat der Mann ja Erbarmen«, sagte der Alte und schaute tieftraurig zu Boden.

»Vielleicht«, wiederholte ich.

»Wenn ich wenigstens noch arbeiten könnte. Aber heute will keiner die Alten. Man spricht viel über sie, lange Reden, schöne Sätze, aber nach dem Gerede passiert nichts«, meinte der Mann, während er sich eine zerkratzte Brille aufsetzte, um das Rezept noch einmal zu lesen.

»Haben Sie Kinder?«

»Zwei, aber die sind in den Norden gegangen und haben

ihr Glück im Bergbau gesucht. Anfangs haben sie geschrieben. Jetzt tun sie das nicht einmal mehr zu Weihnachten.«

Ich bot ihm eine Zigarette an, und der Alte nahm sie vorsichtig, schnupperte am Tabak, als handelte es sich um eine Havanna. Dann steckte er sie in die obere Jackentasche.

»Danke«, sagte er. »Ich hebe sie mir für heute abend auf.«

Ich sah Anselmo, der in Begleitung von Señora Rosa beharrlich den Eingang beobachtete.

»Hier«, sagte ich zu dem Alten und gab ihm einen Zehntausendpesoschein. »Kaufen Sie das Medikament und noch etwas für Ihre Frau.«

Der Alte schaute mich an und wußte nicht, was er sagen sollte. Er versuchte ein Lächeln, das jedoch sein Gesicht nicht erhellen konnte, und ich ging, ohne noch weiter zu warten, zu Anselmo.

»Laß uns gehen«, sagte ich zu dem Zeitungsverkäufer.

Señora Rosa guckte erstaunt. Anselmo sah auf seine Uhr.

»Sie hatten gesagt, Sie würden sich um den Dieb kümmern«, beschwerte sich die alte Frau.

»Ich komme wieder. Der Fisch, den wir fangen wollen, scheint sich heute anderswo zu tummeln.«

»Vergessen Sie uns auch wirklich nicht?« fragte die Frau schlecht gelaunt.

Ich beobachtete die alten Leute und schaute zu dem Alten mit dem Rezept, der immer noch auf den Geldschein blickte und sich nicht entschließen konnte, ihn einzustecken.

»Laß uns gehen«, ließ ich nicht locker.

7

»Man könnte meinen, Sie hätten den Teufel gesehen«, meinte Anselmo, während der Chevy die Calle San Diego entlangfuhr.

»Noch fünf Minuten dort, und ich hätte angefangen, gegen die Mauern zu treten.«

»Sagen Sie bloß nicht, daß Sie die alten Frauen aufgeben. Ich habe so viel von Ihnen erzählt, die verehren Sie wie den Weihnachtsmann persönlich.«

»Wir fahren an einem anderen Nachmittag wieder hin, vielleicht ist dann das Glück auf unserer Seite. Aber für heute reicht es. Ich möchte an etwas anderes denken. Etwas Warmes essen, ein Glas Wein trinken und dann eine Siesta machen. Es fällt mir immer schwerer, unter die Leute zu gehen.«

»Sie sind verquer wieder vom Strand zurückgekommen, Don. Als hätten Sie Ihre Begeisterung im Sand gelassen. Meiner Meinung nach ist Ihre Kleine schuld. Als Sie zusammen waren, sahen Sie prächtig aus. Ein zufriedener Mann, glücklich, unbeschwert. Ich denke, Sie sollten sich wieder an sie ranmachen. Sie an einem Flügel packen, ihr ein paar Klapse aufs Federkleid geben, und ab nach Hause.«

»Du kannst niemanden dazu zwingen, dich zu lieben. Liebe ist das einzige, was frei bleibt, Anselmo.«

»Sie wirkte auch zufrieden.«

»Das Problem ist, daß sie erst vor kurzem gegangen ist und ich mich noch nicht wieder richtig berappelt habe.«

»Was reden Sie da für ein kompliziertes Zeug, Don.«

»Jeder muß sein eigenes Leben leben.«

»Mit anderen Worten: Die Geschichte, daß Liebende nur Zwiebel und Brot brauchen, ist Quatsch.«

»Sie gilt nur, wenn du Glück hast und das zu pflegen weißt, was dir der Zufall bringt.«

»Was mich betrifft, so stehe ich nicht auf der Verteilerliste. Ich habe seit Ewigkeiten keine mehr gehabt. Sogar die Mädchen aus San Martín sind weg und die, die noch auf der Straße sind, grauenhaft. Nicht einmal, wenn man Hunger hat, Don.«

»Und die kleine Zeugin Jehovas, mit der du aus warst?«

»Die ist in die Heilsarmee eingetreten und missioniert nun im Süden. Total verrückt! Sie wollte sich zu nichts verpflichten, verlangte aber von mir, daß ich die große Trommel schlagen lernte, um sie bei ihren Predigten zu begleiten.«

»Das Leben behandelt dich schlecht, Anselmo.«

»Erinnern Sie mich bloß nicht daran. Aber Sie behandelt es auch nicht besser.«

»Erinnere mich bloß nicht daran«, wiederholte ich und hielt dabei vor dem Kiosk des Zeitungsverkäufers.

Als ich in die Wohnung trat, herrschte dort eine traurige Stille, die zusammen mit dem unentschlossenen Licht, das durch die Jalousien drang, durch die Zimmer strich. Simenon kam nicht, um mich zu begrüßen. Ich nahm an, daß er unterwegs war oder in einer Mauernische lag und das Treiben im Viertel beobachtete. Ich legte mich aufs Bett, und die Erinnerung an Griseta übermannte mich. Sie war auf der Suche nach einem Ort, an dem sie bleiben konnte, bis sie eine Arbeit gefunden hatte, in meiner Wohnung aufgetaucht und hatte jeden Winkel des Apartments mit der Wärme ihrer zwanzig Jahre erfüllt, bis zu der Nacht, in der sie in meine Arme geschlüpft war. Dann waren der Schmerz einiger Tode, ein Rätsel und die Reise an den Strand auf der Suche nach unmöglichem Vergessen gekommen.

Ich schloß die Augen, und sie küßte mich. Ihre Hände wanderten über mein Gesicht, und ich suchte ihren Hals, die zarte Linie zwischen ihren Brüsten, die bis zur schweigenden Feuchtigkeit zwischen ihren um meine Taille geschlungenen Beinen reichte. Und dann die unauslöschliche Spur. Die alte Kunst des Gebens, blind, magisch wie die geschmeidigen Bewegungen einer Katze. Die uralte Hemmungslosigkeit der Umarmung, die dem Schrei und der Flucht vorangeht. Nichts weiter, weil ein unbeschreiblicher Schmerz mich die Augen öffnen ließ, und neben mir lag meine Einsamkeit und hatte die Arme um die erste Dunkelheit der Dämmerung gelegt.

Im Büro begann das Telefon zu läuten und zwang mich aufzustehen. Ich nahm den Hörer und erkannte Bernales' Stimme, die meinen Namen dreimal wiederholte. Er wirkte durcheinander und wegen irgend etwas bedrückt, das nicht einmal er benennen konnte.

»Ich befürchtete schon, Sie wären nicht da«, sagte er.

»Was kann denn so wichtig sein?«

»Vor einer halben Stunde erhielt ich einen Befehl meines Chefs und fühlte mich verunsichert. Ich dachte, ich müßte meine bösen Ahnungen mit jemandem besprechen, und der einzige Name, der mir einfiel, war Ihrer, Heredia.«

»Ich höre.«

»Gestern haben mir ein paar Journalisten Fragen zu Gordons Tod gestellt. Ich habe ihnen gesagt, was ich wußte, und weiter nichts. Heute hat mich mein Chef sofort gerufen, um mich wegen meiner mehrfachen unmöglichen Äußerungen gegenüber der Presse zu tadeln. Dann sagte er mir, der Fall Gordon sei abgeschlossen. Hidalgo, den ich hatte festnehmen lassen, um ihn zu verhören, wurde freigelassen. Ich weiß nicht, was ich davon halten soll, Heredia. Ich habe das Gefühl, daß Gordon noch ein paar Untersuchungen wert wäre.«

»Immerhin sind wir uns endlich einmal einig, Bernales.«

»Das Problem ist, daß ich mir, wenn ich gegen den Befehl handle, den Strick um den Hals lege, und ich weiß auch nicht, wo ich weitermachen sollte. Die Geschichte von Hidalgo überzeugt...«

»Ich hatte mir überlegt, mit Gordons Sekretärin zu sprechen. Wenn wir es gemeinsam tun, würde es wirksamer sein.«

»Glauben Sie, daß das etwas bringt?« fragte Bernales.

»In der Calle Valentín Letelier gibt es ein Restaurant namens La Gaviota. Dort erwarte ich dich morgen um elf.«

»Glauben Sie, daß das etwas bringt?« fragte er wieder.

»Meine Kristallkugel ist beim Pfandleiher«, sagte ich und hörte, wie auf der anderen Seite der Leitung aufgelegt wurde.

»Die jungen Leute haben kein Benehmen mehr«, meinte ich zu Simenon, der auf den Schreibtisch geklettert war.

»Fang bloß nicht wieder mit deinen Erinnerungen an«, entgegnete der Kater. »Seit fünf Jahren redest du nur über die Vergangenheit. Deine Nostalgie geht mir auf den Geist, genau wie das blöde Fressen, das du mir kaufst. Hundert Prozent Fischmehl, viele Vitamine und kein Cholesterin. Zum Teufel mit den ausgewogenen Diäten! Ich träume von einem drei Zentimeter dicken, sündigen Beefsteak voller Toxine.«

»Du hast dir einen schlechten Augenblick ausgesucht, um deine Forderungen vorzubringen. Der Kassenstand bewegt sich rasant auf Null zu«, sagte ich, während ich die Flasche Pisco aus dem Schreibtisch zog.

»Jetzt wird die zweite Hälfte des Nachmittags eingeläutet«, meinte Simenon.

»Ich brauche Mut, um einen bestimmten Besuch zu machen.«

»Wieder die Kleine, oder?«

Ich nahm einen großen Schluck, ohne Simenon zu antworten.

»Besser?« fragte er.

»Besser«, meinte ich und schickte mich an, das Büro zu verlassen.

Griseta war zu Hause, aber ihr Empfang war so reizend wie eine eiskalte Dusche mitten im Winter. Ich sprach über die Erinnerungen, über die Chance, die wir einander schuldeten, und sie erzählte mir mit wenigen Worten, daß sie an diesem Abend mit ein paar Kommilitoninnen aus der Uni arbeiten wolle. Ich erbot mich, sie zu begleiten, und sie lehnte mein Angebot ab. Ich fühlte mich wie ein Schuljunge, der die Lektion nicht gelernt hat, und schwieg ein paar Minuten lang, in denen ich hoffte, Griseta würde ihre Meinung ändern.

»Mach die Dinge nicht noch schwieriger«, sagte sie.

Ich blickte ihr tief in die Augen und konnte dort das lebendige Flämmchen von einst nicht mehr entdecken. Ich steckte eine Zigarette an, machte ein paar Schritte rückwärts und ging, während Griseta die Wohnungstür schloß. Da begriff ich, daß ich wie in anderen Nächten ohne Ziel gehen und in den Schatten ein freundschaftliches Lächeln suchen mußte, das mich die Zeit und die Einsamkeit meines Büros vergessen ließ. Eine Barbekanntschaft, ein belangloses Gespräch. In meiner vierten Nacht in der Stadt wurde ich wieder der alte, und ich war mir nicht so sicher, ob mir das gefiel. Ich blickte noch einmal zum Haus zurück und ging dann über die Plaza Brasil. Dort blieb ich stehen, bis nach einer halben Stunde ein Wagen vor dem Haus hielt, an dessen Steuer ein Mädchen in einem blauen Sweatshirt saß. Sie hupte, und kurz darauf sah ich Griseta mit einem halben Dutzend Heften unter dem Arm herauskommen.

Aus irgendeiner Ecke des Platzes glaubte ich die Kommentare von jemandem zu hören, der sich über mich lustig machte. Aber das stellte ich mir nur vor. Wie Rimbaud dachte ich an eine Zeit in der Hölle, und mir fiel der Name des Restaurants ein, in dem Gordon Stammgast gewesen war.

8

Ich beobachtete den Eingang zum Lucifer, während ich eine Derby rauchte. An diesem Abend schien die Kundschaft rar zu sein. Der Portier, ein kräftiger Kerl in einem roten Mantel mit Goldknöpfen, unterhielt sich mit dem Parkwächter. Rechts von der Tür konnte ich ein Plakat erkennen, das den Auftritt von Ramón Aguilera, Lucho Barrios und Cecilia ankündigte, die schon bessere Tage gesehen hatten. Die Straße war fast menschenleer. Drei Männer gingen unter den Lichtern an den Eingängen von zwei heruntergekommenen Nachtclubs hindurch, die die letzten Bohémiens der Calle San Diego in Versuchung führten.

Ich ging am Portier vorbei und stieg eine schlecht beleuchtete Treppe hinauf bis zu einem Salon, in dem es mehrere Tische, eine Bühne und eine Bar gab, hinter der ein gelangweilter Barmann gähnend ein Glas abtrocknete.

»Stolichnaya und Tonic Water«, bestellte ich.

Der Barmann, ein kleiner, dünner Typ, der mir ohne jegliche Begeisterung zuhörte, brauchte dreißig Sekunden, um mir das Getränk auf die Bar zu stellen.

»Wenig Leute«, meinte ich.

»Donnerstag, Freitag und Samstag sind die Tage, an denen bekannte Künstler auftreten. Mittwochs gibt es Música Tropical und dienstags dreckige Witze.«

Ich schaute in den Raum, als der Künstler, der auf der Bühne stand, begann, Sandro zu imitieren. Er war nicht gut, aber den wenigen Gästen war das egal. Sie waren mehr mit Essen und Reden beschäftigt.

»Ich wollte mich mit einem Freund treffen. Er heißt Gordon und kommt jeden Abend hierher.«

»Ich habe ein schlechtes Namensgedächtnis«, sagte der Barmann.

»Gutes Händchen«, sagte ich, nachdem ich das Getränk probiert hatte.

Mein Kommentar gefiel dem Mann, und er lächelte zufrieden.

»Wenn Sie was erleben wollen, dann merken Sie sich das hier«, meinte er und legte eine Visitenkarte auf den Tresen, die Reklame für einen benachbarten Massagesalon machte.

»Ich werde es nicht vergessen, wenn mein Freund kommt«, sagte ich und tat so, als betrachtete ich das Lokal noch einmal.

Zwei Kellner kamen an die Bar. Der eine, der groß und dunkelhäutig war, bestellte drei Pisco-Cola. Der andere, der klein und dick war, bestellte einen Whisky-Soda. Ich machte dem Barmann ein Zeichen, und er fragte sie, ob sie einen Gast namens Gordon kannten. Der Große schüttelte den Kopf, der andere schaute mich von der Seite an und kam dann zu mir.

»Er ist noch nicht gekommen«, sagte er. »Er sitzt immer am selben Platz, an einem Tisch dicht an der Bühne.«

»Danke«, sagte ich und legte tausend Pesos auf das Tablett, das er trug. »Erinnern Sie sich noch daran, wann er das letzte Mal hier war?«

Der Mann steckte den Schein ein und schaute mich mißtrauisch an.

»Ich bin kein Bulle«, meinte ich.

»Ein Bulle rückt kein Geld raus. Aber Sie haben sicher was auf dem Herzen.«

»Die Ehefrau macht sich Sorgen wegen seiner Nachtschwärmereien.«

»Da geben Sie Ihr Geld umsonst aus. Dieser Mann ist braver als ein Bildchen vom heiligen Antonius. Zwei oder drei Glas pro Nacht, und manchmal etwas zu essen. Ich habe ihn nie mit Frauen gesehen, außer er geht hinterher zu den Oben-ohne-Mädchen um die Ecke.«

»War er immer allein?«

»Vor drei oder vier Nächten kam er in Begleitung von zwei Männern. Sie machten den Eindruck, als stritten sie sich. Als ich näher kam, um die Bestellungen aufzunehmen, redete einer der Fremden über eine Schuld, die er zu bezahlen habe.«

»Kannten Sie diese Männer?«

»Die hatte ich nie zuvor gesehen. Das waren nicht die üblichen Stammkunden. Jung und gut gekleidet.«

»Wenn Sie sie noch einmal sehen würden, könnten Sie sie wiedererkennen?«

»Wer weiß? Ich habe ein gutes Auge, aber...«

»Noch etwas?«

»Sie haben jeder zwei Glas getrunken. Dann gingen die Fremden, und der Herr blieb etwas länger als gewöhnlich.«

»Wie wirkte er?«

»Ernst und traurig. Er bat um ein Päckchen Zigaretten, was mich gewundert hat, denn ich hatte ihn nie rauchen sehen.«

»Glauben Sie, daß er Sorgen hatte?«

»Das kann sein, aber wie soll ich das wissen? Wir haben nur das Allernotwendigste geredet. Irgendwann bin ich auf die Toilette, und als ich zurückkam, war er gegangen.«

»Wie heißt du?« fragte ich ihn.

»Keine Namen. Ich bin doch nicht blöd, ich will nicht in Schwierigkeiten geraten.«

»Ich wollte nur wissen, nach wem ich fragen soll, falls ich wiederkomme.«

»Es gibt hier nicht so viele Kellner, Sie werden mich schon finden.«

»In Ordnung«, sagte ich und fügte, indem ich ihm meine Visitenkarte gab, hinzu: »Mein Name und meine Telefonnummer. Falls Gordon oder einer seiner Freunde auftauchen sollte, ruf mich an.«

»Wie im Film«, meinte der Mann spöttisch.

»Ja, wie in einem von denen, in denen der junge Mann niemals gewinnt.«

Der Kellner lächelte und trat an die Bar. Er nahm die beiden Getränke, die er beim Barmann bestellt hatte, und begab sich zu einem der Tische im Salon. Auf der Bühne wurde der Auftritt von Rosa Angela, der Tigerin aus Brasilien, angekündigt. Es erschien eine Mulattin mit dicken Beinen und einem Hintern, der es eilig hatte, das kurze Stück Satinstoff zu verlassen, in dem er steckte. Sie war ein attraktives Raubtier, und zum ersten Mal, seit ich das Lokal betreten hatte, schenkten die Gäste dem, was auf der Bühne geschah, Aufmerksamkeit.

»Sie hat von allem 'ne Menge«, meinte der Barmann.

»Ich mag sie lieber schlanker. Mit weniger Fleisch und mehr Verve.«

»Die Rosa Angela ist sehr gut.«

»Das ist Geschmackssache…«

»Schauen Sie sie genau an!«

Ich trank mein Glas aus und bestellte noch einmal dasselbe. Der Barmann schenkte mir blind ein, ohne den Blick von der Bühne zu wenden. Das Getränk schmeckte entsprechend. Es war zuviel Wodka drin, und es würde schwierig werden, nüchtern bis zum Grund des Glases zu gelangen.

Beim dritten Schluck sah ich den Kellner wieder herankommen. Er legte das Tablett auf den Tresen und näherte sich mir so sehr, daß er beinahe eine meiner Wangen berührte.

»Haben Sie noch ein Scheinchen?« fragte er.

»Das hängt von dem ab, was ich zu hören kriege.«

»Mir ist gerade noch etwas eingefallen.«

Ich legte tausend Pesos auf das Tablett und sah im Halbdunkel die weißen Zähne des Mannes blitzen.

»Am Tag nach dem, von dem ich Ihnen erzählt habe, kam ein Kerl, der nach Gordon gefragt hat. Er wartete am üblichen Tisch auf ihn, hat zwei Whiskys genommen und ist gegangen.«

»Wie sah er aus?«

»Dunkelhäutig, schlank. Er trug eine randlose Brille und wirkte sehr nervös. Ich hatte das Gefühl, daß er schon vorher in unserem Lokal gewesen war.«

»Noch etwas?«

Der Kellner schüttelte den Kopf und nahm wieder sein Tablett. Die Beschreibung des Fremden paßte auf niemanden, der bislang im Zusammenhang mit Gordon erwähnt worden war. Ich hatte das Gefühl, daß ich nichts bekommen hatte. Nur Kopfschmerzen, die allmählich Gestalt annahmen, und zwei oder drei Teile eines Puzzles. Und ich war weit davon entfernt, mir dessen Gesamtbild vorzustellen.

Ich schob den Wodka zur Seite und legte dem Barmann ein Trinkgeld hin.

»Hat er Ihnen nicht geschmeckt, Amigo?«

»Er steigt ziemlich in den Kopf.«

»Ich hole ihn Ihnen mit etwas Tonic wieder runter.«

»Vielen Dank. Morgen muß ich früh aufstehen«, sagte ich und machte mich auf den Weg zum Ausgang.

Draußen war alles weiterhin ruhig. An der nächsten Ecke erkannte ich zwei junge Männer, die nach einem Opfer Ausschau hielten. Ein Betrunkener ging *El Rey* singend zur Avenida Matta, eine Landstreicherin zurrte ein Bündel Lumpen und Pappe zusammen, und als ich am Nachtclub Orión vorbeikam, lud mich eine Bordsteinschwalbe ein, die Wohltaten ihres Geistes kennenzulernen. Alles ruhig und wie immer, dachte ich, während ich eine Zigarette anzündete. Ich war müde und sehnte mich danach, in meinem Bett zu liegen. Ich schlug meine Mantelaufschläge hoch, rückte die Pistole im Gürtel zurecht und ging wie Gary Cooper in *High Noon* davon.

9

»Nachforschungen im Rechnungshof anzustellen scheint mir nützlich, falls man die Informationen von Mujica mit anderen in Verbindung bringen kann. Meine Nase sagt mir, daß sich hinter dem Tod des Rechnungsprüfers etwas Wichtiges verbirgt. Frag mich nicht, warum, das hat mit dem journalistischen Riecher zu tun. Auf jeden Fall solltest du mehr tun«, sagte Cambell, nachdem ich ihm über meine Arbeit vom Vortage berichtet hatte.

Es war acht Uhr morgens. Der Journalist machte sich bereit, sein Frühstück einzunehmen, das aus einem halben Liter Kaffee, zwei Äpfeln, Flakes mit Joghurt und drei Scheiben Vollkornbrot mit Käse und Schinken bestand.

»Journalistische Nachforschungen sind schwierig«, meinte er. Ich verlasse mich auf meinen guten Riecher, und dann versuche ich, eine vertrauenswürdige Quelle zu finden. Du weißt, es gibt immer jemanden, der gern Gerüchte erzählt. Der Rest sind Angaben, die ich in Zeitungen, Zeitschriften und im Fernsehen finde. Verstreute Ideen verknüpfen, zwischen den Zeilen lesen. Ein guter Artikel ist zum größten Teil die Suche nach der Nadel im Heuhaufen. Und nun zieh nicht so ein erschrockenes Gesicht. Wenn du guten Journalismus machen willst, mußt du bereit sein, hart zu arbeiten.«

»Erschrocken bin ich über dein Frühstück.«

»Viele Kalorien am Anfang des Tages, um mit Höchstenergie zu arbeiten. Von acht bis neun ist meine einzige ruhige Stunde, später geht es rund bis Mitternacht.«

»Mein Frühstück ist für gewöhnlich einfacher. Kaffee, eine Zigarette und manchmal, aber nur manchmal, zwei Fingerbreit Alkohol.«

Cambell biß in einen der Äpfel und nahm gleich noch einen Schluck Kaffee. »Um aufs Thema zurückzukommen: Die Nachforschungen im Rechnungshof drehen sich meist um Routinefehler. Ein Buchhalter, der vergessen hat, drei Belege beizufügen, eine zweckentfremdete Ausgabe wie ein paar Gläser, die man einem Abteilungsleiter auf Kosten der Steuer bezahlt hat, so was. Unbedeutender Mist.«

»Ich werde die Sekretärin von Gordon interviewen.«

»Wenn dich das glücklich macht, Heredia.«

»Das macht mich nicht glücklich, aber ich habe Bernales mit darauf angesetzt.«

»Das ist ein weiteres interessantes Thema. Warum haben sie den Fall zu den Akten gelegt? Eine Imagefrage? Wollen sie dem Bullen das Leben sauer machen? Du solltest da mehr Informationen rausholen.«

»Was Bernales betrifft, so scheint es sich da um einen internen Kampf bei der Kripo zu handeln. Er ist ein neuer Besen, der die Alten wegkehren könnte.«

»Bullen, die sich nach Pinochet sehnen, gegen demokratische Bullen. Das ist kein schlechtes Thema, Heredia. Dafür könntest du den Bleistift anspitzen.«

»Schmutzige politische Geschäfte. Ständig stolpere ich darüber.«

»Ich habe meine Nachforschungen angestellt. Gordon war Mitglied der Christlich Demokratischen Partei. Nach dreiundsiebzig hat er mit den Militärs zusammengearbeitet, und bevor Alywin an die Regierung kam, hat er sich reuig an die Brust geschlagen und ist in den Pferch zurückgekehrt. Er war nicht der einzige, obwohl er keine Vorteile aus seiner Wiederbekehrung gezogen hat und auf seinem Posten im Rechnungshof sitzenbleiben mußte«, meinte Cambell, bevor er einen ersten Löffel Joghurt probierte.

»Und seine Freunde im Lucifer?«

»Vergiß sie. Das ist eine Sackgasse.«

»Du wirfst meine ganzen Vorstellungen über den Haufen.«

»Denk an die Formel deines Freundes Solís. S und S. Schweiß und Schwein. Die Fälle löst man, indem man arbeitet, oder durch das Glück des Zufalls. Ich habe es ihn eines Nachts sagen hören, als wir in deinem Büro ein paar Gläser getrunken haben. Ich glaube, damals sah ich ihn zum letzten Mal«, sagte Cambell. Und während er auf seine Uhr schaute, fügte er hinzu: »Es ist gleich neun. Der Lebenskampf beginnt.«

»Als gutem Journalisten verursachen dir Gemeinplätze offenbar keine Übelkeit.«

»Es gibt wenig Adjektive, und die Nachrichten sind immer die gleichen. Mach dich noch einmal an den Fall Gordon, und wenn du nichts herauskriegst, erfinde was.«

»Ich werde mir überlegen, ob ich nicht wieder in meinen alten Beruf als Taxifahrer einsteige«, sagte ich auf dem Weg zur Tür. »Da wußte ich, daß im Kreis fahren die beste Art war, von einem Punkt zum anderen zu gelangen.«

»Nimm das mit auf den Weg«, rief Cambell, während er mir einen seiner Äpfel zuwarf. »Falls du ihn nicht ißt, schlag dir damit auf den Kopf. Franklin hat so begonnen.«

»Newton«, verbesserte ich ihn und fing den Apfel.

»Franklin, Newton, Einstein. Wer glaubt schon an diese Geschichte mit dem Apfel?«

Ich nicht, sagte ich mir, während ich in den Wagen stieg und in den Apfel biß. Dann dachte ich an die Kreise. Jede Ermittlung war eine Linie, deren Richtung jemand aus einem unbekannten Grund ständig änderte, und es war notwendig, ihrem Lauf zu folgen, das zerbrechliche Gerechtigkeitsgefühl wiederherzustellen, das ich in meiner Hosentasche trug, zusammen mit einem Taschentuch, den Wohnungsschlüsseln und einem halben Dutzend Büroklammern, die ich immer mit den Fingern verbog, wenn ich über etwas Kompliziertes oder offenbar Unlösbares nachdachte.

Bernales wartete in La Gaviota. Er hatte einen Kaffee bestellt und neben sich eine Zeitung liegen, auf der er ein paar Anmerkungen mit blauem Kugelschreiber gemacht hatte.

»Gute Nachrichten?« begrüßte ich ihn.

Bernales lächelte schwach.

»Ich war immer gut in politischer Geographie. Aber jetzt, seit der Auflösung der Sowjetunion und dem Balkankrieg, ist meine Fähigkeit, Namen zu behalten, den Bach runtergegangen.«

»Alles war klarer, wie damals in den Cowboyfilmen der Nachmittagsvorstellungen. Heute versteht man überhaupt nichts mehr. Die Guten sind die Bösen, und die Bösen, die nun nicht mehr so böse sein müssen, kommen uns wie die Guten vor. Das ist wie beim Gebrabbel von Cantinflas, dem Komiker, nur fand ich das witziger.«

Bernales schlug die Zeitung zu und zündete eine Zigarette an.

»Du wirkst nervös«, sagte ich.

»Heute hat mich das dritte Mal in vierzehn Tagen ein anonymer Anruf geweckt.«

»Weshalb?«

»Im vergangenen Monat habe ich den Dealern eins auf die Mütze gegeben, und bei der Kripo gibt es Leute, die sind geschmiert. Und nicht nur das. Ich habe noch keine Beweise, aber ich ermittle gerade bei einer Motelkette, deren Besitzer ein Unternehmer ist, der immer in den Zeitungen auftaucht und für wohltätige Zwecke stiftet.«

»Motels?«

»Es wird erklärt, daß alle Zimmer belegt waren, und so werden jede Nacht unter der Hand eine Million Pesos gewaschen. Wenn du dreißig Nächte mit fünfzehn Motels multiplizierst, ist das ein Bombengeschäft. Sie versuchen, mich aus dem Tor zu kriegen, Heredia. Drohungen und Druck, bis ich aufgebe«, sagte Bernales und fügte dann, nachdem er seinen Kaffee ausgetrunken hatte, hinzu: »Deshalb muß ich alle trüben Angelegenheiten untersuchen, die mir über den Weg laufen.«

»Wie Gordons Tod.«

»Warum nicht?«

Ich zuckte mit den Schultern und blickte auf die Straße. Ein Hund durchstöberte einen Mülleimer, sein Schwanz wedelte ungeduldig hin und her.

»Er und ich, wir sind uns ähnlich«, murmelte ich.

»Was sagten Sie gerade, Heredia?«

»Es ist Zeit, mit Gordons Sekretärin zu sprechen.«

Julia Bustos war eine kleine Frau mit wachen blauen Augen. Sie mußte um die fünfzig Jahre alt sein, aber ihr Gesicht hatte sich eine ungewöhnlich jugendliche Frische bewahrt, die noch vom feinen Rot ihrer Lippen und einem Lächeln betont wurde, das schnell und mühelos entstand. Bernales zeigte ihr seine Marke, und die Frau ließ uns ohne weitere Kommentare in Gordons Büro eintreten. Es erinnerte mich an Mujicas Büro: ein großer Schreibtisch, Regale mit juristischen Werken, eine Sammlung Staatsanzeiger auf dem Schreibtisch neben einer Kristallkaraffe und zwei geschliffenen Gläsern. Bernales nahm in einem Sessel Platz, die Sekretärin und ich blieben am Schreibtisch stehen. An einer Wand des Büros hingen sieben Diplome und das Wappen des Clubs der *Universidad Católica* in Bronze.

»Niemand hat hier etwas angerührt«, sagte die Frau. »Wir warten auf einen Bruder von Don Federico, der in Valdivia lebt.«

Bernales schaute sich im Büro um und wußte nicht, wie er das Verhör beginnen sollte. Sein Blick wanderte vom Schreibtisch zu den Wänden und von dort zur Sekretärin, die bereit schien, auf alle Fragen zu antworten, die man ihr stellen würde.

»Seit wann arbeiten Sie für Señor Gordon?« fragte ich.

»Seit fünfzehn Jahren«, antwortete Julia Bustos. »Ich war zwei Jahre in der Dokumentenannahmestelle der Behörde, dann wurde ich ihm zugeteilt. Er war ein verständnisvoller, angenehmer Chef.«

»Konnten Sie seine Stimmungen erkennen?«

»Nach so vielen Jahren«, begann die Frau zu sagen und hielt mitten im Satz inne, um eine Träne zu trocknen, die ihr die linke Wange hinunterlief. »Ich brauchte ihn nur morgens anzuschauen, dann wußte ich, ob er gut oder schlecht gelaunt war.«

»Wie wirkte er in den letzten Wochen?« fragte Bernales.

»Besorgt. Er mußte eine Reihe Berichte abschließen, die er zu bearbeiten hatte«, antwortete die Sekretärin.

»Führte er Buch über seine Tätigkeiten?«

»Er trug sie hier ein«, sagte sie und wies auf einen Kalender auf dem Schreibtisch.

»Ich hätte gern die Einträge der letzten Wochen gesehen.«

Die Frau nahm den Kalender und öffnete ihn an einer mit einem Lesezeichen markierten Stelle. Dann legte sie mir den Kalender in die Hand und machte sich bereit, mögliche Zweifel zu zerstreuen.

»Dupré. Dieser Name steht hier achtmal«, sagte ich, nachdem ich die Einträge durchgesehen hatte.

»Fräulein Adelina Dupré, die Chefin von Don Federico. Sie trafen sich täglich, um über die Arbeiten zu sprechen.«

»Fernando Abarca«, las ich weiter.

»Ein persönlicher Freund.«

»Urbano Otero. Er steht in zwei Wochen fünfmal hier.«

»Das ist ein Anwalt der Unternehmensberatungsfirma Benex.«

»Rodrigo Maspérez und Claudio Plaza. Zweimal.«

»Das sind auch Anwälte desselben Unternehmens. Sie trafen sich wegen eines Berichts, an dem Señor Gordon schrieb.«

Die restlichen Eintragungen bezogen sich auf Termine bei seinem Arzt, Treffen im Lion's Club und Besuche beim Schneider. Ich notierte mir die Namen, die ich gerade gelesen hatte, auf einem Stück Papier, das auf dem Schreibtisch lag.

»Don Federico war ein ruhiger Mensch. Ich verstehe nicht, wieso er so enden konnte«, sagte die Sekretärin.

»Die Ruhigsten sind die Gefährlichsten«, meinte Bernales, und die Frau schaute ihn ärgerlich an. Der Polizist lächelte und fügte hinzu: »Wüßten Sie von etwas, das Ihr Chef geheimhielt? Eine Geliebte, merkwürdige Hobbys?«

»Um Gottes willen. Wie können Sie nur so etwas denken?«

»Ruhig, Doña Julia!« sagte ich versöhnlich. »Das sind Fragen, die wir stellen müssen. Der Tod Ihres Chefs ist ungewöhnlich, und es muß alles in Erwägung gezogen werden, was uns helfen könnte, den Mörder zu finden.«

Die Sekretärin nahm meine Erklärungen an und ließ sich, nachdem sie einmal in die Runde geschaut hatte, auf einen Stuhl fallen.

»Wir hätten gern gewußt, woran er gerade gearbeitet hat«, meinte ich.

»Er machte viele Dinge, Señor.«

»Wir wissen, daß er an drei Berichten schrieb. Könnten wir den Inhalt erfahren?«

»Die Kopien müßten in dieser Mappe sein«, sagte die Frau und wies auf eine Ledermappe, die auf dem Schreibtisch lag. »Er hat am Tag vor seinem Tode drei Berichte weitergeleitet.«

Bernales öffnete die Mappe und durchsuchte den Inhalt.

»Wohlfahrtsdienste des Schatzamtes der Republik und Stadtverwaltung von Ñuñoa«, las er laut. Und nachdem er die Mappe noch einmal durchgesehen hatte, fügte er hinzu: »Da sind nur zwei Berichte.«

»Ich bin mir sicher, daß ich alle drei hineingelegt habe«, erklärte die Frau. »Ich erinnere mich sehr gut daran, weil ich es auch der anderen Sekretärin gesagt habe. Señor Gordon war ein besonderer Fall. Der einzige Prüfer in der ganzen Abteilung, der mehrere Fälle auf einmal bearbeitete. Die anderen wählen einen aus und sitzen Monate daran.«

»Dann hat jemand einen der Berichte herausgenommen«, sagte ich.

»Unmöglich!« beharrte die Sekretärin. »Das hätte ich bemerkt.«

»Sehen Sie die Mappe noch einmal durch«, ordnete Bernales an.

Die Frau gehorchte und schüttelte alsbald ungläubig den

Kopf. »Ich kann Stein und Bein schwören, daß sie hier waren«, sagte sie. »Im Aktenregister müßte die Weiterleitung verzeichnet sein.«

Wir folgten der Frau zu ihrem Schreibtisch, der in einem an Gordons Büro angrenzenden Büro stand, und sahen, wie sie ein dickes Heft durchsah, in dem sie die Dokumente eintrug, die das Büro verließen.

»Da steht es«, sagte sie, mit dem Finger auf den Eintrag zeigend. »Hier steht ganz deutlich: Bericht Consultora Benex, Projekt Gaschil. Und gleich darunter die anderen beiden.«

»Und warum gibt es keine Kopie?« fragte Bernales.

»Er machte normalerweise keine, vielleicht hat Señor Gordon sie auch mitgenommen. Auf jeden Fall kann ich eine neue ausdrucken«, sagte die Sekretärin und setzte sich an einen Computer.

Bernales zündete sich eine Zigarette an, ging in Gordons Büro zurück und begann mit der Durchsuchung der Schreibtischschubladen. Ich beobachtete ihn dabei, bis ich die Sekretärin einen Schrei wie eine geprügelte Katze ausstoßen hörte. Ihr bleiches Gesicht stand im Gegensatz zum Leuchten des Computerbildschirms. Außer sich schlug sie die Hände vor die Augen.

»Das kann nicht sein«, hörte ich sie murmeln.

»Was kann nicht sein, Señora?«

»Der Text des Berichts ist gelöscht.«

»Sind Sie sich dessen sicher?«

»Ich selbst habe ihn geschrieben.«

»Wer außer Ihnen benutzt diesen Computer?« hörte ich Bernales fragen.

»Er ist für meinen persönlichen Gebrauch, aber es hat praktisch jeder Zugang«, entgegnete die Frau hilflos.

»Sie haben gesagt, daß Sie den Bericht an ein anderes Büro weitergegeben haben. Dort müßte er abgelegt worden sein, oder?« fragte ich.

»Ich werde nachfragen«, sagte die Sekretärin und griff nach dem Hörer.

Ich ging zu Gordons Schreibtisch und nahm die Kopien der Berichte, die wir in der Mappe gefunden hatten. Ich faltete sie viermal zusammen und steckte sie in die Jacke.

Als ich zur Sekretärin zurückkam, schien diese unvermittelt in Depressionen gefallen zu sein. Ihre Augen blickten in eine Unendlichkeit aus grauen Wänden, aus ihrem Mund kam kein einziger Ton. Ich reichte ihr ein Glas Wasser, das beim Computer stand, und die Frau trank es hastig aus.

»Im Abteilungssekretariat gibt es keinen Eintrag für das Dokument. Sie haben nur die empfangen, die wir gefunden haben.«

»Waren die drei Berichte denn nicht beieinander?«

»Die Sekretärin weiß von nichts. Wie es scheint, war sie nicht da, als das Dossier gebracht wurde, und ihre Chefin, Señorita Dupré, muß es in Empfang genommen haben. Das ist zwar ungewöhnlich, kommt aber vor, wenn die Sekretärinnen zu anderen Arbeiten entsandt werden. Dennoch sagt die Sekretärin, daß die Schrift, mit der die anderen Berichte eingetragen wurden, nicht die ihrer Chefin sei. Es könnte die Schrift der Person sein, die sie gebracht hat.«

»Wer kümmert sich um die Verteilung?« fragte Bernales.

»Moralito, der Bote«, antwortete die Sekretärin.

»Der hat doch wohl auch einen richtigen Namen«, sagte ich. Ich haßte diese Diminutive, mit denen Angestellte bedacht wurden. All die Juanitos, Gonzalitos oder Luchitos wurden durch die Verballhornung ihrer Namen klein und unbedeutend gemacht.

»Gabriel Morales Avendaño. Er arbeitet seit mehr als zehn Jahren für uns.«

»Wo können wir ihn finden?«

»Er hat ein paar Tage freigenommen. Seine Schwester, die, glaube ich, in Curicó wohnt, war krank.«

Bernales gab mir durch ein Zeichen zu verstehen, daß wir in diesem Büro weiter nichts zu tun hatten.

»Wir kommen wieder, um mit ihm zu reden«, sagte Bernales. »Sprechen Sie mit niemandem über den fehlenden Bericht. Wie es scheint, haben wir es hier mit einem Diebstahl zu tun, der untersucht werden muß.«

Die Sekretärin nickte ängstlich.

»Ich lasse Ihnen meinen Namen und meine Telefonnummer hier, falls Sie etwas über die verschwundenen Papiere erfahren«, sagte ich, während ich ihr eine meiner Visitenkarten auf den Schreibtisch legte.

»Ich schwöre, daß der Bericht weitergeleitet wurde und im Computer war«, sagte die Frau aufgelöst.

»Es ist nicht das erste Mal, daß in einem Amt Papiere verschwinden. Es wäre eher merkwürdig, sie dort zu finden, wo sie sein sollten.«

10

»Was ist denn bloß dieses Gaschil?« fragte Bernales das dritte Mal, bevor er in seinen Burger biß. Er hatte darauf bestanden, im Pollo King am Paseo Huérfanos zu essen, und wir saßen in einem Souterrain mit Wänden, die von runden Spiegeln bedeckt waren. Um uns herum aßen Gruppen von Gymnasiasten ihre Fritten. In einer Ecke rauchte eine langbeinige Dunkelhaarige und spielte mit ihrem Glas Limonade. In den Spiegeln konnte ich ihr Gesicht und ihre roten Lippen sehen. Ich nahm einen Schluck Kaffee, und ein paar Sekunden lang stellte ich mir vor, wie sie fern vom Bratfettgeruch, der den Raum durchdrang, in meinen Armen lag.

Niemand hatte eine vernünftige Antwort. Ich zog Gordons Berichte heraus und reichte dem Polizisten den vom Schatzamt. Ich las schweigend. Nach ein paar Minuten legte ich den Bericht auf den Tisch und konzentrierte mich wieder auf meinen Kaffee.

»Nichts«, sagte ich. »Ein Buchhalter aus dem dritten Glied, der vergessen hatte, ein paar Ausgaben zu belegen. Vielleicht war es ein Fehler, oder der Junge wollte sich selbst das Gehalt erhöhen. Wie auch immer, ich glaube nicht, daß wir in der Stadtverwaltung von Ñuñoa finden, was wir suchen.«

»Hier auch nicht«, meinte Bernales. »Es ist die Durchführungsverordnung für die Wohlfahrtsdienste des Schatzamtes. Wie es scheint, wurden drei Artikel geändert, und Gordon hat sie für korrekt befunden. Das hilft uns auch nicht weiter.«

»Was zum Teufel ist bloß Gaschil?« fragte Bernales zum vierten Mal. »Ein Unternehmen? Eine Abkürzung, der Name einer Person?«

»Etwas, weswegen es sich lohnt, einen Bericht verschwinden zu lassen.«

»Und Gordon umzubringen.«

»Weiß der Henker. Ich habe schon von Beamten gehört, die mit dem Kopf gegen einen Aktenordner geknallt sind, aber niemals von einem tödlichen Bericht.«

»Da gibt es ein paar Dinge, die ich tun werde, Heredia. Erstens werde ich nachsehen, ob es etwas über Gaschil in den Archiven der Wirtschaftsverbrechen gibt. Zweitens werde ich zur Wohnung dieses Boten gehen.«

»Hast du kein Interesse daran, mit der Chefin von Gordon zu sprechen?«

»Man geht davon aus, daß ich aus dem Fall raus bin. Und um diese Dame zu verhören, müßte ich meinen Chef informieren.«

»Der eine Bratpfanne hervorholen würde, um deine Eier zu braten.«

»Ich mag Ihre Witze nicht, Heredia.«

»Sie sind nicht schlechter als die im Fernsehen«, sagte ich, bevor ich meinen Kaffee austrank.

»Was haben Sie vor zu tun?« fragte Bernales.

»Simenon etwas zu fressen zu geben.«

»Es geht auch ohne Witze. Seit ich Sie kenne, habe ich Ihre Liebe zu diesem Tier nie begriffen. Wenn es sich um einen Hund handelte, würde ich es noch verstehen. Aber ein Kater.«

»Man kann keine Katze mit einem Hund vergleichen.«

»Nein? Und warum nicht?«

»Ich werde dir mit einem Zitat von Jean Cocteau antworten: Ich ziehe Katzen den Hunden vor, allein schon deshalb, weil es keine Polizeikatzen gibt.«

11

Auf dem Heimweg in mein Büro fiel mir mein Freund Stevens ein. Drei Jahre lang waren wir Wohnungsnachbarn gewesen und hatten unzählige Nächte zusammen durchgemacht, in denen wir miteinander tranken und dem Raunen des Viertels und den Platten von Goyeneche lauschten, die er mit der Treue sammelte, die großen Dingen vorbehalten ist. Stevens behauptete, daß, wenn man viel an etwas dachte, dieses Etwas schließlich Realität werden würde. In der Nacht, in der ich seine Theorie hörte, hatte ich gelacht, aber an dem Morgen, als ich nicht einmal Geld für ein armseliges Frühstück hatte, verließ ich mit der Vorstellung das Haus, tausend Pesos zu finden. Ich ging die San Pablo nach Osten, guckte in die Schaufenster der Möbelläden, Geschäfte und Boutiquen, bis ich nach einer halben Stunde, als ich an der Calle García Reyes anlangte, einen Eintausendpesoschein fand, der am Gully klebte.

Ich erinnerte mich an Stevens und dachte an Griseta, war mir sicher, daß ich sie, wenn ich in der Wohnung ankam, zwischen meinen Sachen vorfinden würde, wo sie schlief oder mit Simenon spielte. Aber die Theorie des Blinden funktionierte nicht, und ich fand nur ein Flugblatt, das jemand unter meine Tür geschoben hatte. Es betraf Madame

Zara und war eine Variante des Flugblattes, das mir ihre Sekretärin am Tag meines Besuches überreicht hatte. »Madame Zara löst Ihre schwierigsten Probleme. Wenn jemand fern ist, bei Liebeskummer, Geschäften, Fehlschlägen und Gerichtsprozessen. Wenn Sie unter Angst, Impotenz, Einsamkeit oder Nichtverstandenwerden leiden, suchen Sie Madame Zara auf.«

Ich nahm das Telefon, wählte und erkannte sofort die Stimme meiner Nachbarin.

»Heredia am Apparat«, sagte ich.

»Ich habe Ihre Schritte gehört, als Sie aus dem Fahrstuhl stiegen, und wußte, daß Sie mich anrufen würden.«

»Ich muß mit Ihnen reden. Ich habe gerade Ihr Flugblatt gelesen und glaube, daß ich, Impotenz einmal ausgenommen, alle Probleme habe, die Sie lösen.«

»Meinen Sie das ernst?«

»Wann können Sie mich empfangen?«

»Kommen Sie gleich. Heute gab es nicht viel Kundschaft, und ich habe gerade einen Tee aufgegossen. Ich bin sicher, Sie werden ihn mögen.«

Madame Zara persönlich öffnete mir die Tür. Sie trug eine schwarze Tunika, die sie schlanker aussehen ließ. Sie bat mich ins Sprechzimmer, und wir setzten uns an einen Holztisch, der grün angestrichen war und vom Stil her an die Möbel in einem chinesischen Restaurant erinnerte.

Sie nahm meine Hände und drückte sie fest in ihren. »Zweifel, Müdigkeit und Trauer«, sagte sie.

Ich blickte ihr in die Augen. Sie hielt meinem Blick stand, bis ich mich gezwungen sah, einem Medaillon aus weißem Stein meine Aufmerksamkeit zu schenken, das zwischen ihren Brüsten hing. »Die Diagnose ist gut, aber in einer anderen Reihenfolge.«

»Die Müdigkeit betrifft Ihre Arbeit, die Trauer eine Frau und die Zweifel einen fremden Mann. Irre ich mich?«

»Ich gewinne nichts damit, wenn ich nein sage«, entgegnete ich. »Sie scheinen alles zu wissen.«

Die Wahrsagerin ließ meine Hände los, zündete ein Stück Weihrauch an, der das Zimmer parfümierte, und konzentrierte ihren Blick auf einen Punkt der Zimmerdecke. Kurz darauf schien sie aus einem kurzen Schlaf zu erwachen und stellte, als wäre nichts geschehen, zwei Teetassen auf den Tisch.

»Die Leute haben von Tag zu Tag mehr Angst und fühlen sich unsicher«, sagte Madame Zara. »Sie kümmern sich nur um das Materielle und vergessen den Geist. Sie verlieren das Gleichgewicht aus dem Blick, das zwischen Himmel und Erde bestehen sollte. Ich zwinge sie, sich selbst in ihrem Innern anzuschauen. Einige lassen sich führen und lernen etwas; die anderen kommen nur, um das zu hören, was sie wollen. Ich sage ihnen, daß sie glücklich, geliebt und reich werden. Das ist gelogen, aber sie sind damit einverstanden, weil ich nichts von ihnen verlange.«

»Und in welche Kategorie falle ich?«

»Sie machen dies und das, aber glauben an nichts und erwarten nichts«, sagte die Wahrsagerin.

»Ich glaube an mehr Dinge, als Sie sich träumen lassen. Wäre es nicht so, hätte ich mir längst in die Schläfe geschossen. Und was das Nichtserwarten betrifft, so ist das nur eine Taktik. Erwartet man nichts, wird, was kommt, freudig begrüßt. Es ist so, als spielte man mit einem As im Ärmel.«

»Man kann das Leben nicht austricksen, Heredia.«

»Und wie soll man überleben, ohne zu tricksen?«

Ich trank einen Schluck Tee und spürte eine Art Erleichterung, als hätte jemand ein Fenster geöffnet, damit ein Windstoß frischer Luft hereinkommt.

»Müdigkeit, Zweifel und Trauer«, wiederholte ich den Urteilsspruch der Wahrsagerin.

»Die Müdigkeit wird mit einer gut durchgeschlafenen Nacht und ein paar Tassen von diesem Tee vergehen«, meinte Madame Zara. »Ihre Zweifel haben mit einem hinkenden Mann zu tun. Sie kennen ihn nicht, aber jemand wird Ihnen helfen, zu ihm zu gelangen. Eine Frau, die vielleicht vom Meer und der Natur gesprochen hat.«

»Ein hinkender Mann?«

»Düster und listig.«

»Und die Frau?«

»Ihr Bild ist verschwommen. Sie müssen in Ihrem Inneren suchen, Heredia.«

»Und die Trauer?« fragte ich, indem ich mich auf ihre roten Lippen konzentrierte.

»Erraten Sie nicht, wie sie vergehen könnte?« fragte sie, und noch bevor ich zu einer Antwort ansetzen konnte, war sie bei mir und umfing mich mit ihren Armen. Ich spürte ihre Lippen auf meinen, und wie ein an eine Planke geklammerter Schiffbrüchiger nahm ich all meine Kräfte zusammen, bis es mir gelang, sie sanft zurückzustoßen.

»Sie irren sich«, protestierte ich, während ich mich erhob. »Ich glaube, das ist nicht das, was ich in diesem Augenblick brauche. Auf jeden Fall vielen Dank für den Tee.«

»Du brauchst mich, Heredia«, erklärte sie ohne Groll,

und irgend etwas an den Falten über ihren Lippen ließ mich an eine Frau denken, die verzweifelt versuchte, zu ihren alten Spielen zurückzukehren.

Ich ging bis zur Wohnungstür, und bevor ich sie öffnete, hörte ich abermals ihren Urteilsspruch. Ich wollte noch etwas antworten, aber kaum war ich im Flur angekommen, da übermannte mich eine Benommenheit, aus der ich erst viele Stunden später wieder erwachen sollte.

12

Irgendwo in meinem Kopf hörte ich das Läuten einer Glocke. Ein angenehmes, freundliches Läuten, das mich an eine Kirche mit ausgebleichten Dachschindeln in Chiloé erinnerte, die sich gegen einen klaren blauen Hintergrund abhob und nach einer regnerischen Nacht die Gläubigen rief, während man auf den Saatfeldern noch den herben Kuß des Rauhreifs erkannte. Das Läuten nahm an Lautstärke zu, und ich öffnete langsam die Augen. Während ein Lichtstrahl über mein Gesicht strich, hatte ich das Bild von Grisetas Körper wieder vor Augen, die rittlings auf meinem saß, hörte ihre Worte an einem Nachmittag, nachdem wir aus dem Kino gekommen und wie die Wahnsinnigen in die Wohnung gerannt waren, und einige Verse von Gonzalo Rojas, die sie gelesen hatte, nachdem wir uns geliebt hatten: »Das Wort Lust, wie durchlief es lang und losgelassen deinen Körper, das Wort Lust.«

Ich setzte mich im Bett auf, und Simenon kletterte auf meine Beine, suchte mit seinem Rücken den Kontakt mit meiner Hand. Ich streichelte ihn sanft, bis sein Fell wie Schnee glänzte. Ich nahm das Telefon, wählte eine Nummer und fragte nach Griseta.

»Heredia«, hörte ich Griseta sagen. »Was ist los?«

»Ich wollte...«

»Was?« ließ sie nicht locker, als sie mein Schwanken bemerkte.

»Ich mußte deine Stimme hören«, sagte ich und legte auf.

»Schon wieder das Mädchen?« glaubte ich Simenon fragen zu hören.

»Wie soll ich es bloß schaffen, ihren Namen nicht mehr zu wiederholen, wenn ich allein bin?«

»Warte, daß die Zeit vergeht. Vielleicht kommt sie zurück, oder du vergißt sie.«

»Dein Ratschlag hört sich an wie einer von den schlechten Boleros.«

»Denk an etwas anderes. Deine Zweifel im Zusammenhang mit Gordons Tod.«

»Bis gestern nachmittag glaubte ich ein paar Dinge klar zu sehen. Aber dann hat die Wahrsagerin die Karten durcheinandergebracht. Sie sprach von einem hinkenden Mann und von einer Frau, die mir irgend etwas erzählt hat, was mit der Natur zu tun hat.«

»Erinnerst du dich an die Rückreise vom Strand?«

»Wie hieß die Frau, die uns mitgenommen hat? Sie hat gesagt, sie sei Expertin für Umweltfragen.«

»Verónica Jéldrez.«

»Ich muß hier irgendwo ihre Visitenkarte haben.«

»In einem der Bücher, die wir vom Strand mitgebracht haben.«

»Was würde ich ohne dich machen, Simenon? Wie schon Baudelaire gesagt hat: Die Katze ist mein vertrauter Geist, sie urteilt, führt den Vorsitz, inspiriert alles von der hohen Warte ihres Imperiums aus. Ist sie womöglich eine Zauberin, eine Göttin?«

Ich ließ Simenon mit einer Extraportion Whiskas zurück, die er verschlang, und fuhr eilig zu Verónica Jéldrez' Büro. Es war ein altes, zweistöckiges, von Blumen und uralten Bäumen umgebenes Haus, in das man durch eine Glastür mit eingeätzten Pflanzen und Arabesken gelangte. Am Giebel darüber verkündete ein großes Schild: ›Zentrum für Umweltstudien‹.

An einem Tisch voller Faltblätter, die den Schutz der Wale propagierten, sah ich ein dünnes, blasses Mädchen, das das ideale Model für ein Plakat zur Unterernährung zu sein schien.

Damit sie sich nicht in einer Begrüßung verausgabte, fragte ich sie ohne Umschweife nach Verónica Jéldrez.

»Wer fragt nach Verónica?« hörte ich eine laute Stimme aus einem der hinteren Büros rufen, der ein blonder Mann folgte, so groß wie die Tür, durch die er gerade getreten war. Er mußte etwas über fünfzig sein, und trotz seines Bauches, der ihn als Bierprofi auswies, wirkte er stark und athletisch.

»Ich heiße Heredia und möchte mit Señora Jéldrez sprechen«, sagte ich und maß die Wirkung meiner Worte.

Der große Mann lächelte und wies mit erhobener Hand auf das Büro, aus dem er gerade gekommen war. Ich folgte seinem Wink und trat in einen Raum, dessen einzige Möbel ein Zeichentisch und zwei Hocker aus gedrechseltem Holz waren.

»Setzen Sie sich bitte. Ich bin Tom Ballinger, Verónicas Mann«, erklärte der Große. »Sie ist auf Reisen in Buenos Aires, aber vielleicht kann ich Ihnen weiterhelfen.«

»Schade, ich mache gerade eine Ermittlung und habe Zweifel hinsichtlich des Namens eines Unternehmens.«

»Ich lade Sie zu ein paar Bierchen ein, und Sie erzählen mir die Einzelheiten«, unterbrach mich Ballinger brüsk.

Aus einer Kühlbox, die unter dem Tisch stand, zog er zwei Dosen Royal Guard.

»Ich nehme an, Sie trinken Bier«, meinte er, während er mir eine Dose reichte.

»Manchmal weil ich friere, manchmal weil mir heiß ist.«

»Ausgezeichnet. Ich mißtraue Männern, die nicht trinken«, verkündete er, und nachdem er einen großen Schluck Bier genommen hatte, begann er mir Teile seines Lebens zu erzählen.

Ballinger stammte aus den USA, aus Illinois. Er war bei der Marine gewesen und hatte zwei Jahre in Vietnam gekämpft. Anschließend studierte er und bereiste, von einem Stipendium finanziert, einige Länder Lateinamerikas und schloß sein Studium ab. In Venezuela hatte er Verónica Jéldrez kennengelernt, die seit 1975 dort im Exil lebte. Beide waren Aktivisten von Greenpeace und beschlossen schließlich, nach Chile zu reisen, um dort eine Fachhochschule zu gründen, die den ominösen Titel eines Umweltmanagers verlieh. Nachdem ich ihm eine halbe Stunde zugehört hatte, kam ich zu dem Schluß, daß er ein offener Typ war, der sich für etwas, was er für gerecht hielt, prügeln würde.

»Gaschil?« fragte ich ihn, nachdem ich einen großen Teil seines Lebens erfahren hatte.

Die Frage schien einen Mechanismus in seinem Inneren in Gang zu setzen. Er breitete die Arme aus, wedelte mit seinen großen Händen und beruhigte sich erst, als er sich an die Kühlbox erinnerte und eine zweite Dose Bier daraus hervorzog.

»Sie wissen nicht, was Gaschil ist?« fragte er.

Ich schüttelte den Kopf.

»Die Chilenen haben kein Umweltbewußtsein. Autoabgase, Schornsteine ohne Filter, Abholzung von Wäldern im Süden, rückhaltlose Ausbeutung von Bodenschätzen, umweltverschmutzende Lachsfarmen. Viele vergeudete Ressourcen. Eines Tages wird ihnen die Kacke bis zum Hals stehen, und sie werden nicht wissen, was sie tun sollen. Gaschil ist der Name eines amerikanischen Unternehmens, das eine Gasleitung zwischen Argentinien und Chile bauen will. Miese Sache. Wenn der Bau nicht unter strenger Kontrolle stattfindet, könnte die Natur zerstört, könnten schwerwiegende Umweltgefahren geschaffen werden. Die Studien zu diesem Projekt laufen seit mehreren Jahren. Ein Freund von mir kann Ihnen mehr Informationen geben. Er heißt Miguel Bórquez und ist – wie heißt das noch mal? – *head,* Führer einer chilenischen Umweltgruppe. Wenn Sie wollen, kann ich Ihnen die Adresse von Bórquez geben.«

»Ich nehme an, in diesem Projekt steckt viel Geld, oder irre ich mich?«

»Geld, viel Geld. Vor kurzem habe ich ein Dokument über die Anfänge des Projekts gelesen. Es gab andere interessierte Unternehmen, und eines davon wurde von der argentinischen Regierung unter Druck gesetzt. Zwei Berater von Menem wollten den Zuschlag für das Projekt gegen ein

Extrahonorar geben. Das Unternehmen hat bei der Botschaft meines Landes in Argentinien protestiert, und das Spiel der Berater wurde aufgedeckt. – Sie sollten mit Miguel reden. Er weiß viel über das Thema.«

»Ich werde mir seinen Namen aufschreiben«, sagte ich nicht gerade begeistert.

»Warum interessierst du dich für die Angelegenheit?« fragte der Gringo, der mich nun duzte.

Ich wollte ihm etwas vorlügen, aber als ich Ballingers offenes Lächeln sah, fand ich, er habe es nicht verdient. Ich erzählte ihm alles vom Hotel Central und von Gordon.

»Da steckst du aber in einer schönen Geschichte drin. Wieso?«

»Ich bin Privatdetektiv.«

»Wie Lew Archer oder Jim Chee? Wer hat dich angeheuert?« fragte Ballinger.

»Niemand. Ich bekomme für diese Arbeit keinen Peso.«

»Du bist wohl echt verrückt, oder was?« fragte Ballinger und lachte. »Ich mag krumme Sachen. Ich werde dich zu Bórquez begleiten, aber weder heute noch morgen. Sonntag gibt es eine Demonstration gegen Atomversuche im Muroroa-Atoll. Du sagst mir, wo, und ich hole dich mit meinem Wagen ab.«

»Vielen Dank für die Hilfe«, sagte ich und gab ihm eine meiner Visitenkarten.

»Gern geschehen. Meine Frau ist weit weg, meine Kinder verbringen ihre Ferien im Süden bei der Großmutter, und ich bin allein. Du kommst mit mir. Ich mag so verrückte Typen, die für nichts arbeiten. Wir könnten noch ein paar Bier zusammen trinken. Einverstanden?«

DRITTER TEIL

I

Ich war allein in der Dunkelheit einer einsamen Gasse, und in meinen Gedanken begann das nutzlose Versprechen aufzukeimen: niemals wieder. Ich öffnete die Augen und stellte fest, daß ich mit dem Gesicht auf dem Schreibtisch lag, während das Telefon wütete wie ein Autofahrer an einem Freitag nachmittag. Ich ließ es fünfzehn- oder zwanzigmal klingeln, und als es verstummte, spürte ich, daß Simenon hingebungsvoll mein linkes Ohr leckte.

»Es sieht nicht so aus, aber ich lebe noch«, sagte ich und schaute ins tiefe Grün seiner Augen.

»So habe ich dich seit Monaten nicht mehr gesehen«, schien Simenons Kommentar zu lauten.

»Ein Bier zieht das nächste nach sich und das wieder noch eins. Am Ende sind es viele, und wenn man umkehren will, ist es zu spät. Die Welt fängt an, sich schnell zu drehen, und ein blödes Lächeln bemächtigt sich deines Gesichts. Dieser verdammte Gringo und seine endlosen Geschichten, deren Auf und Ab und Hin und Her mit seinen Bieren und seinem Leben verschlungen sind. Es scheint so, als habe er nie auch nur eine Minute verschwendet. Vietnam, Afrika, Europa, Mittelamerika, Santiago. Typen wie den hält nichts zurück. Unsereins weiß, daß das Leben überall gleich ist und nichts ewig dauert. Unsereiner hängt an seinem Viertel, an der kleinen Nostalgie der bekannten Schritte.«

»Ein Wahnsinnssuff«, meinte Simenon und entfernte sich ein Stück von mir. »Ich gehe, glaube ich, lieber raus und durchstreife das Viertel, denn heute wird es in diesem Haus erst spät Frühstück geben.«

»Du betrachtest das Leben nur von deinem absurden Bauch aus.«

Simenon setzte unbeeindruckt seinen Weg fort, und dann sah ich ihn nach drei Sprüngen durchs Fenster zu einem Horizont rostiger Dächer verschwinden.

»Wer braucht schon Gesellschaft!« protestierte ich, während ich aufstand und unter die eiskalte Dusche ging, die mich meinen klaren Verstand wiedererlangen ließ. Dann legte ich die 1., die Titan-Symphonie, von Mahler in den Kassettenrecorder, holte ein sauberes Hemd und begann das langsame Ritual des Ankleidens und der Wiedererlangung meines Körpergefühls, das vom Nachgeschmack des Bieres abgestumpft war.

Später setzte ich mich hin und las die Zeitung, die Anselmo mir jeden Morgen unter der Tür hindurchschob. Ich verweilte auf den Pferdesportseiten, und nachdem ich Zieleinlauf und Gewicht von etwa dreißig Pferden analysiert hatte, suchte ich sechs aus, auf die ich beim Wettbüro in der Calle Bandera setzen würde. Jeder der Auserwählten war zwischen dem fünften und achten Platz eingelaufen, sie würden von zweitrangigen Jockeys geritten werden und sicher eine Quote von zwanzig zu eins wert sein. Mein Wettsystem, wenn man es überhaupt so nennen konnte, lag darin, auf das Über-sich-selbst-Hinauswachsen von Verlierern zu vertrauen. Ich setzte nie auf die Favoriten, denn dies zu tun hätte bedeutet zu glauben, daß das Leben nur den Glanz des Ruhmes oder der Mächtigen akzeptiert. Auf Pferde mit wenig Chancen zu wetten war genauso real, wie auf die verborgene Seite des Mondes zu setzen, die wir nie sehen, aber von der niemand wagt zu behaupten, es gebe sie nicht.

Das Telefon durchschnitt abermals die Stille in der Wohnung. Ich nahm den Hörer mißmutig ab, und am anderen Ende hörte ich die aufgeregte Stimme von Bernales. Er sagte zweimal meinen Namen, und erst nach meiner Antwort begann er zu reden. »Wo waren Sie? Ich habe Sie gestern abend angerufen und auch heute morgen«, schalt er.

»Das Leben hat viele Wege, und manchmal versucht man, sie alle an einem Tag zu gehen.«

»Ich habe Sie nicht angerufen, um Ihre billige Philosophie zu hören. Es geht um…« Bernales wirkte durch etwas irritiert, das nichts mit unserem Gespräch zu tun hatte.

»Hast du mal daran gedacht, in einen Massagesalon zu gehen? Es ist nicht zu übersehen, daß du Entspannung brauchst«, fiel ich ihm ins Wort.

Das Gespräch wurde abgebrochen. Ich legte den Hörer auf, und dreißig Sekunden später klingelte es wieder.

»Der Ärger hat nichts mit Ihnen zu tun, Heredia«, hörte ich Bernales in einem etwas verbindlicheren Tonfall sagen. »Hier im Büro haben sich die Dinge etwas hochgeschaukelt.«

»Wir können reden und ein paar Glas trinken«, sagte ich und bereute es sofort, als mir das Besäufnis mit Ballinger wieder einfiel.

»Ein anderes Mal«, antwortete Bernales. »Unser Fall hat sich verkompliziert.«

Ich atmete erleichtert auf und nahm die Schachtel Derby, die auf dem Schreibtisch lag.

»Unser Fall?« fragte ich, um die Sekunden herauszuschinden, die ich brauchte, um mich auf Gordons Tod zu konzentrieren.

»Erinnern Sie sich an Morales, den Boten? Sein Name ging mir nicht aus dem Kopf. Ich habe in der Personalabteilung des Rechnungshofes angerufen und seine Adresse herausbekommen. Ich bin losgefahren, um ihn aufzusuchen, und geriet in ein Drama. Seine Ehefrau hatte ihn gerade in die zentrale Notaufnahme gebracht. Ein Taxi hat ihn einen halben Block weit von seinem Haus überfahren. Ich habe seine Frau gefunden, aber es war nicht der rechte Augenblick. Morales ist in der Notaufnahme tot angekommen.«

»Ich möchte nichts Böses annehmen, aber...«

»Wollen Sie mich zur Totenwache begleiten? Ich hole meinen Wagen vom Parkplatz und stehe in fünf Minuten an der Ecke General Mackenna/Bandera.«

»Fünf Minuten«, wiederholte ich.

Bernales fuhr einen neuen Opel Astra, bei dem er noch nicht einmal die Plastikfolie abgenommen hatte, die die Sitze bedeckte. Er wartete, bis ich den Sicherheitsgurt festgemacht hatte, und gab dann sofort Gas. Morales, Gordons Bote, hatte in Villa Sur gewohnt, einem Ort, der, soweit ich mich erinnerte, voller niedriger Backsteinhäuser war.

»Was meinen Sie?« fragte er. Bernales hatte gerade die Gran Avenida verlassen, und wir fuhren in den Süden von

Santiago. Hin und wieder sahen wir neue Wohnsiedlungen und Kinder, die auf sandigen Wegen spielten.

»Ich habe nie an Hexer geglaubt.«

»Kommt Ihnen der Tod des Boten verdächtig vor?«

»Zumindest wirft er ein paar Fragen auf.«

Morales' Haus lag in einer Passage, an deren Seiten sich unzählige Häuser aneinanderreihten, die von einem Architekten entworfen worden waren, der offenbar Mäuseliebhaber war. Sechsunddreißig Quadratmeter, auf denen sich die Eltern mit ihren Kindern, Hunden und Hühnern drängelten. Eine Küche und zwei Zimmer mit Zementböden, auf denen sie kochten, die Kinder ruhig hielten und nachts ohne das geringste Recht darauf, ihre Lust auszudrücken, miteinander schliefen.

Drei Nachbarn unterhielten sich vor dem Haus. Drinnen versuchten andere, eine schwarzgekleidete alte Frau zu trösten. Bernales stellte sich vor, und die Blicke der Leute kratzten über unsere Haut. Wir waren fehl am Platz und repräsentierten den Club der meistverhaßten Typen.

»Gut, daß Sie kommen«, hörte ich eine junge, dicke Frau sagen, die zum Haus zu gehören schien. »Wir sind zum Kommissariat gegangen, um eine Anzeige zu erstatten, aber die Carabineros haben sich nicht um uns gekümmert.«

»Sind Sie die Frau des Verstorbenen?« fragte Bernales.

Die Dicke schüttelte den Kopf. Sie sagte, sie sei eine Cousine von Morales, und während sie zu uns kam, versuchte sie Ordnung in die Fremden zu bringen, die in das Zimmer strömten.

»Die Nelly ist in der Kapelle und sitzt mit ihren beiden

Kleinen beim Gabriel«, fügte die Frau hinzu, während sie uns die Straße zeigte. »Wären wir reich, hätten sie den Schuldigen längst gefaßt. Denn das war kein Unfall. Der Taxifahrer hatte ein paar intus.«

»Wie wurde er überfahren?« fragte ich, und die Frau betrachtete mich mißtrauisch.

»Sind Sie auch von der Polizei? Sie sehen nicht so aus«, erklärte die Frau, bevor sie mit ihrem Bericht begann. »Der Verstorbene ist aus dem Haus zum Kiosk an der Ecke gegangen und hat eine Schachtel Hilton gekauft. Sie wollten abends nach San Fernando fahren und Nellys Eltern besuchen. Das war eine Blitzreise, weil sie den Gabriel gezwungen hatten, ein paar Tage Urlaub zu nehmen.«

»Gezwungen haben?« fragte ich. »Wer?«

»Ich habe so etwas gehört. Auf jeden Fall wird die Nelly den Film klarer im Kopf haben.«

»Wir waren bei den Zigaretten«, sagte Bernales.

»Einen halben Block weit vom Haus weg ist das Taxi auf den Gabriel los. Ein paar Kinder sagten, daß das Auto stand und plötzlich auf ihn losgefahren ist.«

»Das Auto hat gestanden?«

»Ziemlich lange.«

»Haben Sie den Fahrer erkannt?« fragte ich noch einmal.

»Nein. Hier tauchen ständig merkwürdige Kerle auf, die Kokapaste und Marihuana verkaufen. Nachmittags fahren sie hier herum, suchen die Banden von Jugendlichen und bieten ihnen ihren Mist an. Das ist hier unser täglich Brot, und die Bullen drücken beide Augen zu. Manchmal kommen die Kinder der Leute aus den nobleren Vierteln. Die klauen ihren Eltern das Auto, nehmen Tabletten und rasen wie die Wahnsinnigen durch den Ort. Erst vor zwei Wochen haben sie einen kleinen Jungen überfahren, der vor seinem Haus spielte.«

»Wissen Sie, ob der Verstorbene irgendwelche Probleme bei der Arbeit hatte?« fragte ich die Frau.

»Das müssen Sie mit der Nelly besprechen.«

»Könnten Sie uns begleiten?« fragte Bernales.

Die Dicke sagte nichts, strich ihren Rock glatt und ging zum Ausgang der Passage. Sie ging schnell, und ich mußte meine Schritte beschleunigen, um nicht zurückzubleiben.

»Und was wird die Nelly jetzt bloß machen?« fragte sich die Cousine. »Allein mit zwei kleinen Kindern. Ihr wird nichts anderes übrigbleiben, als zurück aufs Land zu gehen oder als Hausangestellte zu arbeiten.«

Ich zündete mir eine Zigarette an und schwieg, bis wir zu einem Saal gelangten, in dem ein halbes Dutzend Bänke stand. Durch ein Fenster fiel trauriges Licht herein, das an diesem Nachmittag die Gesichter von etwa zwanzig Personen beschien, die einen ärmlichen Sarg umgaben, der mit welken Blumen bedeckt war. In einer Ecke umarmte eine Frau mit knochigem Gesicht zwei Kinder von acht bis zehn Jahren, die, ohne recht zu wissen, was geschah, hierhin und dorthin schauten, ohne etwas zu sehen, das ihre Aufmerksamkeit fesselte. Die andern waren dunkel gekleidete Frauen und fünf Männer mit gesenktem Kopf.

Die Dicke ging zu der Witwe und sagte ihr etwas ins Ohr. Die Frau sah zu uns herüber, erhob sich lustlos und kam zu uns. Sie hatte verweinte Augen, und tiefe Augenringe ließen ihr Gesicht häßlich erscheinen.

»Sie möchten mit mir reden?« fragte sie resigniert.

Bernales stotterte ein paar Beileidsworte, die sich die Frau desinteressiert anhörte.

»Ich habe nichts gesehen«, sagte die Witwe, nachdem sie die Zusammenfassung gehört hatte, die Bernales vom Tod des Boten gegeben hatte. »Mir hat eine Freundin Bescheid gesagt, ich bin auf die Straße gerannt, und mit Hilfe eines Nachbarn haben wir Gabriel zur Notaufnahme gebracht.«

»Sie wollten in Urlaub fahren«, sagte ich.

Die Frau unterdrückte einen Schluchzer und sah mich an, ohne zu wissen, was sie sagen sollte.

»Stimmt es, daß sie Ihren Mann gezwungen haben, ein paar Tage Urlaub zu nehmen?« fragte ich.

»Woher haben Sie das denn?«

»Das hat uns die Frau gesagt, die uns hierhergebracht hat.«

»Die Chelita redet so in den Tag hinein. Der Gabriel hatte Ärger im Büro, er war genervt und hat um ein paar Tage Urlaub gebeten, die sie ihm noch vom letzten Sommer schuldeten.«

»Hat Ihnen Ihr Mann Näheres darüber gesagt?«

»Es scheint so, als hätte er Ärger mit einer der Chefinnen gehabt. Mit der Adelina Dupré. Der Gabriel hat ihr ein paar Papiere gebracht, und die Frau hat sie unwirsch angenommen. Die Dame ist offenkundig ziemlich launisch.«

»Das war alles?« fragte Bernales.

»Das ist alles, was mir der Gabriel erzählt hat«, sagte die Frau, bevor sie wieder zum Sarg sah und ein Weinen unterdrückte.

Ich sah Bernales an und zeigte auf den Ausgang.

»Danke für die Informationen«, sagte Bernales. »Möge Gott Ihnen Ergebenheit und Kraft geben.«

»Werden Sie den zu fassen kriegen, der das gemacht hat?« fragte die Frau.

»Vielleicht«, sagte ich und blieb an der Tür der Kapelle stehen, um einen letzten Blick auf die Frau und ihre Begleitung zu werfen. Die Fliegen fingen an, über dem Sarg zu kreisen, und der schwere Duft nach toten Blumen begann, die Luft zu schwängern.

»Was war das für eine Scheiße, die du zu der Frau gesagt hast, mit Ergebenheit und Kraft?« fragte ich, als wir wieder in Bernales' Wagen saßen.

»Das sagt man immer so.«

Ich erinnerte mich an die schwere Luft in der Kapelle und verabschiedete mich von den heruntergekommenen Häusern des Ortes.

»Ich habe alles betrachtet, was unter der Sonne geschieht, und stellte fest, daß alles eitel ist, ein Herrennen hinter dem Wind. Weder kann das Gewundene geradegemacht noch alles, was fehlerhaft ist, ersetzt werden«, murmelte ich.

»Und das heißt?«

»Das heißt, daß ich ein Glas brauche und jemanden, der mir beim Trinken Gesellschaft leistet.«

2

Wir tranken ein paar Gläser Bier in der Bar Central in der Calle San Pablo, einem hellerleuchteten Lokal mit Tischen, denen Wachstuchdecken Farbe und einen familiären Anstrich gaben. Ohne besonderen Grund erinnerte ich mich an die Pension in Punta Arenas, in der ich gewohnt hatte, als ich wegen des Todes eines befreundeten Anwalts ermittelte. Es war ein Holzhaus, aus dem mir eine Frau jedes Jahr zu Weihnachten eine Karte schickte und fragte, wann ich in die verschneiten Straßen mit ihren Hütten und der steifen Brise zurückkehren würde, die die Menschen in zerbrechliche Papierwindmühlen verwandelte. Manchmal dachte ich an sie und versuchte, ihr Bild wie ein Puzzle zusammenzusetzen. Auch wenn ich nicht ständig nach dem Sinn der Dinge fragte, so hatten sich doch die Spuren der Vergangenheit, sei sie gut oder schlecht gewesen, im Laufe der Jahre in mein Inneres eingekerbt.

Bernales vergnügte sich damit, den Bierschaum zu betrachten, während von der Straße der Lärm des Viertels mit seinem üblichen Konzert aus Schreien, Hupen und Reifenquietschen hereindrang.

»Anfangs war die Arbeit interessant, neu. Sie stimmte mit dem Bild überein, das ich mir in der Schule gemacht hatte«, sagte Bernales. »Später, als ich meine Unschuld verlor, lernte ich mit der täglichen Routine auch ihre dunkle Seite kennen. Den Druck, die Einflußnahme, das Aushandeln. Ich beging den Fehler, zuviel zu reden und den Sachen auf den Grund zu gehen. Das hat meinen Kollegen nicht gefallen, vor allem nicht den alten, die schon ihre Macken haben. Die Typen haben angefangen, mit Beschwerden zum Chef zu gehen, denn mir waren ein paar Fehler unterlaufen, und der Alte fing an, auf den Schreibtisch zu hauen. Ich erfuhr, daß sie mich in drei Wochen ins Fotoarchiv versetzen wollen.«

»Die Begeisterung kommt und geht«, sagte ich, überrascht über Bernales' unvermitteltes Geständnis.

»Es kommt das Nichts. Ein Schreibtischjob, damit mich die Motten fressen und ich schließlich aufgebe.«

»Aber du bist noch in einem Alter, in dem man einen neuen Weg einschlagen kann.«

»Ich will den Dienst nicht quittieren.«

»Aufgeben verlangt manchmal mehr Mut, als man glaubt.«

»Was raten Sie mir, Heredia?«

»Sammel interessante Informationen, und veranstalte ein Riesengeschrei. Das ist zwar nicht einfach, aber du wirst zumindest dir selber gerecht. Und ehe du dich's versiehst, wirst du ein Fernsehstar.«

Bernales schien mir nicht zuzuhören. Er trank einen Schluck Bier und schaute hinaus auf die Straße. »Das Leben wird einem nicht billig verkauft. Finden Sie das etwa gerecht?« fragte er nach einer Weile.

»Gerechtigkeit ist schon seit vielen Jahren keine Maßeinheit mehr. Sie gibt es in Büchern, man spricht in Reden von ihr, aber das ist es schon. Hohle Phrasen. Im Zirkus erstrahlt das Licht, aber die Clowns bleiben arm. Dieses Land ist nicht mehr zu retten, weil es Utopien gegen Aufschneiderei, die Wahrheit gegen Bequemlichkeit und den Kampf gegen den Konsens eingetauscht hat. Wir haben uns verkauft oder wurden verkauft.«

Bernales schaute mich mit sichtlichem Widerwillen an. Ich bestellte noch ein Bier und schwieg die nächste Viertelstunde.

3

Am nächsten Tag suchten wir Adelina Dupré auf. Der Polizist zeigte den Beamten, die am Eingang zum Gebäude des Rechnungshofes die Personen kontrollierten, seine Marke, und wir gingen, ohne irgendwo eingetragen zu werden, weiter zu den Fahrstühlen, die zu den Büros in den oberen Stockwerken fuhren.

Bernales stellte sich einer Sekretärin vor, die, als wir ankamen, gerade am Telefon flirtete und wenig Lust zeigte, unterbrochen zu werden. Mißmutig schrieb die Frau Bernales' Namen in ein Büchlein und begab sich zur Tür von Adelina Duprés Büro.

Die Anwältin ließ uns eine Stunde warten, bevor sie uns in einem Zimmer empfing, das mit Aralien und Gummibäumen geschmückt war, die aus dem weichen, moosgrünen Teppich zu wachsen schienen, der den Boden bedeckte.

Sie war um die vierzig Jahre alt, klein und hatte etwas merkwürdig Mausartiges, trug ein granatrotes Kostüm und eine gelbe Seidenbluse. Der zu groß geratene Mund ließ sie wie eine häßliche Gymnasiastin wirken, was sie mit klobigen metallischen Ohrgehängen, die bis zum Hals reichten, zu überspielen suchte. Selten war ich einer so vor der Zeit häßlich und mürrisch gewordenen Frau begegnet. In ihrem Blick sah ich, daß sie ein Mensch war, der gewohnt ist, seine

Bedingungen zu diktieren, und nahm mir daher vor, meine Worte abzuwägen und zu versuchen, das Gespräch ausreichend lange hinzuziehen, um alle Fragen stellen zu können, die ich im Kopf hatte.

Kaum etwas ist gefährlicher als häßliche Frauen mit der nötigen Macht, um sich für das Leben und an den Männern zu rächen, die vorübergehen, ohne sie zu beachten. Sie pflegen sich mit servilen Typen zu umgeben, stützen sich auf Kenntnisse, die sie erwerben, während andere Frauen zum Tanzen gehen, und werden am Ende zu Maschinen, die juristische Zitate, wirtschaftswissenschaftliche Formeln oder politische Reden ausspucken.

Adelina Dupré war in rachsüchtiger Stimmung, und an diesem Morgen waren wir, die beiden Eindringlinge, die bei ihrer Sekretärin nicht lockergelassen hatten, bis sie keine andere Wahl mehr hatte, als uns zu empfangen, die Opfer.

»Was kann ich für Sie tun?« fragte sie und nahm Witterung auf wie ein Fuchs.

Bernales war von der Dekoration des Büros beeindruckt, und ich spürte, daß er drauf und dran war, sich zu entschuldigen, um, wie die Anwältin sich gewiß erhoffte, mit eingezogenem Schwanz den Rückzug anzutreten.

»Ich nehme an, Sie wissen, daß es mehrere Tote in Ihrer Umgebung gegeben hat«, sagte ich und betonte jedes Wort vielsagend.

Die Erwähnung vom Tod im Plural ließ sie die Fassung verlieren. Mit einer nervösen Geste schaute sie auf der flachen Brust nach, ob ihre Kette noch richtig saß.

»Gordon und Morales, der Bote«, fügte ich hinzu.

»Ich hatte diesen Mann ganz vergessen. Soweit ich weiß,

war das ein Unfall. Was Gordon angeht, so bedauern wir es sehr.«

»Wer?«

»Alle, die mit ihm gearbeitet haben. Und vor allem ich. Er war ein guter Beamter, genau, eifrig, effizient...«

»Das klingt wie die Beschreibung einer Maschine«, sagte ich.

»Die erste und letzte Frechheit, Herr...«

»Heredia.«

»Heredia«, wiederholte sie, als würde sie ausspucken.

»Wir hätten gern von Ihnen etwas über die letzten Arbeiten Gordons erfahren«, griff Bernales ein.

»Sie sind doch bereits informiert. Ich weiß, daß Sie mehrere Sekretärinnen befragt haben.«

»Uns interessiert Ihre Version«, ließ der Polizist nicht locker.

»Unsere Einheit führt ein jährliches Prüfungsprogramm verschiedener Behörden und öffentlicher Unternehmen durch. Wir überprüfen auch die Geschäftsführung der Gemeinden. Es handelt sich um ein strenges Programm, das Beschwerden von Bürgern nachgeht oder Untersuchungen ergänzt, die von Parlamentsabgeordneten oder der Regierung beantragt werden.«

»Welche Arbeiten hat Gordon gemacht?«

»Um es so zu erklären, daß Sie es verstehen: Gordon war der Star unter den Prüfern. Ihm waren nicht bestimmte Ministerien oder Ämter zugeteilt, sondern er bearbeitete Themen, die für komplexer gehalten wurden. Seine doppelte Qualifikation als Anwalt und Wirtschaftsprüfer versetzte ihn in die Lage, die schwierigsten Berichte zu übernehmen.

Er arbeitete immer an fünf oder sechs Fällen zugleich. Er war sehr effizient«, sagte die Frau und schaute dann auf ihre Uhr, um uns zu verstehen zu geben, daß die Zeit für unsere Unterhaltung nur knapp bemessen war.

»Woran hat er gearbeitet, bevor er starb?«

»Ich kann mich nicht an alle Arbeiten erinnern. Stadtverwaltung von Ñuñoa und irgend etwas, das mit dem Schatzamt zu tun hatte.«

»Und Morales?« fragte ich.

»Morales?«

»Der Bote.«

»Ich pflege mich nicht darum zu kümmern, was die Hilfskräfte tun. Es gibt andere Leute, die dafür da sind, sich um deren Dienstzeiten oder die Zeit zu kümmern, die sie über Mittag weg sind.«

Ich fühlte, daß sie log, sagte aber nichts.

»Man hat uns erzählt, er hätte mit Ihnen gestritten«, fügte ich hinzu.

Die Anwältin rutschte auf ihrem Sessel herum und sah wieder prüfend auf die trostlose Landschaft ihrer Brüste. Zum ersten Mal seit Beginn der Unterredung bemerkte ich, daß sie nervös wurde, als hätte man sie um ein Haar auf dem Schreibtisch zu verführen versucht.

»Streit ist nicht das richtige Wort. Ich streite aus Prinzip nie mit meinen Untergebenen. Ich gebe Anweisungen und erwarte, daß sie in der von mir vorgegebenen Zeit durchgeführt werden. Was das betrifft, was Sie Streit nennen, so ist das leicht zu erklären. Morales hat ein paar Papiere gebracht, als die Sekretärin nicht da war. Ich hörte ihn sich beschweren und kam heraus, um zu sehen, was los war. Ich habe ihn angewiesen, die Berichte auf den Schreibtisch zu legen, und er selber hat den Akteneingang im Verzeichnis registriert.«

»Morales hat Gordons Büro mit drei Berichten verlassen, und im Buch der Eingänge, das Ihre Sekretärin führt, sind nur zwei verzeichnet. Haben Sie eine Ahnung, was mit dem dritten passiert ist?« fragte ich und hielt ihrem Blick stand.

»Ich kümmere mich nicht um derlei Einzelheiten.«

»Es fehlt das Dokument, das mit dem Projekt Gaschil zu tun hat«, ließ ich nicht locker.

»Die Boten pflegen nachlässig zu sein.«

»Sie scheinen eine gute Meinung von den Menschen zu haben«, sagte ich ironisch.

»Das ist alles, was ich Ihnen sagen kann«, entgegnete die Frau. »Und jetzt möchte ich Sie bitten, die letzte Frage zu stellen, bevor Sie gehen.«

»Was können Sie uns über Gaschil sagen«, ging Bernales in die Offensive.

»Das ist eine vertrauliche Angelegenheit. Um Ihnen Einzelheiten darüber enthüllen zu können, müßte ich Anweisungen von meinen Vorgesetzten oder vom Gericht erhalten«, antwortete sie und starrte mich an, fest entschlossen, kein Wort mehr zu sagen.

Ich hielt dem Blick der Frau ein paar Sekunden lang stand und entschied mich dann, ihr, bis wir uns das nächste Mal messen würden, einen kleinen Sieg zu gewähren.

4

»Die Dupré hat den Kreis wieder geschlossen«, sagte Bernales, während er Zucker in seinen Milchkaffee tat, den er im Café Haití bestellt hatte, ohne sich um die Mädchen zu kümmern, die in einer Art erotischem Tanz mit den Tassen kamen und gingen, der von den meisten Kunden aus den Augenwinkeln beobachtet wurde. »Ob sie nun hinsichtlich des Berichts lügt oder nicht, es kommt aufs gleiche heraus. Nichts sagt uns mit Gewißheit, daß diese Papiere etwas Interessantes enthüllen. Wir haben ein paar Annahmen und einen Bericht, der das achte Stockwerk verläßt und verlorengeht, bevor er das neunte Stockwerk erreicht. Fällt Ihnen dazu etwas ein, Heredia?«

»Ich habe ein paar Ahnungen, aber um sie untermauern zu können, müßte ich Gordons Bericht kennen. Vielleicht sollte man es noch einmal bei der Sekretärin versuchen. Sie bitten, daß sie noch einmal alles durchsucht. Auf die Tränendrüse drücken. Ihr Chef, ihr Bote. Wenn sie noch etwas außer Blut im Herzen hat, könnte sie angerührt werden. Morgen werde ich mit ihr reden. Ich will auch die Leute finden, die sich vor seinem Tode mit Gordon getroffen haben. Aber das alles werde ich morgen machen. Heute will ich nur ausruhen, eine Tasse Tee trinken und einen Roman lesen.«

»Tee? Roman? Meinen Sie das ernst? Das paßt nicht zum Bild, das ich von Ihnen habe.«

»Ich laufe ja auch nicht herum und erzähle ständig, was ich mache.«

»Sie haben einen gewissen Ruf, Heredia.«

»Der nicht der Wahrheit entspricht«, sagte ich, und nach einer Pause, in der ich meinen Cappuccino austrank, fügte ich hinzu: »Du solltest dem Unfall von Morales nachgehen. Vielleicht hat sich jemand das Kennzeichen des Wagens oder das Aussehen des Fahrers gemerkt. Ein paar Runden im Viertel könnten nützlich sein.«

Ich verabschiedete mich von Bernales und ging den Paseo Ahumada entlang, bis ich einen Telefonladen fand. Ich wählte Grisetas Nummer und fragte den Mann, der abnahm, nach ihr. Die Stimme, die zu einem alten Mann zu gehören schien, sagte mir, daß sie erst nach neun Uhr abends nach Hause kommen würde. Ich bat ihn, meinen Namen zu notieren, und schlug dann mit dem Hörer gegen die Zelle.

Ich schlenderte ziellos, bis ich vor den Plakaten des Cine York und den schwellenden Brüsten einer Blonden stand, die genauso falsch waren wie ein Fünfzehntausendpesoschein. Neben mir fummelte sich ein Typ zwischen den Beinen herum, zog ein paar Münzen aus seiner Jacke und ging zur Kasse. Ich stellte mir einen dunklen Saal vor und darin etwa hundert Typen, die ein paar Celluloidpuppen mit den Blikken verschlangen. Ich kam zu dem Schluß, daß dies nicht der Ort meiner Träume war, ging bis zur Plaza de Armas und landete im Esmeralda, wo ich ein Sandwich mit gekochtem Rindfleisch aß und ein Glas Weißwein trank, das mich an meine Müdigkeit und an meinen Wunsch erinnerte, in meiner Wohnung zu sein. Um Punkt neun Uhr abends rief ich wieder an, aber Griseta war noch nicht im Haus. Ich wollte sie sehen und ihr ein letztes Mal sagen, daß ich sie liebe. Um Viertel nach neun machte ich einen weiteren Versuch, aber das Glück war mir nicht günstig gesinnt. Ich trank den Wein aus und machte mich auf den Heimweg.

Aber die Nacht hält Überraschungen bereit. Das merkte ich, als ich in die Wohnung trat und einen intensiven Parfümgeruch spürte. Ich zückte die Pistole und ging den Flur entlang, der zu den hinteren Zimmern führte. Ich hörte ein Murmeln, und dann herrschte eine Stille, die Sekunden später von Simenons Pfoten zwischen meinen Beinen unterbrochen wurde. Das sagte mir zwar, daß meine Pistole wahrscheinlich nicht gefragt war, ich richtete sie jedoch für alle Fälle ins Unendliche, als ich ins Schlafzimmer trat.

Die Glühbirne, die von der Decke hing, war mit blauem Zellophanpapier umhüllt, auf dem Nachttisch verglühte ein rechteckiges Stück Weihrauch. Das Bett war aufgedeckt, und in einer Zimmerecke erkannte ich Madame Zara. Ein rotes Kleid ließ sie noch umfangreicher aussehen, als sie tatsächlich war. Sie hatte ihre Lippen dunkelgrün geschminkt, und ihre nachgezogenen Augenbrauen reichten bis an ihr Haar.

Wie eine Figur in einer Verwechslungsgeschichte wich ich, die Pistole in der Hand, ein paar Schritte zurück.

»Empfängst du deine Besucher immer mit diesem Ding in der Hand?« fragte sie.

»Nur wenn sie ungebeten kommen.«

»Ich hatte gedacht, die Überraschung würde dich freuen, aber du siehst nicht sehr zufrieden aus«, sagte sie. »Ich hatte gedacht, neulich sei etwas zwischen uns beiden entstanden.«

»Wie es scheint, haben wir nicht dieselbe Musik gehört. Ich bin müde und wäre gern allein.«

»Du brauchst mich«, sagte sie, während sie ihre Schultern mit einem Umschlagtuch aus schwarzer Seide umhüllte.

»Ich könnte zwei oder drei unflätige Dinge sagen, aber das möchte ich nicht. Sie wissen, wo es rausgeht, und Sie sind alt genug, allein nach Hause zu finden«, sagte ich entschieden, während ich den umfangreichen Körper der Wahrsagerin auf mich zukommen sah.

»Ihr Kredit ist ausgeschöpft, Señor Heredia. Das nächste Mal, wenn Sie mit mir reden wollen, müssen Sie sich einen Termin geben lassen«, meinte sie, bevor sie das Schlafzimmer verließ.

Noch während ich das Zellophan von der Glühbirne riß, fiel hinter meinem Rücken krachend die Tür ins Schloß. Ich lockerte meine Krawatte, legte die Pistole aufs Bett und warf mich bäuchlings daneben.

5

Ich träumte, daß ich durch ein halbdunkles Zimmer ging und über mir ein paar geflügelte Körper kreisten. Ihre Schwingen streiften meine Stirn und entfernten sich wieder, gewährten mir eine kurze Atempause, in der ich mir den weißlichen Schweiß abwischen konnte, der mein Gesicht bedeckte. Ich wachte mehrfach auf, im Morgengrauen schlief ich schließlich wieder ein, bis ich es um kurz vor zehn an meiner Tür klopfen hörte. Ich öffnete und stand vor Ballingers Riesenkörper. Der Gringo lächelte freundschaftlich und trat, ohne auf eine Aufforderung zu warten, ins Büro. Er trug Jeans, ein kariertes Flanellhemd und eine Fotografenweste mit vielen winzigen Taschen. Er wirkte vergnügt, und als ich ihn neben dem Schreibtisch stehen sah, dachte ich an ein etwas groß geratenes, abenteuerlustiges Kind, das bereit war, seinen ersten Sommerausflug zu starten.

»Ich hätte wissen müssen, daß Detektive immer lange pennen«, sagte er, als er sah, wie verschlafen ich war. »Du hast bestimmt die ganze Nacht vor einer großen Pille Wein gehockt.«

»Pulle. Es heißt Pulle.«

»Genau. Pulle.«

»Wie auch immer. Es war Zeit aufzustehen«, sagte ich und wies auf einen Stuhl.

»Du brauchst eine Dusche und ein ordentliches Frühstück«, meinte Ballinger, während er sich setzte und zwei Paulaner auf die Platte des Schreibtisches stellte.

»Wie hast du das Büro gefunden?« fragte ich, ohne auf seinen Kommentar einzugehen.

»Neulich hast du mir deine Visitenkarte gegeben. Erinnerst du dich nicht mehr daran? ›Heredia und Partner‹, heißt es da. Wer ist der Partner?«

»Ich erinnere mich nur noch an die Bierkatarakte, die wir getrunken haben. Was den Partner betrifft, der heißt Simenon und ist mein Kater. Die Karten hat ein Schriftsteller für mich drucken lassen, der behauptet, so etwas wie mein Biograph zu sein.«

»Ich habe Bier mitgebracht«, sagte er und wies auf die Paulaner-Dosen.

»Schaff sie mir aus den Augen!«

»Ich wollte dich zum Umwelttreffen abholen. Dort wirst du Bórquez sehen, den Freund, von dem ich dir neulich erzählt habe. Du mußt nichts weiter machen, ich fahre dich in meinem Wagen hin und zurück.«

»Ich brauche zehn Minuten, um ihn Hochform wiederaufzuerstehen.«

»Ich trinke einstweilen ein Bier.«

Ich ließ den Gringo im Büro sitzen und gab mich einer kalten Dusche hin, die den letzten Spuren meines Alptraums den Garaus machte.

Eine halbe Stunde später standen wir vor Ballingers Jeep, den er vor Anselmos Kiosk abgestellt hatte. Der Zeitungsverkäufer umkreiste den Wagen, bewunderte seine Formen, als handelte es sich um ein Raumschiff. »Hübsch, Don«, sagte er begeistert. »Großer Fahrgastraum, Vierradantrieb, Automatikgetriebe. Ein Traum!«

Ich stellte ihm Ballinger vor, der Anselmos rechte Hand zwischen seine Pranken nahm. Der Zeitungsverkäufer zog unwillkürlich eine Schmerzensgrimasse und lehnte sich, sobald er der Kraft des Gringos entkommen war, an eine Wand des Kiosks.

»Haben Sie den bei den American Gladiators aufgegabelt, oder ist er einer der ehemaligen Titanen des Rings?« fragte er.

»Wir müssen sofort los, oder wir kommen zu spät«, sagte Ballinger, der Anselmos Frage nicht verstanden hatte.

»Ich wollte meinem Freund nur noch ein paar Aufträge erteilen.«

»Was kann ich für Sie tun?« fragte Anselmo.

»Zwei Dinge. Erstens: Kauf ein paar Blumen, und bring sie Madame Zara.«

»Verdammt, Don. In welchen Schwierigkeiten stecken Sie denn nun schon wieder?«

»Ich war unhöflich zu ihr und möchte nicht, daß die sieben Plagen Ägyptens über mein Haupt kommen.«

»Finden Sie nicht, daß die ziemlich reif und üppig ist? So etwas kann nur Ihnen passieren. Sie hat einen Bauch wie ein Schwein und verschlingt, was ihr über den Weg läuft.«

»Deine schmutzige Phantasie geht mit dir durch, Anselmo. Kauf Blumen, bring sie der Frau, und denk an nichts weiter.«

»Laß uns losfahren«, drängte Ballinger, während er sich hinters Lenkrad des Jeeps setzte.

»Letzteres nicht. Vergessen Sie nicht den zweiten Auftrag«, meinte Anselmo.

»Auf den Schreibtisch habe ich ein paar Scheine gelegt und *La Cuarta* mit sechs Kreuzen auf der Pferdesportseite. Setz einmal auf jedes.«

»Ich werde die Scheinchen nehmen und sie klug investieren.«

»In die angegebenen Pferde!«

»Warum lassen Sie mich nicht meine Tips ausprobieren. Meine Wetten hauen immer besser hin als Ihre, Don.«

Anselmo bekam keine Antwort. Ich stieg in den Jeep, und Ballinger startete durch. Wir nahmen die Panamericana, und nach einer schier endlosen Fahrt auf der Ringstraße bogen wir schließlich in die Straße ein, die zu unserem Ziel führte. Mittag war schon um, als wir am Hang der Kordilleren in ein Grundstück einfuhren, auf dem etwa zwanzig Wagen parkten. Die Nähe der Berge war beeindruckend, und hinter ihnen wuchs ein intensiv blauer Himmel empor. Wir stiegen aus dem Jeep und gingen auf einem Weg aus roter Erde, bis wir zu einer Gruppe Männer und Frauen gelangten, die sich am Fuß einer riesigen Araukarie versammelt hatten.

»Da ist Bórquez«, sagte Ballinger und zeigte auf einen weißgekleideten Mann, dessen langes Haar ihm zusammen mit einem grauen Bart das Aussehen eines Heiligen oder Hippies der sechziger Jahre verlieh. Neben ihm redete ein dicker Mann mit einer blonden Frau mit athletischen Formen.

»Die Frau ist Vicky, die Sekretärin der Gruppe«, fügte Ballinger hinzu. »Der Dicke heißt Homero und ist ein Schwätzer.«

Ballingers Bemerkung bewahrheitete sich, als der besagte Mann ein Megaphon ergriff und anfing seiner Zuhörerschaft zu predigen, die zum größten Teil aus braungebrannten Männern und Frauen bestand, die aussahen, als wären sie gerade vom Strand zurückgekehrt. Ein Dutzend Kinder wuselte bienengleich zwischen den Eltern und ein paar nahen Bäumen hin und her. Ich steckte mir eine Zigarette an, doch eine kriegerisch dreinschauende Brünette machte mir ein Zeichen, mit dem sie mich anwies, sie wieder auszumachen. Ich schaute Ballinger an, der nur lächelte. Ich warf die Zigarette weg und zerdrückte sie mit dem rechten Fuß. Die Brünette deutete ein Lächeln an und konzentrierte sich dann auf Homeros Rede.

»Steine wegwerfen hat seine Zeit, Steine sammeln hat seine Zeit«, begann der Redner. »Es ist ein göttliches Gesetz, daß der Mensch für das kämpft, was ihm gehört und ihm Leben gibt. Vor allem heute, wo die Händler im Tempel die Welt zerstören wollen.«

»Ich glaube, ich brauche eins von deinen Paulanern«, sagte ich zu Ballinger.

»Ich hole sie aus dem Jeep«, antwortete der Gringo umgehend, glücklich, daß er einen Vorwand hatte, noch mehr Bier zu trinken.

»Die Schalen des Zorns, die die Offenbarung des heiligen Johannes ankündigt, sind auf die Erde ausgegossen worden«, fuhr der Dicke fort. »Die sieben Engel tun ihre Arbeit getreu dem Wort Gottes: Der erste ging hin und goß seine Schale aus auf die Erde; und es entstand ein böses und schlimmes Geschwür an den Menschen, die das Zeichen des Tieres hatten und sein Bild anbeteten. Und der zweite Engel goß aus seine Schale ins Meer; und es wurde zu Blut wie von einem Toten, und alle lebendigen Wesen im Meer starben. Und der dritte Engel goß aus seine Schale in die Wasserströme und in die Wasserquellen, und sie wurden zu Blut. Und der vierte Engel goß aus seine Schale über die Sonne; und es wurde ihr Macht gegeben, die Menschen zu versengen mit Feuer. Und der fünfte Engel goß aus seine Schale auf den Thron des Tieres; und sein Reich wurde verfinstert. Und der sechste Engel goß aus seine Schale auf die Flüsse; und ihr Wasser trocknete aus. Und der siebte Engel goß aus seine Schale in die Luft, und es geschahen Blitze und Donner und ein großes Erdbeben.«

»Hier ist das Bier«, hörte ich Ballinger sagen, während er mir eine Dose reichte.

»Wie halten die Homero aus?« fragte ich.

»Vielen aus der Gruppe gefällt das. Sie haben das Gefühl, daß Glaube und Natur eine gute Verbindung sind«, antwortete Ballinger.

»In der Bibel wird vorweggenommen, was der Mensch heute der Natur antut«, deklamierte Homero weiter. »Das Erdöl verseucht die Meere und die Strände, die Industrien leiten ihre Abwässer in die Flüsse ein, Chemikalien zerstören die Ozonschicht, Smog bedeckt die Städte, und Atomkraft wird am Ende die Welt zerstören.«

Ich entfernte mich ein paar Schritte, um mich in den Schatten eines Baumes zu stellen, wo sich Homeros Predigt im Vogelgezwitscher verlor und dem Rauschen des Windes im Laub der Kastanienbäume, der Eukalyptusbäume und der Pappeln. Ballinger folgte mir, und als er bei mir angekommen war, öffnete er sein Bier.

»Seit wann nimmst du an diesen Versammlungen teil?« fragte ich.

»Seit Verónica und ich in Chile sind. Sie ist eine der Gründerinnen der Gruppe. Vorher hatte ich in meiner Heimat an ähnlichen Aktionen teilgenommen. Aber wir waren entschlossenere Leute. Sabotage von die Umwelt vergiftenden Unternehmen, Überfälle auf Walfangschiffe, Proteste auf der Straße, Steinwürfe auf die Luft verschmutzenden Busse, Bomben auf Müllkippen, Tausende von Briefen an Zeitungen. Einmal habe ich ein paar Chilenen vorgeschlagen, die Netze der Lachsfarmen in Chiloé zu zerschneiden. Ich wollte mit einem Boot und einer Tauchausrüstung hinfahren, um die Lachse zu befreien. Aber sie haben nicht auf mich gehört. Die haben keinen Mumm.«

»Steine wegwerfen hat seine Zeit, und Steine werfen hat seine Zeit.«

»Homero hat sammeln gesagt, nicht werfen«, berichtigte mich Ballinger.

»Steine sammeln ist immerhin ein Anfang.«

Ballinger lächelte und wies auf die Bühne, wo sich die weiße Silhouette von Bórquez abzeichnete.

»Laß uns näher herangehen«, schlug der Gringo vor.

»Wir werden die rechtlichen Instanzen bis zu Ende gehen«, sagte Bórquez langsam und sicher. »Wir werden Bürgermeister und Ministerien zur Rede stellen. Wir werden unsere Presseaktionen intensivieren, und wenn das Projekt nicht geändert wird, werden wir andere Formen des Kampfes anwenden, um unser Land zu verteidigen. Es heißt, daß sie in ein paar Monaten mit den Ausschachtungen beginnen. In zwei Monaten werden wir ein Camp einrichten, um den Maschinen den Weg zu versperren. Und darauf müssen wir uns vorbereiten und unsere Kräfte vereinen. Wir haben erfahren, daß versucht wurde, mehrere unserer Nachbarn zu bestechen. Aber wir kämpfen nicht nur um unser Land, sondern auch darum, unter unseren Mitbürgern ein größeres Umweltbewußtsein zu schaffen. Wir kämpfen für unsere Ländereien, aber auch für die Siedler, die davon bedroht sind, daß in der Nähe ihrer Häuser Müllkippen eingerichtet werden, für die Fischer, die von den ausländischen Fischfangunternehmen beeinträchtigt werden. Wir kämpfen um den Urwald auf der Insel Feuerland, der abgeholzt werden soll, wie es zuvor schon in Chiloé geschehen ist, für die Bewohner der Seebäder, an deren Ufer der Abfall der Cellulosefabriken landen wird, für die Menschen von Santiago, die täglich weniger Luft zum Atmen und immer mehr Dreck haben. Wir kämpfen um unsere Vorstellung von einem gesünderen Leben und eine harmonische Beziehung zur Natur. Dies ist das Anliegen, das uns verbindet.«

Bórquez hob die Hände und verabschiedete sich mit einem Kopfnicken, während spontaner Applaus zu hören war. Als der Redner von der Bühne stieg, näherte sich ihm Ballinger. Ich sah, wie sie einander begrüßten und auf mich zukamen. Der Ökologe sah gelassen aus. Sein Haar war zu einem langen Pferdeschwanz zusammengebunden, und seine Augen waren durchscheinend genug, um mich glauben zu lassen, daß er es ehrlich meinte. Er redete leise, als hätte seine kurze Rede ihn erschöpft. Er hatte eine Mappe in der Hand und schaute ständig auf die Uhr.

»Ich hätte gern gewußt, worum es bei dem Projekt Gaschil geht«, sagte ich zu Bórquez, nachdem Ballinger uns einander vorgestellt und ich ihm eine kurze Zusammenfassung dessen gegeben hatte, was mit Gordon geschehen war.

Der Umweltschützer hörte aufmerksam zu, nickte jedesmal, wenn er etwas hörte, was ihn besonders interessierte.

»Lesen Sie denn keine Zeitung?« fragte er und fügte, indem er den Tonfall seiner Rede wiederaufnahm, hinzu: »Das Projekt besteht im Bau einer Gasleitung, die Gas aus Argentinien bringt. Es ist dies der zweite Versuch. Vor vier Jahren ist der erste gescheitert, weil in Buenos Aires Spuren eines Bestechungsversuches ans Licht kamen. Die Information gelangte an die Presse, und Präsident Menem persönlich mußte das Projekt auf Eis legen. Jetzt sind sie auf nicht so offensichtliche Art darauf zurückgekommen. Bis vor ein paar Monaten hatten wir nicht die geringste Ahnung. Dann ist etwas durchgesickert, und durch unsere Arbeit haben wir erreicht, daß Licht in die Sache gebracht wurde. Tatsache ist, nichts garantiert uns, daß das neue Projekt besser ist als das vorangegangene oder daß kein unzulässiger Druck seitens der Erbauer ausgeübt wird. Zudem haben wir Zweifel in bezug auf die technische Seite. Das Projekt sieht einen Verlauf der Gaspipeline durch geologisch unsichere Formationen vor. Schlammiges Terrain, Felsen, Erdrutsche.«

Er fuhr mit technischen Einzelheiten fort, und am Ende war mein Kopf voller Zahlen, Namen und anderen Angaben, die mich nur verwirrten.

»Für die Gasverbraucher könnte das Vorhaben eigentlich positiv sein«, schloß Bórquez. »Aber das Projekt steht auf einem wackligen Fundament. Voreilige Genehmigung und taube Ohren gegenüber allen Bedenken. Wir haben auf der Grundlage technischer Daten gefordert, den Verlauf der Gaspipeline zu ändern und bessere Sicherheitsmaßnahmen zu treffen als die im Planungsvorschlag der Gaschil enthaltenen. Die Leitung muß weit von Siedlungen entfernt verlaufen. So werden Katastrophen im Falle von Gasaustritt oder Rissen in der Pipeline verhindert, und sie würde den seismischen Gegebenheiten der Zone entsprechen. Die Pipelines müssen tiefer gelegt und aus widerstandsfähigerem Material gebaut werden. Die Firma, die sie bauen soll, hat bereits in Kanada und den Vereinigten Staaten Arbeiten durchgeführt und Probleme wegen der schlechten Qualität der Arbeit bekommen.«

»Ein anderer Verlauf wird womöglich teurer sein«, warf ich ein.

»Selbstverständlich. Aber diese Kosten lassen sich aufbringen, wenn kein Geld mehr für Werbung, Public Relations oder dafür ausgegeben wird, Fachleute in der Regierung zu sensibilisieren.«

»Meinen Sie damit Bestechungsgelder?«

»Bestechung kann ganz unterschiedlich ausfallen.«

»Sie könnte auch Leute im Rechnungshof betreffen.«

»Leicht erworbenes Geld ist immer attraktiv, und der Rechnungshof hat bei rechtlichen und technischen Aspekten des Projekts etwas mitzureden«, fügte Bórquez noch an, nachdem er deutlich gemacht hatte, daß er gehen müsse. »Ich will nicht böswillig sein und niemanden ohne konkrete Beweise anschuldigen. Ich meine nur, daß die Handhabung des Projekts nicht angemessen war.«

»Von welcher Seite?«

»Seitens der Regierung, der ministeriellen Umweltkommissionen, der Umweltgruppen und vor allem seitens der Consultora Benex, die für die Projektausarbeitung und Entwicklung zuständig ist.«

»Consultora Benex?« fragte ich, weil ich mich an die in Gordons Kalender eingetragenen Treffen erinnerte.

»Das ist ein Unternehmen, das die Investoren des Projekts beauftragt haben. Die Adresse steht im Telefonbuch, und wenn Sie mehr darüber wissen wollen, kommen Sie in mein Büro. Jetzt muß ich an einer anderen Versammlung teilnehmen, und ich bin schon spät dran.«

»Zu mir oder zu dir?« fragte Ballinger, als wir wieder im Jeep saßen und auf dem Weg ins Zentrum von Santiago waren.

»Ich habe eine Verabredung«, log ich.

Ich wollte meine wenigen Ideen im Lot behalten und vor allem über die Information nachdenken, die mir Bórquez gegeben hatte.

»Kein Bier mehr für heute«, sagte Ballinger enttäuscht.

»Es ist niemals gut, ein Rendezvous mit einer Frau platzen zu lassen.«

»Das stimmt«, bestätigte Ballinger.

»Das Gespräch mit Bórquez war interessant«, meinte ich abschließend, als wir in der Calle Aillavillú angekommen waren. Es war drei Uhr nachmittags, und ein Zwerg mit meinem Namen schrie nach seiner Mahlzeit.

»Ich finde es spannend, der Freund eines Detektivs zu sein«, entgegnete der Gringo lächelnd. Dann setzte er sein Fahrzeug wieder in Gang und verschwand, in die Calle Bandera einbiegend, außer Sichtweite.

Als ich ins Haus gehen wollte, hörte ich Anselmo »Don Heredia« rufen. In seinen Händen trug er einen Veilchenstrauß und wedelte damit wie mit einem Taschentuch beim Abschied.

»Ihr Auftrag ist in die Hose gegangen, Don. Diese Madame will weder von Ihnen noch von der heiligen Frau, die Sie geboren hat, etwas wissen. Ich habe ihr den Strauß gebracht, und fünf Minuten später habe ich die Blumen aus dem Fenster fallen sehen. Ich habe sie aufgehoben und, so gut es ging, wieder zurechtgemacht. Was soll ich damit machen?«

»Laß nicht locker, Anselmo, laß nicht locker.«

»Und wenn sie sauer wird und mich verflucht? Diese Hexe, Zigeunerin oder was auch immer sie ist, die kann mir übel mitspielen.«

»Leg noch eine Schachtel Pralinen dazu, und laß nicht locker.«

»Und warum bringen Sie ihr die Sachen nicht, wo Sie doch so begeistert sind.«

»Von wegen begeistert.«

»Was dann?«

Ich zuckte mit den Schultern, ging die paar Meter zur Haustür zurück und überlegte es mir doch noch anders, bevor ich sie öffnete.

»Haben Sie etwas vergessen, Don?«

»Fahr mit den verdammten Blumen wieder rauf, und erzähl mir dann, wie es war. Ich gehe in La Piojera ein Sandwich essen.«

»Sie nerven, Don. Und ich bin der Blödmann, der alles für Sie macht.«

6

Was zurückblieb, waren träge und düstere Erinnerungen an einen öden Sonntag. Stunden, die nichts weiter bedeutet hatten als das Wissen, ich lebte, obwohl es jenseits des Fensters der Wohnung keinen Mund gab, den ich küssen konnte, und niemanden, mit dem ich über diese Erinnerungen reden konnte, die sich in meinem Gedächtnis überstürzten, als hätte die Vergangenheit eine Karte nach der anderen zugunsten der Sehnsucht und der in meine Blicke eingegrabenen Spuren ausgespielt. Erinnerungen. Alltägliche Geschichten ohne Bedeutung, die dem Krähen eines Hahns und dem Aufwallen aufgebrühten Wassers für den Tee an einem Wintermorgen gleicht. Erinnerungen. Der Mapocho floß fern vorbei. An die Fensterscheibe gepreßt wie ein von der Einsamkeit verwirrtes Kind, betrachtete ich sein armseliges Bett und nahm davon Abstand, hinaus und mit der eitlen Hoffnung durch die Straßen zu gehen, Griseta zu treffen, allein, offen für das Feuer einer Liebkosung, wie früher, als wir wußten, daß es für uns beide eine Zeit gab, die einfach und überraschend entstand: aus den Blicken und dem Begehren, aus der Unschuld, den einen im andern zu wissen, liebend und stark, damals, als der Schmerz der Straße noch nicht an unsere Tür geklopft hatte.

Und dennoch, an diesem öden Sonntagnachmittag verschmolz mein Gesicht mit den Spiegeln, mit den Verwerfungen der eigenen Falten, die geduldig und endgültig mehr wurden, mit dem verblichenen Braun meiner Augen und den ersten weißen Haaren, Vortrupp eines müden Trosses. Mit Spiegeln, die einen unerklärlichen Überlebenswillen reflektierten; das Aufbegehren eines ironischen, kleinlichen Lächelns. Das Zittern von Lippen, die fest zusammengepreßt und unbenetzt durch die Straßen gingen und dabei die bleichen Sätze eines Mannes murmelten, der, halb Gott, halb Don Quijote, ohne Glauben und Begeisterung seine Füße über die Wege einer Stadt schleifte, die seine Erinnerungen zerstörte. Eine Stadt, die ich ihrer Schlaglöcher und Abgründe, ihrer Ecken und Winkel halber liebte, in denen das Glück ein Schatten war. Und dabei die Absurdität eines stummen Telefons und eines Zitats von Juan Carlos Onetti, das zufällig in meinem Gedächtnis aufgetaucht war: »Schlimm ist nicht, daß das Leben Dinge verspricht, die es uns niemals geben wird; schlimm ist, daß es sie erst gibt und dann aufhört zu geben.«

7

Die Büros der Consultora Benex lagen im siebten Stockwerk eines dieser vielen Gebäude, die im Stadtteil Providencia und dessen Umgebung entstehen und die Landschaft mit ihren Glas- und Aluminiumfassaden verschandeln. Ich hatte schon früh, nachdem ich den sonntäglichen Alptraum mit zwei Tassen Kaffee vertrieben hatte, im Telefonbuch nachgesehen und dem Chevy Flügel verliehen, der, von kleinen Japanermodellen umringt, die jedes Mal die Nase rümpften, wenn er sie mit dem Schnurren einer geschmeidigen Katze überholte, mit ungewöhnlicher Begeisterung die Plaza Italia hinauffuhr.

Das Büro sah schlicht aus. Weiße Wände, künstliche Blumen und ein paar Reproduktionen von Bildern mit ländlichen Szenen. Das einzige, was an diesem Ort die Aufmerksamkeit auf sich zog, war die Mähne einer Blonden, die auf den ersten Blick an Lauren Bacall auf einem alten Plakat von *To have and to have not* erinnerte.

»Ich bin Korrespondent einer argentinischen Presseagentur«, begann ich ungeachtet ihrer grünen Augen und der feinen roten Umrisse ihrer Lippen zu lügen. »Ich schreibe an einer Reportage über argentinische Investitionen in Chile und hätte deswegen gern die Herren Maspérez, Otero oder Plaza gesprochen. Es ist nichts Kompliziertes und wird sie nicht viel Zeit kosten.«

»Ich glaube, ich kann da nicht weiterhelfen, Herr...«

»Heredia. Ich bin sicher, daß Sie große Dinge für mich tun können«, sagte ich und betonte dabei den Doppelsinn meiner Worte.

»Es heißt immer, Journalisten verlieren keine Zeit«, ging die Blonde auf das Spiel ein. »Aber Tatsache ist, daß jetzt nicht der richtige Zeitpunkt ist.«

»Gibt es einen richtigen Zeitpunkt?«

»Aber natürlich. Señor Maspérez kommt immer nach elf Uhr. Señor Plaza ist seit ein paar Tagen abwesend. Was Señor Otero betrifft, so bin ich nicht sicher, ob er Sie empfangen kann.«

»Die Reportage wird in Buenos Aires erscheinen und auch in zwei der wichtigsten japanischen Zeitschriften. Oder anders gesagt, im Klartext, ich biete der Consultora Benex Gratiswerbung an. Wäre ich Sie, würde ich darüber nachdenken und mich mit dem Chef beraten.«

»Ich werde hören, was Señor Otero sagt«, antwortete die Blonde.

Ich sah, wie sie zum Haustelefon griff und meine Lügen über die Presseagentur und die Japaner wiederholte.

»Sie haben Glück. Señor Otero hat Interesse gezeigt und gewährt Ihnen ein Interview. Nur zehn Minuten, denn anschließend hat er ein Meeting. Versuchen Sie mit dieser Zeit klarzukommen, und Sie werden die kleinen Zornesausbrüche des Chefs verhindern.«

»Danke«, sagte ich. »Und entfernen Sie sich, solange ich mit Otero rede, nicht so weit. Ich könnte Mundzumundbeatmung brauchen.«

»Ich werde bis sieben Uhr abends hier sein«, entgegnete sie, während sie lächelnd auf die Tür links von ihrem Schreibtisch wies.

Urbano Otero war ein junger, blasser, nervöser Mann. Er sah beim Reden seinen Gesprächspartner nicht an und gestikulierte wie eine unkoordinierte Marionette, wobei seine Worte nicht mit seinen Mundbewegungen zusammenpaßten. Er bot mir einen Stuhl an, und noch bevor er zu sprechen anfing, lehnte er sich in seinem Chefsessel zurück.

»Was hätten Sie gern gewußt, Señor Heredia? Benex ist eine führende Beratungsgesellschaft auf dem Gebiet von Analyse und Ausarbeitung von Projekten im Energiebereich. Erdöl, Strom, Methangas.«

»Ich weiß, Señor Otero. Deshalb bin ich hier. Meine Agentur ist an der Gaspipeline Gaschil interessiert. Ich habe gehört, Ihr Unternehmen hat dazu den Investitionsplan erarbeitet.«

»Außerdem die Präsentation und die Werbung«, fügte Otero hinzu.

»Wird unter Werbung die Erlangung einer Unterstützung seitens der chilenischen Behörden verstanden, die das Projekt bewilligen müssen?«

»Sie dafür sensibilisieren«, meinte Otero vorsichtig. »Jede Art von Unterfangen verlangt Vorgespräche aller mit ihr in Verbindung stehender Personen. Auch mit der Presse...«

»Und den Umweltgruppen, nehme ich an. Es gibt einige, die Ablehnung gegenüber dem Projekt Gaschil geäußert haben.«

»Gruppen, die die Tragweite des Projekts nicht kennen. Ihre Äußerungen sind pure Vorurteile. Wir garantieren, daß beim Bau der Gaspipeline die strengsten Sicherheitsmaßnahmen eingehalten werden. Unsere Investoren haben Erfahrung auf dem Gebiet.«

»Sie scheinen auch nicht mit den Örtlichkeiten einverstanden zu sein, durch die die Gaspipeline verlaufen soll.«

»Ein nebensächliches Detail. Wichtig ist, daß die öffentliche Meinung sich der Vorteile bewußt wird, die das Projekt den Haushalten, den Unternehmen und der Umwelt bringen wird. Das Gas wird preiswert sein und dem chilenischen Staatshaushalt Steuereinkünfte und auch dadurch Entlastung einbringen, daß kein Gas mehr in weiter entfernten Ländern gekauft werden muß.«

»Ebenso beträchtlich sind die Einnahmen, die Ihr Unternehmen haben wird.«

»Niemand macht Investitionen, um Glasmurmeln zu gewinnen, Señor Heredia.«

Die Fragen, die zu stellen ich mir vorgenommen hatte, als ich in das Büro trat, waren jetzt abgehakt, und ich schaute um mich, als erwartete ich fremden Beistand. Otero bemerkte mein Zögern, und das aktivierte seinen Argwohn gegenüber Unbekanntem.

»Ohne Notizbuch oder Aufnahmegerät – Sie sind kein typischer Journalist, Señor Heredia.«

»Ich vertraue meinem Gedächtnis.«

»Ihre Fragen waren vordergründig«, sagte er, während er eine Zigarette aus einem Etui nahm.

Ich folgerte daraus, daß mir noch fünf Sekunden blieben, um wieder die Initiative zu ergreifen, und ich nutzte sie.

»Diese Arbeit, die Sie Sensibilisierung nennen, schloß sie auch Gespräche mit Gordon ein?«

»Gordon?« entgegnete Otero, ohne seine Überraschung über die Wendung zu verhehlen, die das Gespräch nahm.

»Der Wirtschaftsprüfer vom Rechnungshof, erinnern Sie sich an ihn?«

»Ja; wir haben uns einmal getroffen. Er begutachtete unseren Vorschlag und bat um technische Informationen.«

»Gordons Terminkalender weist fünf Treffen mit Ihnen auf, zwei mit Señor Maspérez und weitere zwei mit Plaza.«

»Das mag sein. Ich habe viele Termine und kann mich nicht an jeden erinnern«, sagte Otero und ließ sich Zeit beim Anzünden seiner Zigarette.

»Wußten Sie, daß Gordon tot ist?«

Otero schwankte, und ein paar Sekunden lang schien er sich die für ihn ratsamste Antwort zu überlegen. »Ich habe es in den Zeitungen gelesen«, sagte er schließlich.

»Haben Sie während Ihrer Gespräche irgend etwas Merkwürdiges in Gordons Verhalten bemerkt?«

Die Frage aktivierte die Abwehr des Anwalts endgültig. Er drückte seine Zigarette im Aschenbecher auf seinem Schreibtisch aus und erhob sich aggressiv.

»Sie sind kein Journalist«, behauptete er. »Sie...«

»Das ändert überhaupt nichts. Ich möchte wissen, wer Gordon getötet hat.«

»Wollen Sie mich in seinen Tod verwickeln?«

»Bislang nicht.«

»Gehen Sie. Oder ich rufe die Ordnungskräfte.«

»Ich bitte Sie um Ihren Eindruck in bezug auf eine Person. Sie waren schließlich in seinen letzten Lebenstagen mit ihm zusammen.«

»Ja«, murmelte Otero und schien zu überlegen, ob es besser war, seinen Zorn zu mäßigen. »Aber ich habe nichts dazu zu sagen. Meine Treffen mit Gordon waren Arbeitstreffen, und wir haben nie über etwas anderes als über das Projekt gesprochen.«

»Seine Fragen, in welche Richtung gingen sie?«

»Zweifel, die Zahlen und technische Spezifikationen betrafen.«

»Glauben Sie, daß Ihr Kollege Maspérez andere Informationen hat?«

»Das bezweifle ich. Zudem kann ich Ihnen versichern, daß er nicht meine Geduld hat«, setzte Otero hinzu, während er in der Absicht zur Tür des Büros ging, mich zu verabschieden.

»Und Señor Plaza?«

Ein merkwürdiges Zucken der Wangen verzog Oteros Gesicht, und er brauchte einen Augenblick, um die Ruhe wiederzuerlangen, die er vorzutäuschen wünschte. »Plaza ist nicht mehr bei uns. Es hat einige Meinungsverschiedenheiten mit unserem Direktor gegeben, und er hat das Unternehmen verlassen.«

»Wissen Sie, wo ich ihn finden kann?«

»Nein.«

»Vielen Dank für Ihre Offenheit«, meinte ich genau in dem Augenblick ironisch, in dem er die Tür zu seinem Büro aufmachte.

Ich ging hinaus, und die Tür schloß sich hinter meinem Rücken.

Die Sekretärin lächelte von ihrem Büro herüber, und ich ließ mich eine Minute lang von ihren langen, schönen Beinen verführen. »Nun, wie ist es gelaufen?«

»Ich habe Material, um eine ganze Menge Seiten zu füllen.«

»Großartig!« rief die Blonde, begeistert wie eine Schülerin.

»Otero hat mir gesagt, Señor Plaza sei nicht mehr in der Firma.«

Das hübsche Lächeln der Blonden wurde zu einer Grimasse des Schreckens. »Das wußte ich nicht«, sagte sie. Ihre Stimme klang dünn wie ein Wasserrinnsal, das gleich versiegen würde. »Das wundert mich. Seine Sachen sind noch immer im Büro. Er hat nichts mitgenommen.«

»Vielleicht hatte er es eilig«, sagte ich und war über meinen eigenen Kommentar überrascht.

»Was wollen Sie damit sagen?«

»Ich weiß nicht. Ich brauche Ihre Hilfe.«

»Wenn ich etwas...«

»Haben Sie Plazas Telefonnummern?«

Sie holte eine Mappe aus dem Schreibtisch und daraus ein Blatt Papier, das sie mir gab, nachdem sie es auf einer Maschine kopiert hatte, die in einer Ecke des Büros neben einem Regal mit Aktenordnern stand. Auf dem Blatt standen acht Nummern, eine davon war eine Handynummer.

»Das sind die Telefonnummern von Señor Plaza. Die erste ist die von zu Hause. Die anderen sind die von den Unternehmen oder öffentlichen Stellen, für die er als Berater arbeitet.«

»Berater! Die Meister darin, das Offensichtliche mit schwierigen Ausdrücken zu sagen. Oder, wie es im Witz heißt, Typen, die dem Chef, wenn er ein Telefonat machen will, das Telefonbuch reichen.«

»Mir steht es nicht zu, sie zu beurteilen.«

»Selbstverständlich nicht. Falls Señor Plaza kommt, um

seine Sachen abzuholen, oder wegen irgend etwas anruft, könnten Sie ihm dann meinen Namen und meine Adresse sagen?« fügte ich hinzu, während ich beides auf einem Blatt Papier notierte, das ich auf dem Schreibtisch gefunden hatte.

»Merkwürdiger Name«, sagte sie, nachdem sie gelesen hatte, was auf dem Papier stand.

»Sagen Sie ihn nicht weiter und nicht laut.«

»Ich könnte mich an ihn gewöhnen.«

»Man kann sich an alles gewöhnen. Aber jetzt ist wichtig, daß Plaza mich anruft.«

»Und ich, kann ich Sie anrufen?«

»Wann immer Sie wollen.«

Bevor ich mich verabschiedete, fiel mir Lauren Bacall wieder ein. Blonde Frauen würden niemals aufhören, mich zu interessieren.

8

Eine Stunde lang probierte ich alle Telefonnummern von Plaza. Das Handy antwortete nicht, und sechs der anderen waren Büros, in denen mir niemand sagen konnte, wann und um wieviel Uhr er kommen würde. Beim dritten Versuch antwortete mir eine Frau unter der Nummer, die zu seiner Wohnung gehörte. Sie sagte, sie sei die Angestellte, die dreimal in der Woche komme, um seine Wäsche zu waschen und seine Wohnung aufzuräumen. Ich bat sie, mich mit der Ehefrau des Managers zu verbinden, und etwas verwundert fragte mich die Frau, ob ich denn nicht wisse, daß ihr Arbeitgeber ledig sei.

»Ist mit Señor Plazas Sachen alles in Ordnung?« fragte ich.

»Ich habe weniger Hemden zum Waschen gefunden, und sein Bett war gemacht«, sagte die Frau. Plötzlich, als sie merkte, daß sie zuviel redete, fragte sie: »Wer sind Sie überhaupt? Warum stellen Sie so viele Fragen?«

Ich wiederholte die Geschichte von der Presseagentur, und obwohl ich nicht sicher sein konnte, daß die Frau sie verstand, legte sich zumindest ihr Mißtrauen.

»Señor Plaza verläßt Santiago häufig für ein paar Tage. Manchmal sagt er mir Bescheid, aber nicht immer. Es sind Geschäftsreisen nach Buenos Aires oder Lima. Manchmal fährt er auch in ein Haus, das er in Isla Negra hat, etwa drei Blocks vom Haus des Dichters Neruda entfernt. Ich weiß das, weil er mir im letzten Jahr das Haus geliehen hat, damit ich dort ein paar Tage mit meiner Mutter und meiner Tochter verbringen konnte.«

Ich gab der Angestellten meine Telefonnummer, bat sie, sie ihrem Chef zu geben, wenn er wieder in die Wohnung zurückkam. Mehr konnte ich nicht tun, obwohl ich ahnte, daß dieses Mal der Kreis einen Lichtschein herausließ, durch den man sein Zentrum erkennen konnte. Das sagte ich Cambell, als ich ihn anrief, um ihm die letzten Einzelheiten der Ermittlung zu erzählen, und zum ersten Mal spürte ich, daß er sich wirklich für das Thema interessierte.

»Meine Nase sagt mir, daß es sich um einen leckeren Kuchen handelt«, sagte er. »Man muß noch mehr aus der Vergangenheit erfahren, und ich werde dir dabei unter die Arme greifen. Ich habe Journalistenkollegen, die im Politikklatsch zu Hause sind, und einige wissen mehr, als sie in den Zeitungen oder den Fernsehprogrammen, in denen sie arbeiten, sagen könnten. Sie sind vertrauenswürdig. Ich kenne sie seit dem Studium und weiß sogar ihre Schuhgröße. Ich werde ihnen ein paar Daten zuspielen und bin sicher, daß die Ernte gut ausfallen wird. In diesem Land werden viele Informationen zwischen den Zeilen weitergegeben, Dinge, die alle wissen, aber niemand ausspricht. Viele politische Machenschaften um das Schweigen herum und hinter dem Rücken. Die Wahrheit ist für einige wenige da, dem Rest wird Erfolgsgläubigkeit eingeimpft und Unwirkliches vorgegaukelt.«

»Davon habe ich nicht die geringste Ahnung, Cambell.«

»Wir leben in einer virtuellen Realität, die uns die Zeitungen liefern. Es gibt immer ein banales Thema für die Schlagzeilen, die realen Probleme werden auf mickrige fünf oder sechs Zeilen im Inneren der Zeitung verbannt.«

Ich sagte Cambell, ich würde ihn über die Ermittlungen auf dem laufenden halten, und beendete kurz und bündig das Gespräch. Ich nahm mir vor, bei Plazas Telefonen nicht lockerzulassen, aber noch bevor ich die erste Nummer wählte, erschien Anselmo eiliger als sonst im Büro.

»Wie gut, daß ich Sie zu fassen kriege, Don. Mich hat eben gerade Señora Rosa angerufen. Gestern abend ist wieder einer ihrer alten Leutchen überfallen worden. Er kam gerade aus dem Pfandhaus, da gab ihm jemand einen Schubs, und weg waren die Scheine...«

»Ich hatte die Geschichte ganz vergessen.«

»Sie Unmensch. Ich werde bei den Alten als Hanswurst gelten.«

»Vielleicht könnten wir jetzt schnell vorbeischauen.«

»Rechnen Sie nicht mit mir, Don. Ich muß in meinem Geschäft arbeiten, und anschließend gehe ich zu einer Versammlung im Club.«

»Was für ein Club?«

»Seit zwei Wochen mache ich in einem ganz netten Tango-Club mit, den die Stadtverwaltung organisiert. Da gehen ein paar Damen hin, die körperlich wie auch finanziell gut in Schuß sind.«

»Wie alt bist du, Anselmo?«

»Sechsundsechzig. Und was macht das schon? Ich möchte mich an ein paar nette Rippen schmiegen und nicht noch einen Winter in der Pampa verbringen.«

»Sag hinterher nicht, ich hätte dich nicht gewarnt. Und was deine alten Leutchen betrifft: Ich werde gleich mal zum Pfandhaus gehen. Okay?«

»Okay«, sagte Anselmo. Und während er mir ein paar Scheine gab, meinte er: »Vielleicht bringt Sie das weiter. Ein halbes Dutzend Gabrielas. 30 000. Ihre Tips haben ins Schwarze getroffen wie die Pfeile von Robin Hood.«

9

Das Pfandhaus sah genauso aus wie beim ersten Besuch. Alte Menschen, die eine lange Warteschlange bildeten, um ihre letzten Wertgegenstände zu verkaufen, Kassierer, die mit mechanischen Gesten den Preis der Dinge bestimmten, und jede Menge Plakate, die jemand gedruckt hatte, um die Liebe zu den Alten zu propagieren.

In einer Ecke des Raumes erkannte ich Señora Rosa. Sie

schien über etwas verärgert zu sein und gestikulierte lebhaft. »Anselmos unnützer Freund«, schimpfte sie, als sie mich sah. »Ich hatte gedacht, Sie würden ernsthafte Arbeit leisten, doch nichts dergleichen.«

»Ich habe niemals gesagt, daß ich von morgens bis abends hier sein würde.«

»Und als wenn das nicht schon genug wäre, sind heute zwei alte Männer umgekippt. Ich habe den ganzen Vormittag damit verbracht, Krankenwagen zu besorgen.«

»Ich will gern hinnehmen, daß heute kein guter Tag ist, aber schießen Sie Ihre Pfeile woandershin ab, Großmütterchen.«

»Ich bin nicht Ihr Großmütterchen«, entgegnete Señora Rosa. »Wenn ich es wäre, würde ich Ihnen eine ordentliche Backpfeife verpassen. Stellen Sie sich in die Nähe des Eingangs, wenn ich jemand Verdächtiges sehe, mache ich Ihnen ein Zeichen.«

Ich gehorchte unwillig und beobachtete die nächsten zwei Stunden die alten Leute, die hereinkamen und hinausgingen, ohne daß sich etwas tat, was die Ordnung durcheinanderbrachte. Es gab Augenblicke, da hatte ich Lust auf ein Bier in irgendeiner Bar im Viertel, aber Señora Rosa kontrollierte meine Bewegungen streng wie ein Feldwebel. Ich schickte mich drein und wartete, und fünf Minuten bevor der Laden schloß, sah ich, wie die alte Frau auf einen kleinen, hageren Kerl zeigte, der gerade in den Raum gekommen war. Er trug einen braunen Anzug und sah eher wie ein Beamter aus, der alte Leute betrügen mochte, aber nicht wie ein typischer Krimineller. Ich sah ihn durch die Reihen der alten Menschen gehen und diejenigen aufmerksam beobachten, die von der Kasse weggingen. Er machte das fünf Minuten lang und trat dann zu einer hungrig aussehenden alten Frau. Ich stand auf und näherte mich genau in dem Augenblick dem Dieb, als er seine Hand an die Tasche der Alten legte.

»Laß das los«, sagte ich zu ihm.

Der Dieb drehte sich um, ließ die kleine Tasche fallen und versetzte mir, ehe ich mich's versah, einen Ellenbogenstoß in den Magen. Der Schlag tat mir nicht weh, erlaubte dem Dieb jedoch, sich loszureißen und zum Ausgang zu rennen.

»Verfolgen Sie ihn, stehen Sie nicht rum«, hörte ich Señora Rosa rufen.

Ich lief bis zum Ausgang und sah, wie der Dieb an der Straßenecke ankam. Er machte kleine, aber schnelle Schritte, während meine schwer von vielen Trinker- und Zigarettenstunden waren. Dennoch lief ich schnell genug, um bis auf fünfzig Meter an den Spitzbuben heranzukommen und zu sehen, wie er in die San Diego einbog. Dann verschwand seine Gestalt zwischen den Kiosken, die am Eingang einer Galerie, welche die Calle San Diego mit der Arturo Prat verband, chinesischen Plunder verkauften.

Als ich begriff, daß meine Anstrengungen umsonst waren, ging ich wieder zu Señora Rosa zurück.

»Er ist entwischt«, sagte ich zu ihr und versuchte meinen japsenden Atem unter Kontrolle zu bekommen.

»Wenigstens haben Sie einen Diebstahl verhindert«, sagte die alte Frau.

Ich ruhte mich ein paar Minuten aus, und als ich mich wieder bei Kräften fühlte, ging ich, ohne Señora Rosa etwas zu sagen, hinaus auf die Straße. Vor dem Gebäude stand ein halbes Dutzend fliegender Händler mit Keksen, Kräutern und billigem Plastikkram. Ich ging zu einem von ihnen und fragte ihn, ob er den Taschendieb gesehen habe. Er schüttelte den Kopf und schaute aus dem Augenwinkel auf seine Kollegen. Keiner von ihnen sagte etwas. Doch dann, als ich gerade gehen wollte, zupfte mich eine alte Frau, die auf dem Bürgersteig saß und um Almosen bettelte, an der Hose.

»El Pitico«, sagte sie.

»Wer?« fragte ich zu der Frau hinabgebeugt, die einen zerfetzten Mantel trug und deren Beine mit mehreren schmutzigen Verbänden bedeckt waren.

»Manchmal ist er in dem Hinterhof, in dem ich wohne. Er hat da eine Tante, ein widerliches Weib, das ihm hilft, sein Diebesgut zu verkaufen.«

»Wie heißen Sie, Señora?«

»Wo ich lebe, kümmert sich niemand um Namen und Spitznamen. Ich heiße Francisca, aber alle nennen mich ›Die Alte mit den Knochen‹, weil ich immer beim Schlachter im Viertel vorbeigehe und um ein paar Suppenknöchelchen bitte.«

»Wo ist Ihr Hinterhof?«

»In der Calle Olivos. In der Nähe des Irrenhauses«, erwiderte die Frau, lächelte und zeigte dabei dreckiges Zahnfleisch, in dem zwei kleine, gelbliche Zähne überlebten.

»Kommt El Pitico an bestimmten Tagen dorthin?«

»Das weiß man nie. Ihn sollte man besser im Billardsalon Mallorca suchen. Er geht da jeden Abend hin. Immer wenn ich dort vorbeikomme, um etwas zu erbetteln, sehe ich ihn mit einem Glas Rotwein.«

»Danke, Großmutter.«

»Schwärz mich bei niemandem an.«

»Kaufen Sie sich ein paar gute Knochen, Großmutter«, sagte ich, während ich zweitausend Pesos auf den Teller legte, den sie für die Almosen bereitgestellt hatte.

Die Alte lächelte wieder, bis ein heftiger Husten sie zwang, den Mund mit dem Mantelärmel zu bedecken. Ich ging, ohne mich umzuschauen, wieder in mein Büro zurück. Ich würde ein oder zwei Tage verstreichen lassen, dann würde ich schon eine Möglichkeit finden, den Taschendieb aufzutreiben.

Gegen Mitternacht fiel mir Claudio Plaza wieder ein, und ich beschloß, ihn auf dem Handy anzurufen. Ich wählte die Nummer, und aus der Tatsache, daß es lange dauerte, bis sich die Verbindung aufbaute, folgerte ich, daß er sich außerhalb von Santiago aufhielt. Vielleicht im Haus in Isla Negra, das seine Angestellte erwähnt hatte. Schließlich hörte ich das Läuten am anderen Ende der Leitung. Ich ließ es acht- oder neunmal klingeln, und als ich gerade das Telefon an seinen Platz zurücklegen wollte, nahm jemand ab.

»Wer ist da?« fragte eine Männerstimme.

»Señor Plaza«, begann ich, »ich habe versucht, Sie zu finden...«

»Ihre Drohungen sind mir gleichgültig«, unterbrach er mich.

Ich hörte Geräusche in der Leitung, und das Gespräch wurde unterbrochen. Ich wählte Plazas Nummer noch einmal, doch ich hatte kein Glück.

Ohne weiter nachzudenken, rief ich Bernales an. Der

Polizist sah einen Film im Fernsehen, seine Stimme klang müde.

»Was soll ich tun?« fragte er, nachdem ich ihn über das Gespräch mit dem Fremden am Handy ins Bild gesetzt hatte.

»Ich möchte wetten, daß es Plaza war, der das Gespräch angenommen hat. Und auch, daß er allein ist und Angst wegen irgend etwas hat. Du mußt deine Kollegen dort anrufen und sie bitten, ihn zu holen. Es wird nicht schwierig sein, sein Haus in Isla Negra zu finden.«

»Ich will sehen, was ich machen kann«, sagte Bernales. Dann meinte er: »Ich war in Morales' Viertel. Der Wagen, der ihn überfahren hat, war ein viertüriges Lada-Taxi. Ich habe auch mit drei Zeugen gesprochen, die alle darin übereinstimmen, daß es sich beim Fahrer um einen braungebrannten, kräftigen Mann mit einem dicken Schnurrbart gehandelt hat.«

»Den werde ich demnächst im Stadion finden.«

»Ihre Späße sind fehl am Platz, Heredia.«

»Kümmere dich um Plaza. Okay?«

10

Das Telefon klingelte, als ich gerade drei Toasts für das Frühstück geschmiert hatte. Ich hatte die Todesanzeigen für Gordon gelesen. Eine war von seinem Bruder Gaspar, die andere vom Verein der Angestellten des Rechnungshofes unterzeichnet. Unter der Rubrik Polizeiberichte stand etwas über einen Überfall auf zwei Tankstellen und über die gerichtliche Beschlagnahmung einer Ladung Heroin aus Bolivien. Die Information war knapp, und am Ende wurde Bernales erwähnt. Dann hatte ich noch die Sportseiten durchgeschaut, um zu erfahren, wer diese Woche der Gegner vom Magallanes sein würde, und darauf die Zeitung in den Papierkorb geworfen.

Ich dachte, es könnte Bernales sein, doch als ich abnahm, hörte ich eine weibliche Stimme.

»Ich habe beschlossen, dir zu verzeihen. Gestern abend habe ich die Asche studiert und begriffen, daß ich etwas vorschnell gehandelt habe«, hörte ich Madame Zara sagen.

»Das freut mich. Man lernt nicht alle Tage eine vernünftige Frau kennen.«

»In der Asche erschienst du von einem großen Schatten umgeben, und dahinter sah ich einen hinkenden Mann. Er sah ähnlich wie der Narr im Tarot aus, der, wenn er auf dem Kopf stehend auftaucht, den Willen eines Menschen darstellt, der Böses im Sinn hat. Du hingegen ähnelst dem König der Kelche, einem schönen, freien und großzügigen Mann. Du mußt auf dich aufpassen, Heredia. Ich habe viel über uns nachgedacht. Das, was neulich nachts passiert ist, hat keine Bedeutung. Es war ein Fehler meinerseits. Ich habe das begriffen, nachdem ich mit deinem Freund Anselmo gesprochen habe. Er ist so galant. Anfangs dachte ich, die Blumen kämen von dir, und habe sie abgelehnt. Dann hat er mir erklärt, daß es seine Idee gewesen sei, auch die Pralinen.«

»Pralinen!«

»Und der Kuchen.«

»Du solltest dem lieben Anselmo mehr Aufmerksamkeit schenken.«

»Ich finde ihn so sympathisch.«

»Du brauchst nur auf deinem Balkon zu erscheinen und ihn zu rufen. Er ist ein Kerl mit viel Lebenserfahrung.«

»Stört es dich nicht, wenn ich an ihn denke?«

»Aber natürlich nicht. Im Gegenteil...«

»Dummkopf!« schrie Madame Zara und legte auf.

»Mädchen! Alle verrückt!« sagte ich zu Simenon, der aus einer Ecke des Büros zuschaute.

»Verrückt ist der, der sie aufsucht.«

»Hast du mich an die Tür der Wahrsagerin klopfen hören?«

»An ihre nicht. Aber an die deiner Kleinen.«

»Verdammt! Warum mußtest du mich ausgerechnet an Griseta erinnern.«

»Sie fehlt dir, nicht wahr? Ich schaue dich an, und du tust mir leid. Du kommst und gehst. Versuchst an etwas anderes zu denken, verlierst Zeit mit Arbeiten, die nichts bringen, verausgabst dich sinnlos. Was bedeutet schon Gordon? Seine verlorenen Papiere und der ganze Kram? Du hast noch immer nicht begriffen, daß sich niemand für deine Wahrheit interessiert.«

»Ich bin sicher, daß sie zurückkommt, wenn diese Gordongeschichte zu Ende ist.«

»Früher hattest du bessere Ausreden.«

»Und wen interessiert, was du denkst?«

Simenons Antwort blieb wegen der Schläge ungehört, die jemand der Bürotür versetzte. Ich öffnete, und Bernales kam aufgeregt und verschwitzt herein.

»Wo ist er?«

»Wer?«

»Der Schnaps, den Sie für schlimme Momente aufsparen. Sie haben mir einmal gesagt, daß Sie immer einen Schluck für Notfälle haben.«

»Im zweiten Schreibtischschubfach gibt es eine Flasche und drei Gläser.«

Bernales stürzte sich auf das Möbelstück, und im Handumdrehen sah ich ihn einen großen, verzweifelten Schluck Pisco nehmen.

»Ich habe es satt, daß Sie mit mir spielen, Heredia.«

»Was ist los?«

»Sie wissen mehr, als Sie mir über Gordon erzählt haben.«

»Da irrst du dich.«

»Sie haben mir die Würmer aus der Nase gezogen, als wäre ich ein Idiot, dem man drei Finger in den Mund stekken kann. Es war kein Zufall, daß Sie in der Nacht, in der Gordon starb, in dem Hotel waren. Sie haben ihn aus irgendeinem Grunde verfolgt, den Sie mir bis heute nicht haben sagen wollen.«

»Was hat dich denn gestochen, Bernales?«

»Sie und Ihre Aufträge. Ich habe meine Kollegen in Cartagena angerufen und sie gebeten, nach Plaza zu sehen. Sie haben ihn an einem Dachsparren hängend gefunden. Er war seit drei Tagen in Isla Negra. Am ersten Tag hat ihn ein Nachbar am Strand spazierengehen, später aber nicht wieder gesehen. Wie es scheint, hatte der Mann Sorgen und hat sich, eine Stunde nachdem er mit Ihnen gesprochen hat, umgebracht.«

Ich riß ihm die Flasche aus der Hand und starrte ihn an.

»Ehrlich, ich wußte von alldem nichts. Alles, was ich von Plaza wußte, habe ich dir gestern nacht erzählt.«

»Warum dann aber? Erst der Bote und jetzt Plaza«, sagte Bernales, und ich merkte, daß sein Zorn verrauchte.

»Jemand weiß, was wir machen, und beeilt sich, Spuren zu verwischen. Was Plaza betrifft, sagt uns nichts mit Sicherheit, daß sein Tod ein Selbstmord war, obwohl es so scheinen mag.«

»Meine Kollegen haben keine Spuren von Gewaltanwendung im Haus gefunden. Plaza hat einen Brief hinterlassen, in dem er sagt, er sei müde und könne die Schuld nicht weiter ertragen. Was bedeutet das? Fällt Ihnen dazu etwas ein, Heredia?«

»Ich habe eine ganze Sammlung loser Fäden im Kopf und schaffe es nicht, irgendeinen davon mit einem anderen zu verbinden.«

Bernales holte zwei Gläser aus dem Schreibtischschubfach und füllte sie mit Pisco. Dann prüfte er nach, daß beide gleich viel enthielten, und gab mir eines.

»Sie sind gleich voll, Heredia. Das bedeutet, daß ich Ihnen glaube und wir einander gleichermaßen vertrauen müssen.«

Ich schaute das Glas an und trank es aus. Bernales tat es mir nach und schenkte dann die Gläser wieder voll.

»Du gehst schnell ran.«

»Heute habe ich meinem Vorgesetzten einen Bericht über das Waschen von Dollars übergeben, die aus dem Drogenhandel stammen. Daten, Transaktionen, Namen. Wissen Sie, was er gemacht hat? Er hat den Bericht zerrissen und mir gesagt, ich solle mich nicht in Teufels Küche begeben. Daß diese Namen zu Leuten gehörten, die mehrere Wahlkampagnen für Senatoren finanziert haben, und er seine Berufslaufbahn in Ruhe zu Ende bringen wolle. Nur Informationen, vertrauenswürdig, aber sonst nichts weiter. Er hat recht. Es stünde mein Wort gegen das vieler anderer. Ich bin in einer Sackgasse und weiß nicht, wie ich da wieder herauskomme.«

»Gerechtigkeit ist ein Ideal, Bernales. Und zumeist erhaschen wir nur ihren Widerschein.«

»Was bleibt uns?«

»Zu kämpfen oder den Kopf einzuziehen.«

11

Die Mittagsstunde erwischte uns, als der Flascheninhalt seinen Tiefststand erreicht hatte. Auf Drängen des Polizisten zogen wir los, um in der Innenstadt nach einem ruhigen Lokal zu suchen, in dem wir weitertrinken konnten. Wir endeten im City, einen halben Block weit von der Plaza de Armas entfernt, wo wir über die Segnungen des Wodkas und die verfluchten Auswirkungen von Gin auf die sexuelle Ansprechbarkeit diskutierten. In sporadischen Augenblikken geistiger Klarheit stimmten wir darin überein, daß der Fall Gordon mehr war als nur eine Reihe zufälliger Tode.

»Es sei denn, uns lacht das Glück, ansonsten fällt mir nur ein, daß die Dupré unter Druck gesetzt werden sollte«, sagte ich, während ich den Grund meines Glases betrachtete, auf dem sich die Reste von drei Eiswürfeln mit den letzten Tropfen Wodka vermischten. »Gordons Bericht muß eine Schlüsselinformation enthalten, und ich bin sicher, daß diese Frau sie kennt.«

»Ich kann sie nicht ohne triftigen Grund festnehmen.

Außerdem müßte ich meinen Vorgesetzten davon in Kenntnis setzen.«

»Uns bleibt immer noch das alte Rezept. Schweiß und Schwein«, sagte ich und spürte den Alkohol in meinem Blut und wie sich an einem nicht ganz deutlichen Punkt in meinem Kopf der Schatten einer bösen Ahnung abzuzeichnen begann.

»Ich werde an den Strand hinunterfahren und Claudio Plazas Haus durchsuchen. Das gleiche werde ich mit seiner Wohnung in Santiago tun. Die Kollegen an der Küste sagen, daß sie ein Blatt mit zwei mit Füllfederhalter geschriebenen Sätzen auf dem Boden des Raumes gefunden haben, in dem er sich erhängt hat: ›Keine Angst mehr. Keine Lügen mehr.‹ Zwei Sätze, die jemand geschrieben haben könnte, der Angst hatte oder depressiv war.«

»Und die die Zweifel eines jeden Menschen in unserer Zeit zusammenfassen. Angst davor, daß das Leben an einem vorbeigeht, Ekel vor den Lügen, die wir tagtäglich konsumieren. Das Leben wird mit jedem Tag falscher. Was zählt, ist der Schein, nicht die Menschen. Das Bild, nicht der Grund der Dinge. Das Reden, nicht das Handeln. Wir sind am Arsch, Bernales. Man redet immer vom Fortschritt und von großen Zahlen, aber man achtet nicht darauf, auf wen und wie sich diese Zahlen verteilen.«

»Sie können nur Reden halten, Heredia. Reden bringen nichts. Das wissen Sie genau. Die Leute aus Ihrer Generation haben sich mit Worten nur so vollgestopft, und wohin sind sie damit gekommen?« Er verhedderte sich in seinen Ausführungen, und einen Augenblick lang fürchtete ich, er würde bäuchlings auf den Tisch schlagen.

Dann begann ich wieder: »Die Leute meiner Generation hat man nie Reden halten lassen. Man hat sie einfach dazu gezwungen, für das, was andere zu verantworten hatten, Prügel einzustecken. Und als wir dachten, nun seien wir an der Reihe, erscheinen jede Menge Typen im Sonderangebot, die glauben, das Leben erfunden zu haben, und alles mit ihrer hohlen Arroganz zerstören, die nur das nachahmt, was sie beim Gucken von Videoclips und Essen von Hamburgern bei McDonald's gelernt haben. Und das ist noch nicht alles. Die Herren, die früher die Reden gehalten haben, sitzen nun faul herum, sind konvertiert und spielen sich als Gurus auf.«

»Was hatten Sie denn erwartet? Daß wir mit der Litanei weinerlicher Beschwerden weitermachen? Was geschehen ist, kann niemand mehr rückgängig machen. Wir können uns nicht an eine Vergangenheit klammern, die wir nicht einmal erlebt haben. Die Welt hat sich verändert, und Dinosaurier wie Sie haben darin nicht mehr viel verloren. Ihnen schenkt keiner mehr Beachtung. Man muß mit der Zeit gehen und die Möglichkeiten nutzen, die sich einem bieten. Man selbst ist wichtig, die anderen, die sollen sich um ihren eigenen Kram kümmern.«

»Man hat uns nicht einmal die Gelegenheit gegeben, uns zu irren«, sagte ich, ohne auf Bernales einzugehen. »Wir haben mit unseren Vorstellungen und Schmerzen überlebt, und viele wissen nicht einmal mehr, wo sie stehen. Aber dennoch gebe ich nicht auf. Man muß kämpfen, um das Aufbegehren zu retten, die Fähigkeit, Träume zu haben und über seinen eigenen Bauchnabel hinaus zu denken.«

»Finden Sie nicht, daß Sie für so etwas zu alt sind? Ihre Zeit ist schon vorbei, Heredia.«

»Und was gibt dir das Recht, das zu sagen? Wem hast du etwas voraus?« fügte ich hinzu und warf dabei mein Glas auf den Boden, ohne mich um den Zorn des Kellners, der uns bediente, noch um die Blicke der anderen Gäste zu scheren.

12

Es hatte gerade Mitternacht geschlagen, als ich Bernales in ein Kollektivtaxi verfrachtete, das die Calle San Antonio entlangkam. Die kühle Luft hatte den Nebel meiner Trunkenheit vertreiben können, und obwohl ich noch nicht in der Lage war, Gleichungen dritten Grades zu lösen, konnte ich immerhin geradeaus gehen und die Gesichter der Menschen erkennen, die an mir vorbeikamen. Ich folgerte daraus, daß Bernales am Rande der Hölle aufwachen würde und er morgens mehr als einen halben Liter Kaffee brauchen würde, um seine Gedanken wieder in eine rechte Ordnung zu bringen.

Ich setzte mich in Bewegung, um in der Isla de Pascua einen letzten Halt zu machen, aber ein großes, unerwartetes Plakat teilte mir mit, daß die Bar geschlossen sei und in einen Laden umgebaut werden solle. Ich ging die San Antonio entlang und genoß diese leichte Unruhe, die die halbleeren Straßen im Zentrum zu einer Stunde in einem aufkommen lassen, in der sich nur ein paar Nachtschwärmer und die ersten Pappwarenhändler der Nacht begegneten. Auf der Plaza de Armas angekommen, fand ich ein öffentliches Telefon. Griseta war zu Hause, aber kaum hatte sie meine Begrüßung gehört, da merkte sie, daß ich den Weg gegangen war, den sie so sehr verabscheute.

»Um diese Zeit ruft man nicht mehr an«, sagte sie. »In der Pension gibt es bestimmte Regeln.«

»Seit wann soviel Liebe zum Gesetz?«

»Wir können nicht alle so sein wie du und das Leben aus einer Ecke heraus betrachten.«

»Dir hat diese Art einmal sehr gefallen.«

»Ich habe dir aber auch einmal gesagt, daß ich einige Dinge für mich allein machen wolle. Wie es scheint, hast du das nie verstanden und hast mein Weggehen persönlich genommen.«

»Und ist es das etwa nicht?«

Griseta schwieg, und ich spürte, daß sie kämpfte, um ihren Zorn zu unterdrücken.

»Du fehlst mir«, sagte ich.

»Was erwartest du? Daß ich losrenne und mich in deine Arme werfe?«

»Es ist das erste Mal, daß ich dir so eine Erklärung mache.«

»Es ist etwas spät, Heredia.«

»Du fehlst mir.«

»Das ändert nichts. Ich habe eine Entscheidung getroffen, und es wäre gut, wenn du sie akzeptieren würdest.«

»Laß mich zu dir kommen und es dir persönlich sagen.«

»Du hast mir einmal in der Zeit, die du die von Engeln und Einsamen genannt hast, gesagt, daß ich an dem Tag, an dem ich genug von dir haben würde, einfach nur ›Adiós, Heredia‹ sagen sollte. Erinnerst du dich daran?«

»Ich habe in meinem Leben viel Unsinn geredet.«

»Ich werde es nur einmal sagen.«

»Was zum Teufel ist los? Warum entfernen sich alle von mir?«

»Adiós, Heredia«, sagte Griseta und legte auf.

Ich hängte den Hörer ein und wandte mich wieder der Nacht zu. Von der Calle Puente her sah ich einen Wagen herankommen, der von einem Schimmel gezogen wurde. Hinter ihm sammelten wie Landstreicher aussehende Männer Papier und Pappen ein. Er schien zu strahlen, und ich glaubte, er würde sich gleich wie ein verarmter Pegasus in die Lüfte schwingen. Aber nichts geschah. Die Männer setzten ihre Arbeit fort, und das Pferd trottete weiter, und in seinen Augen lag die ganze Traurigkeit der Welt.

Ich ging die Morandé in Richtung Norden. Die Straße war still, bis ich vor dem Eingang des Hotel Cervantes angelangt war und das Geräusch eines sich nähernden Wagens hörte. Vielleicht war es die Sanftheit, mit der er sich vorwärtsbewegte, vielleicht war es mein Überlebensinstinkt, der mich auf den Motor des Wagens achten und mich auf den Boden werfen ließ, wo ich hinter einem Mülleimer Schutz suchte.

Die Maschinenpistolensalve fegte über den Bürgersteig, und drei Schüsse trafen den Mülleimer, der mich schützte. Ich zog meine Pistole und schoß auf das Taxi der Marke Lada, das zehn Meter weiter vorn stehengeblieben war. Meine Schüsse prallten am metallenen Rolladen eines Ladens ab. Das Auto kam zurück, und eine weitere Salve erschütterte meinen Zufluchtsort. Mein Magazin war leer, das Ersatzmagazin hatte ich im Büro gelassen.

Eine schwarze Katze lief über die Straße, und als ich sah,

wie jemand aus dem Taxi stieg, dachte ich, daß das Ende einfach sein würde. Man brauchte sich nur meinem Versteck zu nähern und das eintönige Konzert der Schußsalve zu wiederholen. Der große, korpulente Mann machte ein paar Schritte und hielt inne. Im Halbdunkel erkannte ich sein blondes Haar und einen dicken Schnurrbart. Als mir nur noch das Warten blieb, hörte ich, wie die Tür vom Hotel sich öffnete und jemand auf die Straße schaute und etwas Unverständliches schrie. Der blonde Mann ging zurück und setzte sich wieder in den Lada. Quietschende Bremsen übertönten den zweiten Schrei des Nachtwächters. Ich hob den Kopf und sah, wie das Taxi um die nächste Ecke fuhr.

»Alles in Ordnung?« hörte ich den Nachtwächter des Hotels fragen, der wie ein Ringkämpfer aussah.

Ich wußte nicht, was ich sagen sollte. Ich schaute in den wolkenlosen, gestirnten Himmel und steckte meine Pistole ein. Der Tod entfernte sich von meiner Seite, und die Nacht ging weiter. Dazu gab es nichts zu sagen.

VIERTER TEIL

1

Ich ließ, auf die linke Sessellehne gestützt, die Stunden verstreichen, beobachtete das Licht, das ganz allmählich in mein Büro drang. Entdeckte Möbel und Bücher, den Schreibtisch und darauf die Neun-Millimeter-Walther: ein nutzloses Erinnerungsstück an die vergangene Nacht, den Angriff und darauf meine Wanderung durch die Straßen des Viertels, bis die Angst einem Gefühl des Ausgeliefertseins Platz gemacht hatte, das mich in meinem Büro Schutz suchen ließ. Was hatte mich gerettet? Der Instinkt? Das Glück? Mein Gehör, das mich auf das Herannahen des Fahrzeuges aufmerksam gemacht hatte? Es gab keine Antworten. Das Schicksal übertrug mir die Mission, mit offenen Augen weiterzumachen. Oder vielleicht war es der alte Schutzengel aus meiner Kindheit gewesen, den ich anrief, wenn ich Angst davor hatte, zu verlieren, was ich am meisten liebte: die Bäume, das Meer, die Musik, meine Bücher, die Erinnerung an die Frauen, die ich geliebt hatte und deren Namen ich in ein kleines Büchlein eintrug. Denn wie ein Geizhals, der über sein Hab und Gut Buch führt, hortete ich ihre Namen, die Spuren ihrer Liebkosungen, die Augenblicke, in denen sie als etwas Endgültiges erschienen.

Ich holte eine Schachtel aus dem Schreibtisch und steckte

neue Munition in das Magazin der Pistole, zielte auf einen imaginären Feind und versuchte, mich an die Züge des Pistoleros der vergangenen Nacht zu erinnern. Sein Bild war undeutlich, und ich bezweifelte, ihn wiedererkennen zu können, es sei denn mit Hilfe meiner Intuition. Ich wählte Bernales' Nummer, und der Anrufbeantworter hörte geduldig meinem Bericht über den Angriff zu.

Kaum hatte ich eingehängt und mir eine Zigarette angezündet, klingelte das Telefon.

»Julia Bustos«, hörte ich eine zitternde Stimme sagen.

»Julia! Welch Überraschung. Ich hatte nicht erwartet, daß Sie mich anrufen.«

»Es ist etwas Besonderes vorgefallen, Señor Heredia. Gestern abend habe ich im Büro des verstorbenen Señor Gordon aufgeräumt. Ich holte die Papiere heraus, die der neue Chef nicht gebrauchen kann. Als ich ein Eckbord wegzog, das neben dem Schreibtisch steht, fand ich zwei handgeschriebene Seiten. Ich erkannte darauf die Schrift von Señor Gordon, las und wußte sofort, daß die Blätter zu dem verschwundenen Bericht gehörten. Ganz bestimmt wollte Señor Gordon sie in den Papierkorb werfen und hat nicht richtig gezielt.«

»Sind Sie sicher?« fragte ich interessiert.

»An mehreren Stellen erwähnt er das Projekt Gaschil. Außerdem kann ich mich daran erinnern, daß ich diese Blätter hatte, als ich den Bericht geschrieben habe. Ich erinnerte mich nur nicht mehr an den Inhalt. Sie verstehen mich sicher. Nach so vielen Jahren bei derselben Arbeit achte ich nicht weiter auf den Inhalt dessen, was ich schreibe. Ich schreibe mechanisch, ein Wort nach dem anderen.«

»Das ist das bißchen Glück, das ich mir gewünscht habe«, murmelte ich.

»Was sagten Sie, Señor Heredia?«

»Ich habe laut gedacht.«

»Interessiert Sie der Bericht noch immer? Ich habe versucht herauszubekommen, was mit dem Original passiert ist, aber niemand weiß etwas.«

»Mehr denn je. Ich komme in Ihr Büro und hole die Seiten.«

»Ich hätte es lieber, daß Sie nicht hierherkommen. Es ist lächerlich, aber es macht mir angst, ich weiß nicht, ob ich das Richtige tue.«

»Was schlagen Sie vor?«

»Treffen wir uns im Café Colonia. Vor einem Monat haben wir dort den Geburtstag einer Kollegin gefeiert, und heute wäre eine gute Gelegenheit, noch einmal dorthin zu gehen. Um ein Uhr, was meinen Sie?«

Das Colonia liegt in der Calle Mac Iver, wenige Schritt von der Nationalbibliothek entfernt. Es ist ein ruhiger Ort, in dem es guten Kaffee und Kuchen nach alten, ursprünglich deutschen Rezepten gibt. Die hölzernen Stühle sind breit und bequem. Und nachmittags ist es voll von alleinstehenden Frauen und verliebten Pärchen.

An diesem Mittag bot es ein aus zwei oder drei Gängen bestehendes Menü und eine vielversprechende Sandwich-Karte.

Julia Bustos saß an einem der Tische am Fenster, das zur Calle Mac Iver hinausging. Sie trug ein blaues Kostüm und versuchte mit einer auf die Nase gesetzten Halbbrille die

Speisekarte zu lesen. Als sie mich sah, nahm sie die Brille schnell ab und steckte sie in die Handtasche. Ich begrüßte sie und machte mich mit einem Lächeln zum Komplizen ihrer Koketterie.

»Verzeihen Sie die Verspätung«, sagte ich, während ich mich ihr gegenüber hinsetzte.

»Das macht nichts. Es wird täglich schwieriger, im Zentrum durchzukommen«, antwortete sie.

Ich bemerkte, daß sie nervös war, und sprach sie darauf an.

»Ich bin es nicht gewohnt, mich mit Männern zu treffen. Und Sie können sich gar nicht vorstellen, was die anderen Sekretärinnen aus dem Büro sagen würden, wenn sie mich hier sehen sollten.«

»Mittlerweile haben die Frauen ein Recht darauf erworben, ein Glas im Freien zu trinken.«

»Was Sie nicht sagen«, meinte sie, und ich merkte, daß ihre Wangen einen rosigen Farbton erhielten. »Mein Mann ist Handelsreisender, und wenn ich nicht sicher wäre, daß er heute in La Serena arbeitet, wäre ich niemals hierhergekommen.«

»Betrachten Sie die Sache mit den Papieren als nichts Ungewöhnliches«, sagte ich und fragte mich, ob dem so war. »Niemand weiß etwas von ihrer Existenz, und wir sind nicht einmal sicher, ob sie zu etwas gut sind.«

Die Erwähnung der Papiere ließ die Frau in ihrer Handtasche suchen, bis sie die Blätter fand, die zu unserem Rendezvous geführt hatten.

»Sie gehören Ihnen«, sagte sie, während sie mir zwei Blatt Papier mit dem Briefkopf reichte, der sie als staatliches Eigentum auswies. Gordons Schrift war winzig und stichelte Sätze, die wie Ameisenspuren wirkten. Jeder Akzent, jedes Komma, jeder Punkt waren an den richtigen Platz gesetzt – ein Zeichen, daß der Wirtschaftsprüfer sich bemüht hatte, klar und verständlich zu schreiben. Die Seiten waren numeriert und schienen den letzten Teil der Schlußfolgerungen des Berichts zu enthalten.

»Die Analyse der technischen Seite des Projekts«, las ich, »zwingt nicht nur zu Anmerkungen in bezug auf die Bodenbeschaffenheit im geplanten Verlauf der Gaspipeline, sondern auch in bezug auf die Materialien, die beim Bau verwendet werden sollen. Tatsächlich kann man, indem man die einschlägige Fachliteratur mit in Betracht zieht und nach Rücksprache mit Spezialisten, zu dem Schluß kommen, daß die angegebenen Materialien in Verbindung mit dem Terrain, auf dem sie zur Anwendung kommen sollen, unangemessen sind, da sie korrosions- und ermüdungsanfällig sind. Die Korrosion kann zu Gasaustritten führen und die Materialermüdung zur Verringerung der Wanddicke der Rohre und zu schwer auszumachenden Rissen.«

»Haben Sie danach gesucht?« fragte die Sekretärin.

»Ich glaube, ja. Und warum bestellen Sie nicht schon etwas, während ich es zu Ende lese«, meinte ich und wies auf die Speisekarte.

»Andererseits«, fuhr der Entwurf von Gordon fort, »führt ein Vergleich der Materialkosten mit den augenblicklichen Preisen auf dem Markt zu dem Ergebnis, daß die im Voranschlag angegebenen Kosten überhöht sind.«

»Filetspitzen mit Salat?« fragte Julia Bustos noch einmal.

»Irgend etwas, das jede Menge Cholesterin enthält.«

»Das meinen Sie doch nicht ernst?«

»Dicker werden ist ein Protest gegen die Light-Manie der heutigen Zeit.«

»Sie haben aber verrückte Vorstellungen.«

»Besser, ich verrate sie Ihnen nicht alle«, sagte ich und setzte ein groteskes Lächeln auf.

»Die Bewilligung des Vorschlages von Gaschil«, schrieb Gordon, »verstößt gegen die Richtlinien des Raumordnungsplanes der Metropolregion, in dem per Gesetz mehrere Abschnitte des Gebietes, durch das die Gaspipeline verlaufen soll, als geophysikalisch hoch gefährdet erklärt und zur Landschaftsschutzzone mit kontrollierter Entwicklung ernannt wurden. Sie dürfen, das legt das Gesetz fest, ausschließlich für Wiederaufforstung und Freizeitaktivitäten genutzt werden, und ihre topographische Beschaffenheit darf nicht durch irgendwelche Installationen verändert werden. Daher wird es als angemessen erachtet, die Ablehnung des Vorschlags in dem jetzt vorliegenden Wortlaut zu empfehlen.«

»Die Schreibweise ist umständlich, aber den Kern versteht man«, sagte ich zu mir selber. »Technische Schwachstellen, Fehlen einer Studie über die Auswirkungen auf die Umwelt und überhöhte Kosten.«

»Hilft Ihnen das für Ihre Arbeit weiter?« fragte Julia Bustos.

»Ich beginne zu verstehen, warum jemand Gordon aus dem Weg räumen wollte«, antwortete ich und dachte dann, als wäre ich allein, über ein paar Ideen nach, die sich in mir einzunisten begannen. Bei den großen Ausschreibungen, wie werden da die Schmiergelder, die Sensibilisierung der

Kunden, finanziert, von der Otero gesprochen hatte? Durch Einsparung bei den Erträgen? Das wäre eine Möglichkeit. Die andere war, bei den Kosten. Ein Material, das zehn kostet, wird mit fünfzehn veranschlagt. Die Differenz landet in den Taschen derer, denen es oblag, dem Vertrag zuzustimmen.

»Woran denken Sie?« fragte Julia Bustos. »Es sieht so aus, als bereite Ihnen die Lektüre Sorgen.«

»Ach, an nichts, kümmern Sie sich nicht darum. Der Hunger läßt mich abschweifen.«

»Sie können mir sagen, worum es geht.«

»Es würde lange dauern, das zu erklären, Señora«, antwortete ich, während ich aus den Augenwinkeln zum Eingang des Cafés schaute und die hereinkommenden Gäste beobachtete. »Und je weniger Sie wissen, um so besser ist es.«

Das Bild der Pistole auf dem Schreibtisch begann sich erneut in meiner Erinnerung abzuzeichnen. Schwere Zeiten waren in Sicht, vielleicht würde ich die Pistole bald schon wieder brauchen. Freilich diente, so hatte ich es in einem Interview mit einem Psychologen gelesen, allein schon das Vorhandensein eines Feindes dazu, Gefühle und Kräfte zu bündeln. Das Problem war nur: Mein Feind hatte kein Gesicht, und ich kannte den Weg nicht, der zu ihm führte.

»Ihr Essen ist da«, sagte die Sekretärin.

»Stört es Sie, wenn ich ein Bier bestelle?«

»Ich hätte auch gern eins«, meinte Julia Bustos, und ich sah, wie sie wieder rot wurde.

»Bevor wir uns betrinken, möchte ich Ihnen für Ihre Hilfe danken, Julia. Diese Seiten, die Sie gefunden haben, besitzen die Magie eines Pikasses nach einer Pechsträhne.«

»Ich habe zwar nichts verstanden, aber der Tonfall, in dem Sie sprechen, macht mir angst.«

»Zwei Bier«, bat ich die Kellnerin und überging die Bemerkung.

2

Fünf Minuten vor drei nahm Julia Bustos ihre Handtasche und ging, die Minuten abschätzend, die ihr noch blieben, um ins Büro zurückzukehren, bevor ihre Kollegen ihr Zuspätkommen bemerkten, eilig davon.

Während des Mittagessens hatte ich den Eingang des Cafés beobachtet, und das Fehlen von verdächtigen Fremden hatte mir die Ruhe verliehen, das Gespräch auf den Büroklatsch zu bringen, der vielleicht Licht in das Rätsel des verschwundenen Berichts bringen konnte. Aber ich erfuhr nichts. Die Anekdoten der Sekretärin verließen die gewohnten Bahnen nicht, handelten von Tagen, die monoton verliefen und an denen die Beamten ab Montag von Freitag träumten, während sie die Aufgaben, die ihre Gehälter rechtfertigten, mit dem geringsten Kraftaufwand erledigten und auf dem Weg zur Pension, dem Vorraum einer anderen Hölle, alterten.

Ich bezahlte und verließ das Café. Die Passanten gingen gleichgültig an mir vorbei, und nachdem ich eine halbe Stunde scheinbar ziellos umhergewandert war, dachte ich, daß derjenige, der den Überfall gemacht hatte, Vorsicht walten ließ und einen weiteren Überfall auf eine andere Gelegenheit verschoben hatte. Wenn dem so war, gab es nicht viel zu tun, außer zu warten und auf das Bremsen der Wagen auf der Straße zu achten.

Im Büro erwartete mich Bernales. Er stand am Fenster und rauchte. Er wirkte erleichtert, als er mich sah, und trat sogleich an den Schreibtisch, auf den jemand zwei Ordner gelegt hatte.

»Ich habe mir Sorgen um Sie gemacht, Heredia«, sagte er. »Was ist das für eine Geschichte von einem Überfall, die Sie da auf meinen Anrufbeantworter gesprochen haben?«

»Es ist haarklein genau das, was gestern nacht passiert ist.«

»Und vom Schreck einmal abgesehen, ist Ihnen nichts passiert? Geht es Ihnen gut?«

»Außer, daß mein Glaube an die Menschheit noch ein paar Grad abgenommen hat, fehlt mir nichts.«

»Erzählen Sie.«

»Ich habe Ihnen schon alles auf Ihre Höllenmaschine gesprochen.«

»Ich möchte es noch einmal hören und mich auf Einzelheiten konzentrieren.«

»Wenn dich das glücklich macht«, sagte ich und setzte mich an den Schreibtisch.

»Die Art des Überfalls läßt mich an bestimmte Leute denken«, sagte er ein paar Minuten später, nachdem ich die Geschichte noch einmal erzählt hatte. »Ich habe mir ein paar Fotos ausgeliehen, die uns weiterhelfen könnten.«

Ich schaute auf die Ordner und fand, daß sie dick genug waren, um gut hundert Fotos zu enthalten.

»Sehen Sie sie durch, und schauen Sie, ob Sie den Mann finden, der Sie angegriffen hat.«

»Wer sind die? Wem gehören die Fotos?« fragte ich, während ich einen der Ordner aufschlug.

»Ein paar davon sind Typen, die mehrere Tote auf dem Kerbholz haben und nicht davor zurückschrecken würden, die Liste noch zu verlängern. Die anderen sind Polizisten, die den Dienst quittiert haben. Einige haben im Dienst Verbrechen begangen, und andere wurden entlassen, als Alywin die Präsidentschaft antrat.«

Eine Stunde später hatte ich vier Fotos herausgesucht, die alle ähnliche blonde Männer mit Schnurrbart zeigten. Auf der Rückseite eines jeden Fotos stand ein Name. Die von mir ausgewählten entsprachen Abelardo Montes, Julio Diocares, Darío Mendezona und Fabián Ocaranza.

»Sind Sie sicher, daß sie dem Typ ähnlich sehen, der auf Sie geschossen hat?«

»So ähnlich, als müßte ich einen Affen unter zehn erkennen«, sagte ich und sah Bernales an, der ein paar Karteikarten las, die am Ende eines jeden Ordners angeheftet waren.

»Also gut«, sagte er schließlich. »Abelardo Montes ist vor drei Monaten bei einem Überfall auf die Banco Sudamericano in Puente Alto gestorben. Von den vier Männern, die Sie ausgesucht haben, war er der einzige Gewohnheitsverbrecher. Die anderen waren Polizisten. Mendezona arbeitet den eingetragenen Angaben zufolge als Personalchef in einem Bauunternehmen. Julio Diocares hat mit ein paar anderen in Rente gegangenen Kriminalbeamten eine Privatdetektei gegründet, und von Ocaranza weiß man nichts.«

»Hast du vor, deine Kollegen zu überprüfen?«

»Vor allem Ocaranza. Er steht im Zusammenhang mit

dem Tod eines Jungen, der Journalismus studiert hat und Ende der siebziger Jahre festgenommen worden war.«

»Ein ruhmreicher Kerl!«

»Wir haben noch immer dreckige Wäsche bei der Polizei. Und im Zusammenhang mit dem, was uns Sorgen bereitet, habe ich nach dem Überfall keine Zweifel mehr. Wir sind dunklen Geschäften auf der Spur, und jemand will uns aus dem Weg räumen.«

»Was uns wieder auf die gewohnten alten Fragen zurückbringt: Wer? Warum?«

»Ich werde ein paar meiner Leute darauf ansetzen, mit den Fotos zu arbeiten, die Sie ausgewählt haben. Diskrete Jungs, die die Geschichte nicht überall herumerzählen.«

Mir fielen Gordons Manuskripte ein, und ich entschloß mich, den von Julia Bustos geebneten Weg allein zu gehen und auf einen Lichtblick zu warten, bevor ich dem Polizisten davon erzählte. Meine Zweifel waren größer als meine Gewißheit: Es gelang mir weder, die Bedeutung von Gordons Bericht zu definieren, noch die Motive der Person, die daran interessiert war, ihn zu verbergen. Ich dachte an Bórquez, den Umweltschützer, und dann an Mujica, den Anwalt, zu dem mich Cambell geschickt hatte. Ich würde jedem ein paar Stunden meiner Zeit widmen.

»Und was Sie betrifft, Heredia: Passen Sie auf sich auf, und überlassen Sie alles mir!« fügte Bernales hinzu, während er das Büro verließ.

3

Ich rief Ballinger an und sagte ihm, ich würde gern Bórquez interviewen. Der Gringo gab mir die Adresse, und ich mußte sofort verschiedene Gründe vorschieben, um sein Angebot abzulehnen, mich zu begleiten. Ich legte auf, als er mit seiner Einladung, ein Bier zu trinken, nicht lockerließ. Dieser Gringo war entweder verrückt oder hatte seit dem Säuglingsalter Durst angesammelt.

Als ich gerade das Haus verlassen wollte, fielen mir Bernales' Fotos wieder ein. Der Polizist hatte Julio Diocares als Mitglied einer Agentur von Privatdetektiven erwähnt, und ich dachte, daß ich mit ein paar Anrufen den Namen der Firma herausbekommen könnte. Ich schlug das Branchenfernsprechbuch auf. Unter Privatdetekteien las ich: Agecip, Agencia Alfa, Agencia Jac, Caddies Investigaciones, Ofin, Selective Security, Atalaya Servicios, Sistema, Rec, Rangers, Orsem und Caz. Sie boten Erfahrung und Diskretion in Fragen von Infiltrationen, Verfolgungen, ehelicher Untreue, Suche nach Gütern und Personen, Filmaufnahmen, Telefonabhören und Diebstahlsaufklärung an. Jede dieser Agenturen verfügte über eine Anzeige mit Rahmen, und zwischen denen von Caddies und Ofin fand ich ein paar kleine, schwarze Buchstaben: Heredia, Nachforschungen. Das und meine Telefonnummer, weiter nichts.

Ich begann meine Anrufe mit der Agencia Jac. Eine Sekretärin teilte mir mit, daß in dieser Agentur niemand mit dem Namen Diocares arbeitete. Ich machte mit Ofin, Alfa und Rec weiter und erzielte bei den dreien das gleiche negative Ergebnis. Der fünfte Anruf galt der Agencia Rangers.

Die Stimme eines Mannes, der gerade aus seiner Siesta aufzuwachen schien, ließ mich den Namen von Diocares zweimal sagen, bevor er begriff, was ich wissen wollte. »Er ist einer unserer Gesellschafter«, sagte er mißgelaunt.

»Ich hätte ihn gern gesprochen.«

»Er ist unterwegs. Wenn Sie wollen, könnten Sie mit dem anderen Gesellschafter, Señor Peralta, sprechen.«

»Danke, es handelt sich um etwas Persönliches.«

»Rufen Sie morgen nach achtzehn Uhr wieder an.«

»Ich würde lieber bei Ihnen vorbeischauen. Wo finde ich Sie?«

»San Martín 450. Vierter Stock. Soll ich einen Termin für Sie abmachen?«

»Das ist nicht nötig. Ich bin ein Freund aus der Schulzeit. Ich bin sicher, daß er mich empfangen wird, sobald er mich sieht«, sagte ich, und nachdem ich ihm für die Auskunft gedankt hatte, legte ich auf und verließ die Wohnung.

Bórquez war in seinem Büro in der Calle Gorbea. Es war ein großer, gut beleuchteter Raum, dessen Wände mit Plakaten von Umweltkampagnen, den Fotos eines Albinogorillas und Schildern in mehreren Sprachen bedeckt waren, die das Rauchen verboten. Mitten im Zimmer stand ein Schreibtisch mit einem Computer und Stapeln von Papieren.

»Kommen Sie herein, und setzen Sie sich, wo es geht«, sagte er, als er mich sah. »Ich hoffe, die Unordnung stört Sie nicht. Ich habe jede Menge Versammlungen.«

»Es heißt, Ordnung sei die Tugend der Törichten«, meinte ich. »Von wem dieses Zitat stammt, habe ich nie herausbekommen.«

»Ich bin mir nicht so sicher, daß das stimmt, aber es ist auf jeden Fall eine gute Entschuldigung für die Unordentlichen.«

Ich nahm einen Stapel Papiere von einem Stuhl und setzte mich.

»Entschuldigen Sie, ich erinnere mich zwar daran, daß Sie neulich mit Ballinger zusammen waren, aber Ihren Namen habe ich mir nicht gemerkt.«

»Heredia.«

»Der Privatdetektiv, der nicht wußte, was Gaschil war.«

»Und der immer noch voller Zweifel ist.«

»Womit kann ich Ihnen weiterhelfen?« fragte er freundlich, während er sich auf einen Stuhl neben den Schreibtisch setzte.

»Ich möchte, daß Sie mir etwas über das Thema erzählen. Wie ist es entstanden? Warum Gaschil und kein anderes Projekt?«

»Das Projekt ist Teil der Wirtschaftsintegration zwischen Argentinien und Chile. Die Nachbarn wollen Gas verkaufen, und wir wollen es zu einem guten Preis kaufen. Das ursprüngliche Abkommen wurde während der Regierung von Alywin unterzeichnet und ist dann kurz darauf auf argentinischer Seite ins Trudeln gekommen.«

»Davon haben Sie mir bereits erzählt: ein argentinischer Minister, der scharf darauf war, ohne Mühen Moos zu machen.«

»Später wurde das Projekt wiederaufgenommen, und drei Unternehmen haben sich mit ihren Angeboten beworben: Exporgas, Gaschil und ArgenGas. In allen dreien gibt es argentinische, chilenische und kanadische Kapitalbeteiligungen. Und ganz allgemein gesagt, verfügen alle drei über ähnliche finanzielle und technische Mittel. Die Unterschiede sind minimal und, wenn man mit dem Thema nicht gut vertraut ist, nur schwer zu erkennen.«

»Drei Angebote, und jemand muß darüber entscheiden, welches genommen wird.«

»Eine komplexe Entscheidung. Auf chilenischer Seite sind verschiedene Ministerien beteiligt: das Finanz-, Bergwerks-, Bau-, Wirtschafts- und Außenministerium; zudem einige Organisationen wie die Nationale Umweltkommission und die Superintendantur für Strom und Brennstoffe.«

»Welches Unternehmen hat Ihrer Meinung nach die größte Chance, die Ausschreibung zu gewinnen?«

»Das letzte Wort ist noch nicht gesprochen. Obwohl hinter den Kulissen der Name Gaschil am häufigsten genannt wird. Außerdem gibt es, wie Sie vielleicht bei der Versammlung gehört haben, ein Unternehmen, das mit Gaschil zusammenhängt und das in einem Sektor, durch den die Gaspipeline verlaufen wird, mit den Aushubarbeiten begonnen hat. Dieses ist ein unübersehbares Zeichen.«

»Was passiert mit den anderen Unternehmen?«

»Exporgas hat nicht die Sympathien der chilenischen Regierung. Hinter diesem Projekt stehen ein paar Firmen, die in den achtziger Jahren staatliche Unternehmen unter Wert aufgekauft und damit Kapital angesammelt haben – vor allem Unternehmen aus dem Elektrizitätsbereich, dem Bergbau und der chemischen Industrie. Geschäfte, die im Schatten der verdammten Privatisierung gemacht wurden, ein im Grunde einfaches Spiel. Kränkelnde Staatsunternehmen wurden, anstatt in eine Verbesserung der Geschäftsführung zu investieren, billig an private Unternehmen verkauft und erzielten durch Entlassungen und reiche Kapitalmittel in kurzer Zeit Gewinne.«

»Kurz gesagt, Exporgas ist aus politischen Gründen nicht opportun.«

»Grob gesagt, ja. Aber die Sache ist nicht so einfach. An ArgenGas und Gaschil sind Personen mit dunkler Vergangenheit beteiligt. Und wie Sie sicher wissen, sind Geschäfte wichtiger als jede politische Meinungsverschiedenheit, oder besser gesagt, die Geschäfte bestimmen das politische Geschehen, die Stabilität des Systems.«

»Und der Rechnungshof, welche Rolle spielt der?«

»Er prüft. Kontrolliert, ob die Projekte gesetzeskonform sind und den technischen und wirtschaftlichen Kriterien genügen. Wird ein negativer Bescheid gegeben, kann dadurch das eine oder andere Projekt den Bach runtergehen«, sagte Bórquez. Und nach einer Pause, die er dazu nutzte, die Mappen auf seinem Schreibtisch zu ordnen, fragte er: »Glauben Sie, daß das Motiv für den Tod des Wirtschaftsprüfers in dieser Richtung zu suchen wäre?«

»Ich übe nur meine Vorstellungskraft.«

»Sie ahnen gar nicht, auf was Sie sich da eingelassen haben, Heredia«, meinte der Umweltschützer. »Beim Bau der Gaspipeline stehen große Gewinne auf dem Spiel. Wenn Ihnen das klar ist, werden Sie sich über nichts wundern, was Sie herausbekommen. Und wenn Sie etwas herausfinden, das für unseren Kampf wichtig sein könnte, vergessen Sie uns nicht.«

»Ich werde daran denken«, versprach ich. »Im Augenblick habe ich keine weiteren Fragen.«

»Sie können morgen oder übermorgen noch einmal wiederkommen, ich würde mich gern noch weiter mit Ihnen unterhalten«, meinte Bórquez.

Ich betrachtete die Plakate an der Wand. Fischerei ohne Fangquoten, Abholzung von Wäldern, chemische Verseuchung, unterernährte Kinder, Atomwaffen.

»Gibt es eine Lösung für all das?« fragte ich und zeigte dabei auf die Plakate.

»Wollen Sie, daß ich Ihnen mit der Wahrheit oder mit einem Vortrag antworte?«

»Versuchen Sie es mit dem Vortrag.«

»Die Regierungen müssen Umweltfragen zu einem zentralen Problem ihrer Politik machen, diejenigen, die mit der Natur und der Fauna Handel treiben, müssen demaskiert werden. Wahllose Produktion und wahlloser Konsum, unnötiger Luxus müssen ein Ende haben...«

»Und jetzt sagen Sie mir die Wahrheit.«

»Die Welt erschöpft sich, und wir wollen das nicht akzeptieren. Wir sind am Arsch.«

4

Der Mensch ist ein Problem, für das es keine Lösung gibt. Die Kreatur eines achtlosen und pfuscherhaften Gottes, der im Paradies lauthals über seinen alten Streich lacht. Er zerstört seit Adams Zeiten sein Habitat, und ich kann nichts dagegen tun, außer mit dem Rauchen aufzuhören oder mich auf den Paseo Ahumada hinzustellen und von morgens bis abends zu predigen.

»Das Leben ist eine absurde Wunde.« Das sagte Goyeneche mir an einigen Nachmittagen, an denen die Schatten der Nacht fern zu sein schienen und ich so matt und schläfrig war, daß ich nur noch die Kraft hatte, Tangos zu hören, während Simenon unsensibel wie ein Federkissen an meiner Seite schlief und die Uhr – die erbärmlichste Wucherin – ihr Geschäft präzise wie immer versah.

Ich vergaß Bórquez ein paar Minuten lang und trat ins El Rápido, um ein paar Teigtaschen mit Käse zu essen und zwei Glas Rotwein zu trinken. Es war die Tageszeit, in der die halbseidenen Anwälte erschienen, nachdem sie in den Gerichten ihre Papiere ausgelüftet hatten, und der eine oder andere Büroangestellte, der seine halbe Stunde Mittagszeit ausnutzte, um etwas zu essen. Das Bestellte kam schnell, und fünfzehn Minuten später war ich wieder auf der Straße, fern vom Lärm in der Bar, den Kellnern im himmelblauen Dress und dem Geruch nach Fritüre, der in der Kleidung der Kunden hängenblieb. Ich ging durch die Bandera, die Straße, die ihren Namen einem Schlachter aus der Kolonialzeit verdankt, der eine rote Fahne hißte, um seine Ware anzupreisen. Ich verlangsamte meine Schritte nicht, bis ich an der Ecke Aillavillú angekommen war, wo die letzten Sonnenstrahlen die anmutigen Beine der Schülerinnen auf dem Nachhauseweg vergoldeten. Für sie konnte ich nur »Tio Heredia« sein, denn bei aller Nostalgie war ich nicht in dem Alter, in dem man mit Puppen spielt oder nach Milch riecht.

Ich verfluchte die Winkelzüge der Begierde und pfiff einen traurigen Tango, als ich in die Wohnung trat, wo ich auf das Schnarchen Simenons und einen festen Umschlag traf, den jemand unter der Tür durchgeschoben hatte.

»Don Nadie«, Herr Niemand, stand darauf. *»Neulich nachts haben wir dich gewarnt. Hör auf herumzuschnüffeln, oder du landest im Armengrab.«*

»Es geht doch nichts über eine knappe, direkte Prosa«, sagte ich zu Simenon, der gerade gelangweilt seine grünen Augen aufschlug.

»Es geht nichts über einen Rückzug zur rechten Zeit.«

»Eine Katze, die eine Maus gerochen hat, wird sich auch nicht damit zufriedengeben, sich nur die Krallen abzuschlecken.«

»Du hältst dich wohl für besonders schlau? Was hast du davon?«

»Das Recht, mich im Spiegel zu betrachten, ohne daß mir übel wird. Und einen Zeitvertreib.«

»Wenn du Langeweile hast, lies Dickens.«

Ich sah mir die Botschaft noch einmal genauer an: Sie war mit dem Computer geschrieben, ein Blatt Papier, das nichts über seine Herkunft sagte. Eine Botschaft, präzise wie das hingeschmierte Rezept eines Arztes.

»Wann wurde das hier abgegeben?« fragte ich Simenon.

Der Kater begann gleichgültig den Rand seiner weißen Pfoten zu lecken.

»Warum gebe ich dir was zu fressen, wenn du nicht einmal aufpaßt?« meinte ich, während Simenon ungerührt fortfuhr, sich zu putzen. »Okay, sag nichts. Wie jedes Mal, wenn ich kurz davor bin, dir den Hals umzudrehen, wirst du den Franzosen von den *Blumen des Bösen* zitieren: Die feurigen Liebenden und die gestrengen Weisen lieben, wenn sie alt sind, die Katzen, sie sind der Stolz ihres Heims, stark und sanft und so fröstelig wie sie selber und ebenso seßhaft.«

Ein Klopfen an der Tür erlöste Simenon von meinen Zitaten. Ich öffnete und ließ Anselmo herein, der angezogen war, als wollte er an einem Fest teilnehmen. Blauer Nadelstreifenanzug, rosa Hemd und eine perlgraue Krawatte. Neugekaufte Kleider.

»Wie steht's mit den Liebschaften, Don?«

»Beschissen.«

»Das ist gut oder schlecht?«

»Du sieht aus, als wolltest du Claudia Schiffer begleiten.«

»Sie wissen, wie Sie mich aufbauen können, Don. Schauen Sie, ich habe sogar ein Paar neue Treter gekauft«, sagte der Zeitungsverkäufer und wies auf seine schwarzen, glänzenden Schuhe.

»Und wem ist dieser Aufzug zu verdanken?«

»Rate, wer ein guter Rater ist.«

»Der Wahrsagerin.«

»Das Gerücht hat sicher der Hausmeister in die Welt gesetzt.«

»Was ist mit der Wahrsagerin.«

»Gestern hat die Dame mich angesprochen, und ich bin darauf eingegangen. Ich glaube, wir stehen am Anfang einer großen Romanze.«

»Du und sie?«

»Stillschweigen will ich über diese Nacht.«

»Bist du sicher, daß du nicht verladen wirst?«

»Unsinn, Don.«

»Aus den Frauen wird einer nie schlau. Heute schwören sie dir Liebe, und am nächsten Tag kennen sie dich nicht mehr.«

»Sind Sie eifersüchtig, Don?«

»Ich sage, die Geliebten können von Hand zu Hand gehen, denn immer gehörte mir der erste Wein, den sie schenkten.«

»Wenn Sie Zoff haben wollen, können Sie den haben. Ich ziehe mich um, und dann geht's los.«

»Ruhig Blut. Ich will nur nicht, daß sie dich verscheißern.«

»Zara sagt, daß ich eine potenzierte Aura habe. Sie hat mir die Tarotkarten gelegt, und es ist ganz klar die Fünf der Kelche herausgekommen, die Verbindung oder Heirat bedeutet.«

»Reden wir nicht mehr darüber«, sagte ich, überzeugt davon, daß ich den Zeitungsverkäufer tags darauf verbittert und traurig wie einen Ochsen ohne Weide und Gottvertrauen antreffen würde.

»Ich wollte nur, daß Sie es wissen, Don. Daß Sie sich nicht auf den Zeh getreten fühlen.«

Ich nahm den Umschlag, den ich auf den Schreibtisch gelegt hatte.

»Hast du jemanden damit hineingehen sehen?« fragte ich.

»Nein, Don. Sollte ich?«

»Jemand hat ihn gebracht, und seine Absichten sind keineswegs gut.«

Anselmo las den Brief. Seine kleinen Augen weiteten sich aufgeregt, und er blinzelte fünfmal, bevor er herausbekam: »Hat man Sie mit der falschen Frau erwischt?«

»Ich möchte, daß du die Nachbarn und den Wächter fragst, ob sie etwas gesehen haben.«

»Und dann?«

»Bis zum Abend ist noch einige Zeit hin. Zieh dir die Verkleidung aus und geh arbeiten.«

»Wenn Sie mich darum bitten, Don«, sagte Anselmo sauer. »Aber Sie versprechen, daß Sie die drei Alten nicht vergessen.«

»Was für Alte?« fragte ich, nur um den Zeitungsverkäufer zu ärgern.

5

Cambell bearbeitete gerade konzentriert wie ein Klavierschüler die Tastatur seines Computers, als ich eintrat. Neben sich auf dem Schreibtisch hatte er eine Karte von Chile liegen, von der er laut ein paar Namen ablas, die ihm Vergnügen zu bereiten schienen: Cochoa, Menetué, Ñirehuao, Tapi Aike. Neben dem Plattenspieler stand ein mittelgroßer Kerl, der ein schwarzes Hemd und einen Jeansblouson trug. Er hatte einen Zweiwochenbart und einen angeödeten Gesichtsausdruck.

»Ich mache das eben fertig und bin dann für dich da«, sagte Cambell und nutzte die Schreibpause, um die Brille auf seiner Nase zurechtzurücken. Dann fügte er mit einem Wink auf den Fremden hinzu: »Rede solange mit Horacio Olivos. Er ist ein befreundeter Schriftsteller, der an der Zeitschrift mitarbeitet.«

Olivos schaute mich aus den Augenwinkeln an und hob die rechte Hand zum Gruß. Dann wandte er sich der Wurlitzer zu, und nachdem er ein paar Tasten gedrückt hatte, hörte man die ersten Takte eines Tangos.

»Diese Maschine ist das einzig Gute, was er hat«, sagte er. »*El Motivo* von Juan Carlos Cobián und Pascual Contursi. Version mit zwei Bandoneóns von Troilo und Piazzola.«

Ich steckte mir eine Zigarette an und machte ein paar Schritte auf die Wurlitzer zu. Olivos schien zufrieden über die Lektion zu sein, die er eben aufgesagt hatte. Ich stellte mir vor, daß er einen Großteil seiner Zeit damit verbrachte, Plattenhüllen oder Schlagzeilen von Zeitschriften zu lesen, und daß sein Kopf voller Namen, Daten und anderen Statistiken sein mußte.

»Hast du noch eine übrig?« fragte er und zeigte dabei auf meine Zigarette. »Ich habe seit Tagen nichts mehr zu rauchen.«

Ich gab ihm eine Zigarette, und der Bärtige führte sie sich an die Lippen.

»Ich werde was für Zippen und was Eßbares haben, wenn Cambell mich bezahlt. Das Elend führt dazu, daß jeder kleine Genuß zur Genugtuung wird.«

»Was schreibst du für Cambells Zeitschrift?«

»Neben Pferdesport-, Kino- und Literaturkolumnen schreibe ich Geschichten über Spitzbuben und verrückte Mädchen. Vier Spalten pro Woche seit zwei Jahren. Ich werde damit nie den Nobelpreis gewinnen, aber sie reichen, damit ich etwas zu essen habe, und ich bezweifle, daß es in diesem Land fünf Schriftsteller gibt, die dasselbe von sich sagen können.«

»Wie machst du das mit der Inspiration und einer neuen Geschichte pro Woche?«

»Gute Literatur ist immer das gleiche. Ein Mann an seinen Grenzen und die Möglichkeit einer Erlösung durch die Liebe oder eine heroische Geste.«

»Zumindest hast du schon eine Theorie. Ich habe gelesen, daß es meist andersherum ist. Schriftsteller schreiben ihre Geschichten und erfinden hinterher eine Rechtfertigung.«

»Schreibst du auch?« fragte Olivos, ohne auf das einzugehen, was ich gerade gesagt hatte. »Geschichten oder kleine Gedichte?«

»Ich bin Detektiv.«

»Bulle?«

»Ich arbeite selbständig.«

»Du mußt einen Haufen guter Geschichten auf Lager haben.«

»Typen am Rand des Zusammenbruchs und halbfertige Liebesgeschichten«, sagte ich und ahmte dabei Olivos' ironischen Tonfall nach.

Der Schriftsteller lachte und kam zu mir. »Hör mal«, sagte er und stützte eine Hand auf meine linke Schulter. »Ich möchte einen Kriminalroman schreiben, und vielleicht könntest du mir mit Einzelheiten über deinen Beruf, Personen und Anekdoten aushelfen, damit ich den Bleistift in die Gänge bekomme.«

»Vor ein paar Jahren habe ich einem Nichtstuer, den ich in der City Bar kennengelernt habe, ein paar Geschichten erzählt. Der hat dann noch etwas Sex, zwei oder drei unmögliche Verbrechen hinzugefügt und einen Wettbewerb gewonnen, der ihm ein dickes Bündel Geld eingebracht hat. Der Typ bittet mich ständig um neue Geschichten, und daher haben wir uns angewöhnt, uns in der Bar zu treffen.«

»Bei mir könnten die Dinge anders laufen.«

»Die Dinge können immer anders laufen.«

»Und wenn wir Cambell jetzt mal die Daumenschrauben anlegen?« fragte Olivos, als er sah, daß meine literarische Begeisterung gleich Null war.

Der Journalist brauchte nicht gedrängt zu werden: Kaum standen wir vor seinem Schreibtisch, schaute er schon auf. »Die Kunst, in zwei Spalten nichts zu sagen«, meinte er lächelnd.

»Wieder einer deiner Leitartikel für die Ewigkeit«, meinte Olivos ironisch.

»Der beste der letzten Monate. Drogen und Politiker. Ein Thema, das den Topf füllt.«

»Apropos Topf«, begann Olivos.

»Sagt nichts. Ich lade euch zum Essen ein«, erklärte Cambell, indem er aufstand und so tat, als würde er uns umarmen. »Beim Nachtisch rechne ich mit dir ab, Olivos.«

»Der Tote im Hotel Central«, flüsterte ich Cambell zu, während wir zum Ausgang des Büros gingen. »Es gibt da zwei oder drei Neuigkeiten, über die ich mit dir reden möchte.«

»Mach dir wegen Olivos keine Sorgen. Der kann Geheimnisse für sich behalten.«

Ich schaute Olivos an und vertraute auf das Vertrauen des Journalisten. Der Schriftsteller wirkte zufrieden, und als er hörte, was Cambell sagte, deutete er ein komplizenhaftes Lächeln an.

Eine halbe Stunde später saßen wir im Rhenania in der Irarrázaval/Ecke José Miguel Infante um einen mit einem rotkarierten Tischtuch gedeckten Tisch und warteten auf dreimal Kaßlerrippchen und zwei Flaschen Santa Emiliana, die Cambell bei einem alten, etwas schwerhörigen Kellner bestellt hatte. Unserem Tisch gegenüber schienen etwa ein Dutzend Männer und Frauen ein paar schöne Stunden zu verbringen. Einige ihrer Gesichter kamen mir bekannt vor, und Olivos erzählte, es sei eine Gruppe von Schriftstellern, die sich einmal im Monat trafen, ein paar Gläser zusammen tranken und den Klatsch ihrer Szene durchhechelten. Ruhige Leute, die begeistert so lange becherten, bis einer der Kellner ihnen klarmachte, daß sie schließen würden. Schräg hinter ihnen stritt, von exotischen Pflanzen umgeben, ein Paar. Der Mann redete sanft, die Frau schluchzte in eine Serviette.

»Der ist das Essen auf den Magen geschlagen«, meinte Olivos, während er frech zum Tisch schaute, an dem das Paar saß.

»Kümmere dich um deinen eigenen Kram«, sagte Cambell zu ihm. »Schriftsteller sind die allerschlimmsten Klatschmäuler.«

In diesem Augenblick stellte der Kellner einen Teller mit Brot auf den Tisch. Ich wartete, bis der Schriftsteller sich auf sein Essen stürzte, und als Cambell den ersten Bissen getan hatte, erzählte ich von Gordons Bericht.

Der Journalist schob seinen Teller zur Seite und bat mich, nachdem er sein Weinglas ausgetrunken hatte, ihm die Geschichte noch einmal zu erzählen.

»Es steht fest, daß Gordons Bericht jemanden geärgert hat«, sagte er, als ich meine Erzählung ein zweites Mal beendet hatte.

»Bis jetzt dachte ich nur, daß es sich um irgendeinen

grauen Beamten handelte, der endgültig die Fliege machen wollte.«

»Um wen geht es in dem Bericht?« fragte Olivos, während er ein winziges Stück Fleisch abschnitt.

Ich schaute Cambell an, und der sagte zum Schriftsteller: »Das geht dich überhaupt nichts an, Alter.«

»Nun komm mir nicht mit so einem Quatsch, Cambell«, ließ Olivos nicht locker. »Um wen geht es?«

»Um ein Projekt namens Gaschil«, sagte ich. »Betreut wird es von der Consultora Benex.«

»Ein großes Unternehmen, nicht?«

»Ausländisches Geld und große Gewinne am Horizont«, antwortete ich und wagte nicht, Olivos' Neugier Einhalt zu gebieten.

»Kannte Gordon jemand bei Benex?«

»Zwei von dort sagen, daß sie ihn ein- oder zweimal gesehen haben. Ein dritter, seine häufigste Verbindung, ist tot.«

»Das reicht mir«, schloß Olivos.

»Das reicht wofür?«

»Um einen Artikel zu schreiben. Davon reden wir hier doch, oder?«

»Ich denke, Heredia hat etwas anderes im Sinn.«

»Ja, aber die Information ist nicht so klar, als daß man bei der Consultora Benex einen Fuß in die Tür bekommen könnte«, sagte ich. »Und außerdem möchte ich nicht, daß die Polizei ihre Nase da hineinsteckt.«

»Was schlägst du vor«, fragte Cambell.

»Nutze deine Kontakte in den Ministerien. Jemanden, der die Geschichten um die Ausschreibung kennt.«

»Meine Bekannten haben keinen Einfluß«, entgegnete Cambell.

»Warum greifst du nicht höher?« fragte Olivos Cambell. »Du vergißt den ›Geier‹ Pérez. Er war doch Mantel-und-Degen-Kommunist; heute ist er Sozialdemokrat und Berater für unnütze Dinge. Der Duft des Geldes hat seine Utopien durchdrungen.«

»Wir waren nie sonderlich befreundet, nicht einmal als Kommilitonen an der Universität.«

»Ruf ihn an, sag ihm, was du willst, und wenn er ausweicht, erinnere ihn daran, daß du eine Zeitung hast, in der du einige Geschichten aus der Zeit des Vergessens bekannt machen kannst.«

»Die Idee ist nicht schlecht.«

Olivos schaute mich an, als hätte ich ihm in den Teller gespuckt.

»Wenn ich es tue, machen die mir eine Stunde später die Zeitung dicht«, protestierte Cambell.

»Warum soviel Angst?« fragte Olivos. »Pérez' Macht reicht so weit nun auch wieder nicht.«

»Es wäre zudem gut, wenn du mit Rechtsanwalt Mujica sprechen würdest«, sagte ich.

»Was ist mit ihm?«

»Gordon arbeitete an einem Bericht. Wer hat ihn erbeten? Wer konnte ihn lesen? Ich kenne einen Teil der Studie. Es wäre interessant, den Rest zu lesen, vor allem aber wäre es wichtig, zu wissen, wo er steckt.«

»Du hast gute Gründe, um morgen nüchtern zu sein«, sagte Olivos mit einem Blick auf Cambell.

Der Journalist machte eine angeödete Geste und betrachtete dann seine Koteletts. »Mir ist der Appetit vergangen.«

»Du gibst dem ganzen Farbe, Cambell«, sagte Olivos. »Morgen investierst du zwei Stunden in zwei Telefongespräche, und unser Freund Heredia packt den Hauptstrang des Knäuels.«

»So, wie du das sagst, sieht das einfach aus.«

»Und ist es das denn nicht?«

»Nein«, warf ich ein und trank ein zweites Glas Wein aus.

Um Mitternacht waren wir auf dem Weg in die Bar Berlin Ecke Irarrázaval/Mackenna. Olivos schlug einen Absacker vor. Cambell und ich folgten ihm wie zwei Straßenkinder, denen man zum Schein eine Tüte Bonbons versprochen hat.

»Haltet ihr das wirklich für eine gute Idee?« fragte Cambell das sechste Mal an diesem Abend. Seine Augen waren glasig, und er lachte alle fünf Sekunden.

Auf Olivos' sonst verbissenen Zügen lag ein sonniges Lächeln, als habe ihm der Wein zu einem gewissen Optimismus verholfen. »Du hast die Hosen voll, Cambell«, sagte er zu ihm. »Vor fünfzehn Jahren hättest du diese verdammte Frage nicht gestellt. Jetzt drückt dir das Scheckheft die Brust zusammen. Du wagst nichts mehr.«

»Jesse James ist ein Phantom Hollywoods, Olivos. Dein Schwachsinn und deine Ressentiments passen nicht. Es sind andere Zeiten. Findest du nicht, daß ich recht habe, Heredia?«

»Du mußt diese Anrufe für mich machen.«

»Sogar Heredia hat deine Zweifel satt«, sagte Olivos.

»Wie kommst du dazu, über mich zu urteilen?« entgegnete Cambell. »Du versuchst seit ein paar Jahren, einen Roman zu Ende zu bringen, und immer fehlt dir etwas Neues.«

»Ich bin einer, der seine Versprechen hält und der schreibt, um dem Nebel des Alltags zu entfliehen. Ohne Aufschneiderei oder Unterstützung.«

»Und was nützt dir das? Was verdienst du damit? Du vergeudest dein Talent.«

»Ich setze kleine Signale, die plötzlich jemandes Pupillen zum Leuchten bringen. Nichts weiter. Man sollte dem, was jemand schreibt, nicht soviel Bedeutung beimessen. Alles ist Gegenstand des Vergessens.«

»Du langweilst mich«, sagte ich zu Olivos, während ich zur Tür der Bar schaute, durch die gerade eine Blonde in Begleitung von zwei Männern in Lederjacken eintrat. »Mich langweilen diese Schriftsteller, die nur über das reden, was sie zu schreiben gedenken, und die unfähig sind, auch nur einen einzigen überzeugenden Satz zu verfassen. Die Bars sind voll von Typen, die gerne Borges wären, und solchen, die sich für Schriftsteller halten, weil sie irgendwann einmal Cortázar die Hand geschüttelt oder bei einem Schulaufsatz eine Eins geschrieben haben.«

»Was hat dich denn gestochen?« fragte Olivos. »Was weißt du schon über Schriftsteller?«

»Ich treffe mich mit ein paar von ihnen in den Bars. Manchmal höre ich ihnen zu, und früher, als ich noch naiver war, las ich ihre Interviews in den Zeitungen. Diejenigen, die am meisten reden, sind die schlechtesten.«

»Ich dachte, wir gehörten zur selben Meute«, sagte Olivos. In seiner Stimme lag eine Mischung aus Überraschung und Trauer.

»Kümmere dich nicht um mich. Wenn ich müde bin, sage ich Dinge, die mir hinterher leid tun.«

Cambell und Olivos sahen mich verwirrt an. Keiner von beiden sagte etwas oder folgte mir, als ich zum Ausgang ging. Die Nacht war kühl, und die Straße lud mich ein, an den Lichtern der noch geöffneten Cafeterias und Bars entlangzuschlendern.

Vor der Bar stand ein Taxi. Der Fahrer machte mir ein Zeichen, mit dem er mich aufforderte einzusteigen. Ich machte eine vage Handbewegung, und der Mann verlor das Interesse an mir. Ich zündete eine Zigarette an und ging in Richtung Plaza Italia. Ich hatte Lust, noch ein Glas allein zu trinken. Ich dachte an einen Nachtclub, in dem ich Jahre zuvor immer auf eine Frau gewartet hatte, deren Name immer seltener aus dem Nebel hervortrat. Ich hatte kein Glück. Der Nachtclub war vom Finanzamt geschlossen worden, und rundherum überlagerte der Schatten eines Parkplatzes unzählig viele tiefe Löcher.

»Zigarette, Chef?« hörte ich einen Mann fragen, der aus einer dicken Zementröhre kroch. Er trug einen Mantel, der ihm mehrere Größen zu groß war, und darunter eine Sammlung unbeschreiblich dreckiger, verschossener Lumpen. Er schwankte beim Gehen, als würde er sich auf einem Seil fortbewegen.

Ich gab ihm eine Zigarette und sah, als er sie anzündete, sein bärtiges Gesicht voll schmutziger Krusten, die ebensosehr zu ihm gehörten wie der blaue Glanz seiner Augen.

»Falls Sie Frauen suchen, dann sind Sie auf dem Holzweg, Chef. Bis auf weiteres geschlossen«, sagte er und wies auf die Tür des Nachtclubs. »Gehen Sie bis zum Anfang der Alameda. Da gibt es einen Ort mit einem feinen Panorama.«

»Ich möchte was trinken«, sagte ich.

Der Mann sah mich einen Augenblick prüfend an, bevor er wieder etwas sagte. »Was halten Sie von einem Tropfen von diesem Gesöff?« fragte er, während er einen Weinkarton aus seinem Unterstand zog. »Die erste Runde geht aufs Haus und die nächsten auf Sie.«

Wir setzten uns auf ein Treppchen, und der Mann reichte mir den Weinkarton. Ich nahm einen Schluck und spürte förmlich, wie mir der Wein in den Magen rann.

»Montes«, sagte er und reichte mir eine Hand, die ich wortlos drückte.

»Motorcito Montes«, sagte ich, in dem Fremden einen Boxer wiedererkennend, den ich in den Zeitungen gesehen hatte, in Reportagen, die von seinem Kampf um den Titel im Bantamgewicht handelten, der zu den legendären Zeiten stattgefunden hatte, als Martín Vargas gegen Miguel Canto gekämpft hatte. Jahre später hatte jemand ihn mir im Restaurant Sena in der Calle San Diego gezeigt, wo er zwischen den Gästen auf der Suche nach einem Glas Wein gegen Boxerinnerungen herumspazierte, die sich in einem Kopf verwirrten, der zu viele Schläge eingesteckt hatte.

Die Augen des Mannes begannen zu leuchten.

Ich zog ein paar Scheine heraus und gab sie ihm. »Was halten Sie davon, wenn wir die Reserve ausweiten«, sagte ich und zeigte auf den Weinkarton.

»Haben Sie vor, die ganze Nacht hier zu verbringen?«

»Kennen Sie einen besseren Ort?«

Montes zeigte beim Lächeln gelbe, schmutzige Zähne. Er erhob sich und setzte sich langsam in Bewegung.

»Fünfzehn Minuten, Chef. Nur fünfzehn Minuten, und ich bin wieder zurück«, sagte er und hob dabei seine Arme zum Himmel, als wäre er soeben in den Ring geklettert.

»Ich warte. Man lernt nicht jede Nacht einen Champion kennen«, rief ich, bevor ich noch einen Schluck Wein trank und ihn in der Dunkelheit verschwinden sah.

6

Ich wachte vom Prasseln des Regens an meinem Fenster auf, dem gemächlichen, unregelmäßigen Klang dicker Tropfen, die gegen die Scheiben klopften wie die Finger eines Fremden, der nicht stören will. Ich war im Schlafzimmer, lag, das Kopfkissen umarmend, auf dem Bauch im Bett. Von der vorangegangenen Nacht erinnerte ich mich nur noch an den Augenblick, in dem Montes mir seinen Mantel geliehen hatte, um mich vor der Kälte zu schützen, kurz bevor er sich gegen meine Schultern lehnte wie ein müdes Kind, das in Begleitung eines guten Engels schlafen möchte. Ich wußte nicht mehr, wie ich nach Hause gekommen war. Ich schaute auf die Uhr, die sich auf meinem Nachttisch neben einem zerlesenen Exemplar von *Das Ende einer Affäre* von Graham Greene und einer Schachtel Aspirin befand. Es war sieben Uhr abends. Der erste Aprilregen wusch die Straßen und die smoggesättigte Luft. Durch das Fenster beobachtete ich das Rennen der Leute, die in den Ladeneingängen Schutz suchten, das ungestüme Vorbeifahren der Autos, die ihre Reifen in die Pfützen am Rand des Bürgersteigs tauchten.

Mir tat der Kopf weh, und Reste sauren Weins hatten in meinem Mund überlebt. Simenon schlief am Fuß des Bettes, hatte die Pfoten um meine Schuhe und eine gestreifte Krawatte gelegt, die er in Mußestunden auf dem Fußboden der Wohnung in einem Spiel zu verfolgen pflegte, das seine einstigen Jagdzüge auf den Dächern des Viertels simulierte. Ich ging an ihm vorbei, ohne ihn zu stören, hinunter auf die Straße.

Santiago lebt mit jedem Regenfall auf. Dieser Samstagabend war keine Ausnahme. Es regnete im Rhythmus eines traurigen Pianos, und aus den Fenstern der Nachtclubs drang rötliches Licht, das sich mit dem Dunst der Straße vermischte. Die Stadt wirkte, als wäre sie halb verlassen und als seien nur einige wenige Zeugen ihrer Zerstörung geblieben: Mädchen, die ihre Gesichter an die feuchten Scheiben der Schaufenster drückten; lächelnde Schaufensterpuppen, die miteinander redeten; Wächter von Läden, die den Horizont ausspähten. Und hinter den Scheiben Santiago. Seine zerlumpten Straßen und das graue Gesicht seiner Häuser.

Ich ging bis zur Plaza de Armas. Nachdem ich unter dem Portal Fernández Concha hindurchgegangen war, vergaß ich ein altes Versprechen, das ich mir selber gegeben hatte, und trat in die City Bar, ohne mir träumen zu lassen, daß dort an einem Tisch in Begleitung von zwei Gläsern Pernod Griseta sitzen würde. Sie spielte mit der Serviette, und ihre Augen schienen die Bewegungen an der Theke aufmerksam zu verfolgen, an der drei Gäste eine müde Flasche Wein tranken.

Ich machte ein paar Schritte auf sie zu, und als sie mich erkannte, hob sie den Kopf, warf ihre Mähne zurück und schenkte mir ihr Lächeln aus guten Zeiten.

»Ich wußte, daß du kommen würdest«, sagte sie und wies auf die zwei Gläser vor ihr auf dem Tisch.

»Was machst du hier?« fragte ich, während ich mich ihr gegenüber setzte.

»Ich war allein, dachte daran, daß ich das letzte Mal, als wir miteinander gesprochen haben, widerlich zu dir war. Ich überlegte mir eine Entschuldigung und sagte mir: An einem Regenabend wird Heredia in die City Bar kommen. Und wie du siehst, habe ich mich nicht geirrt. Das muß ein glücklicher Zufall sein.«

»Glücklicher Zufall und Liebe«, sagte ich.

»Nenne es, wie du willst. Ich wollte dich sehen«, sagte Griseta. »Wie geht es dir?«

»Hinter nutzlosen Dingen her, wie immer.«

»Du siehst müde aus.«

»Was will man machen.«

»Viel Arbeit?«

»Seit ich vom Strand zurück bin, habe ich keinen Kunden gehabt. Ich bin weiterhin eine interessante Partie für heiratsfähige Mädchen.«

»Was hast du vor?«

»Auf das Glück zu vertrauen oder hierhin und dorthin zu gehen.«

»Das Hauptthema unserer Diskussionen. Warum versuchst du nicht etwas anderes? Nein, sag mir nicht, es ist zu spät, um sich zu ändern. Das ist einer deiner Lieblingssätze.«

»Laß uns lieber über dich reden.«

»Es ist schwierig, gleichzeitig zu studieren und zu arbeiten, aber alles läuft gut. Ich habe gute Noten bekommen und habe ein paar neue Freunde unter meinen Studienkollegen gefunden. Ruhige Leute, mit denen ich mich zum Lernen treffe, oder fürs Kino am Wochenende. Ich bin zufrieden, Heredia. Ich habe endlich eine Chance und habe vor, sie zu nutzen.«

»Bist du weiter allein?«

»Sonst wäre ich nicht hier.«

Ich sah ihre Lippen an und hatte Lust, sie zu küssen.

Sie nahm meine Hände sanft in ihre und streichelte sie. »Die alten, großen und kenntnisreichen Hände Heredias«, sagte sie. Dann fügte sie, mir in die Augen blickend, hinzu: »Sie fehlen mir, jede Nacht fehlen sie mir.«

Ich lächelte und suchte bei einem Schluck Pernod Zuflucht.

»Aber mach dir keine Illusionen, Heredia.«

»Nein?«

»Nein«, wiederholte sie kokett.

»Du bewirkst, daß ich mich wie ein tumber, pickliger Gymnasiast fühle.«

»Gefällt dir das nicht?«

»Das ist für einen müden Typ eine schwere Prüfung.«

»Sag mir nur, daß du es verstehst.«

»Heute zusammen, morgen nicht. Ich verstehe es, aber ich komme mir dabei vor wie eine Figur von Osvaldo Soriano, die ihre letzten Illusionen aufs Spiel setzt und sie verliert.«

»Nimm mich irgendwohin mit«, bat Griseta, während sie

meine Hände auf ihr Gesicht legte. »Irgendwohin, nur nicht in deine Wohnung. Es würde mir schwerfallen, zurückzukommen und wieder zu gehen. Und sag mir auch diese Verse, an die du gerade denkst.«

»Verse?«

»Der Wunsch, eines deiner verdammten Zitate zu sagen, bringt dich doch fast um.«

Ich schwieg weiter. Der Regen näßte die Straßen, und ich hörte ihn, mit Griseta in meinen Armen, auf dem Dach des Hotels, wo wir untergeschlüpft waren, nachdem wir die City Bar verlassen hatten und durch die Calle San Francisco in Richtung Alameda zu einem Haus gegangen waren, dessen schmale Tür die Liebenden auf der Suche nach einer Zuflucht erwartete.

Wir schwiegen beide, nachdem wir uns geliebt und einander am Ende dieses Weges angelächelt hatten, den zu gehen wir an anderen Abenden gelernt hatten.

Ich liebkoste ihren Rücken, und sie öffnete die Augen.

»Wie findet man nur ein Ende hiervon?« fragte sie.

»Ich habe es dir irgendwann einmal gesagt. Sag: Adiós, Heredia, und das war es.«

»So einfach ist das nicht.«

»Aber es ist ein Anfang.«

»Versprichst du, mich nicht zu Hause anzurufen?«

»Allein der Zufall soll uns zusammenführen. Wie damals, an dem Nachmittag, als du in meinem Büro erschienen bist.«

»Wenn ich eines Tages meine Meinung ändere, kann ich dann wieder zu dir kommen?«

»Das weiß niemand.«

»Und dann?«

»Jedesmal wenn es regnet, werde ich in die City Bar gelaufen kommen.«

»Vielleicht triffst du mich an.«

»Vielleicht treffe ich dich an.«

Griseta stand auf und zog sich so langsam an, als würde sie sich nur mühsam daran erinnern, wie das ging. »Ich gehe jetzt. Ich möchte nicht, daß du mich begleitest«, sagte sie.

Ich sah sie ins Bad gehen und nach ein paar Minuten wieder herauskommen. Sie hatte ihr Haar zurechtgemacht, und ihr Gesicht spiegelte die gleiche Sicherheit wie an dem Abend wider, als sie mich am Strand verlassen hatte.

»Paß auf dich auf!«

»Paß auf dich auf«, wiederholte sie.

Mehr sagte ich nicht. Ich liebte sie zu sehr, als daß ich mit einem Wort diesen Abend abschließen und die Farbe ihrer Augen wegwischen konnte, die ich mir verweint und trübe vorstellte, während sie sich im verrückt gewordenen, gefühllosen Regen entfernte. Ich preßte mein Gesicht in das Kissen, und im unvermittelten Halbdunkel glaubte ich die Klage eines einsamen Mannes zu hören.

7

»Du siehst jeden Tag schlimmer aus«, sagte Simenon, der mein Spiegelbild betrachtete.

»Niemand hat dich um deine Meinung gebeten, mieser Kater.«

»Ich bin dein Gewissen, Heredia. Das, was noch von ihm übrig ist.«

»Nerv nicht, Simenon. Ich rasiere mich zu Ende und serviere dir dann eine Portion Whiskas«, sagte ich, während ich den Rasierpinsel in dem weich werdenden Stück Seife hin und her bewegte.

»Kümmere dich um die Visitenkarten, die sie dir unter der Tür durchschieben. Irgendwann sind welche von Klienten dabei und könnten womöglich zwei dicke Filets finanzieren. Ich habe diesen beschissenen, ewig gleichen Fraß satt, den du mir jeden Tag vorsetzt.«

»Ich habe gesehen, was gekommen ist. Eine ist von einem Autohändler und die andere von einem gewissen Molinari, der der Besitzer einer Firma für landwirtschaftliche Maschinen ist und sich wegen etwas Sorgen macht, das er nicht angibt.«

Ich bedeckte mein Gesicht mit Seife und ließ die abgenutzte Klinge eines Wegwerfrasierers darübergleiten.

»Wie fühlst du dich?«

»Mir ist so, als hätte ich einen Berg bestiegen, um festzustellen, daß auf der anderen Seite nichts ist. Genau wie immer. Der ärgerliche Unterschied zwischen dem, was man will, und der Realität.«

Simenon gähnte und verließ gemessenen Schrittes das Badezimmer in Richtung Küche. Ich wusch die Seifenreste ab und folgte ihm. Ich gab ihm sein Fressen in einem glasierten Napf und setzte Kaffeewasser auf. Dann ging ich ins Büro und nahm an meinem Schreibtisch Platz, um ein altes Exemplar der Zeitschrift *Cimoc* zu lesen.

Vier Sekunden bevor das Wasser kochte, klingelte das Telefon.

»Wo haben Sie gesteckt? Ich habe Sie die ganze Nacht

lang angerufen«, hörte ich Bernales sagen. »Geht es Ihnen gut? Hatten Sie Probleme?«

Er schien um mein Schicksal besorgt, und ich dankte ihm dafür, ohne auf seine Fragen einzugehen.

»Zeit, um einen Kaffee zu trinken? Ich hätte gern ein paar Sachen mit Ihnen beredet, Heredia.«

»Für einen, zwei oder soviel du willst. Ich erwarte dich«, sagte ich und legte, vom Pfeifen des Wasserkessels in der Küche bedrängt, auf.

Drei Minuten später kam ich mit einem Kaffeebecher ins Arbeitszimmer zurück und wählte die Nummer von Molinari. Eine Stimme mit deutlich italienischem Akzent antwortete am anderen Ende der Leitung.

»Sie kennen mich nicht, aber ich habe Gutes über Sie gehört. Eine Nichte von mir wird aus Italien hierherkommen, und ich befürchte, ihr könnte etwas passieren. Sie wird mit meinen Töchtern, wer weiß wohin, ausgehen wollen. Ich möchte, daß Sie auf sie aufpassen.«

»Wann kommt sie?«

»In einem Monat. Ich wollte frühzeitig anrufen für den Fall, daß Sie viel zu tun haben.«

»Sie haben gut daran getan. Ich habe immer viele Aufträge.«

»Können Sie mir helfen?« bat Molinari.

Ich trank einen Schluck Kaffee, bevor ich ihm zusagte.

»Sie wissen gar nicht, wie erleichtert ich bin.«

»Fünfzigtausend täglich und Spesen extra«, sagte ich. »Wenn Sie damit einverstanden sind, sagen Sie mir nur, an welchem Tag und zu welcher Uhrzeit Sie mich brauchen.«

»Keine Sorge, Geld ist kein Problem«, entgegnete Molinari, und ich dachte, daß er einer dieser Typen war, die, nachdem sie ihre Einkünfte gezählt haben, behaupten, daß Geld nicht glücklich macht.

»Ich mache mir keine Sorgen. Ich habe nur die schlechte Angewohnheit, jeden Tag zu essen«, erwiderte ich.

»Ich werde Sie eine Woche vorher anrufen.«

Ich notierte seinen Namen in dem drei Jahre alten Kalender, der auf meinem Schreibtisch lag und in den ich Dinge zu schreiben pflegte, die ich später nicht mehr entziffern konnte. Um die Zeit totzuschlagen, während ich auf Bernales wartete, sah ich ein paar Bücher durch, die auf den Regalen im Arbeitszimmer ungeordnet und nachlässig aufeinandergestapelt waren. Ich ließ einige Gedichtbände von Eliseo Diego und Juan Gelmann durch meine Hände gleiten, schlug schließlich ein Buch von Esteban Navarro auf und las den Vers: »Und all unser Zusammensein ist ein Kokettieren mit dem Verlassensein.«

Als Bernales kam, bot ich ihm einen Becher Kaffee an, und wir setzten uns betrübt und nachdenklich wie glücklose Pferdewetter an den Schreibtisch. Bernales süßte seinen Kaffee und schaute um sich. Er vermied es, mir in die Augen zu sehen, und einen Moment lang, während ich mir eine Zigarette anzündete, kam er mir vor wie ein Mann, der mit sich selber kämpfte.

»Hier bin ich«, sagte ich freundschaftlich. »Weshalb wolltest du so dringend mit mir reden?«

»Ich habe mir Sorgen gemacht, das ist alles.«

»Ich dachte schon, dir sei unverhofft der Hase über den Weg gelaufen und du hättest ihn an den Ohren gepackt.«

»Ich konnte mich nicht besonders um die Angelegenheit

kümmern, Heredia. Ich mußte den Monatsbericht vorbereiten und die Gefangennahme von drei Typen überwachen, die Koks im Bezirk Vega verkauften. Drei städtische Arbeiter hatten am Rio Mapocho einen Sack Kokain gefunden und damit angefangen, es billig zu verkaufen. Das war ein Fehler. Die Typen wurden beliebt, die Geschichte machte die Runde im Viertel und kam ein paar Kollegen von mir zu Ohren. Wir haben die drei mit mehreren Kilos Stoff unter der Matratze hochgehen lassen.«

»Der Faden reißt immer an der dünnsten Stelle. Da gehen drei arme Kerle ins Netz, die nur was zu essen haben wollten, und die dicken Fische tummeln sich weiterhin in ihrem Aquarium.«

»Man tut, was man kann.«

»In diesem Land macht man die Dinge immer, so gut es geht, im Rahmen des Möglichen und besser ein bißchen als gar nicht. Nichts wird ganz durchgezogen oder richtig zu Ende geführt. Und von dort zu den moralischen Triumphen braucht es nur einen sanften, schlaffen Sprung, um nur ja diejenigen in Ruhe zu lassen, die dank Gewehr oder Scheckbuch das Sagen haben.«

»Wollen Sie die Diskussion von neulich wieder anfangen?«

»Leute, die nur ihren Bauchnabel betrachten und alles, sogar die Anständigkeit, für ein paar Münzen zu Markte tragen.«

»Sie gehen mir mit diesem Thema auf den Geist, Heredia.«

»Das mag wohl sein. Reden wir über das, was uns verbindet«, sagte ich.

Ich holte einen Flachmann mit Whisky, den ich hinter

dem Buch *Meine großen Gedichte* von Pablo de Rokha versteckt hatte, verteilte seinen Inhalt gerecht auf zwei Gläser und reichte eines dem Polizisten.

Bernales gehorchte wie ein braver Schüler, und als er sein Glas geleert hatte, war er wieder der alte.

»Ich habe über die Männer Erkundigungen eingeholt, die Sie mir genannt haben, konnte aber nicht viel herausbekommen«, sagte er. »Darío Mendezona arbeitet, wie ich schon zuvor gesagt hatte, als Personalchef in einem Bauunternehmen. Ich habe mit ihm gesprochen, und er hat sich, es sei denn, ich irre mich da, von allem zurückgezogen, was mit seinem ehemaligen Beruf zu tun hat. Er verbringt seine Tage damit, Puzzles zusammenzusetzen und die Karteikarten der Arbeiter zu überprüfen. Ocaranza, den ich für den Gefährlichsten gehalten hatte, befindet sich in einem Sanatorium. Er hat ein Diabetikerkoma gehabt, und ihm wurde das rechte Bein amputiert. Was Diocares betrifft, so ist es mir nicht gelungen, mit ihm zu reden. Ich habe mit ein paar Kollegen von ihm gesprochen, die ihn vor drei oder vier Monaten gesehen haben und sagen, er mache jetzt etwas anderes.«

»Diocares ist Mitinhaber der Agentur Rangers.«

»Woher wissen Sie das?« fragte Bernales und verriet dabei unvermittelt eine gewisse Besorgnis.

»Ich bin den einfachsten Weg gegangen: das Telefonbuch.«

»An diese Möglichkeit hätte ich denken müssen.«

»Jede Ermittlung hat ihre Details. Das ist ein alter Lehrsatz von Dagoberto Solís. Man muß im Milieu ermitteln, in dem ein Verbrechen begangen wird, die möglichen Interessen untersuchen, die im Spiel sind, und die Leute, die mit dem Verbrechen zu tun haben: Opfer, Verdächtige, Zeugen. Jeder trägt zwangsweise ein Stück Wahrheit mit sich. Der Rest ist eine Frage der Logik und des Glücks.«

»Glauben Sie, daß Diocares derjenige war, der Sie überfallen hat?«

»Wenn er wichtigtuerisch und gut aussieht, bezweifle ich, daß er dreckige Arbeiten macht. Entscheidend ist, daß wir irgendwann mit ihm reden.«

»Ich werde anordnen, daß er untersucht wird.«

»Wenn du es für richtig hältst«, sagte ich ohne große Begeisterung.

»Möchten Sie noch einen trinken?« fragte Bernales, der gelöster wirkte, als hätte ihm jemand eine Last von den Schultern genommen.

»Nur einen Imaginären.«

»Wie geht das?«

»Eine Wodkaflasche, die ich im Nachttisch habe und niemals anbreche.«

»Und was für einen Sinn macht das?«

»Das hat mir ein Freund beigebracht. Ihm war verboten worden zu trinken. Eines Tages erwischte ich ihn dabei, wie er im Supermarkt eine Flasche Wodka kaufte. Wir sprachen über sein Trinkverbot, und er sagte mir, er werde nicht trinken, aber das Wissen, daß etwas Trinkbares zur Hand war, ließ ihn sich sicherer fühlen.«

»Könnten wir eine Ausnahme machen?«

»Wenn du noch ein Glas trinken willst, laß uns in die Kneipe an der Ecke gehen.«

»Ich werde Sie nie verstehen, Heredia.«

»Man muß seine eigenen Regeln befolgen.«

»Gehen wir in die Kneipe, aber vorher möchte ich noch sagen, daß die Projektile, die Gordon verletzt haben, im Kriminaltechnischen Institut untersucht worden sind. Der Mörder hat einen Colt, Kaliber 45 benutzt.«

»Ich werde mir das für den Fall merken, daß jemand auf mich zielt.«

8

Bernales trank ein letztes Glas und kehrte dann in sein Büro zurück. Ich sah ihn weggehen und dachte an sein ständiges Interesse an den Ermittlungen. Er tat nicht viel, um sie voranzutreiben, aber überwachte meine Schritte, als fürchtete er, mir könnte, wenn er nicht aufpaßte, das Huhn mit den goldenen Eiern zufallen. Es gab etwas im Verhalten des Polizisten, das nicht mit seinen Gefühlen zusammenpaßte.

Im Moment wußte ich nicht, was ich davon halten sollte, legte daher meine Gedanken im Archiv der Zweifel ab und bestellte ein Bier. Im trüben Gold sah ich einen langweiligen Nachmittag ohne Überraschungen voraus, was ich im Keim ersticken mußte, bevor meine Niedergeschlagenheit mich den Spuren anderer Gläser folgen lassen würde. Ich dachte an Anselmos Freundinnen und beschloß, Gordon und das Geheimnis, das seinen Tod umgab, für ein paar Stunden zu vergessen.

Ich stieg in den Chevy und lenkte, nachdem ich ihn mit dreitausend Pesos Benzin gefüttert hatte, das Schnurren seines Motors auf der Independencia Richtung Norden. Vor einem Blumenladen hielt ich an und fragte nach der Calle Olivos. Eine verbrauchte Frau mit düsterem Gesicht sagte mir, ich müsse bis zu den Mauern des Allgemeinen Friedhofs geradeaus weiterfahren und dort rechts abbiegen. Fünf Minuten später trat ich in eine Passage mit kurz vor dem Zusammenbruch stehenden Adobehütten. In einem kleinen Gemüseladen fragte ich nach der Tante von Pitico, und ein Mann, dem mehrere Zähne fehlten, wies mißmutig auf ein Haus mit ausgeblichenen Wänden.

Ich klopfte an einer uralten Tür und befürchtete einen Augenblick lang, sie würde als ein Haufen aus Holzspänen, Staub und Spinnweben in sich zusammensinken. Eine dunkelhäutige Frau in Jeans und einem hautengen Pullover, der dazu ausersehen schien, die perfekte Poesie ihrer Brüste zu umfangen, öffnete mir.

»Ja?« fragte sie und zog die Silbe so sehr in die Länge, wie ihre roten Lippen es ihr nur erlaubten.

»Ich suche El Pitico«, sagte ich.

Ich schaute ihr in die Augen und wanderte dann mit den Blicken ihren Körper entlang und ließ sie dabei empfinden, wie meine Hände sie heimlich und boshaft liebkosten.

»Der ist seit Wochen nicht mehr hiergewesen«, sagte sie abfällig. »Der muß Geld haben, sonst wäre er längst erschienen, um seiner Tante ein paar Pesos aus der Nase zu ziehen.«

»Schade«, sagte ich und hörte dabei nicht auf, sie mit Blicken zu liebkosen.

»Schuldet er Ihnen etwas?«

»Ich hatte eine Nachricht von ein paar gemeinsamen Freundinnen.«

»Ich sehe Sie nicht mit der Art Freundinnen, wie Pitico welche hat.«

»Und wie, glauben Sie, sind meine Freundinnen?«

»Das zu erklären würde lange dauern.«

»Ich habe Zeit«, sagte ich und focht mit dem scharfen Stahl meiner bösen Absichten.

»Möchten Sie hereinkommen?« fragte sie und zeigte auf die Dunkelheit hinter ihrem Rücken.

»Ja.«

»Irgendwann kommt der Pitico schon.«

»Irgendwann....«

»Ich heiße Valeria.«

»Schöner Name.«

»Und du?«

»Heredia. So nennt man mich, wenn man mich nicht beschimpft.«

»Wirst du mir erzählen, was du von Pitico willst?«

»Ich glaube, ich habe es bereits vergessen«, sagte ich und betrachtete ihre Brüste, die begeistert wippten.

9

An dem Nachmittag kam Pitico nicht. Auch nicht am Abend und ebensowenig am Morgen, als ich mich von Valeria und ihrer verrückten Art, in einem feuchten, fensterlosen Zimmer Liebe zu machen, verabschiedete, in das das monotone Geräusch des Radioprogramms drang, das ihre Tante im Nebenzimmer anhörte.

Ich versprach ihr nicht, daß ich wiederkommen würde,

noch bat sie mich darum. Ich sagte ihr einfach nur mit der Zärtlichkeit eines erschöpften Liebhabers auf Wiedersehen und kehrte, ohne einen Gedanken an Pitico zu verschwenden, in mein Büro zurück.

In der Wohnung wartete ein von einem Ohr zum anderen grinsender Anselmo auf mich, der so fröhlich war, als habe er bei jedem Rennen gewonnen. Er war frisch rasiert, und sein lächelnder Gesichtsausdruck gab mir zu verstehen, daß sein Rendezvous mit Madame Zara die Magie eines von der Mittellinie aus geschossenen Tores gehabt hatte und daß seine Tage als Lediger, trotz zweier zuvor gescheiterter Ehen, ein Ende haben könnten. Der Zeitungsverkäufer war definitiv ein heilloser Optimist. Oder wie Cambell zu sagen pflegte: Der Mensch und der Esel sind die einzigen Tiere, die zweimal über denselben Stein stolpern.

»Sind Sie früh aufgestanden, oder haben Sie sich in einer fremden Haut verfangen?«

»Beides, Anselmo. Und du, warum lächelst du wie ein zufriedener Affe?«

»Es gibt Dinge, über die spricht ein Gentleman nicht, Don.«

»Soweit ich sehe, befinden sich in diesem Büro nur ein Kater und zwei Herumtreiber.«

»Wenn Sie möchten, erzähle ich Ihnen –«

»Ich will nichts wissen, was mich zum Komplizen eines Verbrechens machen könnte.«

»Zum Teufel mit Ihnen, Don. Sie sehen alles nur schwarz oder weiß. Ich habe nur auf Sie gewartet, um Ihnen zu erzählen, daß ein Journalist angerufen hat, der Cambell heißt. Er sagte, er müsse mit Ihnen sprechen.«

Anstatt Cambell anzurufen, zog ich es vor, eine Kopie des Artikels über El Pitico und die Alten, die er bestahl, direkt ins Büro zu bringen. Es waren vier Spalten, die ich schnell geschrieben hatte und von denen ich erwartete, daß Cambell sie ohne Kommentar annehmen würde. Ich hatte mit einer Beschreibung der alten Leute begonnen, die auf die Auszahlung ihrer verpfändeten Sachen warteten, dann erwähnte ich Pitico mit Bezeichnungen, die von Hyänen bis zu Schakalen reichten, und schloß mit den moralischen Sentenzen, von denen ich annahm, daß sie Cambell gefallen würden.

Genau wie bei meinen vorangegangenen Besuchen war der Journalist hinter seinem Computer verbarrikadiert. Er tippte mit einer Hand, während die andere den Telefonhörer hielt und er jemandem vorwarf, Termine und Bedingungen nicht eingehalten zu haben. Die Knochen seines Gesichtes schienen durch die schrecklichen Augenringe noch hervorgehoben, und neben dem Keyboard, auf dem er herumhackte, standen ein von Kippen überquellender Aschenbecher und eine Tasse voll Kaffee, der kalt und wäßrig wirkte.

Er machte mir ein Zeichen, daß ich mich ihm gegenüber setzen solle, und ich las aus dem Augenwinkel den Titel des Dokuments, an dem er herumschrieb: »Bericht über Ackerbau und Tierzucht Anfang der neunziger Jahre, eine systematische, integrierte und in mehrfacher Hinsicht gedeutete Betrachtung.«

»Seit wann bist du Landwirtschaftsexperte?« fragte ich ihn, als er sein Telefongespräch beendet hatte.

»Es wird gut bezahlt, und diejenigen, die mir den Auftrag

geben, wissen nicht viel mehr darüber als ich. Ich habe eine stilistische Basis und fertige Sätze entwickelt, die mir erlauben, Vorträge, Berichte, Handbücher, Memoranden über die unterschiedlichsten Themen zu verfassen. Heute schreibe ich über Landwirtschaft, gestern habe ich über den Bau von Krankenhäusern geschrieben, und für die nächste Woche habe ich einen Auftrag über Reedereiaktivitäten. Und zwischendurch das, was mich wirklich interessiert: die Zeitschrift.«

»Balzac sieht neben dir alt aus.«

»Er schrieb zu Zeiten der Feder, ohne diese leuchtenden Maschinen«, sagte Cambell, indem er zärtlich über die Seiten des Computers strich. »Das einzige, was uns verbindet, ist, daß wir beide von Gläubigern gehetzt schreiben.«

»Wie ich sehe, gefällt dir dieser Vergleich.«

»Ich bin ein Wasserträger der Literatur«, entgegnete Cambell lächelnd. »Und du ein Mistkerl, dem ich gern ein paar Dinge erzählen möchte.«

»Deshalb bin ich hier.«

»Es gibt das Telefon. Du hättest dir die Fahrt sparen können.«

»Ich wollte dir das hier bringen«, sagte ich und reichte ihm meinen Artikel. Cambell überflog ihn, und genau wie vor ein paar Tagen schüttelte er, nachdem er geendet hatte, den Kopf und ließ die Papiere auf den Schreibtisch fallen.

»Die Rhetorik nervt, und er ist voller Adjektive.«

»Dein Ansporn ist rührend.«

»Streich die überflüssigen Wörter, und dein Text wird wie ein Athlet sein, geschmeidig und fettfrei. Und jetzt laß uns über wichtige Dinge sprechen.«

»Noch einmal vielen Dank.«

»Erinnerst du dich daran, wie wir von Abelardo Pérez, dem ›Geier‹ gesprochen haben? Wir waren Kommilitonen in der Journalismusschule der Universidad de Chile. Er hat seinen Spitznamen daher, daß er die Mädchen tröstete, die sich mit ihren Freunden gestritten hatten. Abelardo zeigte sich verständnisvoll, und solange die Trauer der Mädchen anhielt, zog er daraus Dividenden und Zinsen. Vor dem Militärputsch war er Kommunist, und nach zehn Jahren im Exil in Europa kam er zu irgend etwas konvertiert zurück. Er war eine Zeitlang in Polen und dann in der DDR gewesen. Als er spürte, daß die Mauer zu bröckeln begann, ging er über die Grenze und hat am Ende eine schon etwas ältere Deutsche mit Geld geheiratet, die ihm geholfen hat, nach Chile zurückzukehren und einen Autohandel aufzumachen. Die Luftveränderung in Europa hat er dann gleich für eine politische Glaubensänderung genutzt und sich den chilenischen Politikern angeschlossen, die in Paris den Übergang zur Demokratie planten. Jetzt arbeitet er in La Moneda, dem Präsidentenpalast, und man erzählt sich, daß er seine Kenntnisse nutzt, um den Reportern Nachrichten aus erster Hand zu verkaufen: Büroklatsch, Information, die in der Luft liegt, ministerielle Entwürfe – jegliche Angabe, mit der die Journalisten aus den Pressekonferenzen glänzen oder die sie in ihren informellen Rubriken benutzen können. Pérez ist ein Opportunist. Aber wenn man einmal von seiner Geschichte absieht, dann könnte man ihn sogar für einen sympathischen, wenn auch etwas aufschneiderischen Typ halten, vor allem wenn er ein paar Glas zuviel getrunken hat.«

»Deine Geschichte hat zu viele Wörter, Cambell.«

»Ein kurzer Exkurs, bevor man zur eigentlichen Sache kommt, kann nie schaden. Konkret wollte ich dir erzählen, daß ich Pérez angerufen habe. Wir haben über dies und das geredet und ein paar Gläser in Erinnerung an alte Zeiten getrunken, in denen wir jung und voller Utopien waren. Beim dritten Glas habe ich die Gaspipeline aufs Tapet gebracht, und er sprang sofort darauf an. Pérez wußte genau, worum es ging: das Abkommen zwischen den Regierungen von Chile und Argentinien, der Verdrängungskampf zwischen chilenischen und ausländischen Unternehmen. Mehr Absatz für die Argentinier und billiges Gas für uns. Eine Einsparung, die etwa den jährlichen Staatsausgaben entspricht. Konzepte, Zahlen und Gerüchte. Das Thema hat für ihn keine Geheimnisse.«

»Man braucht nur die Zeitungen zu lesen, um das zu wissen.«

»Laß mich ausreden, Heredia. Wie es aussieht, erregt das Thema auf den Fluren der Ministerien Beunruhigung, und es wurden Anweisungen gegeben, mit der Presse zusammenzuarbeiten, um die Angelegenheit herunterzuspielen. Und nicht nur das. Es war eine interne Weisung im Umlauf, um die Gemüter zu beruhigen und zu verhindern, daß das Thema in die Schlagzeilen kam. Als ich ihm von Gordon erzählte, hat er sich an seinem Getränk verschluckt. Er wollte wissen, was ich über den Tod dachte, und als ich erwähnte, daß es möglicherweise einen bestimmten Bericht gegeben hat, wurde er ernst und empfahl, darüber keine einzige Zeile zu schreiben.«

»Und die Anweisungen, woher kamen die?«

»Das hat er nicht gesagt. Ich nehme an, daß sie von ziemlich weit oben kommen.«

»Die Losung lautet: den Mund halten.«

»Und die Ausschreibung für die Gaspipeline vorantreiben.«

»Als allgemeiner Rahmen ist das nicht schlecht. Es geht aber darum, Namen zu kennen. Juan hat Pepe geschickt und der Lucho, der sich seinerseits Gordon vorgeknöpft hat. Das Problem ist, daß wir diese Namen nicht kennen und auch keinen klaren Grund. Nur, daß es sich um das alte Spiel von ›du hilfst mir übers Mäuerchen, und ich tue etwas Kleingeld in deine Brieftasche‹ handelt.«

»Es fällt mir schwer, so etwas zu glauben. Jedenfalls...«

»Jeder ist mal versucht.«

»Die Frage ist, welcher einzelne oder welche Leute es sind.«

»Ich denke lieber über die Gründe nach«, sagte ich, während ich einen Schluck von Cambells Kaffee nahm. Er schmeckte nach gezuckertem Teer, und ich mußte mich beherrschen, um ihn nicht auf den Computer zu spucken.

»Der schmeckt beschissen, aber er hält einen wach«, war Cambells Kommentar.

»Ein Hammerschlag auf den Daumen würde das auch tun.«

»Ich gebe dir Stoff zum Nachdenken, und du hältst dich bei einem nebensächlichen Detail auf.«

»Ich denke doch nach, Cambell, aber ich komme nicht weiter als: Zwei und zwei macht vier.«

»Ich habe noch ein paar Ideen, die deinen Berechnungen zugute kommen könnten.«

»Was sagst du da?«

»Ich dosiere die Informationen...«

»Ich höre.«

»Ich habe den größten Teil des Tages in diesem Büro zugebracht«, sagte Cambell, ohne auf meinen Kommentar einzugehen. »Es ist Essenszeit, Heredia.«

10

»Gordon hat für die Zukunft der Gaspipeline eine wichtige Rolle gespielt. Sein Bericht war die Grundlage für die Entscheidung, die der Rechnungshof zur Legalität des Projekts treffen würde«, sagte Cambell, nachdem er das letzte Stückchen Filet mit Champignons gekaut hatte, das er nach eingehendem Studium der Speisekarte bestellt hatte.

Wir waren vier Blocks weit bis zum Restaurant gegangen, in dem Cambell, ohne zu bezahlen, essen konnte, da er im Gegenzug in seiner Zeitschrift dafür Reklame machte. Das Lokal war voller Typen, die aßen, als stünde das Ende der Welt kurz bevor, und wir taten es ihnen gleich, sobald uns ein Kellner mit Huasco-Hut und Weste einen Teller voll hausgemachtem Brot und knopfgroßen Kürbisplätzchen auf den Tisch gestellt hatte.

»Ich habe mit Mujica gesprochen«, meinte Cambell, während er sich ein Stück mit Butter bestrichenes Brot einverleibte, auf das er ein paar Tropfen scharfes Kräuteröl geträufelt hatte. »Das Verfahren war das übliche Verfahren im Rechnungshof. Der Fall wurde der von Adelina Dupré geführten Abteilung zugewiesen, und innerhalb dieser Abteilung teilte die Dupré ihn einem der Prüfer zu. Mujica zufolge war es nicht außergewöhnlich, daß sie Gordon diesen Bericht übertragen hat. Er hatte Erfahrung und war es gewohnt, jene komplexen Themen zu behandeln, die die andern Prüfer für gewöhnlich ablehnten.«

»Die Dupré und Gordon müssen über den Bericht geredet haben, bevor der Verstorbene die Endfassung geschrieben hat.«

»Mujica sagte, dies sei normal. Der mit einem Bericht betraute Beamte bespricht die Formulierungen des Berichts, seine legalen Aspekte und die zur Befürwortung oder Ablehnung ins Feld zu führenden Argumente mit seinem Vorgesetzten. Das gleiche gilt auch für eine beschleunigte Ermittlung, wenn es notwendig ist, Anklage zu erheben. Wenn beide einer Meinung sind, wird die Endredaktion gemacht und der Bericht auf den Weg gebracht.«

»Die Dupré wußte also, was Gordon über den Fall dachte. Und wenn der Bericht beim Akteneingang in ihrem Büro verlorenging, dann hat er offensichtlich etwas enthalten, was ihr nicht gefallen hat.«

»Es sei denn, die Rechtsanwältin ist unschuldig, und andere Hände haben den Bericht abgegriffen.«

»Was sagt Mujica über die Schlußfolgerungen des Berichts?«

»Es gehen Gerüchte aller Art um. In einer Behörde wird das, was man weiß, herumerzählt und das, was man nicht weiß, erfunden. Es heißt, der Bericht sei in Händen des Chefs des Rechnungshofes.«

»Was bedeutet, daß Gordons Tod seine Aushändigung nicht berührt hat.«

»Gordon hat den Bericht in einem fortgeschrittenen Stadium hinterlassen.«

»Aber er ging verloren, und was ich gelesen habe, ist nur ein Fragment. Welcher Bericht ist nun aber in Händen des obersten Prüfers? Der, den Gordon geschrieben hat? Ein, um den Schein zu wahren, anschließend geschriebener Bericht?«

»Woran denkst du, Heredia?«

»An eine hochmütige, schwer zugängliche Frau«, sagte ich. Und nach einer Pause für einen Schluck Wein fügte ich hinzu: »Ich denke an ein langes, zivilisiertes Gespräch.«

»Wenn ich dir einen Rat geben darf, dann läßt du alles am besten in Händen des Polizisten Bernales.«

»Vor ein paar Tagen, bevor auf mich geschossen wurde, hätte ich das getan. Aber jetzt ist das eine persönliche Angelegenheit. Meine Haut steht auf dem Spiel, und ich erinnere mich an einen Mann, der Angst hatte und in einem miesen Zimmer eines Hotels gestorben ist, das nicht seiner Klasse entsprach.«

»Heredia, der König der Dickköpfe.«

»In meinem Alter werde ich mich nicht mehr verändern. Ich habe das so häufig gesagt, daß es schon Gesetz geworden ist.«

»Du nun wieder.«

»Du wirst eine schöne Geschichte zum Veröffentlichen haben.«

»Amen«, sagte Cambell und rief den Kellner, um noch ein Glas zu bestellen.

11

Ich wollte nicht mehr als nötig trinken, und da Cambell Lust hatte, das Morgengrauen im Restaurant zu erwarten, ließ ich ihn vor Mitternacht mit seiner Litanei noch zu erledigender Arbeiten und einer Rechnung allein zurück, die meine mathematischen Fähigkeiten überstieg. Während ich zur Wohnung zurückfuhr, dachte ich an die Rechtfertigungen, die ich Cambell gegenüber geäußert hatte, und sie erschienen mir alle falsch. Gordons Tod war ein Vorwand, um das Scheitern einiger glückloser Tage zu verschleiern. Und was die Schüsse betraf, so kümmerten sie mich genausowenig wie Streit in der Nachbarschaft oder der Anstieg der Plutoniumpreise. Daß jemand versuchte, mir zu schaden, störte mich nicht mehr als die Dummköpfe, die morgens die Bürgersteige fegten, oder eine arrogante Sekretärin, die mein Aussehen eingehend prüfte, bevor sie entschied, ob sie mich als Herrn oder als Bettler behandeln würde.

Die Welt veränderte sich schnell, und ich weigerte mich, mich mit ihr zu verändern, klammerte mich an den Gedanken einer ruhigen Stadt mit Bars, in denen Holztische standen, mit alten Autos und Zügen, die immer Verspätung hatten. Ein neues Jahrhundert näherte sich, und ich fragte mich, wo mein Platz in einer Stadt war, die sich in bewachte, strahlende Viertel und Vorstädte aufteilte, aus deren Winkeln jeden Morgen eine Karawane resignierter Wesen kam. Ich war ein Fremder in meinen eigenen Straßen, und sie zu durchstreifen war eine ständig größer werdende Herausforderung an mein Gedächtnis. Mein Viertel veränderte sich. Neue Gebäude wurden hochgezogen, Antennen und Neonreklamen verstellten das Blau des Himmels. Das alte Gefängnis war abgerissen worden, und an seiner Stelle erhoben sich zwei Betontürme. Die Kommunikationsmittel wurden täglich besser, und dennoch waren die Menschen immer vereinsamter, sind allein. Die Vollkommenheit des Neuen beinhaltete unweigerlich das Gefühl von Verlust. Die Fahnen der Rebellion wurden zugunsten des Konformismus eingeholt.

Ich ließ den Chevy durch die Schlaglöcher im Asphalt schaukeln und legte mich, in der Wohnung angekommen, aufs Bett. Ich hatte keine Lust, mich auszuziehen, schlief sofort ein und geriet in einen Alptraum, in dem ich mich allein auf einem Ödland oder an einem mit Müll bedeckten Ort befand. Ich suchte etwas, und während meine Hände sich mit einer klebrigen Masse füllten, verlor mein Gesicht seine Züge. Da wachte ich auf. Ein schwaches Licht drang durch das Schlafzimmerfenster. Am Fuß des Bettes schlief ganz ruhig Simenon. Ich rief ihn, und als er die Augen öffnete, fühlte sich alles wieder vertraut an. Simenon drückte sich an mich, kuschelte sich an meine Brust, und als ich sein Schnurren hörte, verabschiedete ich die Sorgen und schlief wieder ein.

Ich wachte durch Klopfen an der Wohnungstür auf. Als es mir gelungen war aufzustehen, erkannte ich den wilden Akzent von Ballinger, der lauthals meinen Namen rief. Ich ging zur Tür und öffnete sie, um den Gringo einzulassen, der, von etwas gedrängt, das wahrscheinlich nicht einmal er begriff, mit der hartnäckigen Sanftheit eines Windstoßes hereingestürmt kam.

»Was für ein Detektiv bist du eigentlich? Ich komme um

zehn, und niemand macht auf. Um zwölf auch nicht. Jetzt ist es drei Uhr nachmittags, und wenn nicht der Mann vom Kiosk mir versichert hätte, daß du hier bist, wäre ich nach Haus gefahren und Adiós, Heredia«, sagte Ballinger, während er einen Segeltuchrucksack, den er bei sich hatte, über eine Stuhllehne hängte.

»Ich brauchte Schlaf.«

»Heftig gesumpft, was?«

»Das sollte dich nichts angehen, Gringo.«

»Verónica hat gestern ein Fax geschickt. Sie sagte, sie kommt erst nächste Woche zurück. Ich habe mich gelangweilt und mir gesagt: Ich werde meinen Freund Heredia besuchen.«

»Setz dich«, sagte ich lustlos.

Der Gringo setzte sich und zog acht Dosen Bier aus dem Rucksack, die er auf dem Schreibtisch aufbaute.

»Ich habe mit Bórquez gesprochen«, sagte er. »Er sorgt sich wegen des drohenden Baus der Gaspipeline. Aber mit dem, was er macht, kommt er nicht weiter. Presseerklärungen, Gespräche mit Politikern und Regierungsleuten. Er redet nur. Ich habe ihm vorgeschlagen, die Bagger kaputtzumachen, die das Bauunternehmen bereits hingestellt hat, um die Gräben auszuheben, in denen die Gaspipeline verlaufen soll. Wir könnten losziehen und ein paar Motorteile klauen. Er hat nicht auf mich gehört. Hat mich einen verrückten, anarchistischen Gringo genannt.«

»Von was für Baggern redest du da?«

»Bórquez hat mir erzählt, daß die Baugenehmigung erteilt worden sei und die am Bau interessierte Firma schon ihre Bagger in Bewegung setzt.«

»Das heißt, die Zeit läuft ab«, dachte ich laut.

»Läuft ab – wofür?«

»Nichts. Dinge, deren Erklärung lange dauern würde.«

»Ich habe Zeit und Geduld«, entgegnete der Gringo.

Ich nahm eine der Bierdosen und drehte sie in meinen Händen.

»Trink, Heredia!«

»Nein«, sagte ich entschieden. »Ich werde dir ein paar Dinge erzählen, und anschließend werde ich, bis mir zu Gordon etwas Neues einfällt, einstweilen losziehen und etwas Zoff machen.«

12

Der Billardsalon Mallorca lag in der Calle Arturo Prat, drei Blocks von der Alameda und dem Club de la Unión entfernt. Es war ein düsterer Ort, der in den sechziger Jahren seine ruhmreiche Zeit gehabt hatte und jetzt dunstig und mit von Alkoholdunst durchtränkten, speckigen Wänden als drittklassiger Salon überlebte. Ich war früher vielleicht ein dutzendmal dort gewesen und wußte, daß seine Stammkunden Angestellte waren, die in den Büros und Läden des umliegenden Viertels arbeiteten, und daß ein paar Koksdealer ihn als Ort benutzten, an dem sie sich versammelten oder Waren verkauften, die die üblichen bösen Buben gestohlen hatten. Der Besitzer war ein dicker Kerl, der Orson Welles ähnlich sah und den ganzen Tag hinter der Theke verbrachte, die Spieler beobachtete, Tee mit Gebäck zu sich nahm und Zigarren rauchte, die nach Kuhfladen rochen.

Ich zwang den Gringo, das Zentrum von Santiago zu Fuß zu durchqueren, und als letzten Halt, bevor wir ins Mallorca gingen, lud ich ihn auf ein Bier in der Unión Chica ein: Ich begrüßte den Kellner, der an der Theke servierte, und sah zum Tisch hinüber, an dem ich Jahre zuvor mit Rolando Cárdenas und Jorge Teillier gesessen hatte, zwei Dichterfreunden, die mich an ihrem Tisch duldeten und denen ich zuhörte, wenn sie über Lyrik und Fußball redeten, während die Stunden unbemerkt dahinflossen und der Wein, der, wie Cárdenas in einem seiner Gedichte sagte, »es eilig hatte wie ein Gerichtsdiener«. Teillier war gestorben, als ich in Las Cruces war, und ich hatte an seiner Beerdigung in La Ligua mit einem halben Dutzend jungen Dichtern teilgenommen, die zu einem literarischen Stammtisch in der Gegend gehörten. Seither waren mehrere Monate vergangen. Ich hatte noch die Schaufeln der Totengräber im Ohr, die seinen Körper mit einer roten, trockenen Erde bedeckten, während um das Grab herum ein paar junge Männer weinten und ein Mapuchepaar einer Trutruca Töne entlockte. Als ich seinen Tisch sah, dachte ich, er wäre noch nicht besetzt, weil er auf ihn wartete. Aber das war nur einen Augenblick lang so. Ich schickte die Erinnerungen wieder in den Winkel des Herzens zurück, wo man das bewahrt, was man liebt, und schob Ballinger zum Ausgang.

»Du hast es ja höllisch eilig. Du läßt mir nicht mal Zeit, mich umzuschauen«, protestierte Ballinger, während wir über die Alameda gingen.

»Ich habe eine Vorahnung«, erklärte ich und wußte selbst nicht recht, was ich damit sagen wollte.

Im Billardsalon umringten etwa zwanzig Männer die Spieltische, rauchten und tranken Dosenbier. Zwei oder drei sahen mich mißtrauisch aus den Augenwinkeln an. Ballinger heftete sich an meine Fersen und folgte mir bis zur Theke, an der das Double von Orson Welles saß.

»Wen haben wir denn da?« fragte der Dicke und meinte, nachdem er die Hälfte eines puderzuckerbestäubten Kekses verschluckt hatte: »Der Hüter des Gesetzes. Wie geht es, mein lieber alter Heredia?«

Seine Freundlichkeit war so unecht wie die japanischen Uhren, die in der Calle Ahumada verkauft wurden, aber ich ging auf sein Spiel ein und mimte ein paar Minuten lang den braven Jungen, der seine Lektion gelernt hatte: »Ich zeige meinem Freund die respektablen Stätten Santiagos«, sagte ich und wies auf Ballinger. »Und wie läuft dein Leben so, Dicker?«

»Prima, prima«, antwortete der Besitzer des Billardsalons.

»Ruhig, gute Kundschaft, und kein Bulle in Sicht«, meinte ich, während ich mich im Salon umsah und Piticos schlottrige Gestalt suchte.

»Vermißt du jemanden?« fragte der Dicke.

»Ich war mit einem Freund verabredet, aber ich sehe ihn nicht. El Pitico.«

»Falls du ihm Geld schuldest, kommt er. Geht es aber ums Gegenteil, vergiß es.«

»Warten wir's ab. Einstweilen spiele ich mal eine Partie mit dem Gringo«, sagte ich und legte ein paar Scheine auf die Theke.

»Eine Stunde lang gehört der Tisch dir, Heredia. Sprich

mit Joselito«, meinte der Dicke und wies auf einen mageren Jungen, der in einer Ecke des Salons saß.

Ich machte mich dorthin auf, während der Dicke Joselito ein Zeichen machte. Wir näherten uns dem einzigen freien Billardtisch, und der Junge reichte mir ein Queue.

»Bier?« fragte er lustlos.

»Zwei für meinen Freund. Ich hätte gern etwas Substantielleres.«

»Wir haben hier keine Bar.«

»Aber ihr habt ein Zimmer, in dem ihr ein paar Spezialflaschen aufbewahrt. Ich bin früher schon hier gewesen, Junge. Spiel nicht den Ahnungslosen.«

»Einen gefälschten Chivas?«

»Warum nicht? Man trinkt doch immer nur eine Illusion.«

»Ich habe auch noch was Effektiveres.«

»Koks?«

»Und gute Pillen.«

»Vielleicht später.«

Der magere Junge zuckte mit den Schultern und entfernte sich vom Tisch.

»Kannst du spielen?« fragte ich Ballinger und gab ihm ein Queue.

»Als junger Mann war ich richtig gut.«

»Was mich betrifft, so bin ich zufrieden, wenn ich das Tuch nicht zerfetze.«

Ballinger legte die Kugeln auf den Tisch und versuchte einen Stoß, der eine gleich in das Loch an der linken Bande schickte.

»Nicht schlecht«, sagte ich, während Joselito mit den Getränken auftauchte. Er stellte sie auf eine Ecke des Tisches und blieb neben mir in Erwartung der Bezahlung stehen.

»Der Rest ist für den guten Willen«, sagte ich, nachdem ich ihm fünftausend Pesos überreicht hatte.

Joselito steckte das Geld in die rechte Hosentasche und entfernte sich vom Tisch.

»Und jetzt bist du dran«, befahl der Gringo.

Ich steckte das Queue zwischen den Fingern meiner linken Hand hindurch und versuchte einen Stoß. Ich zielte daneben. Auf dem Tuch zeichnete sich ein blauer Kreidestrich ab.

»Ich werde es dir beibringen«, sagte Ballinger.

Die Lektion dauerte bis zur Ankunft von Pitico, der mit unsicherem Gang hereinkam und sich die Hände rieb, als sei er gerade einem kalten Winterabend entronnen. Er sah die Spieler an und ging um die Tische herum, ohne daß jemand auf ihn achtete. Ich tat so, als würde ich weiterspielen, und während ich versuchte, die weiße Kugel anzustoßen, beobachtete ich, wie Joselito zu ihm trat und ihm etwas ins Ohr flüsterte.

Die Blicke der beiden Männer richteten sich auf den Tisch, den ich mit Ballinger belegt hatte. Pitico kam langsam näher, weil er meines und das Gesicht des Gringos sehen wollte.

»Pitico, Alter«, sagte ich laut. »Ich dachte schon, du würdest nicht mehr kommen.«

Der Taschendieb erschrak, machte aber für alle Fälle noch ein paar Schritte vorwärts und lächelte etwas argwöhnisch.

»Kenne ich Sie?« fragte er.

»Wir haben uns bei deiner Cousine Valeria gesehen.«

Die Erwähnung der Frau beruhigte ihn und verursachte mir zwischen den Beinen ein leises Kribbeln. Pitico knöpfte seine Jacke auf und zog etwas entspannter eine Zigarette heraus, die er mit der Flamme seines Ronsonfeuerzeugs anzündete.

»Was wird gespielt?« fragte er freundschaftlich.

»Was man kann«, sagte ich, während ich nach dem Queue griff und Ballinger ein Zeichen machte.

Pitico ahnte, daß etwas Ernstes passieren würde, wagte aber nicht, sich zu rühren.

»Und Geschichten erzählen wir uns auch«, fügte ich hinzu.

»Wie das?« fragte der Taschendieb beunruhigt.

»Ich habe eine Großmutter, die manchmal Wertsachen bei ›Tía Rica‹ verpfändet. Sie geben ihr nur wenig dafür, aber immerhin möchte sie gern ihr Geld nach Hause bringen. Sie kauft Brot, Margarine und ihre Medizin davon. Im letzten Monat ist sie ohne Geld dort angekommen, weil ein Mistkerl ihr am Ausgang vom Pfandhaus die Tasche geklaut hat.«

Pitico machte zwei Schritte zurück und blickte zum Ausgang. Das war alles. Ich trat zu ihm und schlug ihm, indem ich das Queue wie eine Keule packte, damit ins Gesicht. Der Taschendieb schrie auf, und als ich sah, wie ein dicker Blutstrom aus seiner Nase rann, wiederholte ich die Dosis.

Der Rest war einfacher als erwartet. Zwei der Männer, die um die anderen Tische standen, wollten eingreifen. Ich richtete die Walther auf sie, und sie beruhigten sich. Der Dicke fluchte hinter der Theke und verspeiste dann amüsiert ein paar Kekse.

»Ich will dich nie mehr bei dem Pfandleiher sehen«, sagte ich zu Pitico, dem es gelungen war, sich aufzurichten, und der beide Hände auf die Ränder des Tisches stützte. »Ich werde ein paar Nachmittage aufpassen, und wenn ich dich dort sehe, spiele ich mit deinen Eiern Billard.«

»Nie wieder«, murmelte der Taschendieb.

»Ich höre nichts, Mistkerl!«

»Nie wieder«, wiederholte El Pitico. »Ich schwöre es!«

»In meinem Dorf werden die Diebe besser bestraft«, hörte ich Ballinger sagen. Sein Gesicht war feuerrot, seine blauen Augen drohten aus den Höhlen zu springen.

»Was schlägst du vor?«

Ballinger sagte nichts. Er ging auf El Pitico zu, packte ihn am Rücken, als wäre er eine Gummipuppe, und warf ihn auf den Billardtisch. Der Taschendieb jammerte kläglich, doch als er reagieren wollte, versetzte ihm der Gringo einen Schlag in den Rücken.

»Gringo hat Ahnung«, brüllte Ballinger.

Ich blickte um mich und entdeckte, daß die anderen Spieler mehr von Ballinger als von der Walther beunruhigt waren.

Ballinger packte ein Queue, nahm Piticos rechte Hand, legte sie neben seinem Körper auf den Rand des Tisches und schlug dreimal hintereinander darauf. Die Knochen des Taschendiebes knackten unmelodisch in der Stille, die sich im Salon breitgemacht hatte. Pitico krümmte sich auf dem grünen Tuch zusammen. Ballinger schleuderte seine improvisierte Waffe in eine Ecke und marschierte, ohne auf Anweisungen von mir zu warten, zum Ausgang.

»Guten Appetit«, sagte ich zu dem Dicken und pikte ihm

mit dem Queue, das ich benutzt hatte, um den Taschendieb zu bestrafen, in seinen fetten Bauch.

»Du bist und bleibst immer derselbe Mistkerl«, sagte er und brach in ein Gelächter aus, das seine Pausbacken erzittern ließ.

Ich ging zum Ausgang. Erst als ich in der dunklen Abendluft durchgeatmet hatte, steckte ich die Pistole weg und lief bis zur Ecke, an der mich Ballinger glücklich wie ein Kind erwartete, das gerade die Fensterscheiben der klatschsüchtigen Nachbarin eingeworfen hatte.

»Welcome«, rief er, als er mich sah. »A good cowboy-movie.«

»Ach, scheiß drauf, Gringo. Jetzt hältst du dich wohl für John Wayne.«

»Detektivsein bringt Spaß.«

»Laß uns gehen. Auf zur erstbesten Bar.«

»Bier! Cerveza!«

»Cerveza. Das ist das einzige Wort, das du gelernt hast.«

FÜNFTER TEIL

I

Vom Fenster aus sah ich einen Horizont aus Smog, der sich dick und trübe an die gespenstischen Silhouetten der im Osten der Stadt gelegenen Gebäude schmiegte. Seit dem letzten feinen Regen waren erst zwei Tage vergangen, und dennoch war die graue Masse mittlerweile schon wieder da und verschmierte mit einem Pinselstrich die Umrisse der Kordilleren und den blassen Himmel Santiagos. Fabriken schließen, die Anzahl der Autobusse und Autos reduzieren, die Wälder aufforsten und die Luft zu einem unersetzlichen Gut erklären: das schien die Lösung zu sein. Doch es war nur ein Traum. Die Luft hatte wie die Freiheit ihre Grenzen, die einige wenige festlegten, und man konnte meinen, es würde in Zukunft wie in einem erschreckenden Science-fiction-Film saubere und aseptische Sektoren der Stadt und andere mit Trümmern übersäte Viertel geben, in denen die Luft knapp war.

Ich ließ fünf Tage verstreichen. Allein, während die Sonne in die Wohnung schien, las ich unermüdlich und achtete nur auf die Schritte von Simenon, der seinerseits meine sporadischen Gänge in die Küche überwachte, wo ich mir eine Tasse Tee zubereitete. Ich hatte mich bemüht, Gordon zu vergessen und statt dessen wieder meine Bücher und meine Musik zu genießen: ein magisches Rezept, um mich von der Müdigkeit zu befreien, die mich nach der letzten Biernacht mit Ballinger übermannt hatte.

Doch Bernales erschien, so als wäre die Einsamkeit die schwächste Klausel eines falschen Vertrages, zur Mittagszeit in meinem Büro. Er brachte einen Becher mit etwas Trinkbarem und eine Schachtel von McDonald's mit, aus der er einen Hamburger zog, der den Zauber eines sezierten Papageis besaß. Er setzte sich vor den Schreibtisch und schien erst, als er aufgegessen hatte, zu bemerken, daß ich ihn mit der Aufmerksamkeit betrachtet hatte, die ich sonst den Affen im Zoo vorbehielt.

»Ich habe die ganze Nacht gearbeitet«, sagte er, nachdem er die Verpackung seiner Mahlzeit zerknüllt und in den Papierkorb neben dem Schreibtisch geworfen hatte. »Banden von Satansjüngern, Banküberfälle und ein halbes Dutzend Messerstechereien zwischen Betrunkenen. Die wollen alles mit Gewalt lösen.«

»Nun ja, Bernales. Zu viele Jahre Militärstiefel und zuviel zu kaufen in den Schaufenstern der Läden. Stiefel lassen Gewalt als Lösung erscheinen, und die Ware nervt, wenn sie mehr als drei Monatsgehälter kostet.«

»Zu komplex für meinen Geschmack«, sagte er und fügte dann, offenbar um das Thema zu wechseln, hinzu: »Ich habe interessante Neuigkeiten. Ich habe Diocares überprüfen lassen. Einer meiner Kollegen hat ihn während der letzten drei Tage beschattet. Viel Gesellschaftsleben und mehrere Treffen in der Kanzlei eines Rechtsanwaltes namens Meléndez.«

»Wer ist das?«

»Ein Spezialist in Steuerrecht. Er berät Unternehmen, die

Probleme mit den Steuern haben: Gerichtsverfahren, nicht ordentlich durchgeführte Einbehaltungen, Tricks, um so wenig wie möglich zu zahlen.«

»Er scheint nichts mit unserem Problem zu tun zu haben.«

»Da bin ich nicht so sicher, Heredia. Es könnte eine wichtige Spur sein, der man nachgehen sollte. Ich werde Diocares noch eine Woche lang beschatten lassen und werde einen meiner Männer darauf ansetzen, weitere Nachforschungen über Meléndez anzustellen.«

»Eine Woche, das ist sehr lange.«

»Woran denken Sie, Heredia?«

»Aufwartungen.«

»Sie könnten sich deutlicher ausdrücken. Vergessen Sie nicht, daß wir zusammenarbeiten.«

Ich überhörte die Neugier des Polizisten. Antwortete nur mit ein paar ausweichenden Sätzen, schob einen auswärtigen Termin vor, verabschiedete mich von ihm und fuhr mit dem Chevy direkt zu dem Gebäude, das Diocares und seine Gesellschafter belegt hatten. Von einer Telefonzelle aus rief ich das Büro des Privatdetektivs an und erfuhr, daß er sich in einer Versammlung befand, die noch etwas dauern würde, wenn die Antwort der Sekretärin keine Lüge war, um Fremde fernzuhalten. Zum erstenmal, seit ich den Wagen gekauft hatte, öffnete ich das Handschuhfach und fand darin eine zerfetzte Straßenkarte und drei Exemplare der Zeitschrift *Estadio* mit den Fotos von Escutti, Francisco Valdés und Mario Moreno auf den Titelseiten. Drinnen gab es weitere, sepiafarbene Fotos. Ich fühlte mich in jene Nachmittage in meiner Kindheit zurückversetzt, an denen ich die

Sportreportagen von Sergio Silva und Darío Verdugo im Radio hörte.

Diocares verließ das Büro um sieben Uhr abends. Er sah immer noch genauso aus wie auf dem Foto, das mir Bernales gezeigt hatte. Er ging gemächlich zu einem Kiosk und kaufte eine Zeitung. Dann stieg er in einen roten Lanos und fuhr in Richtung Alameda. Ich hängte mich an ihn dran und folgte ihm ohne Überraschungen, bis wir auf die Providencia kamen, und von dort bis zur Avenida Andrés Bello. Zweimal telefonierte er mit seinem Handy, und zwanzig Minuten darauf fuhr er in die Tiefgarage vom Parque Araufo. Das Parkhaus war voller Wagen, die alle aufgereiht standen wie eine merkwürdige Metallameisenlegion, und mir blieb, als ich den Wagen parken wollte, nichts anderes übrig, als ihn neben den von Diocares zu stellen.

Das Blech des Chevy schepperte begeistert, und bevor ich es vermeiden konnte, erkannte mich Diocares in seinem Rückspiegel. Unsere Blicke trafen sich, und in diesem Augenblick wußte ich, daß Diocares der Mann gewesen war, der nachts auf mich geschossen hatte.

Der Killer stieg aus seinem Wagen und rannte zum Eingang des Einkaufszentrums. Dabei stolperte er über ein Mädchen, das an der Hand seiner Mutter ging, und das gab mir Zeit, zu sehen, wie er eine Metalltreppe hinaufstürmte. Eine Wolke seltsamer Düfte schlug mir ins Gesicht, als ich in das Einkaufszentrum trat. Ich spürte, daß meine Schritte ihre Richtung verloren. Die Neonschilder kreisten um mich her, und wie ein Kind, das in die falsche Feier gerät, riß ich die Augen auf und suchte ein freundliches Gesicht, das mir sagte, wie ich mich in dieser fremden Welt des Scheins zu verhalten hatte. Ich war im Herzen eines Tempels gelandet, der dem Kult einer fremden Religion geweiht war. König Konsum öffnete die Arme, um seine schläfrigen Untertanen zu empfangen, und ich war jemand ohne Namen oder Kreditkarten, der die gefliesten Böden entweihte und die abweisenden Blicke der Verkäuferinnen schändete, die dazu einluden, es sich im verräterischen Bett der Schulden bequem zu machen.

Ich kniff die Augen zu, doch als ich sie wieder öffnete, hatte sich nichts verändert. Diocares war bereits oben an der Treppe angelangt und grinste höhnisch. Ich rannte, mehrere Stufen auf einmal nehmend, hinauf und irrte zwischen den Menschen hindurch, die einkauften oder Fritten aus Papiertüten aßen. Ich ließ mich vom fröhlichen Rennen einiger Kinder mitreißen, die auf dem Weg zu den elektronischen Spielen waren, und als mir bewußt wurde, wo ich war, kehrte ich mit dem Gefühl ins Parkhaus zurück, von den Umwegen eines unverständlichen Labyrinths in die Irre geführt worden zu sein.

Doch ich hatte Glück. Oder zumindest dachte ich das, als ich Diocares im Parkhaus sah. Er schien von der Anstrengung seiner Flucht erschöpft und wollte gerade, während er aus dem Augenwinkel die Bewegungen der anderen Wagen beobachtete, die Tür seines Autos öffnen. Ich rannte zu ihm, und es gelang mir, ihn zu überrumpeln und ihn an der Schulter zu packen. Sein Gesicht leuchtete rot, und sein blondes Haar hing ihm unordentlich in die Stirn. Er befreite sich ruckartig von meinem Griff und schlug zu. Ich spürte, wie meine Nase nachgab, und schwankte. Diocares war größer als ich, und seine Arme waren lang genug, um aus der Entfernung zuzuschlagen. Ich mußte schnell und dreckig kämpfen. Ohne zu zögern, bearbeitete ich sein Gesicht mit einem Dutzend wütender Schläge, die ihn einschläferten, bis seine Knie nachgaben und ich mein Werk mit vier Fußtritten in seine Rippen beenden konnte.

Der Fahrer eines Kleinlasters, der gerade in das Parkhaus fuhr, schaute uns eine Sekunde lang zu und setzte seinen Weg dann fort. Kein Anlaß zur Sorge: Der Mann hätte seine Gleichgültigkeit nicht aufgegeben, ob er mich nun einen Hund oder einen Menschen hätte schlagen sehen. Das war das Gesetz der Stadt, die meisten Einwohner befolgten es wie einen göttlichen Codex.

Ich zog die Pistole, und Diocares blickte in ihre Mündung, als er die Augen wieder öffnete und sich in einem unerwarteten Alptraum wiederfand.

»Aufstehen und keine Tricks«, befahl ich.

Er gehorchte langsam. Ich suchte unter seiner Jacke und nahm ihm seine Waffe ab, die er im Gürtel trug. Es war ein Colt.

»Langsam zur Treppe«, sagte ich und wies auf die ersten Stufen von etwas, das ich für einen Notausgang hielt.

Fünf Minuten später gelangten wir auf eine Terrasse, von der aus man den äußeren Parkplatz und die Straßen sehen konnte, die das Einkaufszentrum umgaben. Ich zwang ihn, bis zum Rand der Dachterrasse zu gehen, und als er zwei Schritte vor dem Abgrund stand, befahl ich ihm anzuhalten.

Ich hatte wenig Zeit und mußte sie schnell nutzen.

»Wer hat dir befohlen, mich anzugreifen?« fragte ich, die Waffe weiterhin auf ihn gerichtet.

Diocares lachte spöttisch. »Wir zwei Zigeuner werden

uns doch nicht gegenseitig aus der Hand lesen, Heredia. Ich weiß, daß du Informationen haben willst und dein Spielzeug nicht benutzen wirst.«

Meine Finger schlossen sich fest um die Waffe, und ich feuerte, beinahe ohne nachzudenken, auf eine seiner Kniescheiben.

Diocares versuchte sein Gleichgewicht zu halten, und es gelang ihm, ohne einen Klagelaut nach vorn zu fallen. Sein rechtes Bein zitterte leicht, Blut rann aus dem Stoff seiner Hose. »Ich hetz dir 'nen Hund auf die Eier.«

»Du scheinst mir nicht gerade in der Verfassung zu sein, jemanden zu bedrohen«, sagte ich. Und indem ich den Colt in meiner linken Hand wog, fragte ich: »Und damit hast du Gordon umgebracht?«

»Jeder verdient sich seinen Lebensunterhalt, so gut er kann«, antwortete er, immer noch streitlustig.

Ich machte zwei Schritte auf ihn zu und trat ihm ins Gesicht.

»Du verlierst deine Zeit, Heredia.«

»Noch eine Abfuhr, und du endest als Invalide«, sagte ich und zielte auf sein gesundes Knie.

»Hurensohn!«

»Das weiß ich schon. Erzähl mir was Neues!«

Ich drückte die Waffe gegen sein verwundetes Bein, bis der Schmerz seinen Willen ankratzte. Am Anfang meiner Arbeit, vor zehn bis fünfzehn Jahren, hatte ich häufig auf das Feuer meiner Pistole zurückgegriffen, die ich später lieber nur noch als Begleiterin in bösen Augenblicken benutzte. Aber Diocares war es gelungen, meinen alten, knurrigen Zorn wieder anzufachen, seine Schreie, die undeutlich bis zu meinem Hirn vordrangen, feuerten das Spiel der Waffe auf seiner Haut nur an.

»Es war ein Auftrag«, sagte er, und ich dachte, der wird jetzt reden, um seine Haut zu retten.

»Wer?«

»Die Person, die mich angeheuert hat, hat keinen Namen angegeben.«

»Du lügst«, sagte ich und drückte die Waffe wieder auf Diocares' Wunde. »So eine Arbeit macht man nicht, ohne sich rückzuversichern.«

»Calvetti«, sagte Diocares.

Ich spürte, daß er log, und bohrte den Waffenlauf in seinen Schmerz.

»Nicolás Leal«, stammelte er.

»Leal? Wer ist Leal?«

»Ein Typ, der in einem bestimmten Ministerium ein und aus geht.«

»Was willst du damit sagen?«

Ich wollte mit einer anderen Frage nachsetzen, hatte aber einen Augenblick lang nicht aufgepaßt und Diocares meine Unachtsamkeit genutzt, um mir einen Fußtritt zu versetzen. Ich spürte den Schmerz an der linken Wade und antwortete mit einem Schlag mit der Waffe auf seinen Kopf. Ich sah, wie sein Gesicht auf den Boden knallte, und brauchte ihn nicht einmal anzufassen, um zu wissen, daß er bewußtlos war. In diesem Augenblick hörte ich Schritte näher kommen. Ich durchsuchte Diocares' Jacke und fand sein Handy. Die Schritte hielten inne, und ich hörte die Stimmen von zwei Männern, die ein Fußballspiel kommentierten. Ich legte den Colt in Reichweite von Diocares und ging zum Ausgang. Zwei Sicherheitskräfte des Einkaufszentrums standen an der Tür zur Terrasse, hatten offenbar aber nicht die Absicht herauszukommen. Als sie sich entfernten, wählte ich die Nummer von Bernales' Büro und erzählte ihm in groben Zügen, was geschehen war.

»Zwanzig Minuten«, rief es aus dem Handy.

Ich kehrte zu Diocares zurück und band seine Fäuste mit dem Gürtel zusammen, der seine Hosen gehalten hatte. Wenn er aufwachen sollte, bevor Bernales kam, dann würde er erst einmal was zu tun haben. Dann warf ich das Handy ins Leere und machte mich zum Ausgang auf.

Im Einkaufszentrum herrschte weiterhin das verrückte, pausenlose Hin und Her. Leute gingen in die Läden und kamen wieder heraus, in ihren Blicken ein merkwürdiger Glanz, als wäre alles, was sie gerade sahen, der Widerschein eines leuchtenden Traumes, aus dem sie nicht aufzuwachen vermochten.

Ich suchte den Ausgang des Parkhauses, und nach zehn Minuten war mir klar, daß ich mich verlaufen hatte. Ich ging wieder in die Richtung zurück, aus der ich gekommen war, blieb vor dem Tresen eines Burger Kings stehen und bestellte einen doppelten Kaffee. Ein paar Sekunden lang hatte ich das Gefühl, daß die Leute, die mich umgaben, alle auf meine Gesten achteten. Ich probierte den Kaffee und verschüttete mit zittriger Hand etwas davon auf den Plastiktresen.

Ich steckte mir eine Zigarette an und erlangte erst, nachdem ich sie halb aufgeraucht hatte, das nötige Gleichgewicht, um den Becher mit dem Kaffee zu nehmen und auf ein paar Mädchen zu schauen, die am Nebentisch lachten.

Sie waren jung und hübsch. Sie wußten nichts vom Leben; später, an irgendeinem öden Nachmittag würden sie sich als resignierte Damen vielleicht sehnsüchtig an diesen Moment zurückerinnern.

Ein Raunen ging durch den Raum, und als ich zu den Rolltreppen schaute, sah ich vier Männer kommen, die eine mit einem grauen Tuch bedeckte Bahre trugen. Sie hatten das unverwechselbare Aussehen von Polizisten, und hinter ihnen ging, angespannt wie ein Flitzbogen, Bernales, der im Vorübergehen die sensationslüsternen Blicke der Leute auffing.

Als er mich sah, löste er sich aus der Gruppe und kam an meinen Tisch. »Ich dachte, Sie seien weit weg von hier«, sagte er. Sein Blick hatte einen merkwürdigen Glanz, den er hinter einem Lächeln zu verbergen suchte.

»Ich habe versucht zu laufen, bin aber nicht schnell vorwärts gekommen«, sagte ich.

»Ich brauche Ihre Aussage, Heredia«, sagte er ernst.

»Ist das notwendig?«

»Ihre Erlaubnis, eine Waffe zu tragen, berechtigt Sie nicht, den harten Jungen zu spielen.«

»Was ist mit Diocares passiert?« fragte ich.

»Als wir kamen, schleppte er sich zum Ausgang. Kaum bemerkte er uns, fing er an zu schießen. Wir haben zurückgeschossen, und er hat den kürzeren gezogen.«

»Ich hatte darauf vertraut, daß...«

»Erfinden Sie keine Geschichten, Heredia«, unterbrach mich Bernales. »Wenn Sie Diocares laufengelassen haben, dann doch nur, weil Sie ein Geständnis aus ihm herausgeholt haben. Trinken Sie Ihren Kaffee, und überlegen Sie sich jede Einzelheit Ihrer Aussage genau. Ich und meine Untergebenen möchten Ihnen ein paar Fragen stellen. Sie werden gründlich mit der Wahrheit herausrücken müssen, um heil aus dieser Sache herauszukommen.«

»Ich dachte, wir seien Freunde.«

»Ihre Freundschaft mit meinem Paten war ein Fehler, für den er bereits bezahlt hat«, entgegnete Bernales, während er zur Tür schaute, durch die seine Männer mit dem, was von Diocares übrig war, gerade hinausgegangen waren.

2

In der Zelle, in der es nach Urin und Erbrochenem stank, begriff ich, daß Bernales' Verhalten keine autoritäre Maskerade vor seinen Untergebenen war. Ich rauchte ein paar von den Zigaretten, die zu behalten mir gelungen war, und als meine Geduld sich gerade in Wut verwandelte, sah ich einen jungen Bullen kommen, der mir befahl, die Zelle zu verlassen und in den Raum zu gehen, in dem Bernales mich, an einem schmutzigen Tisch sitzend, erwartete.

Der junge Mann wies mich an, auf einem Metallstuhl Platz zu nehmen, und ließ Bernales und mich, nachdem er ihm ein Zeichen gemacht hatte, nur in Gesellschaft der brennenden Glühbirne zurück, die von der Decke hing.

»Sie hatten genug Zeit, um über Ihre Antworten nachzudenken, Heredia.«

Ich sah ihn schweigend an und wartete darauf, daß er sein Spiel aufdeckte.

»Die Geschichte ist ganz einfach, Heredia. Wenn Sie Diocares verfolgt haben, dann nur, weil Sie seit Ihrer Begegnung vor dem Hotel Central vorhatten, ihn zu eliminieren. Er beschattete Gordon, und Sie waren als Auftragskiller angeheuert worden, den Wirtschaftsprüfer zu töten.«

Bernales' Geschichte war absurd und so falsch wie eine Münze mit zwei Kopfseiten. Eine Strategie aus einem alten Handbuch, die er entstaubt hatte, um mich glauben zu lassen, daß ich in einem Netz gefangen saß, aus dem ich mich nur befreien konnte, wenn ich seine Bedingungen annahm. Ich hörte ihn sein Lügennetz spinnen, bis eine zweideutige Frage zu Leal seine wahren Absichten schlagartig deutlich machte.

»Wer ist Leal«, entgegnete ich. »Warum schützt du ihn?«

»Ich stelle hier die Fragen.« Bernales verzog ärgerlich das Gesicht. »Was hat er Ihnen über Leal gesagt?«

»Nichts. Er hat nur neben ein paar anderen Namen auch seinen Namen erwähnt«, räumte ich ein.

»Was für Namen? Wen noch?«

»Meine Mutter und zwei oder drei Schwestern, die ich nie gehabt habe, hat er mit unfreundlichen Worten bedacht.«

»Ihre Zukunft hängt von Ihren Antworten ab, Heredia. Überlegen Sie es sich gründlich«, meinte er, bevor er das Zimmer wieder verließ.

In der folgenden Stunde kam er noch viermal herein und ging wieder. Jedesmal, wenn er wiederkam, wiederholte er seine Fragen zu Leal. Doch seine wahre Sorge, das spürte ich, galt dem, der hinter Leal steckte.

»Ich habe keine anderen Antworten als die, die ich bereits gegeben habe«, sagte ich bei einem seiner Auftritte.

»Es fällt mir schwer, das zu glauben, Heredia.«

»Warum?«

»Weil Sie Geheimnisse bewahren können.«

»Meine Frage betraf dein Verhalten, Bernales.«

»Als ich Ihr Interesse am Tod Gordons sah, beschloß ich, Ihnen freie Bahn zu gewähren, für den Fall, daß Sie etwas Interessantes herausbekämen. Der Mord ist in Ihrem Viertel passiert, und keiner kennt es besser als Sie.«

»Und was ist das für eine Geschichte mit meinem Treffen mit Diocares im Hotel?«

»Ich habe Sie benutzt, Heredia. Merken Sie das denn immer noch nicht?«

»Nichts schmerzt mehr, als sich in seinen Freunden zu täuschen«, sagte ich.

»Übertreiben Sie nicht, Heredia. Eine Nacht mit Schießereien gemeinsam zu erleben heißt doch nicht, daß wir verwandte Seelen sind. Solís war Ihr Freund, ich nicht.«

»Ich dachte, du hättest etwas von ihm gelernt.«

»Solís gehörte einer ausgemusterten Schule an. Wäre er nicht gestorben, würde er mir jetzt Vorträge über seine Vorstellungen von Gerechtigkeit halten.«

»Wenn du Hilfe brauchtest, um Gordons Mörder zu finden...« Ich beendete den Satz nicht und beobachtete Bernales. In seinem Blick und in seiner letzten Antwort lag die Wahrheit, die ich bis zu diesem Moment noch nicht hatte erkennen können. Ich tat so, als räusperte ich mich, und wandelte meine Erklärung in eine Frage ab. »Du wolltest wissen, was ich herausbekam, um mich in einem günstigen Augenblick festzunehmen?«

»Was wollen Sie damit andeuten?« fragte er, in seinem eigenen Netz gefangen.

»Du deckst Leal oder jemanden, der bislang noch nicht erwähnt wurde. Du hast gesagt, du wüßtest nicht, wo Diocares zu finden sei, und hast eine falsche Spur gelegt. Du bist mit dieser Geschichte über Anwalt Meléndez in mein Büro gekommen...«

»Sie phantasieren, Heredia. Ein paar Stunden Feuchtigkeit und Dunkelheit werden Sie lehren, diesen Unsinn zu vergessen«, sagte Bernales. Dann machte er auf dem Absatz kehrt und verließ den Raum endgültig.

Ein paar Stunden darauf befahl mir ein unbekannter Polizist, die Zelle zu verlassen und zu einer Tür zu gehen, die auf die Straße führte. Die Bürgersteige um die alte Kaserne waren von einem weißen Licht übergossen, das die Stille des Morgengrauens noch verstärkte. Vor dem Gebäude sah ich vier Männer, die ebenfalls die Nacht in der Zelle verbracht hatten. Ich ging an ihnen vorbei und suchte in meiner Jacke nach einer Zigarette, die ich mir anzündete, als ich an der Ecke der Calle Bandera angelangt war. Die Nacht in der Zelle hatte mich fertiggemacht, und die Erinnerung an das Gespräch mit Bernales weckte in mir eine Traurigkeit, die ich aus Gründen, die mir selbst nicht ganz klar waren, am liebsten ausgelöscht hätte. War das, was ich gedacht hatte, richtig – oder stimmte, was Bernales sagte: daß ich vorschnelle Folgerungen zog? Ich erinnerte mich an den Blick des Polizisten und kam zu dem Schluß, daß es ein Fehler gewesen war, ihm zu vertrauen.

Ich blieb vor der Touring Bar stehen und trat auf ein Frühstück ein. Die Wände der Bar waren mit weißen Kacheln bedeckt. Ungleiche Tische, Plastikstühle mit Werbung auf der Lehne standen herum und hinter der Theke der Barbesitzer. Ein dreckiger, schlecht gekleideter Kunde vertrieb seine Trunkenheit mit einer doppelten Bouillon, und in seiner Nähe redeten zwei Nutten mit tiefen Augenringen leise miteinander. Ich setzte mich an einen Tisch und wartete, bis eine spillerige Kellnerin zu mir kam, die Stiefel und eine merkwürdige Kombination aus Jeans, grünem Kittel und einem Schal trug, der einen Teil ihres dünnen, mit Warzen übersäten Halses bedeckte.

»Sie habe ich ja ewig nicht gesehen! Wo haben Sie gesteckt?« fragte die Kellnerin, während sie eine Zuckerdose aus Bakelit auf den Tisch stellte.

Ich zuckte mit den Schultern und schwieg, um das Gespräch abzuwürgen.

»Was hätten Sie gern?«

»Eier und Kaffee.«

Die Frau ging, um die Bestellung aufzugeben. Ich dachte an Bernales und seine Farce. An Diocares, der einen Namen erwähnt hatte: Leal. Ich dachte an Cambell, der jede Menge Jobs machte, um seine Zeitschrift am Leben zu halten. An Ballinger, den Gringo, der mit der ruhigen Gewißheit derer durchs Leben ging, die immer wieder auf die Füße fallen, und an Bórquez, der verbissen seinen Kampf für die Umwelt führte. Ich dachte an sie und an die Nutzlosigkeit jeder ihrer Handlungen unter jener Sonne, die täglich eine Landschaft beschien, in der es an Belohnungen mangelte.

Die Frau kam mit dem Kaffee zurück, und während ich ihn mit zwei Löffeln Zucker süßte, wurde mir klar, daß ich nicht wußte, welches der nächste Schritt sein würde, den ich zu machen hatte. Ich nahm einen Schluck, schaute auf die Straße und sah Anselmo, der die Metallrollos an seinem

Kiosk hochzog, um die Morgenzeitungen auszulegen. Ich wartete, bis die Kellnerin mir die Eier gebracht hatte, und bat sie, dem Zeitungsverkäufer zu sagen, daß ich in der Bar saß.

Anselmo war wenige Minuten später bei mir. Er sah mit seinem brillantineglänzenden Haar und einer weißen Nelke im Knopfloch seiner Jacke zufrieden aus.

»Gestern habe ich Sie in der Wohnung besuchen wollen, aber Sie waren nicht da.«

»Ich habe eine meditative Nacht im Gefängnis zugebracht, Anselmo.«

»Und weshalb haben die Sie jetzt festgenommen, Don Heredia?«

»Wegen Naivität.«

»Und was soll das heißen, Don? Raucht man das, oder schnupft man das?«

»Man wird damit geboren und leidet ein ganzes Leben daran.«

»Wenn Sie anfangen, schwierig zu reden, verstehe ich nicht einmal mehr die Hälfte.«

»Irgend etwas Neues?« fragte ich ihn, nachdem ich die Eier in Angriff genommen hatte.

»Ich habe gehört, was im Billardsalon Mallorca passiert ist. Die Alten waren glücklich, als ich ihnen erzählt habe, daß Pitico jetzt den Schwanz ganz eingezogen trägt.«

»Besser als gar nichts.«

»Die Alten bereiten einen Besuch bei Ihnen vor.«

»Sag mir den Tag und die Stunde, damit ich so weit weg wie möglich verschwinde.«

»Verdammt, Don, Sie sind mir vielleicht einer.«

Ich trank noch einen Schluck Kaffee. Anselmo setzte sich neben mich, und an seinem Gesichtsausdruck erkannte ich, daß er mir ein Geständnis machen wollte.

»Was ist?« fragte ich ihn.

»Haben Sie Zeit, Don?«

»Pressekonferenzen gebe ich erst nach zwölf Uhr mittags.«

»Sind Sie sicher, daß Sie mir zuhören können?«

»Das habe ich dir doch schon gesagt. Nun komm schon.«

»Wenn Sie lachen, komme ich um.«

»Was ist dein Problem?«

»Raten Sie«, sagte Anselmo, während er um sich blickte, als befürchtete er, jemand Fremdes würde ihn beobachten.

»Die Wahrsagerin.«

»Woher wußten Sie das, Don?«

3

Ich kraulte Simenon unter dem Kinn, und er streckte sich auf meinen Beinen lang aus, wobei er so tat, als würde er seine Hinterpfoten gegen etwas pressen. Sein Fell war in den letzten Jahren weiß geworden, hatte den aschfarbenen Ton verloren, den es hatte, als er in meine Wohnung gekommen war.

»Erinnerst du dich an die Zeit, als wir uns kennengelernt haben? Jetzt ist sie eine Handvoll unscharfer Bilder. Namen, Tatsachen, Orte. Alles hat seinen Sinn verloren. Hast du gemerkt, wie wenig vom alten Viertel übriggeblieben ist? Wo früher die Krämerläden waren, sind jetzt Läden für gebrauchte Kleidung oder billigen Chinaplunder. Die Bars machen zu, und in den Oben-ohne-Läden überleben ein paar immer ältere, verwelktere Tänzerinnen. In zwei Jahren werden sie unser Haus verkaufen und an seiner Stelle ein Hochhaus für Manager mit breiter Krawatte und Herzen bauen, die so groß wie ein Taschenrechner sind.«

»Was für eine Stimmung! Ich sehe schon, Bernales' Streich hat dir den Tag versaut. Was hältst du von einem Glas?«

»Vor ein paar Tagen hast du etwas von nur wenig oder fast gar nichts trinken erzählt.«

»Man hat doch das Recht, seine Meinung zu ändern.«

»Wer kann dich schon verstehen, Simenon!«

»Warum gehst du nicht zu Griseta?« entgegnete der Kater, ohne auf meine Frage einzugehen.

»Sie ist jung, dickköpfig und intelligent. Drei Waffen, gegen die ich nichts ausrichten kann«, sagte ich und umarmte Simenon, bis mir vor Müdigkeit die Augen zufielen. »Außerdem habe ich ein Abkommen mit ihr geschlossen. Alles ist dem Zufall überlassen.«

Am Morgen lag ich noch immer da. Simenon kratzte meine Arme, und das Brummen heiser gewordener Autos drang durch das Fenster. Ich schob Simenon zur Seite, und bevor ich den ersten Kaffee des Tages aufbrühte, rasierte ich meine Wangen sorgfältig wie ein Bräutigam. Dann ging ich hinunter auf die Straße und schlenderte, in die Schaufenster guckend, bis zum Büro von Cambell.

Die Tür zum Büro stand offen. Der Journalist, der an seinem Schreibtisch saß, hielt eine dampfende Tasse Tee in den

Händen und schaute aus dem Fenster, das auf die Calle Diez de Julio ging.

Erst als ich neben ihm stand, bemerkte er mich.

»Diese Stadt ist einfach widerlich«, sagte er, ohne mich anzusehen. »Täglich mehr Autos, Smog und Scheiße. Als mein Alter Anfang der siebziger Jahre dieses Apartment gekauft hat, kamen noch Pferdefuhrwerke vorbei, und man konnte von hier aus die Madonna auf dem Sierro San Cristóbal sehen.«

»Das ist nicht der Grund für deine Sorgen«, sagte ich und musterte sein abgemagertes Gesicht, dem man die schlaflosen Nächte ansah.

»Dieses Schiff geht unter, Heredia. Letzten Monat haben fünf Anzeigenkunden gekündigt, und der Verkauf ist um die Hälfte zurückgegangen. Es ist unmöglich, unabhängigen Journalismus zu betreiben. Die dicken Fische schlucken alles, was ihnen in die Quere kommt. Verstehst du das? Während der Diktatur stand die Zeitschrift an vorderster Front, und jetzt bringt sie keinen Pfifferling ein.«

»Und deine Kontakte? Deine Genossen aus der Partei?«

»Die haben, kaum hatten sie den Geruch des Geldes kennengelernt, das Haus, das Auto und die Freunde gewechselt. – So geht es nicht weiter, Heredia.«

Ich verscheuchte die Erinnerung an Bernales mit der einfachen Geste des Zigaretteanzündens und schaute zum Fenster, das die ersten Zärtlichkeiten eines sanften Regens empfing.

»Hast du getrunken?« fragte Cambell.

»Ich bin spazierengegangen. Ich bin traurig und niedergeschlagen.«

»Wie steht's um die Geschichte mit dem Rechtsanwalt?« fragte Cambell.

»Schlecht«, sagte ich und erzählte, was mit Diocares passiert war.

»Hat er nichts preisgegeben?« fragte er am Ende meiner Erzählung.

»Er hat einen gewissen Leal erwähnt. Jemand, der, wie es scheint, für die Regierung arbeitet. Aber mir sagt sein Name, ehrlich gesagt, überhaupt nichts. Zumindest gehört er nicht zu denen, die in den Nachrichten auftauchen.«

»Leal? Den kennst du nicht?« meinte er, während er nach dem Hörer griff. »Ich glaube, ich weiß, wen Diocares meinte; muß nur noch eine Angabe bestätigt bekommen.«

Er fragte nach Pérez, und dann hörte ich ihn mit in ein Wispern verwandelter Stimme drei- oder viermal Leal erwähnen.

»Pérez erwartet uns«, sagte Cambell kurz darauf. Er steckte eine Zigarette an, zog sich die Kordjacke über und verließ eilig das Büro. Ich holte ihn auf der Straße ein, als er den Motor seines Wagens bereits angelassen hatte. Ich stieg ein und setzte mich schwer atmend neben ihn.

»Was hat dich denn gestochen, Cambell?«

»Ich habe Pérez im Innenministerium angerufen. Er sagt, es gebe einen Kerl namens Leal, der da immer rumläuft. Niemand weiß genau, was er macht. Wie es scheint, hat er Rückendeckung von irgendeinem Assessor oder Staatssekretär. Mir war klar, daß Pérez ihn nicht mag und bereit ist, ein paar Palastgeheimnisse preiszugeben, wenn das hilft, Leal zu schaden. Er wartet im Lucero auf uns, einem Laden in der Nähe der Alameda.«

Das Café war vom angenehmen Duft frischgebackenen Brots erfüllt. Die Tische waren klein und mit einer Platte aus Marmorimitat versehen, und in der vom Eingang am weitesten entfernten Ecke wartete Pérez auf uns. Er war dick, in Blau gekleidet und hatte einen schmalen, sorgfältig gestutzten Schnurrbart. Vor ihm standen drei Stück Kuchen, die er zufrieden betrachtete, bereit, sich jeden Augenblick auf sie zu stürzen. Cambell stellte uns einander vor, und noch während wir bei einem Kellner Kaffee bestellten, verspeiste Pérez das erste Kuchenstück mit der Gefräßigkeit eines Tigers aus einem armen Zirkus.

»Wie geht es dir, Cambell?« fragte er unbeteiligt.

»Nicht so gut wie dir, *Geier*«, entgegnete Cambell, der dem Dicken etwas Honig um den Bart schmieren wollte. »Erfolg, Macht und Scheine. Nicht wiederzuerkennen. Du siehst wie ein Fürst aus.«

Ich trank einen Schluck Kaffee, um Pérez nicht ins Gesicht zu lachen, der, nachdem er ein zufriedenes Lächeln angedeutet hatte, die nötige Sekunde geistiger Klarheit aufbrachte, um die Ironie des Journalisten zu bemerken.

»Ich habe meine Stärken und die Gelegenheiten genutzt. Ein strategisches Herangehen und...«

»Und opportunes Verhalten«, kommentierte ich.

»Im besten Sinne des Wortes«, sagte Pérez, der mir sein Profil zuwandte.

»Kommen wir zu dem, was uns interessiert«, unterbrach mich Cambell, der meine nächsten Worte voraussah.

Pérez nickte und widmete sich die nächsten dreißig Sekunden dem zweiten Stück Kuchen.

»Leal«, sagte Cambell. »Was kannst du über ihn sagen?«

»Nicolás Leal«, betonte Pérez. »Ein Typ, der im Ministerium auftaucht und immer mit Vicencio, einem der Assessoren des Staatssekretärs, zusammen ist. Keiner kann ihn leiden. Während der Diktatur hat er als Informant im Regierungssitz von Pinochet gearbeitet, und später, nach der Rückkehr zur Demokratie, hat er sein Wissen feilgeboten. Er pflegt sich Analyst zu nennen, ist aber nichts weiter als ein Spitzel, der sich an den besten Bieter verkauft. Es ist bekannt, daß man im Ministerium auf die alten Spitzel der Geheimpolizei oder der Carabineros und auch auf ein paar Mitglieder der linken Parteien zurückgegriffen hat. Mich amüsiert der Gedanke, daß ein paar Faschisten und Ultralinke auf derselben Lohnliste stehen.«

»Der Konsens vereinheitlicht viele Listen«, sagte ich. Cambell machte mir ein Zeichen, daß ich den Mund halten solle.

»Es heißt, daß er am Aufbau eines Informantennetzes zur Neutralisierung extremistischer Gruppen mitgewirkt hat und daß dank seiner Berichte verschiedene Rodriguez-Anhänger gestürzt sind. Seine Angaben betreffen immer die Linke, denn an rechtsextreme Gruppen wagt sich niemand ran. Sie werden weiterhin von Männern des Generals geschützt.«

Ich erzählte Pérez in groben Zügen, was mit Diocares passiert war und von seiner möglichen Verbindung zu Leal.

»Ihre alten Sympathien mit den Militärs sind ein gemeinsamer Nenner«, meinte Pérez. »Wenn Diocares zudem noch politische Informationen sammelte, wird eine Verbindung zwischen den beiden noch wahrscheinlicher.«

»Wo finde ich Leal?«

»Er hat keine festen Zeiten im Ministerium, und seine Adresse ist geheim«, antwortete Pérez. »Aber vor zwei Wochen lag er mit Grippe im Bett und mußte einen Bericht abliefern. Ich stand zufällig bei der Sekretärin, als er anrief. Sie hat seine Adresse auf einem Stück Papier notiert, und ich konnte sie erkennen. Man kann ja nie wissen, wann oder wozu eine Information einmal gut sein kann.«

»Wie sieht er aus?«

»Groß, sehr schlank, grauhaarig. Er ist schon vor ein paar Jahren fünfzig geworden, trägt aber immer noch gern sportliche Kleidung. Er spielt zweimal in der Woche Tennis, und freitags geht er immer ins türkische Bad.«

»Leal war also keine Erfindung von Diocares«, dachte ich laut.

Pérez antwortete mit einem selbstzufriedenen Lächeln, schaute auf seine Uhr, um damit zu signalisieren, daß die Zeit, die er uns gewährte, sich ihrem Ende näherte, und nahm das letzte Stück Kuchen vom Teller.

»Danke«, sagte Cambell. »Ich bin dir was schuldig.«

»Solltest du herausfinden, daß Leal in irgend etwas Trübes verwickelt ist, zögere nicht, in dicken Lettern darüber zu schreiben. Du würdest mir einen großen Gefallen tun.«

»Ich werde es im Hinterkopf behalten.«

Pérez erhob sich und verließ, im Bewußtsein, daß wir ihn beobachteten, gemächlich das Café.

»Können wir ihm glauben?« fragte ich.

»Er hat ein Interesse daran, Leal aus seinem Umfeld zu entfernen. Sonst hätte er nicht den Mund aufgemacht. Pérez ist und bleibt ein finsterer Dickwanst.«

»Ich muß Leal finden.«

4

Die Suche war ein Schuß in den Ofen. Ich verließ das Büro, noch bevor ich die ersten Tauben auf dem kleinen Balkon gurren hörte, der zur Calle Bandera hinausgeht, und wartete vor der Wohnung Leals, die in einem kürzlich erbauten Haus in der Nähe der Plaza Ñuñoa lag. Es war ein kühler Morgen. Welke Blätter bedeckten die Bürgersteige, und die dicken Wolken am Himmel ließen einen von Regen träumen, den die Stadt so nötig brauchte, um sich vom Smog zu befreien. Ich kaufte *La Nación* und amüsierte mich eine halbe Stunde lang mit den Sportseiten und einem Interview mit dem Jockey Luis Torres, das aus der Feder eines Journalisten namens Haltenhoff stammte, der mir vor Jahren, als ich den Mörder einer Stewardess suchte, geholfen hatte, die Viertel von Buenos Aires zu durchkämmen. Seither waren zehn Jahre vergangen, und obwohl ich ihn nur hin und wieder sah, ließ ich keine seiner Kolumnen aus und erinnerte mich gern an unsere Gespräche in La Poesia, einer Bar in San Telmo, in die jede Nacht ein blinder Geiger kam, der die Tangos von Mariano Mores spielte.

Leal verließ seine Wohnung um zehn Uhr. Er trug eine blaue Jeansjacke. Sein gut frisiertes, glänzendes graues Haar fiel ihm bis auf die Schultern. Er stieg in einen Opel Astra, und ich konnte ihn eine kleine Strecke lang verfolgen, bis der Chevy sechs Blocks weiter sich wie ein verletzter Stier schnaufend weigerte, seinen Weg fortzusetzen. Ich öffnete die Motorhaube, und nachdem ich wahllos drei oder vier Kabel umgestöpselt hatte, hatte ich den Motor soweit, daß er wie ein asthmatischer Kater schnurrte und der Wagen wieder durch die Straßen glitt.

Ich fuhr, bis ich mein vertrautes Viertel wieder erreicht hatte, parkte den Wagen neben Anselmos Kiosk, der zu meiner Verblüffung geschlossen war und an dem an jeder Seite ein Plakat mit der Aufschrift »Zu verkaufen« hing.

Meine Verblüffung verdoppelte sich noch, als ich, in meinem Büro angekommen, Anselmo mit einem Lederkoffer zu seinen Füßen an meinem Schreibtisch sitzen sah.

»Gut, daß Sie kommen, Don. Wären Sie fünf Minuten später erschienen, wäre ich gegangen, ohne mich von Ihnen zu verabschieden«, sagte Anselmo.

»Verabschieden? Wovon redest du?«

»Ich habe den Kiosk geschlossen. In einer Stunde reise ich mit Zara nach Viña del Mar. Sollen die Jungen arbeiten. Ab heute lege ich mich auf die faule Haut, neben mir meine Wahrsagerin und vor mir das ganze weite Meer für mich. Wie finden Sie das, Don?«

»Wie hat man dich denn dazu gekriegt?«

»Zara macht ihre esoterische Praxis in Viña auf. Ihre Großtante, möge Gott ihr auf seinen bequemen Wolken gnädig sein, ist gestorben und hat ihr eine Wohnung und genügend Moos hinterlassen für ein sorgenfreies Leben. Zara wird eine luxuriöse Praxis haben und Werbezeit im Radio kaufen, um ihre Ratschläge und die Produkte, die sie verkauft, anzupreisen.«

»Diese Hexe hat dir dein Gehirn ausgelutscht, Anselmo. Ich hätte das ahnen und dich eindringlicher warnen müssen. Du bist doch aus dem Alter für so etwas raus.«

»Liebe, Don. Rein und energetisch. Von den Gestirnen

und den Karten des Schicksals bestimmt. Und auch wenn das alles Quatsch sein sollte, mir ist das egal. Ich habe es satt, allein zu sein, Don. Für einen allein zu kochen, Nudeln wieder aufzuwärmen und frierend zu schlafen. Ich setze, was die Jahre betrifft, die mir noch bleiben, auf diese Frau.«

»Kann ich etwas für dich tun, Anselmo?« sagte ich, meinen Beichtvater aus Kinderzeiten nachahmend. »Dich zum Arzt bringen, dich auf ein paar Glas einladen.«

»Wenn Sie damit beabsichtigen, meine Meinung zu ändern, gar nichts. Aber in Erinnerung an alte Zeiten können Sie mir zwei Gefallen tun.«

»Ich höre.«

»Der Kiosk steht zum Verkauf. Ich habe eine Anzeige in *El Mercurio* geschaltet und Ihre Adresse angegeben. Verkaufen Sie ihn für zwei Millionen Pesos, und wir teilen halbe-halbe, Don.«

»Ich habe in meinem Leben noch nicht einmal eine Nähnadel verkauft, Anselmo.«

»Was kostet es Sie schon? Sie sprechen mit den Interessenten, sagen ihnen den Preis und zählen die Scheine. Ganz einfach, Don.«

»Also gut«, sagte ich mißmutig.

»Ich schreibe Ihnen später meine neue Adresse«, sagte Anselmo und machte ein paar Schritte bis zur Bürotür.

Ich schaute seine Augen an und sah, daß darin Tränen glänzten.

»Ich werde Sie vermissen, Don.«

»Wer wird mir die Zeitung bringen? Wer wird mir den Klatsch aus dem Viertel erzählen?«

»Ich werde Ihre verwickelten Abenteuer niemals vergessen…«

»Wie oft hast du mich gerettet, Anselmo.«

»Besser, Sie machen damit nicht weiter, Don. Diesmal habe ich die Luxuskarte gezogen, und wenn ich sentimental werde, könnte ich vielleicht die Zügel nicht mehr halten.«

»Ganz bestimmt«, sagte ich nicht sehr überzeugt. »Was ist der andere Gefallen?«

»Wünschen Sie mir Glück, Don.«

Ich ging zum Zeitungsverkäufer und nahm seine alten Knochen in meine Arme.

»Sie haben immer meine alten Geschichten geglaubt«, sagte er und blieb bei mir stehen.

»Ich habe dich im Hipódromo Chile als Jockey gesehen. Du warst einer von den Großen, wie Carlitos Rivera oder der Meister Pedro Ulloa.«

»Ich gehörte dazu. Zu gut, um die Pferde zu schlagen, und ein festes Handgelenk. Doch ich hatte nie Pferde, die eine Chance hatten.«

»Einmal habe ich bei einem Zweitausend-Meter-Rennen auf dich gesetzt. Du bist in der Außenposition in die Zielgerade eingebogen, und genau auf Höhe der Zielkamera hast du zwischen deinen Esel und den Favoriten eine halbe Kopflänge gebracht. Das Pferd hat vierzigmal die Wette eingebracht.«

Anselmo machte ein paar Schritte zurück, nahm den Koffer und öffnete die Tür.

»Das Rennen von Viña werde ich von Anfang bis Ende gewinnen, Don.«

»Viel Glück.«

»Danke, Don. Falls Sie mal in Viña vorbeikommen...«

»Viel Glück, Anselmo«, sagte ich und schloß die Tür, bevor der Zeitungsverkäufer die erste dicke Träne vergoß.

Simenon kam zu mir und schlängelte sich um meine Beine. Ich nahm ihn in den Arm und schaute ihm in die Augen, bis ich in ihnen mein trauriges Gesicht widergespiegelt sah. »Wußtest du etwas davon?«

Simenon floh aus meinen Armen und war mit ein paar Sätzen auf dem Schreibtisch, wo er mit seinen Pfoten das Telefon bearbeitete.

»Alle verlassen mich. Die Freunde gehen weg, und die Geliebten vergessen dich. Es fehlt nur noch, daß du...«

»Glaubst du, ich könnte dich verlassen?«

»Irgendwann...«

»Blödmann«, rief Simenon vom Schreibtisch her.

»Was hältst du von einem Gläschen?«

»Eins, und dann an die Arbeit.«

»Arbeit?«

5

»Ich bin derjenige, dem die Gefahren, die großen Heldentaten und die tapferen Waffengänge vorbehalten sind«, hatte Alonso Quijanos in seinem Fieber gesagt. Und dieses Zitat, das eilig mit dem Bleistift angestrichen worden war, brachte mich auf ein paar Gedanken zu Gordon und zu denen, die für seinen Tod verantwortlich waren. Ich beschloß, einen kühnen Spielzug zu wagen, fuhr mit dem Fahrstuhl hinunter, ließ die Straßen meines Viertels hinter mir, fuhr an der Plaza Italia vorbei, bis ich an das Haus von Adelina Dupré gelangte, ein zweistöckiges Gebäude in einer Passage mit Bäumen, die verständnisinnig den ganzen Bürgersteig in Dunkelheit tauchten.

Das Haus war von einer Ligusterhecke umgeben. Es brannte nur noch Licht in einem Zimmer im ersten Stock. Ich versicherte mich, daß niemand mich sah, und sprang über die Hecke. Meine Füße versanken in einer Matratze aus weicher Erde. Ich wartete ein paar Sekunden lang, näherte mich dann dem Haus auf einem Kiesweg, von dem ich annahm, daß er zur Küchentür führte. Der Rest war einfach. Ich brach, ohne Lärm zu machen, die Tür auf und trat in ein Zimmer, in dem drei Sessel und mehrere Ecktische und zwei Vitrinen standen, in denen ich eine Porzellansammlung erkannte. Ich stolperte über den Rand eines Teppichs, und fünfzehn Sekunden lang wartete ich auf eine Reaktion aus einem anderen Teil des Hauses. Die Stille als Antwort machte mir Mut, in den ersten Stock hinaufzusteigen.

Das Zimmer, in dem Licht brannte, war Adelina Duprés Schlafzimmer. Ich zog die Pistole und machte die paar Schritte bis zum Fußende eines Doppelbetts. Die Nachttischlampe brannte, und neben dem Bett erkannte ich einen Roman von Irving Wallace. Die Rechtsanwältin schlief mit offenem Mund, und ihr mit Creme bedecktes Gesicht sah so gespenstisch aus, daß ich einen Augenblick lang schwankte. Die Angst verging sofort. Ich legte die Pistole an ihre rechte Schläfe und preßte sie so lange daran, bis die Frau die Augen öffnete und ihr Schrecken so dicht wie die Dunkelheit war, die durch das Fenster drang.

»Ruhig«, sagte ich. »Ich will Ihnen nichts Böses.«

Die Anwältin blickte aus dem Augenwinkel zum Telefon, das auf dem Nachttisch stand, doch bevor sie ungeschickt danach griff, hatte ich bereits den Stecker aus der Dose gezogen und den Apparat unter das Bett geschoben.

»Sie...«, begann die Anwältin.

»Ist noch jemand im Haus?«

Ich spürte, daß Adelina Dupré lügen würde, und preßte die Pistole wieder an ihren Kopf.

»Vilma, das Dienstmädchen, sie geht um acht. Ich bin gern allein.«

»Um so besser, dann haben wir Zeit und Ruhe, um uns zu unterhalten.«

»Sie sind der Detektiv, der bei mir im Büro war«, erinnerte sie sich. »Was wollen Sie?«

»Einige Wahrheiten.«

»Es ist wegen Gordon, nicht wahr?«

»Ich habe ein paar Fäden miteinander verbunden und glaube, daß Sie den Anfang des Knäuels kennen.«

»Ich versichere Ihnen, daß dieser Überfall nicht ohne Folgen für Sie sein wird.«

»Mir scheint, Sie befinden sich nicht in einer Position, die Ihnen erlauben würde, Regeln aufzustellen«, sagte ich und fügte, da ich keine Lust hatte, dieses Gespräch länger hinauszuziehen, hinzu: »Sie wissen, warum Gordon umgebracht wurde. Er hat einen negativen Bericht über das Projekt verfaßt, das die Consultora Benex betreut, und jemand war daran interessiert, das Dokument verschwinden zu lassen. So ist es doch, oder?«

Die Frau schloß die Augen, als glaubte sie in der plötzlichen Dunkelheit einen Ausweg aus ihrer Situation finden zu können.

»Gordon wollte den Bericht nicht ändern, und Sie –«

»Ich weiß, ehrlich gesagt, nicht, worüber Sie reden.«

»Nicolás Leal denkt da anders«, sagte ich, und das Gesicht der Frau verzog sich in unterdrücktem Zorn.

»Was ist? Sagt Ihnen der Name etwas?«

»Nein. Sollte er das?«

»Ihr Gesicht spricht Bände. Versuchen Sie nicht, mich zu täuschen. Was ist mit Leal?«

»Nichts.«

»Ich habe wenig Geduld, wenn man es darauf anlegt, mit mir zu spielen. Wir sind allein, niemand hat mich ins Haus kommen sehen, und ich kann, wenn ich will, sehr unangenehm werden.«

»Leal hat alles organisiert«, meinte Adelina Dupré, bereit zu einem Geständnis.

»Ich höre.«

»Er erschien eines Nachmittags in meinem Büro. Er erzählte mir von seiner Arbeit und einem gewissen Einfluß seitens des Ministers, der ihn protegiere. Er erzählte vom Projekt Gaschil und von einigen Personen, die daran interessiert waren, ein schnelles, positives Urteil seitens des Rechnungshofes zu erhalten. Er war gut informiert. Er wußte über Gordons Arbeit Bescheid und darüber, daß er mir unterstellt war. Ich sagte ihm, er sei verrückt, wenn er meinte, ich könnte ihm helfen. Aber letztlich habe ich es getan. Gordon hat sich geweigert, den Bericht zu ändern. Leal sprach von einer anderen Verfahrensweise. Man bot Gordon über Claudio Plaza Geld an. Gordon änderte seine Haltung nicht und wurde in der Woche darauf tot aufgefunden. Ich hatte Angst und rief Leal an. Er meinte, ich solle mir keine Sorgen machen, aber ich war so dumm, etwas über den Bericht zu sagen. Er rastete aus. Er bat mich, ihn verschwinden zu lassen, und später, als Gordons Sekretärin gegangen war, bin ich in sein Büro gegangen und habe die Dateien in seinem Computer gelöscht. Ich dachte, das würde reichen, doch am nächsten Tag begegnete ich rein zufällig dem Boten, der den geschriebenen Bericht brachte.«

»Sie haben ihn entgegengenommen und einen Streit mit Morales angezettelt, um Gordons Bericht unbemerkt zur Seite zu legen. Er trug dann nur noch die zwei anderen ein.«

»Es sah alles einfach aus, bis Leal anrief und ich ihm vom Boten erzählte.«

»Der am nächsten Tag überfahren wurde…«

Die Frau wich meinem Blick aus. Von der hochnäsigen Rechtsanwältin, die mich ein paar Tage zuvor in ihrem Büro empfangen hatte, war nichts mehr übriggeblieben.

»Ich wollte niemandem Schaden zufügen. Ich schätzte Gordon, und den Boten kannte ich kaum. Ich hatte auch nicht angenommen, daß Leal es derart weit treiben würde.«

»Warum taten Sie es?«

»Er bot mir Geld«, antwortete sie für meinen Geschmack zu schnell.

»Sie lügen. Sie brauchen kein Geld. Sie leben allein, haben ein gutes Gehalt, führen ein ruhiges Leben.«

Ein paar Tränen rollten über Adelina Duprés Wangen. Ich nahm die Pistole von ihrer Schläfe und machte ein paar Schritte zurück, als könnte sie, wenn ich mich entfernte, meine Gründe besser verstehen.

»Das ist eine alte Geschichte«, meinte sie. »Auch wenn er älter ist als ich, habe ich Nicolás kennengelernt, als wir an der Juristischen Fakultät studierten. Sein bester Freund hieß Bernardo Puente, ein Junge aus Vallenar, in den ich mich verliebte. Ich gab ihm alles, bis er genug hatte und mir gestand, daß sein Interesse für mich nur auf einer Wette zwischen ihm und einigen seiner Freunde beruhte. Wenn es nur eine enttäuschte Liebe gewesen wäre. Aber wie kann man weiterleben, wenn einem gesagt wird, daß man das Opfer einer Wette war? Und das war nicht alles. Ich wurde schwanger, und Bernardo wollte die Verantwortung nicht übernehmen. Meine Eltern lebten in Valdivia. Ich wagte nicht, ihnen die Wahrheit zu erzählen. Eine Freundin hat mich bei sich aufgenommen, bis das Kind geboren wurde, und ich habe es sofort zur Adoption freigegeben.«

»Wo ist dieses Kind?«

»Ich wollte es nie wissen. Ich war ein Mädchen, das allein, ängstlich und enttäuscht war.«

»Hat Leal davon erfahren?

»Genau. Und hinter dem Rücken von Bernardo hat er, bis meine Eltern starben, diese Information benutzt, um mich zu erpressen. Dann glaubte ich, ich würde ihn nie wiedersehen, aber da hatte ich mich ein zweites Mal geirrt.«

»Er erschien wieder, um Ihnen den Fall Gordon vorzutragen.«

»Mein Beruf und meine Karriere sind das einzige, was ich habe. Hätte Nicolás das Gerücht in Umlauf gebracht, hätte ich viele Erklärungen abgeben müssen. Sie können sich nicht vorstellen, wie sie mich verspottet hätten. Und mehr noch, ich hätte mich der Wahrheit stellen müssen.«

»Niemand kann sich das ganze Leben lang selber betrügen.«

»Ich hatte es geschafft. Oder zumindest glaubte ich es. Doch seit Gordons Tod bin ich nur noch eine Marionette, die Rituale und Regeln befolgt, die sie in langen Jahren gelernt hat.«

»Vielleicht ist der Augenblick gekommen, in dem Sie ein Licht erkennen.«

»Was wollen Sie damit sagen?«

»Ehrlich gesagt, weiß ich es nicht. Worte. Ich komme selber mit meinem Leben so gerade eben zurecht und bin daher wenig geeignet, anderen Ratschläge zu erteilen.«

»Warum sind Sie in mein Haus gekommen?«

»Manchmal kann ich es nicht lassen, Wahrheiten herauszukriegen.«

»Werden Sie Leal aufsuchen?«

»Habe ich eine Alternative?«

»Werden Sie der Polizei preisgeben, was ich Ihnen erzählt habe?«

»Nicht, wenn es sich vermeiden läßt. Aber Sie müssen mir versprechen, Leal nichts über dieses Gespräch zu sagen.«

»Niemals. Das verspreche ich Ihnen.«

»Und noch etwas. Was haben Sie mit Gordons Bericht gemacht?«

»Ich habe Nicolás das Original gegeben und zwei Kopien für mich behalten.«

»Das dachte ich mir. Es gibt keinen Beamten, der widerstehen kann, wenn es darum geht, Papiere anzuhäufen.«

»Der Bericht ist gut gemacht. Ich habe einige Daten in

meinem Bericht wiedergegeben. Allgemeines, selbstverständlich.«

»Wo sind die Kopien?«

»Eine ist im Büro, und die andere verwahre ich hier zu Hause.«

»Haben Sie dem Präsidenten des Rechnungshofes den Bericht vorgelegt?«

»Ich habe um eine Verlängerung der Abgabefrist gebeten.«

»Sie müssen zwei Dinge tun. Geben Sie mir eine Kopie des Berichts, und überreichen Sie Ihrem Chef, wenn es soweit ist, eine Studie, die die Schlußfolgerungen von Gordon enthält.«

»Und was sage ich Leal?«

»Wenn alles so läuft, wie ich hoffe, dann müssen Sie ihm gar nichts sagen. Im Gegenteil, denken Sie einen Augenblick an Gordon und Morales.«

Sie senkte den Kopf und nickte wie ein gescholtenes kleines Mädchen. Dann öffnete sie die Nachttischschublade und zog eine grüne Mappe heraus, die sie mir überreichte. Ich steckte meine Pistole in die Jacke und sah das Dokument durch, bis ich die Absätze fand, die ich in Gordons Manuskript gelesen hatte. Dann machte ich mich zum Aufbruch bereit.

»Warum bleiben Sie nicht?« fragte sie.

Ich schaute sie an, um herauszufinden, was sie vorhatte, und sah eine müde Frau, die den Rest der Nacht nicht allein verbringen wollte.

»Ich kann einen Kaffee machen oder was zu trinken holen.«

»Ein Kaffee macht das Aufwachen am nächsten Morgen einfacher«, sagte ich und ging zum Bett. »Vielleicht gibt es da noch ein paar Sachen über Leal, die wir noch nicht besprochen haben.«

»Was möchten Sie noch wissen?«

6

Adelina Dupré redete die ganze Nacht. Von ihrer Kindheit bei alten, strengen Eltern, die ihr sogar die kleinsten Träume auszutreiben versuchten; von den Nonnenschulen, in die sie gegangen war, und davon, wie sie zu Beginn ihrer Jugend entdeckte, daß sie unabänderlich häßlich war, was sie dazu brachte, sich aus den Mädchencliquen zurückzuziehen, und wie sie in einem Alter, in dem auch sie ihre Phantasien von der Ankunft des Traumprinzen hatte, unter der Gleichgültigkeit ihrer männlichen Kollegen gelitten hatte. Aber anders als in den Märchen war sie in ihrer persönlichen Geschichte der widerliche Frosch geblieben, und ganz allmählich hatte sie gelernt, ihre Einsamkeit zu leben, indem sie sich hinter ihrem Studium und einem ungeselligen Wesen verschanzte, um ihre Enttäuschungen zu verbergen. Ich hörte noch einmal die Geschichte mit Bernardo Puente, der nach dem Studium nach Vallenar zurückgekehrt war und die häßlichste seiner Kommilitoninnen längst vergessen hatte.

Als das Morgenlicht ins Schlafzimmer fiel, ließ es Adelina Dupré mit ihren Erinnerungen genug sein und schloß sich im Bad ein, aus dem sie, nach Paloma-Picasso-Parfüm duftend, in einem blauen, taillierten Kostüm wieder herauskam.

Ich begleitete sie bis zur Haustür, vor der sie in einen grünen Mazda stieg.

»Ich kann Sie mitnehmen«, sagte sie und hatte wieder den Tonfall, den sie im Büro benutzte.

»Mein Wagen steht einen halben Block weit von hier.«

Sie schaute mich an, und ich spürte, daß sie nach einem freundlichen Wort suchte.

»Gehen Sie ganz bestimmt nicht zur Polizei?«

»Ich habe alles vergessen, als ich aus Ihrer Haustür trat.«

»Das glaube ich«, sagte sie. »Ich habe noch nie einen Mann kennengelernt, der sich an mich erinnern wollte.«

Ich schaute sie schweigend an und ging zum Tor. Der Mazda startete eilig, und ein paar Sekunden später verschwand er im Dunst am Ende der Straße.

Ich würde die Dupré nie vergessen. Ich würde ihren Namen einfach bei den anderen Einsamkeiten verwahren, die ich in der Vergangenheit kennengelernt hatte und zu denen ich zurückkehrte, wenn ich eine Rechtfertigung brauchte, um weiterzumachen, um einen Körper weiterzuschleppen, der täglich schwerer wurde, voller Falten war und verbraucht wie die Schuhe eines Briefträgers.

Ich gähnte ausgiebig, ging zu meinem Chevy, und eine halbe Stunde später saß ich im Mercado Tirso de Molina vor einem Becher Milchkaffee und einem Barros Luco, einem Sandwich mit Fleisch und Käse. Neben mir tranken drei Marktbeschicker von La Vega ihr Bier vom Faß und aßen dazu einen Teller gebratene Kutteln, die »dufteten und weich waren wie die Hinterbacke einer Witwe«.

Der Morgen war kühl. Hinter meinem Rücken hatten die Händler als ein kakophonischer griechischer Chor ihre Obst- und Gemüsestände geöffnet. Ich bestellte einen zweiten Becher Kaffee und trank ihn langsam, nun nicht mehr hastig wegen der durchwachten Nacht, während die anderen Gäste über den Preis der Tomaten und das letzte Tor von Iván Zamorano redeten. Ich ging durch die Estación Mapocho und die Gänge des Mercado Central, betrachtete die Königsfische, Seezungen und Lachse, die auf den Tonbänken der Stände ausgebreitet lagen.

Ich kam an Anselmos Kiosk vorbei. Fuhr in die Wohnung hinauf, wo mich Simenon und Señora Rosa mitsamt ihren Freundinnen erwarteten.

»Wir werden Ihnen nicht viel Zeit stehlen, junger Mann«, sagte Señora Rosa. »Anselmito hat uns von dem Jackvoll erzählt, das Sie dem Dieb verpaßt haben. Wir wollten Ihnen dafür danken.«

»Sie hätten sich nicht bemühen müssen. Es war einfach und hat auch Spaß gemacht«, entgegnete ich, in Erinnerung an Piticos Cousine Valeria.

»Das ist keine Mühe, junger Mann«, meinte die alte Frau, während sie mir ein in rosa Papier eingewickeltes Päckchen gab. »Meine Gevatterinnen und ich haben Ihnen ein kleines Geschenk mitgebracht.«

Ich öffnete es und zog einen langen schwarzen Wollschal heraus.

»Hübsch ist der«, sagte ich. »Es war aber wirklich nicht nötig.«

»Wir sind arm, aber dankbar«, erklärte eine der alten Frauen, die Señora Rosa begleiteten.

»Und jetzt gehen wir wieder«, meinte diese. »Wir wollen ihn nicht von seiner Arbeit abhalten.«

»Falls dieser Pitico noch einmal auftauchen sollte, sagen Sie mir unbedingt Bescheid.«

»Wir werden aufpassen.«

Ich begleitete die Frauen zum Ausgang. Auf dem Flur schraubte Basualto, der Hausmeister, gerade ein Plastikschild an die Wohnungstür von Madame Zara. Ich trat zu ihm und las, was auf dem Schild stand: »Eden. Zentrum für Integrale Entspannung.«

»Was soll das da auf dem Schild bedeuten?« fragte ich ihn.

»Dem Eingeweihten reichen wenig Worte. Einen Tag bevor die Wahrsagerin die Wohnung verlassen hat, haben die Mädchen sie gemietet.«

»Zärtliche, aktive Nachbarinnen, ist es das?«

»Vierundzwanzig Stunden am Tag Spaß und Tanz.«

»Und was ist mit der Lärmbelästigung?«

»Nerven Sie nicht, Heredia. Geschäft ist Geschäft. Gewöhnen Sie sich an den Gedanken. Und wenn Sie das nicht aushalten, suchen Sie sich eine andere Wohnung.«

»Es heißt, der Mensch gewöhnt sich an alles.«

»Ich versichere Ihnen, daß die Nachbarinnen wirklich nicht schlecht sind«, rief Basualto, bevor ich die Tür zu meinem Büro schloß.

»Was meinst du, Simenon? Wir werden ein paar Kätzchen als Nachbarinnen bekommen.«

»Was beklagst du dich? Irgendwann engagieren die dich als Zuhälter, mit festem Gehalt und festen Funktionen!«

»In letzter Zeit bin ich lieber allein.«

»Allein mit deinen Katzen, vergiß das nicht.«

»Deine Katzen! Hast du Katzen gesagt?«

»Das ist eine traurige Geschichte«, meinte ich Simenon sagen zu hören, während ich das verzweifelte Miauen hörte, das aus der Küche kam. Simenon zeigte mir den Weg, und ich folgte ihm bis in die Ecke, in der sich sieben kleine Katzen aneinanderschmiegten.

»Was hat das denn zu bedeuten?« fragte ich.

»Das sind meine Kinder, Heredia. Sie wurden vor einer Woche geboren.«

»Du bist also jetzt alleinerziehender Vater?«

»Wir beide.«

»Wir?«

»Erinnerst du dich daran, wie ich dir von einer gewissen Galleta erzählt habe, mit der ich immer auf den Dächern unterwegs war?«

»Die dicke Katze, die bei den Schriftstellern im dritten Stock wohnt?«

»Die verdammte Katze hat ihre Jungen verlassen.«

»Verflucht noch mal, Simenon! Die Befreiung der Frau geht manchmal wirklich zu weit«, sagte ich, während ich den Kühlschrank öffnete und eine Tüte Milch herausholte. Und dann fügte ich hinzu: »Weißt du noch, wie du mir damals zugelaufen bist?«

»Es sind sieben«, sagte Simenon.

»Gute Zahl!«

»Bist du böse?«

»Müde, sehr müde. So sehr, daß ich mir manchmal überlege, eine Abkürzung zu nehmen und vor der Zeit im Ungewissen anzukommen. Aber nein. Man täuscht sich immer und verschiebt die Schmerzen auf den nächsten Tag.«

Ich schüttete Milch in einen Teller. Die Kätzchen wuselten darum herum, und ein Weilchen lang schaute ich dem gierigen Schlabbern der roten Zungen von sieben weißen, fluffigen Katzen zu.

»Geh schlafen. Ich passe auf die Wohnung, deine Träume und meine Kinder auf«, meinte Simenon.

7

»Ist das wirklich das Vernünftigste?« fragte Cambell. In seiner Stimme am anderen Ende der Leitung schwangen Sorge und Angst mit.

»Die beste Art, einen Topf sauberzumachen, besteht darin, seinen Grund auszukratzen.«

»Du weißt ja noch nicht einmal, was du suchst.«

»So ist nun mal das Leben! Ein paar Gewißheiten und unendlich viele Zweifel.«

»Deine Haut steht auf dem Spiel.«

»Wenn ich dich nicht vor Mitternacht anrufe, geh in die City Bar und frag nach Mariano, dem Barmann. Ich habe eine Kopie des Berichts bei ihm für dich hinterlegt. Warte ein paar Tage, und wenn die Rechtsanwältin Dupré ihr Versprechen nicht einhält, dann veröffentliche ihn.«

Ich legte auf und trank einen großen Schluck Wodka, den ich bei Mariano bestellt hatte. Die City Bar war halb leer, und nur in einer ihrer entlegensten Ecken redete leise ein Pärchen.

»Noch so einen und die Rechnung«, sagte ich zum Barmann.

»Ist es nicht etwas früh für so viel?«

»Ich bin etwas schüchtern, muß aber heute früh an ein paar Türen klopfen.«

Ich lenkte den Chevy bis zu Leals Wohnung, parkte ihn in der Nähe des Gebäudes, suchte ein Telefon und rief ihn an, um ihm zu sagen, daß ich eine Express-Sendung auf seinen Namen hätte, die ich ihm persönlich überbringen müsse.

»Ich gehe gerade aus dem Haus«, sagte Leal.

»Es handelt sich um eine dringende Sendung. Sie kommt aus New York. Können Sie mir eine andere Adresse angeben, unter der ich Sie erreichen kann?« setzte ich nach.

»Nein«, antwortete Leal eilig. »Wie lange brauchen Sie?«

»Fünf Minuten.«

»Ich erwarte Sie.«

Ich schaute auf meine Uhr und lächelte. Lug und Trug webten ihr Netz, ich hatte genug Zeit, pünktlich zum Rendezvous zu erscheinen.

Ich war zu dem Schluß gekommen, daß die beste Art, Leal anzugehen, eine gute Dosis Gewalt aus heiterem Himmel sein müßte. Er war es gewohnt, sich hinter den Intrigen zu verbergen, die er mit besonderer Gerissenheit einfädelte, aber ihm fehlte bestimmt jede Art von Verteidigungskunst, wenn man ihn direkt angriff.

Ich drückte auf den Knopf der Gegensprechanlage, und als ich Leals Stimme hörte, wiederholte ich die Geschichte von der Briefsendung. Das Gitter am Eingang öffnete sich, und ich ging den Gang entlang, der zu den Fahrstühlen führte.

Leal trug einen feinen Alpacaanzug, ein schwarzes Hemd

und um den Hals ein rotes Seidentuch. In einer Hand hielt er eine erloschene Zigarette und in der anderen ein ledernes Notizbuch. Er musterte mich noch auf der Suche nach dem Brief, den ich ihm angeblich überreichen sollte, von Kopf bis Fuß, da bekam er schon ohne Vorwarnung zwei Boxhiebe in den Magen. Er schwankte, und bevor er zu Boden ging, versetzte ich ihm noch einen Kinnhaken. Ich wartete, bis er sich wieder erholt hatte, und zwang ihn dann, ins Badezimmer zu gehen, wo ich, während ich gleichzeitig die Wasserspülung auslöste, seinen Kopf ins Toilettenbecken steckte.

Als ich annahm, daß er kurz vor dem Ertrinken war, kehrte ich mit ihm ins Wohnzimmer zurück und befahl ihm, sich auf einen der luxuriösen Ledersessel zu setzen.

Erst dann atmete ich ruhig durch und zog die Pistole.

»Ich habe Dollars in der Bibliothek«, stotterte er, als er wieder bei Atem war.

»Ich bin nicht gekommen, um Sie auszurauben, Leal. Ich weiß nicht nur, wer Sie sind, sondern kenne auch einen großen Teil Ihrer Lebensgeschichte.«

»Wer sind Sie?«

»Wissen Sie das nicht? Sie brauchten Diocares doch nur meinen Namen zu nennen, und er hat sich um den Rest gekümmert.«

»Heredia.«

Ich nickte lächelnd. Leal schien im Sessel in sich zusammenzusinken.

»Wo ist Diocares?« fragte er.

»Allein, mutterseelenallein.«

»Tot?«

»Wußten Sie das nicht?«

Leal schüttelte den Kopf.

»Er ist ein paar Bullen in die Quere gekommen. Aber davor hat er ausreichend ausgepackt.«

»Was wollen Sie?«

»Einige Verdachtsmomente bestätigt sehen.«

»Ich kann Ihnen das Doppelte von dem geben, was ich Diocares gezahlt habe.«

»Lassen Sie uns über Gordon sprechen.«

»Gordon?« fragte er ausweichend.

Ich schlug ihm quer über das Gesicht und hörte ihn wimmern.

»Das kann der Anfang vom Ende sein. Sie haben es in der Hand.«

»Was wissen Sie?« fragte er, während er sein Gesicht mit einem Taschentuch abwischte.

Ich sprach in groben Zügen über das Projekt Gaschil und über den Bericht, den die Dupré geändert hatte.

»Gordon stand im Weg«, sagte er beinahe abfällig. »Bei einem Meeting habe ich Javier Vicencio, einen der Assessoren des Staatssekretärs, sagen hören, daß die Bewilligung des Projekts am Rechnungshof scheitern könnte. Das war eine Bemerkung, die im Vorübergehen, ohne weitere Einzelheiten gesagt worden war, aber ich habe darüber mit den Leuten der Consultora Benex gesprochen, und die haben beschlossen einzugreifen.«

»Ihre Loyalität Benex gegenüber war stärker.«

»Ich verkaufe Informationen. Dieser Seite oder der anderen, mir ist das einerlei. Die Loyalität entspricht dem Wert dessen, was auf mein Bankkonto fließt.«

»Sie haben sich erboten, mit Adelina Dupré zu sprechen.«

»Das war später. Zuvor hat das Beratungsunternehmen einen seiner Anwälte zu Gordon geschickt, damit er mit ihm redet.«

»Claudio Plaza.«

»Gordon hat sich geweigert, Geld anzunehmen. Er hat Plaza eine blödsinnige Rede über Pflicht und Ethik gehalten. Ich schlug dann vor, die Sache anders anzugehen. Ich brachte Diocares ins Spiel, und die Leute von Benex waren einverstanden, nur Plaza nicht. Da fiel mir meine Freundin Adelina ein, und ich habe mit ihr gesprochen und sie gebeten, Gordon zur Räson zu bringen. Wie Sie bereits wissen, ist das fehlgeschlagen.«

»Und Sie haben wieder an Diocares gedacht.«

»Obwohl Plaza nicht einverstanden war. Er war ein bürokratisches Weichei, gut darin, Zahlen zu manipulieren, aber unfähig, die reale Welt zu begreifen. Er hat einen Aufstand gemacht, ist an den Strand geflohen, und als seine Gesellschafter ihn vom Tod Gordons in Kenntnis gesetzt haben, hat er sich erhängt. Als ich erfuhr, daß Gordons Bericht im Umlauf war, bin ich wieder zu Adelina gegangen.«

»Sie haben angeordnet, mich zu töten.«

»Wir wollten nur herausbekommen, wieviel Sie über die Sache wußten. Aber Diocares ist trotz der Empfehlungen von Bernales nervös geworden.«

»Bernales?«

»Ich dachte, Sie wüßten besser Bescheid.«

»Das ist nur eine Bestätigung«, sagte ich und verbarg meine Überraschung. »Wer außer Vicencio ist im Ministerium noch an der Sache beteiligt?«

»Mein Einfluß kann nur niedere Türen öffnen.«

»Sie lügen!«

»Da steht Ihr Wort gegen meines. Und was Vicencio betrifft, so ist seine Beteiligung nur nebensächlich.«

»Drücken Sie sich deutlicher aus.«

»Er erhält kein Geld dafür, daß er das Projekt bewilligt. Ich würde sagen, er ist eines der Opfer«, meinte Leal.

»Erklären Sie das.«

»Vor einiger Zeit hatte ich Zugang zu bestimmten Dokumenten Vicencios, die mit einem Geschäft zu tun hatten, das er mit anderen Genossen der Partei gemacht hat. Es ging um die Finanzierung der Wahlkampagne eines Abgeordnetenkandidaten, und ihnen war nichts Besseres eingefallen, um zu Geld zu kommen, als bei einer Ausschreibung zu hohe Kosten anzugeben. Ein Trick, der für gewöhnlich immer dann funktioniert, wenn man die Geduld hat, sich die Taschen ganz allmählich zu füllen. Man braucht nur einen befreundeten Lieferanten, gibt überhöhte Preise an und behält dann das, was über den realen Wert der Arbeit hinausgeht. Damals hatte Vicencio versucht, den Beutel mit einer einzigen Reise vollzukriegen. Er hat zweihundert Millionen für eine Arbeit veranschlagt, die dreißig wert war. Ich ließ durchblicken, daß ich davon wußte, und seitdem hatte ich ihn in der Hand.«

»Weiß Vicencio, was im Fall Gaschil passiert ist?«

»Er weiß, daß Gordon tot ist, aber nicht, daß er umgebracht wurde«, sagte Leal. Ein sarkastisches Lächeln machte sich auf seinem Gesicht breit.

»Ein Typ wie Vicencio ist doch kein Säugling mehr.«

»Sehen Sie einfach ein, daß die Sache für Sie eine Nummer zu groß ist und daß Sie mehr wissen, als sie wissen dürften. Seien Sie vernünftig, und nehmen Sie mein Angebot an. Alle verdienen daran, alle sind glücklich.«

»Ich habe das Gefühl, daß Sie, was Vicencio betrifft, etwas verbergen.«

»Entweder reden Sie gerne ins Blaue, oder Sie denken schneller, als ich mir vorgestellt hatte.«

»Sie haben sich verraten, Leal. Sie lächeln, wenn Sie lügen.«

»Reden wir miteinander, Heredia. Ich sage Ihnen, was ich weiß, und Sie lassen mich gehen, reden mit Adelina und verschieben die Veröffentlichung des Berichts. In zwei Tagen erhalte ich meine Honorare von Benex und verschwinde. Sie bekommen etwas davon ab.«

»Welche Sicherheit habe ich, daß Sie nicht einen anderen Diocares anheuern?«

»Ich bin Geschäftsmann.«

»Ich höre«, sagte ich und heuchelte Interesse. »Was wissen Sie?«

»Kann ich Ihnen ein paar Fotos zeigen? Ein gutes Bild erspart tausend Worte.«

Ich ließ Leal aufstehen und folgte ihm, die Pistole an seinem Kopf angesetzt.

8

Die Bibliothek war weiträumig und hell, die Regale voller Bücher mit soziologischen Analysen und Politikerbiographien. An einer Wand standen zwei Aktenschränke, und mitten im Raum sah ich einen Schreibtisch und darauf einen graphitgrauen Computer. Neben dem Schreibtisch befanden sich zwei Stühle, und an einer Wand hing das Diplom, das Leals Besuch der Juristischen Fakultät bezeugte.

Er versuchte ein Lächeln, das ich mit einem Stoß in seinen Rücken unterband. Er stolperte, konnte sich aber, bevor er stürzte, noch in den Sessel retten.

»Ich dachte, wir hätten eine Vereinbarung«, sagte ich, während ich mich auf einen Stuhl setzte.

»Ich habe Ihnen bislang nichts von Vereinbarungen gesagt.«

Aus einem der Aktenordner zog er sechs Fotos heraus, auf denen ich eine Frau und zwei Männer erkennen konnte, die allesamt nackt und dabei waren, eine erstaunliche sexuelle Pirouette zu drehen. Sie sah betrunken aus, und ihre Begleiter schienen die Szene aus einem Grund zu genießen, der über die heruntergekommenen Reize der Frau hinausging.

»Irene Vicencio«, sagte Leal. »Vor langer Zeit hatte sie es sich in den Kopf gesetzt, Schauspielerin zu werden, aber sie hat es nur zu viertklassigen Rollen und in die Bars geschafft, die von Schauspielern besucht wurden, die ebenso schlecht waren wie sie. Sie ist Alkoholikerin, und auch wenn sie so tut, als sei sie eine Dame, passieren ihr immer wieder Ausrutscher. Ihr Bruder schützt sie, besorgt ihr Jobs und Einladungen zu Fernsehsendungen, die ihren Namen im Gespräch halten. Manchmal wird sie gebeten, bei Produktionen mitzumachen, die für ihre Finanzierung Regierungsgelder haben wollen.«

»Was hat diese Dame mit unserer Angelegenheit zu tun?«

fragte ich, während ich die Fotos in meiner Jackentasche verstaute.

»Das erklärt, warum Vicencio mitmacht. Er hat politische Ambitionen und weiß, daß solche Fotos ihm schaden könnten.«

»Es ist doch nur seine Schwester. Ich verstehe nicht, wieso ihn das berühren könnte.«

»Der Schein ist in einem bigotten Milieu wie der chilenischen Gesellschaft wichtig. Aber das ist nicht alles. Vor vier Jahren hat Irene Vicencio mit ihrem Wagen einen Mann überfahren. Sie saß betrunken am Steuer, und nur das Eingreifen ihres Bruders hat verhindert, daß sie aktenkundig wurde und vor Gericht kam. Sie kam aus dem Problem fein heraus, aber Vicencio beging den Fehler, mich mit ein paar Aufgaben zu betrauen.«

»Sie ekeln mich an, Leal.«

»Die Leute vertrauen mir, und ich nutze ihre dunklen Seiten aus. Dann muß man nur noch mit denen verhandeln, die ein Scheibchen Macht besitzen.«

»In diesem Fall wird der Schuß nach hinten losgehen. Ich will Namen«, fügte ich hinzu. »Wer ist bei Benex verantwortlich?«

»Es ist zu spät, zu versuchen, etwas gegen sie zu unternehmen. Zwei meiner Ansprechpartner sind nicht in Chile, und der dritte war Plaza. Die anderen sind Verwaltungsangestellte und Geschäftsführer, die mit dem Projekt direkt nichts zu tun haben. Merken Sie denn nichts, Heredia? Nehmen Sie nun mein Angebot an, oder machen Sie mit Ihrem absurden Spielchen weiter?«

Ich schwieg und ging ans Fenster, von dem aus man einen

Park sehen konnte, in dem Kinder um eine Lokomotive aus alten Zeiten herumliefen. Ich hatte vor, noch ein paar Fragen zu stellen, doch in diesem Moment der Unaufmerksamkeit war Leal schon aufgestanden und hatte mir einen Papierbeschwerer in den Rücken geworfen. Ich spürte einen stechenden Schmerz, und als ich mich umdrehte, um einen weiteren Angriff abzuwehren, sah ich, wie Leal aus dem Zimmer rannte.

Ich lief hinter ihm her und war sicher, ihn zu fassen zu kriegen, bevor er das erste Stockwerk erreichte. Aber es war entweder nicht mein Glückstag, oder mein Schutzengel hatte einen Kater. Leal gelangte bis auf die Straße, doch als er sie überqueren wollte, erfaßte ihn ein Lastwagen, schleuderte ihn in die Luft, und er blieb mit dem Gesicht auf einem Straßenbelag liegen, der nach Erde und Benzin roch. Blut rann aus seinem Mund, und seine Augen schauten auf einen Horizont, der für ihn langsam erlosch.

Ich entfernte mich, während ein paar Neugierige sich Leals Leiche näherten und eine Frau laut schreiend nach einem Krankenwagen rief.

Eine halbe Stunde später wanderte ich noch immer durch die Straßen und wußte weder, was ich tun, noch, wohin ich gehen sollte.

9

»Sogar am Instituto Nacional, am Gymnasium, in das ich gegangen bin, haben sie ein riesiges Coca-Cola-Schild angebracht«, sagte Olivos hinter meinem Rücken. »Eines Tages werden sie eins auf dem Dach der Kathedrale oder am Präsidentenpalast anbringen.«

»Olivos wird nostalgisch«, sagte Cambell. »Er trinkt ein paar Glas, und dann fängt er an, sich an seine Kindheit zu erinnern, an die Kürbisplätzchen seiner Großmutter und an Berta, ein kleines Dienstmädchen, das ihn im Alter von zwölf entjungfert hat.«

»Du wirst mit jedem Tag verrückter. Wer klettert schon aufs Dach, um den Sonnenaufgang anzuschauen.«

Cambell klammerte sich an das Geländer, das die Dachterrasse von der Leere trennte.

»Das wenige, was es noch zu sehen gibt. Im Osten sollten die Kordilleren liegen, und im Norden kann man den Cerro San Cristóbal gerade noch erkennen. Wenn es morgen nicht regnet, ersticken wir alle, auch die Trottel, die wegen der Luftverschmutzung den heiligen Isidro anflehen.«

»Mir tun die Tauben leid. Sie atmen und kacken Scheiße«, sagte Olivos, während er eine Schachtel Belmont aus seiner Jacke zog und sie in die Leere warf. »Wenn das so weitergeht, werden wir bald die letzte Dämmerung erleben.«

»Das waren meine Zigaretten, du Blödmann!« schrie Cambell.

»Ab heute höre ich mit dem Rauchen auf. Ich werde mich schon daran gewöhnen, ohne eine Zippe zwischen den Lippen zu schreiben.«

»Das sagt er nun schon seit zehn Jahren«, protestierte Cambell. »Wenn du deine Illusionen in geschriebene Seiten verwandeln könntest, wäre dein Werk heute umfangreicher als das von Jules Verne.«

Wir drei waren betrunken. Als ich in Cambells Büro kam, versuchten er und Olivos, einen Artikel über die Mißhandlung von Minderjährigen zu schreiben. Die Arbeit kam nicht so recht in die Gänge, und nach einer Stunde beschlossen sie, sie auf den nächsten Tag zu verschieben und in die Bar an der Ecke zu gehen, um Meeresfrüchte zu essen und Weißwein zu trinken.

Cambell hatte nicht bis Mitternacht gewartet, um die Kopie des Berichts in der City Bar abzuholen, und obwohl ich dazu nichts sagen wollte, spürte ich, daß ihn die Möglichkeit begeisterte, das Dokument zu nutzen.

Nach der zweiten Flasche erzählte ich ihnen, was geschehen war. Olivos hörte schweigend zu, und Cambell lud uns, nachdem er ein paar Kommentare abgegeben hatte, ein, auf das Dach des Hochhauses San Borja zu kommen, in dem er lebte.

»Wir werden über die Ermittlungen eine Reportage schreiben«, sagte er. »Wir veröffentlichen sie in der Zeitschrift, und dann geben wir sie an andere Medien weiter. Ich gehe natürlich nicht davon aus, daß du den Artikel schreibst, Heredia. Worte und Orthographie sind bekanntlich nicht dein Ding.«

»Wer dann?« fragte ich, ohne auf seine letzte Bemerkung einzugehen.

»Unser hoffnungsvolles Talent«, sagte Cambell, indem er auf Olivos wies, der weiterhin in den grauen Himmel starrte.

»Rechnet nicht mit mir. Ich habe genug davon, den Kopf zu riskieren. In den letzten Jahren habe ich immer wieder meinen Hals hingehalten für Erklärungen, Manifeste und Flugblätter. Diejenigen, die damals die Erklärungen unterzeichnet haben, sind heute Minister oder Senatoren, und ich bin noch immer auf keinen grünen Zweig gekommen.«

»Du wirst fünf Minuten lang jammern, und anschließend wirst du einwilligen«, meinte Cambell. »Im Grunde hast du nie aufgehört, ein Romantiker zu sein. Ein Schriftsteller, der immer noch glaubt, daß Worte und Bücher zu etwas nütze sind. Mit fünfzehn hast du den alten Sartre gelesen und wirst dich von diesem Blödsinn von Literatur als Zeugnis und Engagement niemals befreien.«

»Schreiben ist ein Dialog, den man mit sich selber und jemand Unbekanntem führt. Es gibt keinen Unterschied zwischen dem Füllen einer leeren Seite und dem Versuch, ganz allein die Sterne zu interpretieren oder zu beten«, murmelte Olivos.

»Es ist ein kleiner Kampf, den wir gewinnen können«, sagte ich und stellte mich neben Olivos. »Es ist einer dieser Kämpfe, die man kämpfen muß.«

»Hör dir das an, Olivos«, schrie Cambell. »Da spricht der Meister der aussichtslosen Fälle.«

Olivos schaute mich lange an und umarmte mich dann stürmisch, als wäre ihm etwas Trauriges eingefallen.

»Es ist nur etwas Auftragsliteratur«, sagte ich.

»Ich habe fünf Jahre lang in einem öffentlichen Amt Dünnsinn geschrieben«, sagte Olivos mit stockender Stimme. »Amtliche Mitteilungen, kleine Reden, Berichte, Pressemitteilungen. Morgens um neun kam ich wie ein mit Wasser gefüllter Schwamm in mein Büro, und um sechs Uhr abends war ich knochentrocken. Ich ging auf die Straße hinaus, und während ich zu Fuß nach Hause wanderte, versuchte ich zwei Wörter zu finden, nur zwei, um eine Geschichte zu spinnen. Und nichts. Sie raubten mir die Begeisterung. Ich wollte schreiben, und mir blieb nur die Kraft, in einer Bar zu landen und mich neben einen Freund zu setzen, dem ich Tag für Tag die Kapitel meines großen, nicht vorhandenen Romans erzählte.«

»Ich werde es machen«, kam Cambell dem drohenden Nein von Olivos zuvor. »Es geht nur darum, zwei, drei Wahrheiten festzuhalten.«

»Verflucht«, brüllte Olivos, als wollte er einen Blutegel verscheuchen, der sich auf seine Haut gesetzt hatte. »Ich werde diesen Artikel schreiben. Ihr müßt mir nur helfen, die ersten drei Zeilen zu finden.«

Ich erwiderte Olivos' Umarmung und führte ihn an die Brüstung, unter der die heruntergekommenen, schmutzigen Bürgersteige erwachten.

»Es ist für eine gute Sache.«

»Die gute Sache verliert immer.«

»Wer weiß? Irgendwann muß es einmal anders sein.«

»Und warum soll man es tun?«

»Weil es notwendig ist.«

»Ich werde diesen Artikel schreiben, Heredia.«

»Schreib alle Adjektive rein, die du kennst«, sagte ich zu ihm.

»Kauf mir eine Packung Lucky Strike. Ich kann ohne Zigaretten nicht schreiben.«

10

Wir kehrten in Cambells Büro zurück, und drei Stunden lang rekonstruierten wir Gordons Geschichte. Olivos schrieb mit gesenktem Kopf Notizen auf einen Rezeptblock, den er seinem Schwager geklaut hatte, der Arzt war, nur hin und wieder hob er den Blick und bat um einen Kaffee. Er wirkte wie ein Schüler, der zur Strafe tausendmal schreiben muß: Ich darf der Lehrerin nicht auf die Beine gucken.

Ich erwähnte Adelina Dupré nicht und bat Olivos, seine Tinte vor allem gegen Leal und seine Freunde, die Geschäftsführer von Benex, zu verspritzen. Später, es war fast schon Mittag, als sich der Schriftsteller an einen von Cambells Computern setzte, nahm ich meine Jacke, wählte ein Lied von Sandro auf der Wurlitzer und verabschiedete mich.

Als ich gerade in das Gebäude in der Calle Aillavillú gehen wollte, hörte ich, wie jemand mich von der Touring Bar aus rief. Es war Barrios, einer der Kellner. Er war in Begleitung eines traurig aussehenden Mannes.

»Ich wollte Ihnen Don Félix vorstellen«, sagte der Kellner und wies auf den Fremden. »Er ist daran interessiert, den Kiosk zu kaufen.«

»Ich bin gerade in Rente gegangen und habe einige Ersparnisse«, sagte der Mann. Und nachdem er meine Reaktion geprüft hatte, meinte er: »Der Kiosk könnte dazu beitragen, meine Rente etwas aufzubessern.«

»Zwei Millionen, ohne Kredit, Ratenzahlung oder Feilschen«, sagte ich.

Der Mann lächelte und zeigte dabei winzige Zähne.

»Was meinen Sie?« fragte ihn Barrios.

»Das liegt innerhalb meiner Möglichkeiten«, antwortete er leise, als hätte er eine fürchterliche Sünde gebeichtet.

»Wann können Sie das Geschäft abschließen?« fragte der Kellner.

»Gleich morgen. Wir unterzeichnen die Papiere bei einem Notar, und der Kiosk gehört Don Félix.«

»Gut«, stammelte der Mann. »Um wieviel Uhr?«

»Um zehn«, antwortete ich.

Wir besiegelten das Geschäft per Handschlag, und als Barrios uns ein Glas anbot, um die Vereinbarung zu begießen, entschuldigte ich mich mit Arbeit, die auf mich wartete. Ich wollte ausruhen, ein paar Stunden schlafen und die Geschichte vergessen, die Cambell und Olivos in genau diesem Augenblick auf fünfzehn Spalten reduzierten. Aber mein Wunsch blieb nur ein guter Vorsatz, denn Bernales erwartete mich rauchend, als ich aus dem Fahrstuhl stieg. Unsere Blicke kreuzten sich, und ohne etwas zu ihm zu sagen, ließ ich den Polizisten ins Büro eintreten.

»Sie verbringen wenig Zeit in Ihrer Wohnung«, sagte Bernales.

»Kein Gesetz verbietet den Aufenthalt außerhalb des Heims. Freunde, Frauen, Geschäfte. Es gibt viele Gründe.«

»Vielleicht fliehen Sie vor einem Mord.«

»Kommst du mir wieder mit deinen absurden Geschichten?« fragte ich, während ich mich an den Schreibtisch setzte. »An was für einen Unsinn denkst du denn jetzt?«

»Gestern waren Sie bei Leal.«

»Nein.«

»Sie wurden gesehen, als Sie aus dem Haus kamen, in dem Leal gewohnt hat.«

»Hast du veranlaßt, daß mir jemand folgt, oder hast du den Verstorbenen beschatten lassen?«

»Was hat Leal gesagt?«

»Nichts, was ich nicht schon gewußt hätte.«

»Ich könnte Sie festnehmen, Heredia. ›Privatdetektiv Verdächtiger in einem Mordfall‹. Das wäre eine schöne Schlagzeile.«

»Oder anders gesagt: ›Korrupter Bulle bedroht ehrlichen Detektiv‹. Leal hat deinen Namen erwähnt«, sagte ich und fragte dann, ohne auf Bernales' Reaktion zu warten: »Ist dir die Lust auf die Sensationspresse vergangen?«

Bernales zögerte, ob er sich vor mich setzen oder stehen bleiben sollte. Er entschied sich für letzteres und machte ein paar Schritte durch das Zimmer, als könnte er in irgendeiner Ecke die Worte finden, die er brauchte, um das Gespräch am Laufen zu halten. »Was gedenken Sie in der Sache Gordon zu tun?« fragte er schließlich.

»Der Kreis wird sich schließen. Ich habe weder Beweise, Geständnisse noch Zeugen.«

»Ich hatte vor, den Mörder von Gordon zu finden. Aber ich erfuhr an dem Tag, an dem ich Diocares entdeckt hatte, daß man vorhatte, mich aus dem Dienst zu entlassen. Ich dachte an die Zukunft und kam zu einer Übereinkunft mit Diocares.«

»Merkwürdig! Denn gleichzeitig hast du mich auf die Spuren gesetzt, die zu ihm führten.«

»Ich war verwirrt, und eine meiner Annahmen war, daß Sie Diocares würden stellen können. Als Sie ihm im Einkaufszentrum gegenüberstanden, dachte ich, alles würde gut ausgehen. Nur haben Sie dann unbekannte Karten ausgespielt.«

»Deine Erklärungen sind überflüssig, Bernales. Du bist nicht der erste Bulle, der auf die andere Seite überwechselt.«

»Ich möchte den Fehler wiedergutmachen.«

»Für Reue ist es zu spät.«

»Ich möchte Ihr Freund sein, Heredia. Vergessen Sie nicht, ich habe Sie einmal daran gehindert, zum Mörder zu werden.«

»Vielleicht können wir ein anderes Mal reden. An einem anderen Tag, in einer anderen Stimmung.«

»Ist das Ihr letztes Wort?«

Ich zog eine Zigarette heraus und trat ans Fenster, das zur Calle Bandera hinausgeht. Ein Bus fuhr eilig vorbei und verlor sich am Horizont, der sich jenseits des Río Mapocho abzeichnete. Das Leben nahm weiter seinen Lauf.

»Bis bald, Heredia«, sagte Bernales.

Ich sagte nichts, steckte die Zigarette an und hörte, wie die Tür ins Schloß fiel. Bernales war Teil einer Vergangenheit geworden, in die ich nicht wieder zurückkehren wollte.

11

Eine Woche später rief mich Cambell an, um mir anzukündigen, daß die Zeitschrift mit dem Artikel über das Projekt im Druck sei.

Griseta hatte tags zuvor meine Wohnung besucht. Sie war

hereingekommen, durch alle Zimmer gegangen und hatte ein paar Tassen Tee eingeschenkt, die wir fast wortlos tranken, wobei wir uns anschauten wie zwei Menschen, die sich viel zu sagen haben, aber nicht wissen, wo sie anfangen sollten. Ich erzählte ihr von Anselmo und seinem neuen Leben in Viña del Mar. Sie hatte ihre Arbeit als Verkäuferin aufgegeben und eine andere als Lehrerin in einer Sekretariatsschule gefunden. Sie hatte gesagt, daß sie mich vermißte, aber nicht die Möglichkeit erwähnt, wieder zu mir zurückzukommen, und auch ich hatte ihr nicht gesagt, wie häufig ich an sie dachte, immer im Zusammenhang mit einem unerwarteten Regen, der ihre Rückkehr bedeuten würde. Wir hatten uns einen Film mit Robert De Niro angeschaut und im dunklen Kinosaal Händchen gehalten, und ich glaubte schon die Magie anderer Nachmittage wiederzuerleben. Es geschah nichts. Wir verließen die Unwirklichkeit wieder, und das Nachmittagslicht ließ uns die Distanz der vergangenen Monate wieder einhalten, bis wir uns beim Denkmal von Pedro de Valdivia verabschiedeten, das die Wochenendliebhaber als Treffpunkt für ihre Rendezvous benutzen.

Nachdem ich mit Cambell gesprochen hatte, holte ich umgehend einen schwarzen Anzug aus dem Kleiderschrank und ging mit dem traurigen, resignierten Gang derer aus dem Haus, die zum Finanzamt gehen. Der Morgen war kühl, und die ersten, von Ruß und Staub schweren, herabfallenden Blätter waren erste Vorboten des Herbstes. Tage, die ich erwartete, um im Parque Forestal spazierenzugehen und geröstete Maronen bei einer Frau zu kaufen, die sie am Beginn der Calle Recoleta zwischen Blumenständen und dem Plunder eines sterbenden Flohmarktes verkaufte, der sich mit seinen Tischen voll von alten Büchern, Schuhen aus zweiter Hand und schlammigen Waschbecken über einen Block hinzog. Ich ging gemächlich, trat ins Haití, um einen Milchkaffee zu trinken, und beschloß dann, ohne weitere Ausflüchte Vicencio zur Rede zu stellen.

Es war einfacher, zu ihm zu gelangen, als ich erwartet hatte. Ich nutzte ein von einer Studentendelegation hervorgerufenes Durcheinander aus und trat in der Zeit in sein Büro, in der die Beamten ihre Mittagspause machten und die Büros leer zurückgelassen hatten. Ein Schild mit den Namen der Abteilungen und der Angabe, wo sie sich befanden, half mir bei der Suche.

Ich fand ihn in einem kleinen Büro, dessen einziger Schmuck aus einem Foto des Präsidenten der Republik und einem drei Jahre alten Kalender bestand. Vicencio war ein kleiner, brünetter, fünfzigjähriger Mann. Sein krauses Haar war in der Mitte geteilt, seine Augen waren von tiefen Schatten umgeben, und in seinem Gesicht lag etwas, das an den Ausdruck eines gescholtenen Schülers erinnerte. Er trug eine graue Hose, einen blauen Pullunder und eine rote Krawatte mit einer Perlennadel.

Als ich seinen Namen aussprach, hob er den Blick von dem Stoß Papiere, die er gerade durchsah.

»Was kann ich für Sie tun?« fragte er.

Ich schaute ihn an und wußte nicht, was ich sagen sollte, und einen Augenblick lang spielte ich mit dem Gedanken, mich umzudrehen und wieder hinauszugehen.

»Setzen Sie sich«, meinte er und wies auf den Stuhl, der vor seinem Schreibtisch stand. Er erhob sich, um eine Mappe in einen Ordner zu tun. Als ich ihn gehen sah, fiel mir auf, daß er das rechte Bein nachzog, und ich erinnerte mich an die Worte von Madame Zara, der Wahrsagerin.

»Worum geht es«, ließ er nicht locker.

»Ich bin gekommen, um Ihnen etwas zu geben, was Ihnen gehört«, sagte ich und legte die Fotos von Irene Vicencio auf den Schreibtisch.

Er nahm die Fotos, und sein Gesicht verhärtete sich mehr aus Schmerz denn aus Ärger.

»Woher haben Sie die?«

»Nicolás Leal hat sie mir gegeben, bevor er starb. Er hat mir auch ein paar Geschichten über Ihre Schwester erzählt.«

»Wieviel wollen Sie dafür?«

»Nichts.«

»Was wollen Sie dann?« fragte er etwas verwirrt, als sei er gewohnt, daß alle Leute, die in sein Büro kamen, etwas von ihm wollten.

»Eine Geschichte erzählen und darauf hoffen, daß Sie etwas tun, damit ihr Ende anders ausfällt«, sagte ich und begann von dem Morgen in Las Cruces zu erzählen, an dem ich nach Santiago aufgebrochen war, um Griseta zu suchen, und am Ende in einem Geheimnis gelandet war, das hinter dem Tod eines Fremden namens Gordon stand.

»Leal hat mir von Gordon erzählt«, sagte Vicencio, als ich mit meiner Erzählung am Ende war. »Er verlangte, daß ich ihn von den Absichten der Regierung in bezug auf das Projekt Gaschil informierte. Ich habe das wegen der Fotos gemacht.«

»Wußten Sie, ob der Druck von der Consultora Benex ausging?«

»Es ist normal, daß Unternehmen, die an Ausschreibungen teilnehmen, versuchen, Vorteile zu erzielen. Außerdem gibt es, ehrlich gesagt, wenig Verträge ohne irgendeine Einflußnahme. Vom Straßenbau bis hin zum Kauf von Weihnachtskarten sind am Ende immer bestimmte Beziehungen im Spiel.«

»Wie ein befreundeter Journalist sagt: Das Talent bringt nichts hervor, nur Moos ist fruchtbar.«

»Das sind die Regeln, die einem erlauben, im Dunstkreis der Macht zu überleben.«

»Das Problem dabei ist, daß ein Stich zum nächsten führt und eines Tages der Faden so lang sein wird, daß man sogar den Fahrer des Kleinbusses schmieren muß.«

»Die Korruption ist in unserem politischen System ein Kinderspiel.«

»Die Kinder werden größer und die Ambitionen auch.«

»Gegen den Strom schwimmen bringt nur nasse Helden«, meinte Vicencio schulterzuckend, als messe er meiner Bemerkung keine Bedeutung bei.

»Hatte Leal Beziehungen zum Unterstaatssekretär?«

»Sie haben sich zweimal getroffen, aber ich weiß nicht, worüber sie geredet haben.«

»Vielleicht wollte der Staatssekretär ein Stück von der Torte abhaben?«

»Das ist eine riskante Behauptung. Ich kann nicht bestätigen, daß es so war, aber ich möchte auch nicht meine Hände für die Unschuld des Staatssekretärs ins Feuer legen.«

»Aber zurück zu Leal und der Erpressung, der Sie durch ihn ausgesetzt waren.«

»Leal verdiente sein Geld damit, daß er Gerüchte verkaufte. Unglücklicherweise haben wir alle etwas zu verbergen, und manchmal sind wir bereit zu zahlen.«

»Sie sind nicht viel unschuldiger als Leal. Ich möchte wetten, daß er Ihnen Informationen über andere Personen gegeben hat, damit Sie sie unter die Leute bringen.«

»Ein Teil meiner Arbeit besteht darin, Informationen zu erzeugen.«

»Mir ist das gleichgültig, Vicencio. Ich bin nicht hergekommen, um ein Urteil über Sie zu sprechen.«

Der Lärm der schwatzenden Stimmen der Beamten, die an ihre Arbeitsplätze zurückkehrten, drang in Vicencios Büro. Ich zündete eine Zigarette an und erhob mich.

»Weshalb sind Sie zu mir gekommen?«

»Auch wenn es mir nicht gefällt, aber es gibt gewisse Regeln.«

»Die Macht hat ihre Regeln, und Sie sind wie die meisten Menschen weit davon entfernt, diese zu begreifen. Vereinbarungen, Allianzen, Gefallen. Suchen Sie keine Erklärungen, Heredia. Sie verlieren Ihre Zeit.«

»Die Politik interessiert mich nicht mehr. Ich habe eine einfachere, ehrlichere Vorstellung vom Leben.«

Ich ging zur Tür und hielt einen Augenblick inne, bevor ich mich verabschiedete.

»Vielen Dank für die Fotos«, sagte er, während er eines zerriß.

»Danken Sie mir nicht zu früh«, sagte ich. »Was ich eben gesagt habe, kommt heute oder morgen ans Licht.«

»Haben Sie vor, sich an die Zeitungen zu wenden?« fragte Vicencio aufgebracht. »Glauben Sie, die nehmen Sie ernst?

Ich brauche nur ein paar Anrufe zu machen, damit nichts von dem veröffentlicht wird, was Sie sagen könnten.«

»Ich weiß, daß das wirkliche Land nicht in den Zeitungen zu finden ist. Aber dennoch werden die Leute, falls ein Teil meiner Geschichte veröffentlicht wird, Fragen stellen, und Sie, Ihr Vorgesetzter oder vielleicht jemand noch Wichtigeres wird Antworten geben müssen.«

»Wir könnten uns einigen.«

»Ich bin nicht wegen Geld hergekommen und habe auch keine Angst. Der einzige Verlust, den ich fürchte, ist der Verlust der Liebe.«

»Liebe?«

»Aus Liebe kann man tapfer sein, Ambitionen meiden, frei sein.«

»Sie wissen nicht, in welcher Welt Sie leben.«

»Ich erinnerte mich nur an das Tao.«

»Aber wieso erzählen Sie mir das von der Presse?«

»Damit Sie Zeit haben, den Rückwärtsgang einzulegen. Tun Sie das, werden viele Menschen glücklich sein: Sie werden glauben, daß sie gesiegt haben, und werden weiterkämpfen. Die Menschen brauchen kleine Siege angesichts ihrer großen Probleme. Der Zeit des Ekels muß dringend ein Ende gesetzt werden«, sagte ich und verließ das Büro.

Ich fuhr zurück in mein Büro und rief Ballinger an, damit er seine Umweltfreunde darauf hinwies, was mit dem Projekt Gaschil passieren könnte. Der Gringo hörte mir schweigend zu, und am Ende der Geschichte fiel ihm nur ein, mich zu ein paar neuen Bierchen einzuladen.

Eine Woche nach der Veröffentlichung des Artikels erschien er in meiner Wohnung. Er war euphorisch, und sein Gesicht, das röter war denn je, schien der angemessene Untergrund für ein unendliches Lächeln zu sein.

»Du hast gesagt, du würdest in mein Büro kommen, und hast das nicht gemacht. Ich dachte, wenn du schon nicht zum Bier kommst, dann komm ich mit dem Bier zu Heredia«, sagte Ballinger, nachdem er mich begrüßt und das Büro inspiziert hatte. »Außerdem wollte ich dich zu einem Fest unserer Umweltfreunde einladen. Es findet auf dem Cerro San Cristóbal statt, um die Nachricht von gestern zu feiern.«

»Was für eine Nachricht?«

»Hast du denn keine Zeitung gelesen?«

Ballinger reichte mir ein Exemplar von *La Tercera.* Unter einem großen Foto auf der ersten Seite las ich: »Die Regierung reagiert auf die Forderung der Umweltgruppen: Die Ausschreibung für den Bau der Gaspipeline wird bis zum Abschluß der Ermittlungen wegen in einer Zeitschrift erhobener Anschuldigungen aufgeschoben. Diese Entscheidung wurde in einer Pressekonferenz mitgeteilt, und in regierungsnahen Kreisen wurde verlautbar, daß es möglicherweise zu einer neuen Ausschreibung kommen wird.«

»Wir haben die Katze am Schwanz gepackt«, sagte ich. Und als ich Simenons vorwurfsvollen Blick auffing, fügte ich hinzu: »Das ist nur eine Metapher.«

Es war eine Woche anstrengender, durchwachter Nächte in Cambells und in meinem Büro gewesen, wo ich die Nachrichtensendungen im Radio hörte, allein oder in Begleitung von Olivos, der die Regale der Bibliothek durchging und, meine Kommentare nicht beachtend, in den Büchern las. Die Veröffentlichung des Artikels führte zu einer heftigen Schelte der Regierung und der Drohung, gegen den Journalisten wegen Verstoßes gegen das Gesetz zur Inneren Sicherheit des Staates gerichtlich vorzugehen. Die Kriminalpolizei stürmte Cambells Büro, um Exemplare der Zeitschrift zu beschlagnahmen, die nach einem Tag schon an den Verkaufsstellen nicht mehr zu haben war. Cambell verbrachte zwei Nächte im Gefängnis Capuchinos, und sein Bankkonto verzeichnete einen deutlichen Aufschwung. Während die Bullen vergebens die Kioske der Stadt durchkämmten, stellte die von Bórquez geleitete Umweltgruppe mit Unterstützung einiger Abgeordneter den Antrag, Ermittlungen im Rechnungshof anzustellen. Dieser ließ anfangs durchblicken, daß er dem Druck anderer staatlicher Organe nicht stattgeben werde, veröffentlichte jedoch anschließend einen Bericht, der auf der Grundlage der Arbeit von Gordon die Nachteile des Projektes Gaschil signalisierte. Ein Journalist stellte ein paar Fragen zum Tod von Gordon und wies darauf hin, daß die Leitung von Benex sich außerhalb Chiles aufhalte.

»Nimm deine Jacke, und auf geht's«, befahl Ballinger.

Der Gringo parkte seinen Jeep am Anfang der Calle Pío Nono. Wir gingen über Bürgersteige, die mit Papier, leeren Piscoflaschen, Pappe, Essensresten und Müll – den Spuren einer durchfeierten Nacht im Bellavista-Viertel – übersät waren, den Hügel hinauf. Als wir uns dem Ort des Treffens näherten, schlossen wir uns den Gruppen junger Menschen an, die Plakate und grüne Fahnen trugen. Einige hatten das blaue T-Shirt des Club Universidad de Chile an, und andere, die schwarz gekleidet waren, wirkten wie die Reste einer verarmten Armee. Ballinger beschleunigte seine Schritte, bis wir zu einer improvisierten Bühne gelangten, auf der zwei blonde Mädchen gerade zu singen aufhörten. Wir sahen Bórquez zwischen den Leuten, die am Rand der Bühne standen. Er war von einem Dutzend Journalisten umringt, die mit ihren Mikrofonen fochten. Wir stellten uns dazu, und eine halbe Stunde später, als es ihm gelungen war, sich von den Interviews zu befreien, bedeutete er uns, daß wir uns hinter der Bühne treffen sollten.

»Es sind mehr Leute gekommen, als wir erwartet hatten.«

»Viele junge Leute und viel Begeisterung«, meinte Ballinger.

»Ich möchte für das danken, was Sie für uns getan haben, Heredia«, meinte Bórquez.

»Ein alter Freund von mir hätte gesagt, das war eine Mischung aus Schweiß und Schwein.«

»Ein Sieg, der zumindest für eine gewisse Zeit Grund zum Feiern gibt.«

»Warum dieser illusionslose Tonfall?«

»Das Projekt Gaschil wird durch ein anderes abgelöst werden.«

»Diesmal wird die Regierung aufpassen und die Sache ordentlich machen«, sagte ich.

»Solange die Gaspipeline ein gutes Geschäft ist, wird sie es bis in die letzten Konsequenzen unterstützen.«

»Heute ist ein Tag, an dem wir alle zufrieden sein sollten«, sagte Ballinger.

»Ich werde auf der Bühne erwartet, um ein paar Worte zu sagen«, meinte Bórquez.

»Guter Mann«, erklärte Ballinger, als er sah, wie sich Bórquez einen Weg durch die Menge bahnte.

»Dies ist ein guter Kampf, und Gott tut uns einen guten Dienst, so viel schlechtes Saatgut vom Gesicht der Erde zu tilgen«, zitierte ich.

»Bibel?« fragte Ballinger.

»Don Quijote, das gleiche wie die Bibel.«

»Das ist ein dickes Buch, sind mir zu viele Seiten zu lesen.«

»Und mir zu viele Leute hier«, sagte ich, während ich die versammelten Menschen betrachtete. »Ich werde nervös, wenn ich mehr als drei Personen um mich habe.«

»Zeit für ein Bier!« rief der Gringo.

»Nein, heute nicht. Ich komme demnächst bei dir im Büro vorbei.«

Ich entfernte mich von Ballinger. Hinter meinem Rücken blieb das Echo der Rufe und die Erinnerung an die Plakate zurück, die gegen Atomversuche, die Umweltverschmutzung von Santiago und die Abholzung der Wälder im Süden protestierten.

Als ich im Parque Gómez Rojas angekommen war, atmete ich ruhig durch, zog den Flachmann mit Whisky für Notfälle aus meiner Tasche, und als ich spürte, wie wieder Leben in mich kam, überquerte ich den Mapocho.

In diesem Augenblick hatte ich das Gefühl, daß die Demonstration eine Klammer schloß und daß ich gerade in diesem Augenblick auf den Spuren eines Mädchens mit einem Tangonamen nach Santiago zurückkam.

12

Rot, viel Rot. Blutrot, Zornesröte, das Rot des Nichtstuns, das mich sinnlose, endlose Stunden mit sich riß wie eine Achterbahn, aus der man nicht aussteigen kann. Das intensive Rot des Nichts um elf Uhr morgens an einem beliebigen Tag, an dem ich die Gesichter der Leute betrachtete, die aus der Metro kamen, ins Leben hinausgeworfen, ähnlich wie jene Verdammten, auf die Luzifer sich auf einem Gemälde von Hieronymus Bosch entleert. Zwei Stunden zuvor hatte ich einen Kunden begleitet, der in den Süden zurückkehrte, nachdem ich ihm geholfen hatte, einen Bruder wiederzufinden, den er seit fünfzehn Jahren nicht mehr gesehen hatte. Da ich an diesem Tag nichts weiter zu tun hatte, ging ich ins Stadtzentrum, frierend im Herzen und auf der Haut wegen der eisigen Kälte, die über Santiago hergefallen war.

Von meiner Ecke aus sah ich den Sänger, der jeden Morgen auf einen Blumenkübel stieg und Lieder und Arien vortrug, eine ungewöhnliche Insel im morgendlichen Gewimmel schuf, die die Passanten nicht wahrnahmen. Ich hörte ihn *Natalie* von Gilbert Bécaud singen, und die Geschichte vom Moskauer Mädchen erinnerte mich an Griseta, die ich zuletzt vor dem von Ballingers Freunden organisierten Treffen gesehen hatte. Seither waren drei Monate vergangen. Die Einsamkeit zwang mich, durch die Bars zu streifen, um jemanden zu treffen, mit dem ich über dies oder das reden konnte; Dialoge, die sich mit dem Lauf der Gläser hinzogen. Simenon, mittlerweile alt und träge, wurde es mit den Abenteuern seiner Kinder nicht langweilig. Er widmete seine Tage den Erinnerungen und seiner Manie, meine vergilbten

Exemplare der Zeitschrift *Estadio* zu zerreißen, während die Dächer vergangener Zeiten sich in ein Gewirr von Antennen, Plakaten und den Rohren von Aircondition-Anlagen verwandelten. Im Radio hörte ich Neues von Bernales. Er war zusammen mit anderen Detektiven aus der Kriminalpolizei im Rahmen von Maßnahmen entlassen worden, die in der Presse ›Restrukturierung von Posten und Mitteln‹ genannt wurden. Als ich davon erfuhr, besuchte ich Dagoberto Solís gerade lange genug, um ihm einen Strauß Nelken zu bringen und ihm zu sagen, daß sein Protegé sich im Weg geirrt habe. Mehr war dazu nicht zu sagen, und ich nahm an, daß andere kommen und ihm die Gerüchte erzählen würden.

Rot, viel Rot. Aus einem Traum aufwachen, der niemals glücklich war. Straßen, fremde Gesichter, die mit ihren kleinen Problemen und Ängsten in mein Büro kamen; Orte in einer Stadt, deren Nächte nicht mehr wie einst waren, als sie noch, wenn ich sie durchstreifte, den Zauber einer Reise ins Unerwartete besaßen und nicht das kalte Gesicht eines an einer Straßenecke gezückten Messers.

Die Stadt veränderte sich. Meine Knochen protestierten gegen die Kälte, und die Treppen zur Wohnung hochzusteigen war eine zu Erschöpfung führende Anstrengung. Ich hörte dem Sänger nicht weiter zu und trat ins Haití auf einen Kaffee, der mein Herz erwärmen sollte. Ich unterhielt mich mit dem Mädchen, das mich bediente, über Nichtigkeiten, kehrte, ohne daß sich die Möglichkeit eines doppelten Regenbogens abzeichnete, in die Wohnung zurück und legte mich, vom Schnurren Simenons und seiner sieben Jungen eingelullt, schlafen.

Ich wachte vom Geräusch des Regens auf, der an das Schlafzimmerfenster schlug. Ein verzweifelter Regen, der die Wände zu durchdringen schien. Als ich ihn so inständig und wild hörte, dachte ich an Griseta und an den Nachmittag, an dem uns unser Treffen das Geheimnis gelehrt hatte, die Liebe dem Zufall zu überlassen. Ich kleidete mich eilig an und verließ die Wohnung mit weit ausholenden Schritten. Voller Erwartung ging ich durch die Drehtür der City Bar und fand drinnen die übliche Dunkelheit und Mariano, den Kellner, vor, der mich fragte, ob ich das übliche Getränk wolle.

»Ja, das übliche«, antwortete ich, während meine Blicke immer wieder alle Winkel der Bar absuchten.

Ich wartete mit der Bangigkeit eines Reisenden, der in seinem Leben schon zu viele Züge verpaßt hat. In einer Tasche des Regenmantels hatte ich einen Strauß getrockneter Margeriten. Ich hielt sie in meinen Händen, wiederholte hundertmal den Namen Grisetas, und als die Uhr in der Bar alle nur möglichen Stunden gezeigt hatte, bat ich um das zweite Glas vom Üblichen und begann auf die fleckigen Papierdecken auf dem Tisch etwa folgendes zu schreiben: »Als es an meine Tür klopfte, dachte ich gerade an die Traurigkeit der Stadt. An ihre Lichter, die ich durch das Fenster an diesem Winterabend nach und nach angehen sah, und an ihre Straßen, durch die ich immer, nur von meinem Schatten und meiner in der Höhlung der Hände angezündeten Zigarette begleitet, gehe. Und mir wurde klar, daß ich einsam bin wie die Stadt, darauf warte, daß das tägliche Gewimmel erstirbt und ich frei atmen und in der Gewißheit in mein Büro zurückkehren kann, daß allein die Dunkelheit wirklich ist und das Hecheln der Wölfe, die an den Ecken lauern.«

Ich hatte inmitten einer traurigen Stadt begonnen, mir meine eigene Geschichte ins Gedächtnis zu rufen.

Isla San José de Tranqui – Santiago
5. Januar 1996 bis 15. Mai 1997

Bitte beachten Sie auch
die folgenden Seiten

Ramón Díaz Eterovic
Engel und Einsame
Ein Fall für Heredia
Roman. Aus dem chilenischen Spanisch
von Maralde Meyer-Minnemann

Beinahe hätte Heredia seine frühere Geliebte Fernanda nochmals wiedergesehen. Doch als er genug Mut für die Begegnung zusammenhat, ist es zu spät: Die Journalistin liegt tot in einem Hotelzimmer. Ihre Nachforschungen zu geheimer Waffenproduktion in Chile haben sie das Leben gekostet.
Ein Fall für Heredia, der dafür keinen Auftraggeber braucht: Er wird aus Freundschaft nicht ruhen, bis dieser Mord aufgeklärt ist – und wird alsbald mit der Macht hinter der Macht konfrontiert: korrupte Polizisten, Waffenhändler, eine bestechliche Justiz.
Ein Glück nur, daß Heredia kein einsamer Rächer ist. Der Kioskbesitzer Anselmo vor seiner Haustür fungiert als Außenstelle und Wettbüro des Detektivs, sein Nachbar Stevens ist nicht nur blind, sondern verfügt auch über exzellente Kontakte zum Geheimdienst, und wenn Kater Simenon schon auf der Fußmatte wartet und ihm übereifrig um die Beine streicht, ist Heredia vor unerbetenen Besuchern in seiner Wohnung gewarnt. Und: Wo ein Einsamer ist, da ist auch ein rettender Engel – nicht nur in Boleros und Tangos, die der Sehnsucht nach einer besseren Welt Ausdruck verleihen…

»Eine Liebeserklärung an Santiago de Chile. Der Leser flaniert genüßlich durch die alten Straßen, Gassen und Labyrinthe, läßt sich nieder in Bars, in denen einst Pablo Neruda verkehrte, und lauscht den Gedanken über das Leben, die Liebe und den Tod.«
Mechthild Müser/Radio Bremen

Georges Simenon in der Diogenes Neuedition

Seit 1977 betreut der Diogenes Verlag das Gesamtwerk Georges Simenons in einer Werkausgabe. Im Laufe der Jahre erschienen über 200 Bände. Seit 1995 werden Simenons Werke im Rahmen einer Neuedition in zum Teil neuen oder überarbeiteten Übersetzungen wieder aufgelegt.

»Allmählich gibt es wieder Simenon zu kaufen, und gerade wer ihn noch nicht kennt, der hat jetzt die Möglichkeit, sich Zug um Zug und auf ganz übersichtliche Weise in Simenon einzulesen.«
Rolf Vollmann / Südwestfunk, Baden-Baden

»Georges Simenon hat es wie kein anderer verstanden, in Worte zu fassen, wozu der Mensch fähig ist, in seinem Leben, mit seinem Lieben, mit seinen Lastern. Er war der Mann, der den Nobelpreis hätte erhalten müssen.« *Johannes Mario Simmel*

Im Rahmen der Neuedition bisher erschienen:
(Stand Frühjahr/Sommer 2001)

Romane

Bellas Tod
Roman. Aus dem Französischen von Elisabeth Serelmann-Küchler

Der Schnee war schmutzig
Roman. Deutsch von Willi A. Koch

Drei Zimmer in Manhattan
Roman. Deutsch von Linde Birk

Der Mann mit dem kleinen Hund
Roman. Deutsch von Stefanie Weiss

Die Großmutter
Roman. Deutsch von Linde Birk

Der große Bob
Roman. Deutsch von Linde Birk

Die Wahrheit über Bébé Donge
Roman. Deutsch von Renate Nickel

Der kleine Heilige
Roman. Deutsch von Trude Fein

Die Glocken von Bicêtre
Roman. Deutsch von Magda Kurz

Tropenkoller
Roman. Deutsch von Annerose Melter

Der Mörder
Roman. Deutsch von Lothar Baier

Die Komplizen
Roman. Deutsch von Stefanie Weiss

Die Verlobung des Monsieur Hire
Roman. Deutsch von Linde Birk

Der Mann, der den Zügen nachsah
Roman. Deutsch von Walter Schürenberg

Die Fantome des Hutmachers
Roman. Deutsch von Eugen Helmlé

Der Tod des Auguste Mature
Roman. Deutsch von Anneliese Botond

Die Witwe Couderc
Roman. Deutsch von Hanns Grössel

Der Bürgermeister von Furnes
Roman. Deutsch von Hanns Grössel

Antoine und Julie
Roman. Deutsch von Eugen Helmlé

45 Grad im Schatten
Roman. Deutsch von Angela von Hagen

Der Zug aus Venedig
Roman. Deutsch von Liselotte Julius

Wellenschlag
Roman. Deutsch von Ulrich Hartmann

Schlußlichter
Roman. Deutsch von Stefanie Weiss

Das Testament Donadieu
Roman. Deutsch von Eugen Helmlé

Die Katze
Roman. Deutsch von Angela von Hagen

Die Marie vom Hafen
Roman. Deutsch von Ursula Vogel

Das Haus am Kanal
Roman. Deutsch von Ursula Vogel

Der Zug
Roman. Deutsch von Trude Fein

Der Mann aus London
Roman. Deutsch von Stefanie Weiss

Die Zeit mit Anaïs
Roman. Deutsch von Ursula Vogel

Das blaue Zimmer
Roman. Deutsch von Angela von Hagen

Der Bericht des Polizisten
Roman. Deutsch von Markus Jakob

Im Falle eines Unfalls
Roman. Deutsch von Hansjürgen Wille und Barbara Klau

Maigret-Romane und -Erzählungen

Maigret und die alte Dame
Roman. Deutsch von Renate Nickel

Maigret und der Mann auf der Bank
Roman. Deutsch von Annerose Melter

Maigret und Pietr der Lette
Roman. Deutsch von Wolfram Schäfer. Mit einer Nachbemerkung des Autors

Maigret und die junge Tote
Roman. Deutsch von Raymond Regh

Maigrets erste Untersuchung
Roman. Deutsch von Roswitha Plancherel

Maigret und der gelbe Hund
Roman. Deutsch von Raymond Regh

Maigret als möblierter Herr
Roman. Deutsch von Wolfram Schäfer

Maigret und die Bohnenstange
Roman. Deutsch von Guy Montag

Maigret bei den Flamen
Roman. Deutsch von Claus Sprick

Maigret und die widerspenstigen Zeugen
Roman. Deutsch von Wolfram Schäfer

Maigret und der Gehängte von Saint-Pholien
Roman. Deutsch von Sibylle Powell

Maigret und der verstorbene Monsieur Gallet
Roman. Deutsch von Roswitha Plancherel

Maigret und die Keller des ›Majestic‹
Roman. Deutsch von Linde Birk

Maigret zögert
Roman. Deutsch von Annerose Melter

Maigrets Nacht an der Kreuzung
Roman. Deutsch von Annerose Melter

Maigret und der Verrückte von Bergerac
Roman. Deutsch von Hainer Kober

Maigret und das Schattenspiel
Roman. Deutsch von Claus Sprick

Maigret und das Dienstmädchen
Roman. Deutsch von Hainer Kober

Maigret in der Liberty Bar
Roman. Deutsch von Angela von Hagen

Maigret regt sich auf
Roman. Deutsch von Wolfram Schäfer

Maigret und der einsame Mann
Roman. Deutsch von Ursula Vogel

Maigret und der Spitzel
Roman. Deutsch von Inge Giese

Maigret am Treffen der Neufundlandfahrer
Roman. Deutsch von Annerose Melter

Maigret und das Verbrechen in Holland
Roman. Deutsch von Renate Nickel

Maigret kämpft um den Kopf eines Mannes
Roman. Deutsch von Roswitha Plancherel

Maigret amüsiert sich
Roman. Deutsch von Renate Nickel

Maigret macht Ferien
Roman. Deutsch von Markus Jakob

Mein Freund Maigret
Roman. Deutsch von Annerose Melter

Weihnachten mit Maigret
Erzählung. Deutsch von Hans-Joachim Hartstein

Biographisches

Als ich alt war
Tagebücher 1960–1963. Deutsch von Linde Birk

Brief an meine Mutter
Deutsch von Trude Fein

Außerdem erschienen:

Meistererzählungen
Deutsch von Wolfram Schäfer, Angelika Hildebrandt-Essig, Gisela Stadelmann, Linde Birk und Lislott Pfaff

Über Simenon
Essays, Aufsätze und Zeugnisse von André Gide bis Alfred Andersch. Mit Lebensdaten, Bibliographie und Filmographie. Herausgegeben von Claudia Schmölders und Christian Strich. Zweite, erweiterte und verbesserte Auflage

Simenon auf der Couch
Fünf Ärzte verhören den Autor sieben Stunden lang. Deutsch von Irène Kuhn. Mit einer Vita in 43 Bildern, einer Bibliographie und Filmographie

Stanley G. Eskin
Simenon
Eine Biographie. Mit zahlreichen Fotos, Lebenschronik, Bibliographie, ausführlicher Filmographie, Anmerkungen, Namens- und Werkregister. Aus dem Amerikanischen von Michael Mosblech

Carissimo Simenon
Mon cher Fellini
Der Briefwechsel zwischen Federico Fellini und Georges Simenon. Mit einem Vorwort von Claude Gauteur und einem Gespräch von Georges Simenon mit Federico Fellini. Aus dem Italienischen und Französischen von Linde Birk. Herausgegeben von Claude Gauteur und Silvia Sager

Robert J. Courtine
Simenon und Maigret bitten zu Tisch
Die klassischen französischen Bistrorezepte der Madame Maigret. Aus dem Französischen von Pierre F. Sommer

Jakob Arjouni im Diogenes Verlag

Happy birthday, Türke!

Ein Kayankaya-Roman

»Privatdetektiv Kemal Kayankaya ist der deutsch-türkische Doppelgänger von Phil Marlowe, dem großen Kollegen von der Westcoast. Nur weniger elegisch und immerhin so genial abgemalt, daß man kaum aufhören kann zu lesen, bis man endlich weiß, wer nun wen erstochen hat und warum und überhaupt.
Daß *Happy birthday, Türke!* trotzdem mehr ist als ein Remake, liegt nicht nur am eindeutig hessischen Großstadtmilieu, sondern auch an den bunteren Bildern, den ganz eigenen Gedankensaltos und der Besonderheit der Geschichte. Wer nur nachschreibt, kann nicht so spannend und prall erzählen.«
Hamburger Rundschau

»Jakob Arjouni ist eine Entdeckung. In seinen Texten ist nicht ein Tropfen Moralin, er erzählt einfach, was passiert, Geschichten, wie sie das Leben schreibt, und so gut wie nie mit dem üblichen Happy-End. Auch erzählt er seine Geschichten so gut, mit äußerst wendigen Dialogen und geschickt gehaltener Spannung, daß man seine Bücher nicht mehr aus der Hand legen kann.«
Manuel Vázquez Montalbán / El País, Madrid

Mehr Bier

Ein Kayankaya-Roman

Vier Mitglieder der ›Ökologischen Front‹ sind wegen Mordes an dem Vorstandsvorsitzenden der ›Rheinmainfarben-Werke‹ angeklagt. Zwar geben die vier zu, in der fraglichen Nacht einen Sprengstoffanschlag verübt zu haben, sie bestreiten aber jede Verbindung mit dem Mord. Nach Zeugenaussagen waren an dem Anschlag fünf Personen beteiligt, doch von dem fünften Mann fehlt jede Spur. Der Verteidiger der Angeklagten beauftragt den Privatdetektiv Kemal Kayankaya mit der Suche nach dem fünften Mann...

»Verglichen wurde Jakob Arjouni bereits mit Raymond Chandler und Dashiell Hammett, den verehrungswürdigsten Autoren dieses Genres. Zu Recht. Arjouni hat Geschichten von Mord und Totschlag zu erzählen, aber auch von deren Ursachen, der Korruption durch Macht und Geld, und er tut dies knapp, amüsant und mit bösem Witz. Seine auf das Nötigste abgemagerten Sätze fassen viel von dieser schmutzigen Wirklichkeit.«
Klaus Siblewski / Neue Zürcher Zeitung

Ein Mann, ein Mord

Ein Kayankaya-Roman

Ein neuer Fall für Kayankaya. Schauplatz Frankfurt, genauer: der Kiez mit seinen eigenen Gesetzen, die feinen Wohngegenden im Taunus, der Flughafen. Kayankaya sucht ein Mädchen aus Thailand. Sie ist in jenem gesetzlosen Raum verschwunden, in dem Flüchtlinge, die um Asyl nachsuchen, unbemerkt und ohne Spuren zu hinterlassen, leicht verschwinden können. Was Kayankaya dabei über den Weg und in die Quere läuft, von den heimlichen Herren Frankfurts über korrupte Bullen und fremdenfeindliche Beamte auf den Ausländerbehörden bis zu Parteigängern der Republikaner mit ihrer Hetze gegen alles Fremde und Andere, erzählt Arjouni klar, ohne Sentimentalität, witzig, souverän.

»Jakob Arjouni schreibt die besten Großstadtthriller seit Chandler. Ein großer, fantastischer Schriftsteller. Er ist einer, der sich mühelos über den schnöden Realismus normaler Krimiautoren hinwegsetzt, denn es zählen bei ihm nie allein Indizien, Konflikte und Fakten, sondern vielmehr sein skeptisch heiteres Menschenbild. Arjouni ist es in *Ein Mann, ein Mord* endgültig gelungen, mit seinem Privatdetektiv Kayankaya eine literarische Figur zu erschaffen, die man nie mehr vergißt.« *Maxim Biller / Tempo, Hamburg*

Edelmanns Tochter

Theaterstück

Ein Bahnhof im wiedervereinigten Deutschland. Hinz und seine Tochter Ruth sitzen im Hinterzimmer des Bahnhofrestaurants und warten. Nach vier Jahrzehnten kann der Vater sich nicht länger den drängenden Fragen und Ahnungen seiner Tochter entziehen. Im Kampf um eine neue Identität, die es ihm leichter machen soll, Schuld und Schicksal zu verdrängen, hat sich der Alte tief in ein Knäuel aus Lebenslüge, Leere, Hilflosigkeit und Selbstvorwürfen verstrickt.
Ein Stück über gegenseitige Achtung, über eine Vater-Tochter-Beziehung und die Frage nach den Grenzen von statthafter Einflußnahme. Jakob Arjouni ergreift nicht Partei, er beobachtet Menschen und keine literarischen Modelle. Ohne ausführliche Erörterungen, in prägnanten Sätzen, befaßt sich der junge Autor mit dem Phänomen Deutschland: Schuld und Vergangenheit, das Dritte Reich, die Wiedervereinigung und die Tatsache, daß noch gar nichts erledigt ist…

»Arjouni weiß als Dramatiker genauso wie als Krimiautor, wie er Spannung erzielt, ohne platt zu wirken.« *Christian Peiseler / Rheinische Post, Düsseldorf*

Magic Hoffmann

Roman

Unlarmoyant, treffsicher und leichtfüßig zeichnet Jakob Arjouni ein Bild der Republik: ein Entwicklungsroman in der Tonlage des Road Movie. Ein Buch voller Spannung und Ironie über einen, der versucht, sich nicht unterkriegen zu lassen, nicht von diesem Land und nicht von seinen besten Freunden.

»Und alle Leser lieben Hoffmann: Jakob Arjouni schreibt einen Roman über die vereinte Hauptstadt, einen Roman über die Treue zu sich selbst, über gebrochene Versprechen, gewandelte Werte, verlorene Freundschaften und die Übermacht der Zeit. Ein literarischer Genuß: spannend, tragikomisch und voller Tempo.«
Harald Jähner / Frankfurter Allgemeine Zeitung

Ein Freund

Geschichten

Ein Jugendfreund für sechshundert Mark, ein Killer ohne Perspektive, eine Geisel im Glück, eine Suppe für Hermann und ein Jude für Jutta, zwei Maschinengewehre und ein Granatwerfer gegen den Papst, ein letzter Plan für erste Ängste.
Geschichten von Hoffen und Bangen, Lieben und Versieben, von zweifelhaften Triumphen und zweifelsfreiem Scheitern, von grauen Ein- und verklärten Aussichten. So ironisch wie ernst, so traurig wie heiter, so lustig wie trocken erzählt Arjouni davon, wie im Leben vieles möglich scheint und wie wenig davon klappt.

»Sechs Stories von armseligen Gewinnern und würdevollen Verlierern, windigen Studienräten und aufgeblasenen Kulturfuzzis. Typen also, wie sie mitten unter uns leben. Seite um Seite zeigt der Chronist des nicht immer witzigen deutschen Alltags, was ein Erzähler heute haben muß, um das Publikum nachdenklich zu stimmen und gleichzeitig zu unterhalten: Formulierungswitz, Einfallsreichtum, scharfe Beobachtungsgabe. Und wie der Mann Dialoge schreiben kann!« *Hajo Steinert / Focus, München*

Kismet

Ein Kayankaya-Roman

Mit einem Freundschaftsdienst fängt alles an. Eigentlich wollen Kayankaya und Slibulsky dem Gastwirt Romario nur helfen, zwei Schutzgelderpresser zu vertreiben. Doch dann liegen auf einmal zwei merkwürdig weiß gepuderte Leichen in Romarios Restaurant. Die Toten lassen Kayankaya keine Ruhe, und er macht sich auf die Suche nach ihrer Identität – bis er selbst gesucht wird. Von einer Mafia, von der niemand weiß, woher sie kommt und wer ihr Chef ist. Sicher ist nur, daß es sich um die brutalste und kompromißloseste Gangstertruppe handelt, die sich über das Frankfurter Bahnhofsviertel je hergemacht hat. Und schließlich bekommt Kayankaya noch einen richtigen, das heißt: bezahlten Auftrag. Er soll eine Frau finden, die er in einem Videofilm sieht. Und die ihn, wie er glaubt, vom Bildschirm aus anblickt.

Kismet handelt von organisiertem Verbrechen und Kriegsgewinnlern, vom Unsinn des Nationalismus und vom Wahnsinn des Jugoslawienkriegs, von Heimat im besten wie im schlechtesten Sinne. Und von der Sehnsucht nach einer großen Liebe.

»Hier ist endlich ein Autor, der spürt, daß man sich nicht länger um das herumdrücken darf, was man gern die ›großen Themen‹ nennt. Hier genießt man den Ton, der die Geradlinigkeit, Schnoddrigkeit und den Rhythmus des Krimis in die hohe Literatur hinübergerettet hat.«

Florian Illies / Frankfurter Allgemeine Zeitung

Philippe Djian im Diogenes Verlag

»Djians Sprache und Rhythmus verschlagen einem den Atem und ziehen einen in die Geschichten, als wäre Literatur nicht Folge, sondern Strudel.«
Göttinger Woche

»Djian schreibt glasklar und in einem Tempo, dem ältere Herren wie Grass und Walser schon längst durch Herzinfarkt erlegen wären.« *Plärrer, Nürnberg*

Philippe Djian, geboren 1949, lebt in Lausanne. Pierre Le Pape über Djians Stil: »Die Puristen mögen getrost grinsen; morgen werden die Schulkinder, sofern sie dann noch lesen, bei Djian lernen, was viele der besten jungen Autoren längst von ihm erhalten haben: eine Lektion in Stilkunde.«

Betty Blue
37,2° am Morgen
Roman. Aus dem Französischen von Michael Mosblech

Erogene Zone
Roman. Deutsch von Michael Mosblech

Verraten und verkauft
Roman. Deutsch von Michael Mosblech

Blau wie die Hölle
Roman. Deutsch von Michael Mosblech

Rückgrat
Roman. Deutsch von Michael Mosblech

Krokodile
Sechs Geschichten. Deutsch von Michael Mosblech

Pas de deux
Roman. Deutsch von Michael Mosblech

Matador
Roman. Deutsch von Ulrich Hartmann

Mörder
Roman. Deutsch von Ulrich Hartmann
(vormals: *Ich arbeitete für einen Mörder*)

Kriminelle
Roman. Deutsch von Ulrich Hartmann

Heißer Herbst
Roman. Deutsch von Ulrich Hartmann

Leon de Winter im Diogenes Verlag

»Leon de Winter gehört in die Reihe der bedeutenden Gegenwartsautoren wie John Updike, Philip Roth oder Harry Mulisch.«
Ellen Pomikalko / Brigitte, Hamburg

»Ein neuer europäischer Romancier von Rang: Leon de Winter beweist, wie man E und U spielerisch verbindet.« *Abendzeitung, München*

»Leon de Winter hat etwas zu erzählen, und er tut es so gut, daß man nicht genug davon bekommen kann.«
Rolf Brockschmidt / Der Tagesspiegel, Berlin

Hoffmans Hunger
Roman. Aus dem Niederländischen
von Sibylle Mulot

SuperTex
Roman. Deutsch von
Sibylle Mulot

Serenade
Roman. Deutsch von
Hanni Ehlers

Zionoco
Roman. Deutsch von
Hanni Ehlers

Der Himmel von Hollywood
Roman. Deutsch von
Hanni Ehlers

Sokolows Universum
Roman. Deutsch von
Sibylle Mulot

Leo Kaplan
Roman. Deutsch von
Hanni Ehlers